巡礼之年

壹

野姜花

周志文 著

上海社会科学院出版社
SHANGHAI ACADEMY OF SOCIAL SCIENCES PRESS

序

在我身上没有痛苦

——读《巡礼之年》

毛　尖

《童年往事》里，阿孝咕跟着父母到了台湾，太阳一直高悬，时光一路蝉鸣，父母是时代的泪滴，孩子却野生芭乐一样成长。打架，撒谎，梦遗，考试，恋爱。榻榻米上，蚂蚁爬上祖母的身体，不肖子孙才发现，祖母已经去世很久很久。

写了很久很久，普鲁斯特终于在《追忆似水年华》的结尾点题，有些人像潜入似水年华的巨人，“同时触及间隔甚远的几个时代，而在时代与时代之间被安置上了那么多的日子，那就是在时间之中。”

在时间之中，是什么样的感觉呢。1962 年 2 月 4 日，小津安二郎生命中最重要的女人，他的母亲离世。那一周的小津日记，倘若没有守灵、吊唁等零星字词的提示，几乎看不出他经历的海啸变故。天天一个“晴”，有时还夹一句，“天气很暖和。梅花全部绽放。哥哥来。”如此，“安静地送走一年”。1963 年，小津告别人世进入另一种时间。

时间，也是李斯特的《巡礼之年》的主题。这组钢琴独奏作品集，说来惭愧，我是看了村上春树的小说，《没有色彩的多崎作和他的巡礼之年》，好奇心驱使下才去听的。村上用一部小说诠释李斯特，倒也多少让我理解了这部钢琴曲的第三组第五首，“令人流泪的事”。

小说《没有色彩的多崎作和他的巡礼之年》，也是典型的村上故事。少年多崎作，有四个名字里都带颜色的好朋友，昵称赤、青、白、黑，唯有多崎作，名字里没有颜色，大家叫他“作”，他也因此觉得先天不足。朋友们一起长大，比爱情还美好。五边形一样的五个人，大学时候，只有作离开了名古屋到东京求学，但他们的友情一直灿烂。然后，大二时候，四位好友突然同时从作的世界里撤出，说，我们不再和你做朋友了。作默然接受了小团体的裁决，但一直想自杀。当然，作在孤独中活了下来，后来遇到比他年长的女孩沙罗，在沙罗的鼓励下，返乡寻找被小团体开除的理由，所谓巡礼之年。

这部小说很好读，虽然依然是文艺的黑洞，但和李斯特的《巡礼之年》对看，却能在青春的遗骸中看到生命真相。千头万绪的白指认作强奸了自己，虽然小伙伴心里都清楚作不可能做这种事，但是面对狼藉脆弱的白，他们选择放弃作。所以你看，人世非常微妙，青春和爱，就是叶芝写的《柯尔庄园的野天鹅》，“有一天醒来，他们已飞去。”

很多人在多崎作的巡礼之年里看到自己。我也想起很多年前，我们也有一个五边形朋友群，大家不知疲倦地天天混在一起，什么也不做，一起看看天上的云也是好的。然后有一天，其中一个朋友恋爱成家，新娘拉了新五边形。有一次，我们两个被原始五边形抛开的人，在后门餐厅看到新五边形在其乐融融地吃饭，“大声拍打着它们的翅膀，形成新的圆圈翱翔”，当时情景，就可以题为“令人流泪的事”。

多年以后，等到我终于有力气说出当年伤痛，朋友讶异一句，哎呀，我们以为你不在乎的，你那么多朋友。我就没再继续说，其实，“每日每夜，我还是能听见湖水轻舐湖岸的幽音。”

三组《巡礼之年》，创作时间相隔四十年，李斯特在晚年把它们编在一起，从爱情的漫天飞花到生命的寂然皈依，既是华年，也是逝水。而让这个组曲百转千回又惊心动魄的是，那些没有被说出来的时时刻刻。

这些没有被说出来的时刻，在侯孝贤的电影里，成为穿过大榕树的风。在普鲁斯特那里，是潮湿的空气和晨曦中被微风轻轻吹拂着的山雀。在小津那里，是特别好特别好的天气和太阳下晾晒的衣服。无数个长夜如同无数道高墙，没法说的那些日子，是“中间的魔法一场”。

高光的日子容易写，这个世界句法和语法，就是为那些人事准备的。幽微的时光怎么办？中文世界里，顶峰的清寂之作，是归有光的《项脊轩志》。他拉杂写些当年在项脊轩读书时，祖母、妻子的日常谈吐，平淡至极，看到最后，“庭有枇杷树，吾妻死之年所手植也，今已亭亭如盖矣”，似有裂肺之痛，然而也在承受范围内。

归有光的文统，就像散文电影，写读两寂寞，有时，我甚至会觉得，这个传统，在周作人、废名之后，几乎就零落了。然后，看到周志文。

周志文，四岁丧父，跟随军人姐夫到台湾，和不识字的母亲在宜兰乡下度过童年，然后一路求学到工作，历经东吴大学、淡江大学、台湾大学，中间服过役，出过境，专业是明清文学明清学术史，一边也在台湾《中国时报》担任主笔，在各种媒体写过长短专栏。龙蛇杂处的时代，他见识过各色人等，从政界顶流到贩夫走卒，三联出版的《记忆三书》有各款肖像，我最喜欢第一卷《同学少年》，其中《法云和尚》篇，虎虎的民间草莽气，盖过汪曾祺笔下的石桥和尚。

法云和尚是历史教员，年轻时做过强盗杀过人，后来落发出家，最后落草到学校。他在历史课上教小孩如何快刀杀人，气场之大，胡适之的课堂绝对不及。法云和尚书法好，天主教的圣母医院开张，请他写招牌，他拿起特大号拖把，蘸起洗脚盆里的墨汁，唰唰唰，龙虎盘踞，凤凰上树。然后他把医院的润笔全部买酒喝光。

不过，法云和尚到底属于高高低低的英雄系列，那些连名字都没有的，一生没有一丁点弹眼落睛之举的人，在哪里呢。

在周志文的三卷《巡礼之年》里。作为一个骨灰级乐迷，《巡礼之年》的命名自然是一种致敬，而且，在编目和结构，甚至作者的心绪上，也各种类似李斯特的《巡礼之年》。从岁月的这头眺望那头，周志文也仿佛获得了天使视角，现在，他成了托尔斯泰笔下的皮匠。

被贬到人间当小皮匠的天使，慢慢成了街上最好的皮匠。有一天，国王猎到一只漂亮的鹿，就临幸了皮匠店想做双靴子。皮匠就做，做到一半的时候，小皮匠的师傅大惊失色，你怎么裁成拖鞋了。在俄罗斯，这种拖鞋是给死人入殓时穿的。小皮匠不听，继续做。过了一会，国王的侍从来报，国王在进城门的时候断了气，请把定制的靴子改成拖鞋。

这个故事，被周志文写在《皮匠与理发师》里。皮匠是托尔斯泰的皮匠，理发师是周志文的理发师，女理发师十多年来手艺没有一点进步，但是，回看自己的头发，在她手里从黑发变成银发，有那么一刹那吧，他们彼此超度了对方，共同“完成了人间的贬谪”。

非常喜欢周志文笔下的这些无名无姓人物，他们有的是对水晶印章有执念的邮局里女人（《水晶》），有的是用叶子测命的巷子命相师（《命相师》），还有的，不过是走过路过或者同坐过一辆公车的母子，儿子在那里固执地问：“为什么我可以假如还有一条狗，可是不可以假如还有一个爸爸呢?”母亲就一直斩钉截铁：“不可以的，就是假如也不可以的。”（《不解》）

这些文章，有“道路以目”的轻骑，也有“灯下漫笔”的重量，所有的主人公，就像周志文家乡的野姜花，空气一样平常，难得的是，年近八十的周先生，回望来路，郑重地把野姜花们放在巡礼之年的“C位”，灯光打在“吕阿菜”身上，这个叫吕阿菜的女出租车司机，因为羞愧自己的名字太菜，都不愿意亮出自己的营业证，周志文晓以平凡是福的道理，等他下车，看到女司机把自己的营业证放了出来。（《吕阿菜》）

《巡礼之年》的这些无名之辈，温暖、凄楚又动人。在这个世界上，有些人被无数追光灯照着，有些被自己的手电照着，有些被路灯照亮半边脸，但是大地上，更多的人，完全没有灯火地在走。《巡礼之年》为这些人燃起了生命的柴火，虽然周先生落笔从来都不是G大调，但这些"黄顺安"们，从他的笔下走出来，成为这个组曲里的"横式风景"。

三册《巡礼之年》，周志文其实提出了不少朴素的理论，"横式风景"是其中最有意思的一个。他写道，在乡下，大量线条是横的，山丘的棱线是横的，小溪横切过草原，田野与森林分隔的界线也是横的，横线让我们感到安宁，不像在城市，高楼大厦带来垂直恐怖。乡下的横式线条就像床上的线条，让人渴望睡眠。而我愿意把周志文的写作，看成一种横式写作。他写下这些一不小心就会消失在天际线里的凡人，为这个拥挤着摩天大楼的世界重新铺开了一个地平线。

所以，周著《巡礼之年》，在生态的意义上，是对今天水泥社会的一次植树造林。而回到时间长河，《巡礼之年》则是对那些没有进入过文学史的人物的一次次回忆和拥抱。伟大的人命名时代，于是我们有《史记》，但填入时代与时间之间的凡人，默默生默默死的空山松子，是不是也该有自己的归有光？

周志文坐在他的项脊轩，向太虚伸出手，接住了一颗颗下落中的松子。这个形象令我无比感动，这是里尔克歌咏过的时刻。我们都在落，但是，“有一个人，用他的双手，无限温柔地捧住了这种降落。”

这是周志文。他的文本方舟里，多是和他母亲一样的凡夫俗子，他们没有一点惊心动魄之处，死后也只有蚂蚁关心。周志文的耳边刮过和《童年往事》一模一样的风，想起相依为命又严厉早逝的母亲，几乎大恸。不过，小津说，妈妈过世，得是太阳依然闪亮的一天。一念之间，周志文收起眼泪，就像捕狗人终于被围观群众说动，放开了小狗。（《捕狗人》）如此，周志文的文章，虽然大量触及生老病死，刻画的，也常是卑微人生的喜怒哀乐，但独有一种特别的清朗。他的全部文章，很少高调高音，也绝不悲悲戚戚，这种笔力一半应该来自他的乐迷生涯，比如谈到舒伯特，他会说，赫尔曼·普莱的高音处理可能不如舒伯特的首席演唱者费舍尔·迪斯考明亮，但是，费氏的明亮让他有点甜，相反，普莱的缺点却让他有了特别沉静安宁的气质，宛若鳟鱼游

溪，让人神清。（《井旁边大门前面》）

一个人要走多少路流多少泪才能变成一尾鱼一棵树，小津用了 50 年，《东京物语》完成后，中性美学确立。李斯特用了 66 年，《巡礼之年》是一个里程碑。周志文，80 年？我说不太清楚。不过三本《巡礼之年》编完，生命中所有的崎岖、荣华、屈辱和愿望，都已变成天上大风，如同米沃什，周先生于今可以从容说出——

在我身上没有痛苦。

直起腰来，我望见蓝色的大海和帆影。

目录

辑一　宁静

辑二 市声

辑三　奥义

辑一
宁静

◎ 沉默的人们

我去参加朋友父亲的丧礼。丧礼简单极了，并不是在殡仪馆里举行的，只是在一个普通家的客厅一般的一个狭小空间里，寥落的亲友向逝者告别。黑色镜框里的照片，显然是朋友父亲还算年轻时的留影，是个有些英气的中年人呢。照片的布幔后面，就是亡者的棺木，棺木是没有上漆的白木，薄薄的，盖子早已钉上，是不准备让人瞻仰遗容的了。没有乐队，行礼完毕，他们就把棺木运到附近的火葬场。据说时间早已排好，遗体放进炉里，只要一个小时，就可以把骨灰装罐，然后送到灵骨塔里放置。

我的朋友跟我有一层同学的关系，那是童年时候的，但长大了所学不同，职业也没什么关联，所以就很少来往了。大约一个月前，我到天母附近的一个小型画廊参观，出来的时候正好遇见我的朋友，他提着一袋衣物，说要到医院去看他住院的父亲。我说伯父怎么了，是得了什么病吗？他说年纪大了，又得了中风的毛病，现在已不能行动，只得住到医院里。他说他父亲的病房就在附近，问我是否愿意随他一起去看看，我当然说好，于是我们一同走向医院。

我原来以为他说的医院是指荣民总医院，因为荣总距离这家画廊不远，而且他父亲以前是军人。但他带我走的巷道愈走愈窄，终于来到一个普通住家的门前。他推门进去，一楼院子被搭盖起来，里面十分黑暗，他再推开一扇门，就是一般住家的客厅吧，在一片惨白的日光灯下，里面赫然躺了六个卧病的老人。“天哪，这就是你说的医院吗?”我不禁问。他回头跟我说：“不是的，我们的在里面。”他带我走进后面更小的一个房间，那个房间大约二十平方米不到，里面放了三张病床。他父亲我一眼就看出，正躺在最里面的那一张床上。

他父亲大致还保持着我小时见惯的样貌，除了向后垂落的白色头发外，其余并没有改变多少。他不像久卧病床的人那样削瘦，脸上的气色还好，只是两眼发直，不晓得看人。我的朋友俯身告诉他我来看他了，他也没有什么表情。朋友告诉我他已经不能言语，这一方面是因为脑溢血使他失掉了大部分的神智，另一方面，则是抽痰器必须从喉头切入气管，使他发声的器官受损。

“现在他的病况已不需要抽痰了。”我的朋友对我说。但伤口仍然在，只是用纱布盖着，打开的洞并没有愈合，也不需愈合，因为随时可以装上抽痰器。这种病人的痰是特别多的。

朋友的父亲，当时维持的，其实只是一种近乎植物的生命罢了，他的呼吸像秋天的风吹过枯焦的树林，发出嘶嘶的声音，除此之外，他并没有什么特殊的生命迹象。我的朋友不愧是个孝子。他将父亲的身体翻成侧面，用力地按揉他腰部的肌肉，又用沾湿的毛巾擦拭他的背。他每个动作之前都会喊爸爸、爸爸，并且柔声地问：“痛不痛？痛不痛？”这种状况，令我几乎涕零。他父亲依然自若地接受他儿子的安排，既不喊痛，也不表示舒服。擦完，他继续平躺着，姿势和刚才一模一样。

“为什么不住荣总呢？”朋友安顿好了父亲，稍事休息的时候我问他。“那里哪住得进去呀！”他说，“父亲跌倒后我们送进医院，在急诊室里待了两个礼拜，病房一点都没有空。命是抢回来了，虽然还有危险，但急诊室也不能久留，医生介绍我们到这里来，这里还好，每天有医生巡房，如果紧急，离医院急诊室也不远，我们只得搬过来。”

“伯父的状况，有没有进步？”我问。

“这种病维持这样已经算稳定了，如果说要进步，也是很缓的，我觉得，”他看着他父亲对我说，“还是在进步的。他不能说话，但我跟他说话的时候，他有时会紧紧握住我的手，他心里面应该是清明的，只是他也许有根神经断了，他不能表达得太清楚。医生说要多给他刺激，他的能力可能会恢复的。”

但是我的朋友不可能给他父亲太多的刺激，据我所知，他父亲早年曾经在大陆做敌后工作，随时可能丧命，生活中的刺激是很大的，现在给他再大的刺激，也比不上从前，我心里想。这时我突然闻到一阵排泄物的臭味，原来是看护邻床的一个女人不慎把床下的一个罐子的盖子弄开了。她赶紧把它盖上，我随即被床上躺着的一个老妇人吓住了。她已瘦得只剩皮包骨，似乎已没有眼皮的双眼骨碌地在瞪着我，嘴里念念有词的，看护她的女人发觉了，侧过身来跟我说不要怕，说她就是这个样子的。我问她她在说什么呢？她说她见到任何人都说她不要火葬，因为她怕烧。她回过头安慰那老妇人说：“不要担心，我们不会的，我们不会的。”

我朋友搬来一张椅子，他旁边原来有把椅子的，这样我终于可以和他一并坐下。“这里原应该男女分开来的。”我朋友说，“但住在这里的，全都是丧失了神志的老人，人老了，其实已经没有什么性别的差异了。我告诉你，荣总附近，像这样叫家护中心的病房，起码有一百间呢。而住的几乎清一色的是外省的老人。”

“有这么多吗?”我问。

他并没有回答我，反而问我：“你去过瑞芳和三貂岭那边的山区吗?”我不明白他的问话，我当然知道瑞芳和三貂岭这些地名，小时候我们住在宜兰，这是东线铁路过了基隆往宜兰、花莲必须经过的两站。“你知道，近十年来，我每次巡山都有新的发现。”我期待他说出答案，但他似乎无意一下子把话说清楚，他的眼睛望着空中的一点，独自坠入思绪的旋涡之中。

我的朋友因家境的缘故，没有读大学，高中毕业了就从军，后来读测量学校，测量学校毕业后在军中服役了十几年，退役后，又转业到一家测量部门，工作除了测量土地之外，每年都要带着仪器到各个山头测量基准点，就是他们称之为“巡山”的。“你知道，十多年前。”他说。我高兴他终于回神过来，他低下头，缓缓地说：

“十多年前，我第一次经过那边山中煤矿区的时候，耳朵听到的都是闽南话。那时候，煤矿已很枯竭了，几次矿灾，使得一些矿坑被封起来了，但还有些矿坑在经营着，不过看得出来，煤矿已经是黄昏事业。过了几年，矿区里的语言加了部分普通话，我起初也不知道是什么原因，后来和里面的人熟了些后，才知道那些说普通话的是山地人，也就是现在说的原住民，本地人有些不再做这危险的行业，遗缺就由山地人代替。近几年来，那些还在经营的矿坑几乎到处都听到普通话了，很少再听到闽南语，因为又空出了的位置，就由外省人尤其是军人的第二代第三代来取代。有一天我竟然发现其中的一个领班，是我以前眷村的一个邻居玩伴，比我们都小的，不是他叫我，我才认不出身上脸上裹满黑色煤屑的人呢。”他将他父亲身上的毯子往下拉了一点，他以为他父亲会觉得热，而其实，是他自己觉得热的缘故，我心里想。

“我说这样的话，有人认为是挑起省籍情结，其实不是的，我的妻子是本省人，我哪会呢?”他停了一下继续说，“我只是对社会既存的某些族群，抱着一种悲悯的心情罢了。正巧，或者说不巧的是，我也是那个族群其中的一员。有人说，本省人做矿工就应该，外省人做矿工就不应该吗？我其实也不是那个意思。我真的说不怎么上来——”

他虽说不上来，我却能够体会他的一些心情，他对他自己所属的族群由盛而衰的感触，并不是基于偏执，而是基源于一种广泛的同情，这种同情比较接近人道主义的想法；不过这种同情的触媒，应该是他父亲住院这一件事。

他说在他父亲还在生病的时候，曾一度想住进一所东部的荣民之家的，他和他太太平日都上班，小孩又上学，家务事原来已有点照顾不上来，把七十多岁的父亲留在台北旧公寓里，确实令人放心不下。所以父亲打算住进荣家，他基于事实的考虑，也是有些赞成的，但他不知道荣家的环境如何，特别陪父亲去走了一趟。从荣家回来，他就执意不让他住进去了。几个父亲早年的“战友”，已经变得疯言疯语的，有一个竟然已经完全不认得他父亲了；这还不是最大的原因，最大的原因是那个荣家后山的墓碑，在数量上已经和住在里面的人差不多。“再过两年，里面的鬼一定比人还多的。”他说，他不忍把父亲送到那个充满诡异与死亡的环境中，所以虽然不很方便，仍然让父亲和自己一家住在一起。

“你知道吗？荣总这附近，和东部的那个荣家其实也没什么不一样的。”他说在他父亲住进这家家护中心以及之前住在荣总急诊室的时候，他和他妻子是以日夜班轮流来做看护的，他几乎已经完全“融入”荣总附近的生活圈之中。“每天一清早，看到许多以前是军人、现在已垂暮的老人从北台湾各个不知名的地方过来，沉默地聚集在这附近。他们之中有的认识，大部分不认识。给我的印象，他们是完全静默的，即使他们说话，他们也是静默的，有点像默片里的人物。到黄昏的时刻，这个无声的聚集又散去。这些人，以前为祖国、为当时的社会是尽了一些绵薄之力的，所谓没有功劳也有苦劳呀，但现在却一点声音都没有地聚集在这里。没有任何人会为他们争取，要他们自己去争，他们也不知道该怎么争，又要争什么，他们很多人其实到荣总连挂号都不知道怎么挂的。他们像涣散的幽灵——”他情深而无奈地看着他躺着的父亲，停了一会，他转过头来看着我说：

“只是，真正的幽灵是晚上聚集，天一亮就散去，这里的，是刚刚相反而已。”

我没有一句话能够安慰他，我知道，陷入这种悲愀的心情，再好的安慰，其实也是徒劳的。他父亲的呼吸依然均匀而强烈，像风吹过秋天树林的声音。我拍拍我朋友的肩，表示我要回去了。在我离去的时候，他父亲邻床的老妇人又用惊恐的眼睛看着我，嘴里念念有词的。这时我已知道她在说什么了。看护她的女人走过来，按着她的手说：“不会的，我们不会的。”

从我朋友父亲的葬礼出来，我一个人有些刻意地经过荣总前面，想要体会一下我朋友的感觉。已经接近黄昏了，照我朋友说的，是那群无声的聚集要准备散去的时刻，但不巧的是那天是星期天，荣总附近几条路，尤其前面那条，显得格外空旷，几乎没什么行人呢。偏斜的日光，将一些路树的影子拉得长长的，我仔细看，那些都是俗名叫作羊蹄甲的紫荆。初夏时分，满树的繁花都凋零殆尽了，但其中有一棵，却不屈服似的仍然在恣意地盛开着。一朵朵分开看像兰花的羊蹄甲花，本身具有相当优美的姿态，然而可能是黄昏时特殊的光线和气氛吧，那些紫色的花朵聚集在一棵树上，竟然令人觉得像在猛烈地燃烧着一般。

一朵朵分开看像兰花的羊蹄甲花，本身具有相当优美的姿态，然而可能是黄昏时特殊的光线和气氛吧，那些紫色的花朵聚集在一棵树上，竟然令人觉得像在猛烈地燃烧着一般。

碧珊　绘

◎ 咖啡厅内

我进入咖啡厅的时候，咖啡厅的角落只坐着一对年轻的情侣，喇叭里正好放着埃尔加的管弦乐曲《谜的主题变奏曲》，一听就知道是巴比罗利（John Barbirolli）指挥英国哈雷交响乐团（Hallé Orchestra）演奏的那张。我选了个靠窗的座位，老板走过来，问我还是老样子吗？我点了点头，过了一会儿，一杯香浓的意式咖啡便送来，我尝了一口，浓淡合度，真不愧为行家的调制。喝这种咖啡必须十分小心，因为咖啡上层浮着一层很厚的牛奶泡沫，泡沫下面才是滚烫的咖啡，如果不小心，就容易给烫着了。有人喜欢在咖啡送上桌来就加糖加肉桂粉，然后用茶匙调匀了喝，我觉得这种方式太简单太统一了。我喜欢先透过厚厚的泡沫，试探底层咖啡的温度，沉潜的咖啡有一种含蕴的魅力；等浮在上面的泡沫逐渐和咖啡混合了，你可以加一些调味的材料，这时候，杯底的咖啡从她最原始的主题增加了色彩，而成了光耀夺目的 Variation，就和喇叭里面播放的变奏曲很像了。

下午我要和学生谈形与意的问题，这是艺术与文学理论中一个重要的课题。苏东坡称吴道子的画是“出新意于法度之中，寄妙理于豪放之外”，法度与妙理就指的是形，而新意与豪放指的是意，好的作品是既守法度又具新意，既能创新又守规矩。这话说起来简单，做起来困难，不要说艺术，就是语言能够真正把握精义，而使听话的对方充分了解也很困难。

我之把艺术创造形与意的问题想到语言传达，是受到那对情侣的影响，因为他们显然陷入语言的勃谿之中，男的说：

“我说，你根本不了解我的意思。”

“我不了解？到底是你说得不清楚呢？还是我不了解？”女的提高了嗓子，她好像受不住压抑而崩溃，她现在已不在乎了，有点豁出去的意思。

“我说你不了解，一方面是我也许说得不清楚，另一方面更重要的是你根本不好好地听，你从来不好好地听我讲，尤其是碰到这一个问题上面。”男的受到委屈，他并不放大声讲，而语气却斩钉截铁似的果决。显然，他虽不能把那件事说清楚，却试图精确地传达他心中的不快。

“我受够了!”女的将毛巾狠狠地甩在桌面上，“你说我从来不好好听你讲，好，我告诉你，我再也不听你讲了，以后你也不要再来烦我!”她拿起皮包，推开椅子，匆匆走出去，把满脸错愕与愤恨的男子留在座位。

男的在原位继续坐着，这时，埃尔加的“谜”正进行最精彩的一段演奏，约莫过了十分钟，他似乎平复了情绪，然后付钞离去。他推开我后面的茶褐色玻璃大门的时候，一阵热风和喧嚣传了进来，原来附近大街上正在进行嘈杂的捷运工程呢!然而当玻璃门再度关起，热风和喧嚣就又被隔离住了。我喝完杯中剩余的咖啡，我还有时间可以叫一杯续杯的，但刚才男女的争吵，使我没有兴致。他们的争吵会有什么后果?也许真的就此分手，也许第二天又和好如初，谁知道呢?

我想起罗门的一首诗，其中有几句是这样的:

再吵再乱
只要咖啡匙
轻轻一调
便都解了。

◎ 两天里发生的事

星期六和星期日，我因事离开城里的住家两天，我在星期日晚间九点钟左右回家，妻在门口接下我的手提袋，告诉我当我不在家的两天里，我们家附近发生了两件令人悲哀的事情。

第一件是我家右侧巷弄住着的那位校长，似乎在毫无警讯之下去世了。“真的吗?”我问她，她点点头，“那另一件呢?”我问，她说：“就是今天，楼下养的那只小狗也死了。”

这两件事在逻辑上当然毫无关联。妻告诉我星期六晚上，大约十二点左右吧，突然听到校长家里有女人大叫的声音，不久就听到救护车开来，救护车开走之后，巷弄又恢复了阒寂，第二天起来，校长家门口，已贴上了白纸，上面用毛笔写着“严制”两个字。妻在叙述这件事的时候，我想着这位校长正穿着一双跑鞋的样子，他的那双跑鞋与他身上穿的衣服总是有点不太搭调，我从来没有看到他真正地“跑”过，他其实是穿着跑鞋在闲步，他胖了点，个子又太矮了，他的身材不管怎么想都不太能够和运动发生关联，所以他不做剧烈运动，他干脆安于现实，不打算做任何的改变，我想。

有一次我去等公交车，看见他在站牌边上站着，似乎也在等公交车的样子，脚上仍然穿着那双不搭调的蓝色跑鞋。我看他用力地清理着喉咙，把一口稠浓的痰吐在地上，他一定看到我嫌恶的表情，用他跑鞋的底部在地上磨着，打算擦掉地上的痰，面上有些羞赧的样子。他笑着问我：“出去啊?”我礼貌地点点头，说：“是啊。”

我与这位近邻校长的“关系”应该不只这样的，而其实确仅于此。早上上班的时分，学校派来一部车子来接他上班，由于他家的巷弄太小，那部黑色的克莱斯勒官车就经常停在我们公寓门口，这使得我和他司机打招呼的机会远比他多。我们家所居处的环境，可以用“溷杂”两字来形容，但有校长为邻，无疑地使我们社区浮躁的情绪降低不少。我们和他的往来不密，但我们对他在心理上是有所凭借的，这是他的突然过去，我们难以适应的最大原因。妻说他身体看起来硬朗，应该不至于说走就走的，我说，世界上的事，哪是“应该”一语可以道尽的呢?

至于楼下小狗的死讯，因紧接在校长去世的消息之后，就减轻了它令人“震悼”的程度了。妻说楼下的狗主人在药房买了瓶去虫虱的药，星期六中午时分替他爱犬洗澡，洗完澡不觉有异，自己回房睡午觉了。等午睡醒来，发现小狗躺在屋檐下，早已断了气息，后来想可能是药性太强了，狗在洗澡的时候，不慎舔了些进去。“狗现在呢?”我问，妻说狗主人夫妇已经把它运到河边埋了起来。

这只全身黑色的小狗原是只流浪犬，三年前我们楼下的女主人可怜它落魄的样子便收留了它，它的年纪算起来顶多三岁多一点，还绝对不到自然死亡的年龄。收留不久，楼下就开始后悔，这只狗是一只完全不受羁绊的狗，用绳子拴着它固然叫，把它放在院子里让它自由走动它也叫，它的叫声尖锐刺耳，而且从来不会疲倦，它是一只罕见敏感又叛逆的狗。

它的敏感大致都和声音有关。后来我们发现，它对小孩子讲话的声音、拍球的声音最为敏感，一听到这类声音，它就会又蹦又跳又大声狂吠的。还有它对邮差先生也有特殊的“感情”，远远听到邮差脚踏车的刹车声，它就狂吠不已，这使得邮差心生恐惧，楼下的平信，大都就投置在我们二楼的信箱里，就是挂号信，也尽量不按楼下的电铃而请我们代收。

有一次我们家的一个长辈说，这只狗可能“前世”是服务于小学或幼儿园的工友，跟小孩子特别有感情。我说它的感情似乎是要扑向他们，也未免太强烈了吧，但他说感情原来就有正有反，这就要看他们前世的宿缘，别人就不得而知了。至于它对邮差也有同样猛烈的“感情”，那该如何解释呢？长辈说：“宿缘不只是一世呀！也许它在另一辈子里，是干过信差这类的事情的。”

因果论原本是一种逻辑学，但世俗的因果论，往往变成跳离逻辑的解释方式，然而我们都很喜欢，至少是不反对这样的解释。这只小狗前世跟孩子有缘，再前世跟邮差有缘，所以这辈子，它见到他们会兴奋得控制不住自己，至于它为什么是学校的工友，而不是老师或者校长，这我们暂且不去管它。它既然有前世，当然也会有来生，我们希望它的来生会“调整”到比这辈子更好的位置。

校长去世了，对他的学校和家庭，必定是一个相当悲恸的打击，相对的，一只小狗死了，影响力就没有那么大，但对狗主人而言，必然是一件痛楚而不舍的事。古人说：“死生亦大矣”，还有什么比死生更重大的事呢？这里的死生，可能不是只指人的死生，而包含着所有生命的死生以及整个宇宙的死生吧！

在同一巷弄，与校长丧居紧邻不远的地方住着一位小有名气的命相家，他可以借着你在他篮子里捡拾的树叶，说出你的前世来生，当然也顺道解决你现今的疑难。这位命相家在这条巷弄已“开业”了三十年，现在已龙钟老迈。第二天清晨，也就是我听到噩耗后的隔天早上，我到楼下信箱拿报纸，顺便推开大门到外头走一走，楼下的榕树叶落满了一地，几个初中生骑着脚踏车愉快地路过。我看见那位已明显进入老年的命相家，正穿过我对面的街道，向他自己的住家走去，没有了狗吠的巷子，似乎缩短了深度。他背着双手，脚踩着落叶，经过校长丧居的时候，连看都没有看一眼；在他的心中，这世界一切如常，生命的殒落，似乎跟一片树叶的飘坠没有任何的不同呢。

◎ 已死者与未死者

九月二十日星期一，晚间我和妻一同到演奏厅听英国圣马丁学院乐团的演奏。圣马丁学院并不是一个大学的学院，而是属于圣马丁教堂。这个演奏团体的英文全名 The Academy of St. Martin-in-the-Fields，很容易使人误会它是像“三一学院”“国王学院”之类的学术团体。乐团成立于一九五九年，原先是由伦敦交响乐团的主要弦乐演奏者所组成的一个室内乐团，以演奏巴洛克时代的音乐为主。后来在马林纳（Neville Marriner）的领导与经营下，乐团逐渐扩大，而成为一个能够演奏大型交响乐的乐团。但这个乐团的精华，其实还是它维持一个小型乐团的形式。

那天的乐团确实维持着一个“合奏团”（ensemble）的形式，由十八位弦乐家所组成。起首演奏莫扎特的《G 大调弦乐小夜曲》，这是一首初习古典音乐的人都耳熟能详的曲子，可能是这个乐团对这个演奏场地不太熟悉，或者旅途疲惫，竟然演奏得有点有气无力的，第三、第四乐章奏得尤其散漫，不像一个国际驰名的乐团所应有的水平。但第二个曲目是萧斯塔科维奇（D. Schostakowitsch）的弦乐交响曲，整个乐团竟然像脱胎换骨似的，一开始便夺魂式地把萧氏深沉凝肃、冷峻不安的情绪把握住了，十八个弦乐乐器好像一个近百人的交响乐团，紧张、凛冽而盛气凌人，萧氏第五号交响曲《革命》与第七号交响曲《列宁格勒》的阴暗主题，隐藏在其间，一有空隙便流泻出来，真是令人夺魂呀！我直觉那个不安的主题是在描写死亡，一切壮烈的、凄迷的，甚至平凡的死亡，只要你注意它，都是那样地令人动容。我被这组由挣扎、攀缘最后不得不放弃的乐音所感动，当然是因为音乐本身具有的动人力量，另外一点，可能跟我自己的遭遇有关。

那天早上，我到台大医院的太平间吊丧，死者是我研究所时代的一位师长，这位师长，无论对学问品格以至对自己的身体都是“深自顾惜”的人，他虽然不像《论语》里面描写澹台灭明那样的行不由径，但他确实极为视重自己的行为，尤其在对身体的照顾上。他不吸烟，也不饮酒，他从台大退休后，每天赤足登山，但他竟然因肺癌而死。他的死，使人不由觉得人生有许多不可测事情，就因此，人生充满了诡谲并且具有一点点的荒谬。

当死亡来临时，我们要如何面对？人生只要够长，他必须经历许多亲属、友人以及其他人物的死亡。人生最后的事，是面对自己的死亡，他一生累积了许多死亡的经验，通常对他处理自己死亡并没有什么帮助，他虽然不怎么情愿，但情势所逼，他不得不一步一步地向黑暗的角落走下去。

孔子说："智者不惑，仁者不忧，勇者不惧"，勇者之无所惧，当然也包括了死亡在内。对死亡无所惧，可能是因为生活更为恐怖，选择死亡，在于逃避恐怖。公元前一世纪率领十余万奴隶与罗马军对抗的斯巴达克斯（Spartacus），骁勇善战，视死如归，有人问他何以致之，他说："奴隶生活，生不如死，死亡对罗马人而言是痛苦，对奴隶而言，反而是解脱。"正好说明这层意思。另一种人之临死不惧，在于对未来世界充满憧憬，充满幸福的信念，这个信念，大都来自宗教，直到今天，有些宗教在处理死亡的时候，还往往当作喜事来办。剩下一些不惧的人，恐怕是基于道德的原因了，孔曰成仁，孟曰取义，便是这种类型。文天祥就义前说"鼎镬甘若饴"，鼎镬所以甘若饴，在于他认为唯有经死亡，才将道德的人生真正地完成。

因为没有"来世"的憧憬，儒家在处理死亡时，显得比较平直而单调。儒家向往入世，由“内圣”而“外王”，他的人生目标便是社会，所以没有一个儒家会鼓励别人逃离社会，背弃群众。面对死亡无所忧惧的儒家，其原因可能完全是道德的了。《论语》里有段记录曾子死的情况，曾子要环侍在旁的弟子查看自己的手足，是否仍然完好，最后说：“而今而后，吾知免夫！”因为他的一生，都以临渊履薄的心情照顾他的身体，只有死，才可以使他放下这个紧张的心情，这种“死而后已”的松脱感觉，可能使得他在面对死亡时不再有任何恐惧，但重点并不在这里，儒家所强调的，是个人对社会无穷无尽的责任。

在《史记·廉颇蔺相如列传》的最后一段司马迁说了句意味深长的话，他说：“知死必勇，非死者难也，处死者难。”这句话换成现在的说法是：知道死亡意义的人，才能成为一个真正的勇者。而这个对死亡的“知”不仅是个知识的知而已，而是一个经过行为而体认出来的生命的知。所以他说“非死者难也，处死者难”，万物终有一死，死并不困难，困难的在于如何为自己“处理死亡”。如果生可选择，死可避免，而他仍然坚持要死，则其价值意义便极可玩味。死亡是绝对的孤独，选择孤独的暗路一步步地走下去，需要相当的勇气。

关于死亡，可讨论的话题太多了。古人云：“死生亦大矣。”

王羲之因而说："修短随化，终期于尽。"中古时代的欧洲绘画，几乎把主题集中在描绘耶稣受难上；在音乐上，最惊心动魄的往往是《受难曲》（*Passion*）、《安魂曲》（*Requiem*）。面对死亡，西方人，或者说有宗教信仰的人比较幸福，因为他们有来世的希望。而中国的儒家，在面对死亡时，除了道德，没有任何慰藉，但反而显得儒家之死，具有一种豪迈的英雄气了。我的师长在得知自己的病况已无治愈之可能之后，没有一点点气急败坏的样子，他仍然把他主持的考试考完，把学生安排给其他教授指导，然后平静地面对自己死亡的来临。据说他在临走前，依旧保持着极为平和的神貌，周围的人反而失态了。已死者如此，未死者何如？面对这个主题，令人感动的不仅仅是萧斯塔科维奇的音乐了！

◎ 皮匠与理发师

一次我去理发，看到帮我理发的理发师，竟想起托尔斯泰写的一个皮匠的故事来。

托尔斯泰的一篇短篇小说中有一个皮匠，名字是什么我已忘了，这位皮匠是一位天使，因犯了天国的罪愆被谪到人间的。他赤身裸体地倒卧在一处泥地中，被路过的一位老皮匠发觉，老皮匠收容了他，他康复后便在老皮匠店中学各种手艺，后来就成了皮匠了。

过了几年，他的手艺逐渐胜过了老皮匠，老皮匠也更老了，便把店里的大部分工作都交给了他，他慢慢地成为附近最好的皮匠了。有一天，国王猎到了一只漂亮的鹿，打算将鹿皮做一双靴子，便率领了一些随从临幸这家店，让皮匠为他量脚，并指定靴子的样子。国王走了后，年轻皮匠就立刻剪裁起来。老皮匠虽然将主要的业务交给了他，但国王的靴子毕竟是重要的，便在旁边看着他工作，做了约莫一半，老皮匠便大惊失色了，从来没有这么要命的错呀！原来他竟把那美丽的鹿皮裁成一双没有鞋跟的拖鞋了，在俄罗斯，这种式样的拖鞋是死人入殓时穿的，老皮匠大声地喝止，但他似乎聋了似的没有听到。正在这时候，门外车声大作，国王的随从气急败坏地来通知，刚才定制的靴子改作拖鞋吧，因为国王在进城门的时候断了气。

当年轻的皮匠把国王的拖鞋缝上最后一线，这时刻，他在人间的贬谪便已结束。天空一道光束穿过了屋脊，四周响起了仙乐，是他回归天庭的时候了，老皮匠几十年来第一次看清楚了他的脸，原来是那样地光耀圣洁呀！他向老皮匠道谢，这是他几十年来第一次开口，老皮匠说："等一下，我能不能问你一个问题呢?"他点了点头，老皮匠问：

"国王来定做靴子的时候，你怎么决定做成拖鞋呢?"

"很简单，我一个名叫死神的朋友，正混迹在国王的随从之间，他还跟我打了个招呼呢，我便知道国王的时辰已到。"

这是托尔斯泰的皮匠的故事。

皮匠与我的理发师有什么关系呢?

是这样的，我的这位理发师不是托尔斯泰笔下虚构的人物，而是我家附近的一个真实人物。理发师是一个中年妇人，她在三角小公园边开设家庭理发店已经有十多年的“历史”了。我十多年前让她理发的时候，她小的小孩，还在襁褓之中，有时要停下工作去张罗孩子的事，现在，最小的孩子已经上高职，而老大已经准备去当兵了。她的手艺十余年来没有一点进步，理发店的设备也没有显著的改善，但我没有什么选择的机会，只好长期做她的顾客。

她的优点是不太说话，笨拙一点的手艺，往往可以解释成是老实可靠这种性格的附带赠品，便也没有什么不可以包容的了。在浮华的城市，尔虞我诈欺骗词语充斥的世界中，静默与笨拙，有时反而令人珍惜。

那天我在她狭小的理发店等待。她正为一个在头发与面容上看来已逐渐从中年迈入老年的男子理发，收音机里播着闽南语的卖药广告，忽然，与那卖药广告同样的男声，竟化成了一位佛教的法师，油嘴滑舌地宣传起佛法来了。最令人难受的是那位“法师”在念阿弥陀佛的“佛”字时，总把它夸张地念成“呼”这个声音的入声念法，好像用一口气把蜡烛吹熄时所发的那种声音。一位信徒请求开示，说他自己是一个保险公司的收费员，有一天被人逐出门，并且骂他是乞丐，“请问师父，这时我该怎么办?”

“啊哈——”收音机里那师父竟发出了舞台上济公和尚所惯发的怪声，“我该恭喜你，我该贺喜你，你被叫作乞丐了！你要知道有多少人修行了几世也修不到被人叫作乞丐呀！想当年，我们的‘呼’祖，释迦牟尼‘呼’就是乞丐，不只释迦牟尼‘呼’，西天的诸‘呼’诸菩萨，没有一个不是乞丐，……”他还在继续“呼”下去的时候，那位中老年顾客说话了，理发师正在修剪他所剩不多的华发，“唉，看看这一头头发，老板娘，是你把我从黑头理成白头的呀！”

理发师笑笑，没有说什么，顾客继续说：“这样下去，恐怕不久了——不过，老板娘呀，你是不了解的。”

但我觉察出这位理发师潜藏着智慧，说她不了解，其实她比谁都了解。她有点像托尔斯泰笔下的那个皮匠，皮匠做过无数鞋子，终于了解了生命的真谛；理发师理过许多人的头，将无数黑发剪成白发，当然也了解了生命的意义。只是，托尔斯泰的皮匠是天使的化身，他其实无须经历便已了然世间所有的真相，而这位理发师呢？

那位顾客走了后，理发师示意我坐上那还有些微温的椅子，收音机里的那位“法师”仍然在那里“呼”来“呼”去地宣示着教义。她一刀剪去我鬓角的头发，落在白色的围巾上，我仔细看，已经有很多根闪烁着银光了。我看镜中的理发师，正巧她也在看我，她面上浮现着一种带有安慰又有一点诡谲的笑容；这时候，我突然觉得她像托尔斯泰笔下的那位皮匠一样，只要剪完这次头发，她便完成了人间的贬谪，随时会向一个我们不知道的国度飞去。

◎ 野姜花

野姜花是一种生长在水潭畔的草本花。在台湾的乡下，它是十分普通而廉价的花，在有些地方，它甚至算不上廉价，因为根本没人用钱买它，它有点像野地蔓生的牵牛花，谁会花钱去买牵牛花呢？

随着水源逐渐枯竭，溪流在经过城镇的时候，又受到污染，有些城镇干脆在经过的河上加上盖子，把原来有活力的溪流变成暗沟，湿地和水源被破坏了，野姜花也就不容易见到。要找，就要到人烟稀少的乡下，在还没怎么被污染的河流边上，那里或许还长着一丛丛泛着浓浓香味的野姜花。

摘下来的野姜花要它长得好，必须勤于换水，它虽然不很值钱，但它对水是很挑剔的。水最好是一天换两三次，它需要大量而清洁的水分。水好，它的叶子就会很挺拔，叶边不会泛黄，它的花就会依序开放。它的花有点像纯白的兰花，所以野姜花也叫姜兰，但比一般兰花更为娇弱而透明，原来支持它生命的，就是纯粹的水呀！

另外，野姜花对空气的要求也相当严苛，假如放在不通气的房间里，它不仅很快就枯萎了，而且它散发出来的香气，是浓重而停滞的；假如空气是流动的，也就是有轻风徐徐吹过，它散发的香气就变得轻快而有活力，深深地吸一口，有时会有“提神醒脑”的作用呢。

有一次学生来看我，带来了一束野姜花，他们将包装的玻璃纸解开，无疑的，这束野姜花是从花店买来的。他们把花插在一个装满清水的陶瓶内，然后坐下来，轻声地和我谈话。这时，窗口的野姜花散逸出来的香气，却有点令人沉入梦境的感觉。学生发觉我心不在焉，交换了一个眼色，一个学生问我：

“老师，是不是不喜欢这束花？”

“不是的。”我说。

“那这束花是不是让老师想起一些事呢？”

“具体的事，是一件都没有的。”我说，“只是野姜花总令我想起一些关于热带丛林的、像幻梦之类的事。”

我变得有些混淆，又有点口吃起来。我跟她们说，野姜花令我陷入一种梦境，那个梦境有点像法国画家亨利·卢梭（Henri Rousseau）的画。在沙漠的夜晚，圆月当空，一个沉睡的吉卜赛女郎平直而安稳地躺在地上，鲁特琴在她左手位置，也跟她一样地躺在地上，一只扬起尾巴的雄狮，正出神谛视她的沉睡，一点也没有惊动她的意思。卢梭还有一幅名字就叫作《梦》（*Le Reve*）的画，在一处热带丛林中，不知名的花盛开着，一个裸女半躺半坐在画的左边位置，画的中间，在阔叶林中间，一个半裸的黑肤少女，正吹着管状的直笛，两头雌狮正透过浓密的草丛，看着左侧的裸女。整幅画面，以常理判断，是危险而紧张的，但在卢梭的笔下，却令人觉得神秘而宁静，觉得在那个世界，是不会发生任何事的。

“老师，”那个学生不等我说完就问，“卢梭为什么透过不安来表现宁静呢?”

“也许他认为，人必须返回人原来的自然属性，也就是回到野性，才能获得真正的安顿和宁静吧。不安是人为的，是人类自己造出来的，不安其实是，至少卢梭认为是不应存在的。”

“老师，不知道这个问题有没有意义?”她为她的多话而腼腆起来，“卢梭的两幅画都画了狮子，而老师的梦境中，代表野性的是什么?”

“蛇!”

“蛇?”她们都被这个字惊吓住了。

我告诉她们我少年时带着外甥到河边采野姜花的故事。小时候的宜兰乡下，水潭边是很容易看到这种花的，小河边尤其多，但在陆地这边的花，大多被人摘光了，剩下的，都开在临水的那边。一天黄昏，我们决意到河水那边摘花，我在一般用作救生圈的轮胎内圈放上一个盆子，准备用来装采下的花，然后跳下水去，游向多花的水面。那是夏天的黄昏，水很清，因为日晒的缘故，一点也不冷。我推着救生圈游呀游的，终于游到花丛前面，天呀，那不只是花丛，那其实是一堵隔绝水面与陆地的花墙，漫天漫地的，都是盛开的野姜花。突然，我觉得在花叶之间，甚至在水面上有许多眼睛在瞪着我，仔细一看，尽是大大小小的蛇，它们有的攀缘在树枝上，有的身子在水里，将头探出水面，原来它们都沉醉在野姜花的花气中呢。看到我，它们开始游开，树枝上的蛇，一条条地跃入水中，我才知道，蛇跃身入水，是可以不发出任何一点声音的。

“那次您采了花了吗?”她们问。

“我一朵也没有采，并不完全是因为害怕。那种感觉相当奇怪，我确实有一点害怕的，蛇一条条跃入水里，从我身边游开，我知道，在比较远的地方，依然有些蛇正藏在花叶之间窥伺着我，我如果害怕，我可以很快地游开，但我没有游开。当时我有一点被震慑住了，被眼前奥秘而宁静的秩序震慑住了，树叶、花朵、水、蛇和弥漫在四周的空气，都是这个秩序的一部分，我没有采一朵花，原因可能是当时我觉得，那种严肃而神秘的秩序，不容许我作任何破坏。”

她们不再提问题，我也不想说话，于是我们陷入一段沉思式的宁静。那时候，插在陶瓶里的野姜花，已将它充满野性的香味，散布在房间的每一寸空气之中。

◎ 水晶

我利用中午到家附近的邮局办理一些汇兑及存款的事情，中午一般是邮局比较清闲的时刻，这时候办事往往不需要排很长的队。

我的汇票可能出了一点小问题，职员在查证上耽误了点时间。幸好有这次耽搁，我因而看到了一些原来我可能看不到的有趣的事。

在我旁边窗口办手续的是一个年纪大约二十出头的小姐，她的相貌和装扮都很普通，一般时刻，她如果没有特殊行径，是很难让人注意到她的。她是来办更换印鉴的手续，更换印鉴必须将新旧印鉴同时带来，并且要填上一些表格，这些都在邮局职员的解说及帮助下完成。但在盖新印鉴的时候，她坚拒邮局职员的帮忙，每一个章都要由她亲自盖上才能算数。她手拿着她显然十分宝贝的水晶印章，任谁也不准去碰它，她说：

“你要知道，这是水晶印章呢！”

“水晶又怎样？”职员问。

“水晶印章别人是不能够碰的，你难道不知道吗？”

职员不解地摇摇头。

“那我解释给您听好了。”她的语气变得客气起来，“是这样的，水晶含有磁性，而不同的磁性集合在一起会形成一个磁场，别人碰了之后，会打乱了这个磁场，那就很不好了！”

“怎么说呢？”

“我也不怎么会讲，我老师如果在就好了，”她有点害羞地说，“这方印章是我老师刻给我的，上面的磁场跟我的生辰八字相配，所以别人是不能碰的，磁场一乱就没有用了。”

“你讲的我不了解，但没有关系；你如果一定要自己盖就拜托你盖清楚一点，你看，这两个地方都盖得太模糊了。”职员指给她看。

“我再盖一次好了，真对不起啦！”她说，“我老师说，一个人生活在世上，是跟他的磁场息息相关的，他必须和他的磁场‘顺应’，这‘顺应’您知道吗？”

职员专心检查她盖的印章，不很在意她说什么，但她似乎浑然不觉的，她说：

“这颗水晶印章上面的磁场跟我身体上面的磁场是互相‘顺应’的，可以保我一切顺利，但别人一碰就不成了，所以……一切请您原谅了！”

职员微笑地说她的手续已经办妥，而且表示明白她所说的，她就收拾文件准备离去，她回过头来，发现我在看她，她扬了扬手上的水晶印章，笑着说：

“让你见笑了，印章对人的重要性跟他的名字是一样的，有时候甚至比名字还要重要呢！尤其对常跑银行邮局的人来说。”

我向她笑笑，纯粹礼貌性质的，她从我边上走过，步履有些“飘然”。无疑的，她当时是兴奋的，她对未来想必是充满着期待。我窗口的职员告诉我说我的手续也办好了，她说汇票没问题，已经存入我的户头；这位女性职员已在这所邮局任职了好几年，跟我们这一些“老”顾客已经相当熟稔，她笑着对我说：“我看您似乎该换一个印章了，您看您的印章是多么旧啊！”她显然也听见了隔邻窗口的对话。

“完全一派胡言！你怎么相信这种话呢？”刚才帮那位小姐办更换印鉴的职员不客气地对他的女同事说，“一颗印章可以保佑你百毒不侵，大发利市，天底下哪里有这么便宜的事？”

“我是跟这位先生开玩笑罢了，我当然知道天底下没有这么便宜的事。”女职员笑着说，“但是，天底下究竟还有一些我们不能确定的事呀！”

“这我承认，世上确实有我们不能确定的事。”男职员说，“不过，一颗水晶印章能够有多大的磁场呢？再说，磁场要如何左右一个人的命运？这些事都没有想通，岂不是一派胡言？”

“水晶不见得可以改变命运，但刻颗印章所费无几，假如能够替人生增添了一点信心，也不是坏事呀，何必说人家一派胡言呢！”

“信心本身也许不是什么坏事，但因迷信而增加信心，我认为，这个信心不增加也罢。因为它根本是假的，你知道，迷信混淆是非，制造错乱，是罪恶的根源呢。”

“你说得有道理，但是你刚才为什么不在那位小姐面前说呢？在人家后面说人家罪恶，恐怕才是罪过哪！”女的分明生起气来。男职员不甘示弱地说：“女人家迷信一点就算了，你竟然要你面前的先生换印章，看看是谁的错！”原本一场小小的口角争辩，有变得愈益严重的趋势，我原来只是一个纯粹的旁观者，现在已经被卷入，整个事情不能说跟我毫无关联了，我连忙说：

“你们不要紧张，我原本是有颗水晶印章的，我用它的时候，从来没有运气好过，但也没有特别坏，我后来不用它，是因为……”

“是因为别人碰过它吗?”女职员问。

“不是的，我不用水晶，是因为我对水晶过敏。”

“对水晶过敏?”男的说。

“是的，”我说，“我对水晶过敏，这证明‘磁场’的作用不是对每个人都有效的，所以我还是用这颗又旧又丑的印章了!”

我惊讶自己竟说出这样的话来，这句话，是一点根据都没有的；没等他们从错愕中回神过来，我快步地离开了邮局。在邮局正对面的街头，我看见刚才换好水晶印章的小姐，撑着一把开满鲜花的洋伞，正朝着跟我完全相反的方向轻步地走去。

◎ 停电

偶尔停电并不是坏事，它会让你发现一些你认为已经消失了，或者你认为你不曾具有的生的本能。

譬如停电了之后，电梯也停了，你只好暂停上下楼。但必要时，你还是要上楼或者下楼的，这时你会发觉，腿长在身上是很有用的，你已经很久没有靠自己的腿来爬楼梯，现在恢复了它的功用，竟然也虎虎生风呢！晚上停电了，室内室外，顿然一片黑暗，在自己熟悉的居室，你也须“摸索”前进。原因是距离和方向，我们通常是靠视觉来判断的，一旦没有了光，视觉消失了，我们就是在熟悉的家里也会迷路。而其实，我们的感觉器官还有听觉、嗅觉及触觉，当视觉消失了之后，我们仍然能靠剩余的感觉来判断方向和距离。譬如书房门口挂着一只电子钟，它发出的嘀嗒声，足以令你分辨你现在的位置，厨房、厕所、卧室都有不同的味道，你停止依赖视觉的时候，这些气味就会发挥作用，指引你走向何处。

何况即使电灯都熄了，并不表示你身旁的世界完全落入绝对的黑暗，因为仍然有光，只是比较小比较黯的光，你平时不会觉得罢了。最大的光源是天空，夜晚，天空其实是很亮的，有星有月，自然不在话下，没有星月，堆积了厚厚层云的天空，也形成一道泛白的光幕，在黑暗的室内处久了，那道光幕就益发强烈，强烈得使你可以分辨桌椅的位置、台灯的位置，甚至壁上所挂图画的大致形象了。

昨晚十点多钟停电的时候，我正在书房看一篇文章，音响正放着法国作曲家普朗克（Francis Poulenc）的一首钢琴曲，电突然停止了，世界仿佛也随着停止运转。电灯熄了，冷气没了，音乐中断了，我呆坐在书桌前，约莫有十分钟的样子。电似乎一时还不会来，我只有打开门窗，让外面的空气进来，窗外的巷道一片漆黑，原来附近都在停电呢。

我移坐到客厅落地窗边的藤椅上，原本熟悉而嘈杂的声音，现在都没有了，大地陷入一种真空的宁静。耳腔里面，因为空间激荡的缘故而感觉一种轻微但实有的嗡嗡声，这个声音随我面孔的朝向而有所变动。我知道，视力的减少使我恢复了本来具有的某些辨位的本能，这个本能在蝙蝠身上发挥得淋漓尽致，但是因为我荒疏已久，我无法掌握，也无法真正使用它。

我的视力当然因为缺少了光源而折损了泰半，但并没有完全消失，我发现窗外的天空正映照在我家的地板上，发出一种奇诡的光，因为这个奇诡的光，我家的空间——时间改变了不少。我想，我们了解的一切空间秩序，都得之于一个正常的光源，当那个光源消失了或者改变了之后，空间的秩序也因而产生了变化。现在的光变得暗而微小，只能微微地在磨石的地板反映出一些若有若无的影子，屋顶和墙壁，此刻都陷入混沌的黑暗之中，家具也看不见，空间一下子加深又加大了。我坐在自己原本熟悉的房间，却像是倒立在一个纯然陌生的太空中一样。

不仅如此，我坐在落地窗的边上，能够清楚地感到有一阵阵的微风透过纱窗吹进来。平时，每家开着冷气，把热气排到户外，巷道中即使有风，也是燥热的；现在，冷气都停了，少了热源，风也恢复了原来的清凉。

黑暗中流动的空气、怪异的光线，在这样的时空，我听到自己的呼吸和心跳的声音，体会到在恒光消失后的自我存在。表相已经模糊，我觉得自己与世界的关系更深契内里，古人说：“心凝形释，与万化冥合”，可能指的就是这种经验。

可惜这个经验，没能维持多久，不一会儿，电就接通了，万家灯火恢复通明，世界立刻回到了它原来的秩序。楼下的抽水马达，首先发出运转的噪声，接着电视、冷气都又打开了，每家纷纷把门窗关上，热风又壅塞住了巷道。控制这个世界真是简单，只要把电线接通或者扯掉，世界就会呈现两种迥然不同的风貌。至于哪一个比较接近真实，在人为的光线下，我们可能分辨不清，还是关了灯，打开窗，让我们融入大地的黑暗去体会一下吧。

◎ 聚会

几个朋友在晚餐后的闲谈里，竟聊起在此间不久前举行的所谓“跨世纪演唱会”了。一位女性的朋友去听了这次演唱，她说这场演唱会在自由广场举办，请来一个境外的交响乐团作伴奏，还有一整团的合唱团，规模和阵容真可谓空前。主唱是国际知名的男高音卡雷拉斯和多明戈，再加上一个流行乐的女歌手名叫戴安娜·罗斯的，真可以说是珠联璧合的“黄金组合”呢。正在她滔滔不绝地介绍那天的经历时，一个男性朋友阻止她说下去，他说：

“等一等，我原先以为你在引述报纸呢，但当你说这是一个黄金组合的时候，我想请问你，这是你的看法呢，还是新闻上这么说的？”

“我认为是的，虽然报纸上也这么说。怎么样，我说错了吗?”女的说。

“你假如在引述报纸，那就算了；但如是你说的，那我就要请教，为什么称他们是黄金组合?”

“我觉得他们确实唱得很好，所以我说他们是黄金组合，如果你不觉得他们唱得好，那叫别的也可以呀!”

“叫黄金组合，应该指他们的表演达到音乐美学的极致，而且他们三人必须搭配得天衣无缝。”他说，“你觉得他们唱得好，我不能说你的感觉是错的，然而，音乐的美学，讲的是和谐，为此高音乐器必须搭配低音乐器，管乐必须搭配弦乐，即使是弦乐四重奏，也最少是集合了三种不同音高的提琴组织起来的，这样的高低互补，才叫作搭配，才叫作和谐。弦乐四重奏，绝对没有拿四把小提琴凑合在一起的，因为那根本无法搭配。从这个角度来看，三个高音放在一起演唱，只有各唱各的歌，最多一首歌分成三段唱，这哪里算是和声呢？各唱各的歌，根本没有组合的条件，怎么算是黄金组合!”

“你干吗呀，说得这么严重的，我的黄金组合指的是——”女的有点气恼，但她显然有些词穷。“她的黄金组合是跟房屋广告一类的，”我帮她打圆场，“房屋广告不是常常说是黄金店面、钻石地带吗？跑过去一看，原来还是一片荒地呢！让世界顶尖的男高音同台演唱，说是黄金组合，绝对比房屋广告可信的。”

“是呀!”其他同桌的朋友附和着说。

“当然你也可以这么说，”这位对音乐采取比较严苛态度的朋友说，“从音乐美学入手，几个高音是不能放在一块的，这纯粹是一种外行的组合；当然如果从娱乐的观点来看，制造一些热闹，原本也无可厚非，只是他们要价未免太高，破坏了音乐的行情。”

“是高了些，但如果跟上次帕瓦罗蒂的演唱会比较，这次就还算便宜了。”女的说，“这次最贵的票价是一万两千多块，而上次帕瓦罗蒂最贵的票卖到两万块呢，那才是天价。”

“这是不能比较的，抱歉我又要说和你不同意见的话了，”他说，“当然上次帕瓦罗蒂的票价也是太贵了，但这两次演唱会是不能放在一起比较的。帕瓦罗蒂的演唱会在演奏厅里举行，一个演奏厅里能容纳的人数，顶多两三千人，而广场所容纳的观众是它的十几二十倍，所以广场的入场券便宜些，是完全合理的事。何况演奏厅是一个封闭的音响室，在里面听到的是男高音的原声，而广场上听到的则是麦克风、高效能扩大机和喇叭所造成的‘音效’；这有点像在餐厅里吃的是原汁牛肉面，而在摊子上吃的是冲了好几倍清水的‘牛肉汤面’了。你如果觉得帕瓦罗蒂的票价贵的话，老实说，你这次吃了碗牛肉汤面花的价钱其实更贵过帕瓦罗蒂的那次，你相信吗?”

女的静默，男的继续说：

“我火大的是，这三个男高音绝对懂得什么是音乐的，但为了赚钱，结果拿了些根本不是音乐的东西来骗人。下面我指的那些人，不包含你在内，请你千万不要生气。”他对静坐在旁的女的说，“他们为什么会得逞呢？这纯粹是因为在下面欣赏的观众都是外行。我们社会多的是一掷千金毫无吝色的人，他们愿意花钱，在于演唱的人有名，他觉得他的躬逢其盛可以分享到那些盛名的光辉，他们其实是一群自怜而卑弱的可怜虫。他们赶场其实不在欣赏艺术，更在意的是创造他们自己生命里的记录；他们往往保留票根，一方面示人，一方面示己地说：‘啊，迈克尔·杰克逊的那次演唱会我去了!’‘啊，一九九七年二王一后的跨世纪演唱会我也去了！真好极了！真 remarkable 极了呀!’”

“你不觉得你说的话，稍嫌尖酸刻薄了吗?”一个刚才一直不语的朋友不高兴地说，“你也许有道理，但无须摆这么高的姿态呀，你没有权力要求世界上每一个人用你的标准去欣赏艺术!”

“说实话是会得罪人的，”他有点无奈地说道，“我的姿态并不高，但我抱歉让你们觉得高，我不再说了。”

一场聚会就在这样有些尴尬气氛中结束。那位得罪人的朋友，无疑是一个自许甚高又确实有见解的人，他的问题在于他太过于急切，把整个聚会气氛弄坏的原因，不在于他与人不同的意见，而是他的语气。他只要把他说话的速度放慢，语调变平稳些，就不会造成现场那种僵局，他并非不知道，却不照着他知道的做。事后我想，一定有一种极为孤愤如韩非的理由，逼他这般说吧。

◎ 文法学家

有时候，知识是人类最大的累赘。道家常以形体为人之大累，庄子说：“至人无己”，意思是说最伟大的人是没有自己的，唯独没有自己，才能踪迹大化、神游六合。但人没有知识，便无法发觉自己被自己的形体所累，就好像其他生物，并不能意识到自己存在，因而“不觉”被自己所累，它们只是遵循着自然的规律而生存罢了。所以要扬弃自己，得先扬弃知识。

有一天，我和一位文法学家同乘一班公车，他在大学教授修辞学这类的课程，跟这样的人同车，你会发觉一些你平常没有发觉的趣味，当然也有一些新的困扰。文法学家注意人的部分往往不是长相，也不是服装，而是他的语言。他常常指出别人语言中有关语法与修辞上的错误，这个错误经过他揭露之后，原本属于他的苦难便传染到你的身上了。譬如车上一个学生对另一学生说：

“这个电影你有看过吗？”

“我有看。”

文法学家对我说，你听，他们都说错了。他说普通话里面，“有”这个字的下面只能接名词，不能接动词的，在“有”字下面接动词，是闽南话独特的方式，所以“我有看”在闽南语中是通的话，在普通话中就不通了。我问这两句话该怎么说呢？他说上一句应该是“这个电影你看过了吗？”下一句则应该是“我看过了。”

经过文法学家的指点，我的灾难就不断出现，像这样的句子：“我有读书”“我有吃饭”“我睡觉前有刷牙”，几乎充斥在我们社会的每一角落，你如果像文法学家一样注意听的话，你的耳朵必定被刮得伤痕累累。我才知道，没有这个知识的时候，自己是如何的幸福呀！

又有一天，我“不幸”又与这位文法学家同乘公车，他热情地指给我看一张贴在车厢上的广告，那是一个名叫“基督教圣洁会”所具名的宣教告示。上面写着可能是《圣经》里的句子：

凡向祂有这指望的，

就洁净自己，

像祂洁净一样。

他说，这短短的三小段话，竟没有一句是通的，我问他应该如何改？他说应该改成：

凡是对神有这样期望的人，

应该把自己弄干净，

就像神把自己弄干净了一样。

被他改过的句子，确实是“通”了许多，但那幅广告，从此便像刀尖一样，随时刺向我的眼睛；不仅如此，他又指出另一则广告上的文字更是荒唐。我不待他细说，便拉铃准备在最近的一站下车，“对不起，下次听你说吧，”我对他说，“我要在这里买一些东西。”

◎ 冥想的老者

星期日下午的城市，炙热得像是中暑了似的。街道比平时冷清一些，这冷清不是指空气，而是指车流。太阳毫无顾忌地在头顶燃烧，每个商家都把自家的冷气开到极点，把热气倾销式地排出来，走在街上仿佛走到一个个火炉边般地令人烦躁不安。

我们决定到邻近的公园走走，到公园之前，必须穿过蒸烤一般的巷道，然而想到在林荫下散步的愉快，一时的苦难就值得忍耐了。但到了公园门口，我们便沮丧起来，原来今天是礼拜天，公园聚集了成百上千的游客，光是公园侧门前的脏乱，已经令人难以忍受。卖猪血糕、卖香肠和臭豆腐的摊贩，把人行道阻挡得水泄不通，卖玩具及气球的贩子，把他们的商品系在公园门口的护栏上，其中还有吹足了气的救生圈之类的，原来这座公园里附设有游泳池。

我们还是进了公园，原因是我们已经来了。公园里面的脏乱并不见得比外面好多少，几个原本构想是碧草如茵的广场（我见过这座公园的原始设计图），因为保养不良，一部分已被游客踩成泥地，一部分则成为野草的丛林，见不到任何修剪维护的痕迹。而林荫之间被人践踏而成的黄泥道上，堆着一层层枯焦的落叶，至少一个星期没有清理了呢！几株树之间，游客搭起了简陋的吊床，他们无视立在附近不准搭吊床的警告，同样的，一群顽童也无视不准钓鱼的告示，公然在池水边垂竿，后来我们发现，垂钓客中还有成年人哩。市府公园路灯管理处有个很大的单位设在这个公园里，而公园大门的入口处，还有一个堂皇的警察派出所，怎么没有人出面来管理呢？眼看这座公园，被“颠覆”成一个提供人心浮气躁感觉的地方，确实有点令人匪夷所思。

我们穿过一条甬道，一个老人将他的画眉鸟笼挂在树梢，原来覆盖在鸟笼上的黑布被掀起来了，画眉鸟在笼中展现它有些聒噪的歌喉，而老人却在旁边的石凳上闭目养神，好像那只啼叫的鸟与他毫无关联似的。

在湖边九曲桥附近的一条通道上，这里距离侧门出入口不远，又因为在水边，所以来往的人数最多，在杂沓的人影之中，我听到了一个奇怪的乐音，从一个小型扩音器里播出。在公园你可以随时听见一些强调节奏的流行音乐，原因是有许多社区的团体在这里集会习舞，因为收录音机泛滥，一些年轻的游客也会把他随身携带的音响开到极大的声量，里面的音乐则多是重金属的现代摇滚乐之类的；但此刻我所听到的，并不是上述的音乐，而是一种带着整齐踏步声和口号声的军乐合唱。

我们循着声响，走到声音的来源，一个梳妆得十分整齐的老人家，端坐在通道旁的座椅上，他穿着一条淡灰色的西裤，趿着一双日本式的夹趾木屐，洁白的袜子，显示他是个拘谨自律的人。他旁边的一只单声道的录音机，正音量全开地放着五十多年前日本海军的一首战歌。这位老者可能，在半世纪之前曾经参加过那个军国主义的南方拓殖行动，大和丸或武藏丸上的旭日战旗飞扬，黩武的军威、钢铁的纪律，在现实的混乱之中，竟然成为他维系信念的浪漫憧憬。

我们在他面前停留了片刻，随即匆匆走开，不愿打扰他的冥想，而这位老者一直保持着他严肃的坐姿，眼光则一直停留在一个遥远的空中目标。我们不知道此刻他到底在想些什么，但可以确定的是，至少他显示了一个意愿，就是他不愿看到他正置身于其中的眼前世界。

这位老者一直保持着他严肃的坐姿，眼光则一直停留在一个遥远的空中目标。我们不知道此刻他到底在想些什么，但可以确定的是，至少他显示了一个意愿，就是他不愿看到他正置身于其中的眼前世界。

碧珊　绘

◎ 资优生的抉择

两个台北市第一女子高中的资优学生在苏澳一家旅馆中自杀，留书给她们的家人说：“社会生存的本质不适合我们。”说明社会现实与她们认为的生存意义起了冲突，她们无法改变社会，只有放弃与社会争辩而选择死亡。

如果从这个解释切入，便产生了两个问题，其一是“社会生存的本质”到底是什么？其二则是她们认为的生存意义到底又是什么？

能提供答案的背景资料我们知道得少之又少，报纸争相报道，并没有试图为这个所谓的“悲剧”找出解答。他们感兴趣的是这个冲突够大、冲击力够强，足以令他们“炒作”成一条热门的新闻。至于社会评论家及教育家则并不怎么热切地关心这一个问题，原因是我们社会上发生的事情太多了，比较起来，两个女生的自杀事件就显得孤立许多。因此，我们所看到所谓理论，都技巧式地避重就轻，最后的结论，常常千篇一律地归之于道德的说教，其中不乏这样的说法：“年纪轻轻的，为何如此想不开呢？要知道好死不如歹活呀！”

真的好死不如歹活吗？如果这是唯一的标准解答，那么屈原为什么不遵循？还有文天祥呢？史可法呢？林觉民呢？还有耶稣呢？圣女贞德呢？川端康成呢？

贾谊曾说：“贪夫徇（殉）财，烈士徇名，夸者死权，众庶冯生。”贪夫为财而死，烈士为名而死，爱好权力的为权力而死，在这些人看来，生命中还有比生存更高的意义存在，因此他们宁愿选择这个意义而不在乎生命是否能够延续下去。所谓“众庶冯生”，其中的冯字应念作“凭”，是说一般人只是凭着生存的本能、生存的规则而生存，在他们的身上，根本看不出有超越生存的意义，他们活着仅仅是命运叫他活着，死亡也仅仅是命运叫他死亡，和蛱蝶和蝼蚁并没有什么两样。

绝大多数有天赋有理想的人都会和她们一样，觉得“社会生存的本质不适合我们”，只是他们不见得选择死亡。她们气魄大，自信足，“社会既不适合我们，我们便改造社会”，革命家往往是这个样子。她们对原本与她们格格不入的社会，采取积极介入的办法；另一种比较狷介的人，深怕社会污染了自己，便采取遗世独立的办法，庄子独与天地精神相往来，开展了另一套生命的价值。

否则，活着便有许多的妥协，而所有的妥协，都多少带有乡愿的成分。两个女生不可能是革命家，她们也不能冷冷地把世界放在脑后面追求精神的独立，然而她们与革命家和遗世者都有完全相同的感触，这社会的生存本质，确确实实不适合她们，不适合他们，不适合我们……

这个想法，也许酝酿得很久了，只是采取真正的行动，需要一个莫名其妙的巧合的时机。她们避开了同学，避开了家人，投宿在一个海滨的旅店，她们从容地写好了遗书，封好了房间的门窗，然后借着燃烧、消耗掉室内的氧气，她们因而窒息而死。其间，只要有任何“异状”出现，便会阻止她们的寻死行动，譬如家人觉得有异，在路上遇见了朋友，或者旅店的主人稍为懂得察言观色。不幸的是她们没有遇到任何阻碍，这个社会只对新闻热心，对死亡却以惯有的冷漠。

世界并不因为她们的死而有所改变，短暂的哀凄很快便会被其他的事务冲淡，随后便完全消失。

这社会的“生存本质”到底是什么？我走在熙来攘往的街道

上，电影院门口一座电动玩具游乐场挤满了与死者同龄的少年，一张大银幕把店中的一场战斗游戏“转播”给街上的行人看。一个孔武有力的武士，把一个比他更壮的巨人举起来，CRASH一声扔到街角，巨人便立刻碎尸万片，铿铛一声，银幕下方出现了10 000这个数字，表示杀死了这个巨人，你可以得一万分。随后，另一个更壮硕的巨人出现，等待被你碎尸万片，或者把你给碎尸万片。银幕前的观众，在静静地等候这场即将展开的厮杀。这时，我不禁想到“社会生存本质”的问题，但却找不着答案。

◎ 女权分子

我认识的一位女权运动者最近出现在电视的一个访问节目中，她大声疾呼所有妇女把票投给女性候选人，不管她属于哪个党派，不管她有什么政见，当然更无须管她的学历及出身，只要是女的，所有妇女的选票就该投给她。“让所有男性的主政者看看妇女的威力，少数的女性候选人如果得到所有选民二分之一的选票，就没有男性会瞧不起我们女人了！”

我不知道她的呼吁会为这次选举带来什么影响。但她的呼吁确实呈显了一个事实，就是在参政权方面，我们的社会依然将它与男性连属成一体，对女性不够公正，这在候选人的性别分布上面就可以看出来。女性在人口上占二分之一的比率，女性候选人确实是少之又少，在省市长选举上，更没有任何一位女性候选人出现。在形势的逼迫下，女性只好把她们追求平等的希望，寄托在从来就漠视她们在政治上存在的男性身上。

是不是男女候选人数相当，就表示女权得到伸张了呢？恐怕这是个见仁见智的问题。我一位同情女权甚至参与过女权运动的女性朋友说，女性应占候选人的一半，这是当然的，不容怀疑的，“因为所有实质的东西，都需要从形式上做起。”她说，“就像要把饭煮好，需要有好的锅子。煮好饭是实质，找个好锅子是形式。”

“你说形式决定内容？”我另一位男性的朋友问。

“当然不是必然。但在内容还完全无从把握时，应该先追求的是形式。台湾的女权意识已经抬头，然而所谓‘意识’是十分难以掌握的东西，如果不建立形式，这个意识其实也是脆弱的。所以男女在候选人数量上的平衡是必要的，这是开始，其余的实质部分以后慢慢再讲。”她侃侃而谈，我的男性朋友说，光看她谈话时的英气逼人，就知道她是个女权分子了。

我说她只是以理服人罢了，她其实与时下的女权分子是有差别的，就从她刚才举的例子可以看出来。他表示不了解，我说：

“你注意到她刚才举煮饭的例子了没有？典型的女权分子是绝对不会举这个例子的。诸如煮饭、洗衣、带孩子之类，她们不举这些例子，原因她们觉得把这些事与女性联想在一块，是男性沙文主义者故意制造出来，形成一种以男性为主的意识形态，因此，她们要避免。”

“那真正的女权分子是不煮饭的吗？”

“倒不见得，”我这位朋友对现实世界似乎了解得太少了，我不得不为他解释：

“女权分子也煮饭的，只是她不觉得煮饭是女人专属的事，男人也应该煮饭。而她不举这个例子，是因为要纠正大家把煮饭尽当成是女人的事的这一个观念。”

“这样说来，女权运动其实也是一种意识形态罢了。”他说。

这一点，我很难反驳他的推论。女权分子往往给人一个印象，即是为了纠正男性的专制，她们要做得更专制，为了纠正男人的独断，她们要做得更独断，因为不是如此，无法洗刷历史给她们的屈辱，无法使她们走出阴霾。女权运动其实有富瞻而崇高的道德意义的，然而在推行的时候，那群“战将”却免不了采取部分过激的、具有革命性质的手段；历史上所有的革命，都多少会扭曲了原本崇高的道德理想，女权运动自不例外。

社会迄今仍未能提供女性充分公平的机会，尤其在参政上面，这是女权运动值得同情的地方。只是女权运动者恐怕不愿接受这个同情，因为她们总会把同情视作是对弱者的施予呀！

◎ 诗句

一个原本有能力，也打算写思想史方面论文的研究生，一天突然浪漫起来，想何不投身到一个更艰深而冷僻的学问中间，以磨炼自己，使学问达到顶峰呢？他于是选择一个考据性质极强的语言学范畴，也请定了指导教授，然后有点大张旗鼓地写起语言学的论文来了。

我说他“浪漫”，是他想这门陌生的学科可能是一个坚实的石块，一个人如能够击碎这块巨石，就是有无比的力道，再来从事其他学术就无往不利了。但他犯了错，原因是学问不比武功，能够单手劈开巨石并不表示你有开启其他学问的能力，即使以武功而言，门派亦伙，精研一门绝技，也不表示能够克服所有强敌。经过了一年的“奋斗”，他怀着烦恼回来找我。

我问他论文写得怎么样，他说论文大约已写了一半，但进行起来十分痛苦，他有信心在未来的一年内写好，不过这段过程他预期也不会好过，原因他发觉那些语法上烦琐的资料和推证，都不是他兴趣想做的。“那你为什么选这样的题目呢?”我还是这样问，尽管我早就知道答案。

“可能鬼迷心窍吧，”他半调侃半无奈地说，“我发觉研究思想史上的问题才是我的兴趣，但是一年多以前，我还嘲笑过那些研究思想史的学问太浪漫了，说他们‘束书不读，游谈无根’，又说他们‘清谈误国’之类的，那时选择语言学就是反浪漫，可是谁也想不到那个反浪漫，其实是浪漫的。”

对他的“觉悟”我很同情，可是面对他当下的困境，我实在提不出解决的办法。学问通往的终极目标也许很接近，但入门的途径是不相同的，所以在选择方向的时候，需要有人指点，自己则要十分小心。古人说“皓首穷经”，研究一门学问，往往要耗掉一生的时间，而且还不保证一定有所成就的。有些学问走了一半，看看前程方遥，打算放弃，然而放弃后要怎么办呢？难道在另外事业上另起炉灶吗？因此只有因循下去，将错就错吧。日子走到这个地步，则不仅可惜，而是可怜了。

还好那个学生并没有迷失太远，一个自己没有兴趣的学问，不如趁还能放弃就放弃，他年纪还轻，我告诉他并不是语言学没有前途，而是对一个没有兴趣的人而言，那种语言学是没有前途的。“就像跳高的身材要高，跳远的两腿要长，练举重的胳膊手臂要厚，”我说，“你该反省自己究竟是哪一块材料，然后依照材质将自己琢磨成器，明明是块木头，千万不要要求自己成为金属的模样。”

“这有点像在餐厅吃饭，总觉得别人桌的菜比自己的好，”他说，“当时有些嫌自己，依照心理学上说，这是自我否定的行径吧。到了另一桌，才知道这桌的菜远远地不如自己原来吃的那桌，但已经坐下来了，总不能再回去。”

“我知道你的问题在哪里了，”我说，“你对自己的兴趣与能力的判断，是有把握的，你的问题在于不知道该如何回到自己原来的桌子。”

他点点头。

“你如果觉得现在离桌失礼，也辜负了安排你‘换桌’的人，你大可吃完这顿饭再说。等到下次吃饭，记得不要再走错桌子。”

“您是说我应该先把这篇论文写完吗？”他问。

“你该庆幸你有充分的余裕，可以让你在了结一桩事业之后另开新局。”我说，“关键在下次不能再出错。学问是个奢侈的事业，不是要投入很多的金钱，而是要投入很多时间，而人的时间有限，所以在这方面，是不好经常出错的。”

他似乎有所领悟，向我道谢然后离去。我看他迅速地走入黄昏的校园，衣角被晚风吹起，我突然想起陶渊明“舟遥遥以轻飏，风飘飘而吹衣”的句子，奇怪的是这两句一直萦回在我脑际，好长的一段时间，挥之不去。后来我终于想起，这是《归去来兮辞》中的两句，就在这两句的前面，陶渊明写的是：“实迷途其未远，觉今是而昨非。”我想我对那位学生的一席话，是暗中受陶渊明诗句的影响吧。

◎ 腹中诗书

上一代学者，对我们这一代的人不会背诵经典是深深不以为然的。我一位大学时代的老师，对“四书”可以说是烂熟了，“五经”也大部分背得。不只如此，先秦诸子、四史中的重要文章，以及魏晋以降的古文，他都耳熟能详。他在文章中征引故实，似乎是不经思索的。看我们翻遍原典仍然找不到来源，常夷然笑曰：“腹笥何俭哉，腹笥何俭哉！”

那一时代的读书人，把一生最早的几年完全放在记诵的努力之中，年纪轻的时候，记忆力特强，加上外力的“压迫”，一篇篇文章便被硬生生地刻铸在脑里，以后想忘也忘不了。我记得老师说，人在刚开始学习的时候，有点像干海绵，任何湿的东西，都会被它吸进去的。等它吸饱了之后，人就长大了，生活层面也逐渐扩大，诵记在心的东西就一个个在现实生活中得到证明。所以孔子说："温故而知新，可以为师矣"，就是这个道理。他说的有他的合理性，少时的记诵在后来成为反复思考的材料，在学习上有相当的好处，不过也相对的有些缺点。一个少时以记诵为主的人，他后来的一生，其实在做着的是如同牛一般的反刍的动作而已。

强调记诵的人，往往认为学问只是一种累积的功夫，他们常说："熟读唐诗三百首，不会作诗也会吟。"熟读典范作品有助于创作，这是事实，但创作与熟稔典范之间并没有必然的关系。文学史上经常出现"师法"的问题，所谓宋诗师法唐诗、唐诗师法汉魏、汉魏师法三百篇，但三百篇究竟师法何人呢？记得李卓吾说过："天生一人，自有一人之用，不待取给于孔子而后足也。若必待取足于孔子，则千古以前无孔子，终不得为人乎？"他的理由，似乎更为掷地有声。

心中记诵了许多典范作品的人，在思索问题的时候很容易诉诸权威，哪些是圣人说过的，哪些是六经所不言的，他知之甚稔。在"半部论语治天下"的时代，可能甚有作用，因为那个时代确实是单纯得很。但在现代，这些记诵之学就派不上用场，因为现实世界的许多事件，是古代从来没有发生过的呀！

他们对古典的认识确实渊博，但在判断事物上面，却往往食古而不化，因此，一个务记览、通故实的学问家，在现实世界就成了极为孤单的人。这一方面是世界不承认他们的学问，另一方面，是他们已几乎成为今之古人，他们也拒绝这个他们并不熟悉的世界。

相对于轻视古典，动不动搬出社会潮流、迎合时尚的学者，那些重视古典、强调记诵的老一辈却也有令人尊敬的地方，他们从来不阿谀世好，他们有较高的道德要求，不只要求别人，而是要求自己。我以前一位老师，因为担任相当高的公职而配有座车，但他来学校上课从不乘他的汽车，而是自搭公交车。有人问他，他说到学校上课不是“公务”，没有理由乘坐公务的座车，在他身上，可以看到《论语》时代的人物。《论语》里面记载了一段子游的话说：“有澹台灭明者，行不由径，非公事未尝至于偃之室也。”我的老师方正得（或者迂阔得）如同澹台灭明，不由令人兴叹，这样的人即使在古代也属少有。

是不是老式的学者一定道德比较高，现代新式的学者，道德水平一定比不上前辈，这也是不一定的事。但是现代学者，对古典不是那么热衷，不是那么投入却是真的。连带是现代的年轻学生，通常患了好逸恶劳的毛病，一切事情，要求快捷简单，你如要求他记诵一些东西（已经为他设想，少之又少了），他们多会不以为然，有些时候还会嗤之以鼻，“老师，教学要生活化，为什么要背诵呢?”

“教学如果真的生活化，你们就不须读书了，因为不读书依然可以生活呀!”有次上课时，我说。我举中国典故恐怕他会不以为然，我就举好莱坞电影明星理查德·伯顿（Richard Burton）的故事，说他会背诵的莎士比亚的整本剧本有十种以上呢。中国人说“腹有诗书气自华”，在西方也是一样，难怪牛津大学颁他荣誉文学博士学位。我预期会引起讨论，然后我将借讨论告诉他们有时候背诵一些典范作品，对我们是有好处的。但我无法想到只有一个声音幽幽从后排发出：“老师，您说的那人是谁呀?”

我当时的感觉是，算了吧，要知道时代过去了，是没有办法追得回的。

辑二
市声

◎ 命相师

相命方法有很多种，大约以看八字、排流年为最普遍，手续比较烦琐的是紫微斗数，排出一个人的“命盘”，据说要花很长的时间，当然，手续愈繁的，说得也愈详尽，“准确性”也就愈高。一般的相命，大约是看手相、看脸相，也有推背摸骨的，靠这行维生的，总是有正有邪，以前听人说常有妇女被侮辱，她们相信摸骨因而失身。其实，我一位懂得这个事的友人告诉我，所谓摸骨不须到房间里脱下衣服“摸”，真正会摸骨的只用撮起中间的三指，在你手掌中心点上两点就完事。

和懂得命相的人坐在一起，任何人都会有一点不安的，他好像具有透视的能力，能够看到你的灵魂深处。每个人都可能在思想上或意识上，犯上或大或小的错误，有些时候，甚至可以算是罪愆，只是并不符合法律上犯罪的要件，因而可以“逍遥法外”

罢了。我有一次和朋友聚会，遇见一位懂命理的人，他借着谈其他的事，“套”出了我出生的年月日时，不久，他利用大家交谈的空隙咳嗽一声，然后很正式地问我：“周先生，你的左脚膝盖上是不是有一道疤痕呢?”我吓了一跳，这时大家都把眼光投注在我身上，我记得我的膝盖上确实有疤痕的，那是很小的时候跌倒刮伤的痕迹，但我不确定是在左脚。我把长裤撩起到膝盖处，发现不在左边，而是在右边，我把结果告诉他，这时候，我已经全身冒着冷汗了，他哈哈一笑，点着头说：“那一定是你把你出生的时辰记错了!”

我们家侧面巷子里住了一位命相师，他测命的方式很特别，他叫顾客选择一片盘中的叶子，然后根据叶子的形状纹理，侃侃道出你问题的答案。来拜访他的以女性居多，据说他的命相相当准确，来向他求教的人也就相当多了。

除了游戏之外，我从来不算命的，然而我与这位命相师，却有着三层关系。第一是邻居；第二是他常来我一楼亲戚的院子外摘榕树叶，我亲戚供应了他维生的工具，这样他的生活也与我发生了一点间接的关联；第三则是我常常引导他的顾客。他的顾客通常是两三人同行，衣着整齐，她们找不到这里像迷宫的巷道，“先生，请问有位看相的是不是住在附近?”我指给她们看，她们道谢，满心欢喜地走过去。日子久了，我只要看到在附近彷徨的妇人，不须她们发问，就告诉她们如何走法；命相师告诉她们人生的方向，我告诉她们求师的方向，一样是指点迷津，一时之间，我竟然觉得和这位高邻是“同业”了。

这位命相师有两个儿子，一个年幼的好像智力上有障碍，另一个大的则很正常，都已经长大，大的似乎已在做生意，不过还住在家里。命相师可能在一次的相命中帮了一位财主的大忙，这位财主的答谢是一辆全新的 BMW 大型轿车，命相师自己不会开车，可是又怕大儿子开车出去闯祸，就把那部银灰色的车停在他对门的巷弄里，几个月也难得看它被开出去过。儿子已经大了，他真的开出去，做父亲的也应该没有办法，但儿子究竟不敢开，原因我后来才体会出来。那天我发现汽车的挡风玻璃里面贴了一张黄色的符，这张符看起来是保平安用的。但他儿子知道，他父亲也许在上面隐藏了什么咒语，还是不去动它好了！

霪雨过后的一个灿烂黄昏，命相师又到我们楼下来采拾树叶，过了一个绵长的冬天，我发觉他似乎比去年又老了许多，步履有些蹒跚了起来。他采了足够的树叶，便对着落日，朝向他的家走去。他推他家大门的时候，不经意地看了看他那部对门的大汽车，那部名牌汽车在黄昏的日光下泛着诡异的银色。宇宙的神秘，人生的疑难，谁能真正解开这些谜题呢？具有神通的命相师，在生活中也是一个普通人罢了，神通并不能解决他现实生活中的许多问题，包括他也要面对衰老以及命运的委顿。这时我心中一紧，一句久藏的话几乎脱口而出："朋友，也祝你好运呀！"

◎ 吕阿菜

吕阿菜是个女的出租车驾驶。

星期二我和妻在路上揽了一部黄颜色的出租车，我们并没有太注意驾驶，直到她问我们要到哪里，才听出来是个女的。女性开出租车，在城市也算不上稀奇，所以当时我们并不以为意。

在一个路口等红灯的时候，我注意到在驾驶座右方所放置的那张营业小客车职业登记证，上面的名字是男的，而那个名字跟我学校里的一个同事是一模一样的。我指给妻看，妻有些诧异地说，完全一样的名字，竟有那么巧的事呀。

驾驶注意到我和妻的谈话和表情，很亲切地问我们有什么好笑的事。我把我们惊讶的原因告诉她，想不到她说："笑死人，想不到他还做大学教授了呢！"

她说那是她丈夫的名字，她丈夫也是开出租车为业的，我问她难道她没有办营业登记吗？为何不放自己的登记证呢？

“怎么可以不登记，警察查到，一次就要罚好几千的。”她说，“我的名字太坏了，不好放在外面给人家看。”

她从她丈夫登记证后面拿出一张崭新的黄色登记证，上面写了她的名字“吕阿菜”，照片是一头鬈发并有些富态的一个妇人。她无疑是个十分坦荡的女人，虽在名字上有些顾忌，但她对我们是信任的，否则她不会把她认为坏的名字告诉我们。

“你的名字不坏呀，有什么不能让人看的？”我说。

“菜是让人配饭吃的，做牛做马一生，通通给人吃了，还有不坏的？”她说，“我几次想去改名，但这个名字是我已死的祖父取的，又觉得不该改。我结婚的时候，我夫家也嫌我名字不雅，给我取了个名字叫美惠，要我到户籍那里改掉，后来连生了几个孩子，家事忙得不得了，也就没有去改了。”

“你幸亏没有去改名，”我说，“名字原来就是要让人辨识用的，你现在的名字好写好记，如果换成美惠的话，反而让人记不住。要知道，台湾女人叫美惠的，没有十万，也有七八万人呢。”

“话是不错，可是菜是给人吃的，不管怎么说，总是不好。”她说。

“放眼世界，所有的东西不是让人吃的就是让人用的，譬如有人姓汤，岂不是要让人喝吗？姓牛岂不是要让人牵去耕田，或者给人宰了吗？姓马的，岂不是被人跨着骑？”我说，“从另一边想，能够给人吃、给人用，表示他不是废物，这还是好事一桩呢。”

她停了会儿不说话，可能在反省这件事。过了不久，她又说了：

“我祖父瞧不起女孩子，叫我阿菜是随随便便、青青菜菜的意思，反正在他眼中，女人是低贱的，所以取了这个名字。结果他什么都没猜中，唯独这件事给他料到了，我这一辈子受苦，生了几个小孩后，还得开车赚给人家用。”

“你想错了，所以这么丧气。”我说，“就是以菜这个字来说，现在菜价一天一天地涨，可见菜一点都不低贱。何况你祖父为你取这个名字是要你平凡、平安的意思，俗话说‘平安是福’，你的名字既不贱又有福气，你怎么可以怨你祖父呢？”

她终于不再说话。我们的目的地已到，我示意请她停车，她在找零的时候回过头来，我和妻发觉她除了胖了一点外，其实是一个面容相当姣好的女子呢。

“谢谢你啦，”她说，“今天很高兴，遇见懂姓名学的你。”

我原本想告诉她我根本不懂什么“姓名学”，但还是没说。

在我关上车门准备离去的时候，我看到她取下她丈夫的营业登记证，将她那张黄颜色崭新的登记证插入空出的塑胶框内。

碧珊　绘

在我关上车门准备离去的时候，我看到她取下她丈夫的营业登记证，将她那张黄颜色崭新的登记证插入空出的塑胶框内。我很高兴她恢复了生命中的某些自信。我们都是凡人，但有时候一些小小的自信，是可以让平凡的人产生一些意义的。

◎ 黄顺安

黄顺安的母亲在我家附近的菜市场内卖水果，她与我认识是因为妻偶尔向她买水果的缘故。十年前，黄顺安还是小学三年级的时候，由他母亲牵着，来到我家，他母亲十分恳挚地请求我协助黄顺安。

我原先以为是多么严重的事，我陪妻买菜时，会经过她的摊子，但我不曾和她谈过话，她带着孩子来寻求一个陌生者的协助，自然不会是小事，我心里想。

但一谈话，我才知道不是那么严重，原来她带孩子来，是想叫我“教”他孩子扎一个灯笼，因为小学的老师，规定小孩每个人要交一个自己做的灯笼，作为劳作课的成绩。我小时候生长在乡村，虽然不能像孔子所说的：“吾少也贱，多能鄙事”，然而手工之类的事，大致上都还难不倒我。我问黄顺安，老师要他们做哪一种的灯笼？是不是有规定式样？但无论我怎么问，都得不到答案，他的母亲看着他，直叫他说呀、说呀，但黄顺安不敢开口，她其实也不怎么敢直接跟我说话，她看着妻说：

“黄顺安老师说，做得越漂亮的，分数越高。”

我后来答应他们母子，教黄顺安做一个漂亮的灯笼，我们约好，第二天晚上黄顺安把学校发的材料带来我家，我们看材料来“设计”一个灯笼，务须出奇制胜，母子欢喜离去。

第二天晚上，黄顺安准时来按我家门铃，他母亲也跟在后面，我看黄顺安带来的如竹签般细的竹条和玻璃纸，才知道根本无法扎一个难度较高的如兔子、金鱼之类的灯笼，只能做一个简单的小灯笼。我告诉黄顺安，把六根等长的竹条，扎成两个等边三角形，两个三角形底和顶相叠，就成了一颗六角的“大卫之星”了，我们就来做一个六角星的灯笼罢。黄顺安说好，于是我们就开始工作。但黄顺安一点都不懂如何把竹条扎成三角形，更不用说扎成六角形了。这个灯笼从裁截竹条、捆扎以至贴上玻璃纸，完全是我一个人在做，黄顺安坐在我旁边，一下看我，一下看别的地方，他的母亲，则是一径无言而有些羞赧地笑着。

黄顺安提着新做好的灯笼，他母亲则是千恩万谢的，他们离开后，我问妻，他们怎么知道我会做灯笼呢，妻也不明所以。第二天，妻从菜场回来告诉我，黄顺安的母亲告诉她说，黄顺安的老师要黄顺安做灯笼，黄顺安不会做，老师要学生做灯笼，那老师一定是会做的，“你先生不是做老师的吗?”于是就来拜托我啦，多么理直气壮的理由呀!

隔了约莫一个月，我走过她摊子的时候问她，黄顺安的灯笼得了几分呢?她说几分她不知道，但灯笼给学校留下来展览而没发下来，证明成绩尚不恶，只是她说黄顺安对“他”的作品并不满意，据他说他同学有几个做了装了轮子的灯笼，还可以推在路上走呢。“我看老师你替他做的已经不错了，”她笑着对我说，“我们黄顺安，真是歪嘴鸡还图整粒米吃呢!”

我和妻买菜的时候，尽量避免走过她的摊子，如经过不好意思不向她买些水果，而她总在称好算好价钱之后，又塞进一些水果，这样的人情，在我身上已形成一些压力了。后来我们知道她丈夫在做铺柏油的工作，个子矮胖，面孔黝黑，偶尔天雨不外出工作的时候，会帮着她卖水果。他总在旁边帮着装袋，嘴里嚼着槟榔，似乎从来没说过一句话。

就这样，十年过去。菜市场依旧是菜市场，嘈杂混乱，每天充满着新鲜，又堆积着同样的污垢。黄顺安上初中的时候，我见过他一次面，那时他穿着藏青的夹克制服，站在水果摊边上，已经比母亲高了，但因为他父亲不高的缘故，我判断他不可能再长高多少。我和他们母子寒暄了几句，没说什么具体的话，这是我最后一次见到黄顺安。

那天我到邮局寄挂号信，回来的时候经过菜市场，中午时分，阳光从杂乱的布棚之间垂直射下，和四周黑沉沉的背景相对照，形成一种诡异而特殊的气氛。菜市场已经没什么人了，黄顺安的母亲在收拾摊子，笑着说好久没见我的面了，我也说是。随即问她黄顺安现在在读什么学校，“他啊，已经不读了，”她说，“去年高职毕业，现在在一家冷冻食品厂当工人。”

“那很好呀，可以赚钱孝顺你啦。”我说。

“有什么好？他自己花都不够呢。”她沉吟了一下说，“还是像你们做老师的好，赚得比他多，又有寒暑假。”

我想起十年前，她牵着黄顺安的手，羞赧地来按我家门铃的样子。在她心中，老师这个职业，包含了多少我们身为老师的人所不了解的意涵啊。可能有一段时候，她曾期望黄顺安能够做一个既赚钱、有寒暑假、又有许多一般人所没有的才能的老师吧，这个才能，甚至包括会扎纸灯笼呢。

“你没有怎么吧？”

我一定站在那里太久。我跟她说没有怎样，然后走回家来。我，不只是我，还有世界都没有怎样。十年已过，如果没有过去相对照，整个世界的一切，都好像静止着一般。

◎ 三个贝多芬

直到目前为止，我认识三个贝多芬。这个“认识”不可以解释得太严格，其实我如说“知道”可能更好，因为除了第一个之外，他们对我或我对他而言都是素昧平生，仅仅见过一两次而已；第一个我无缘与他相见，但自信对他的认识很深，至少比另外两个要深得多。所以，这里的认识只有从宽解释，好像说“我认识这个日本人”一样，我只知道这个人是日本人而已，并不是很仔细的。

第一个贝多芬的正式名字是路德维希·凡·贝多芬，他几乎是人人都知晓的“乐圣”，三个贝多芬之中，我“认识”他最深。他的九大交响曲，我想我至少听过十种以上不同的版本，我指的是全集，并不是单曲，钢琴奏鸣曲与协奏曲，还有弦乐四重奏，大部分我都耳熟能详。这位贝多芬先生，从少年陪同我步入青年，从青年陪我步入中年，未来，势必也会陪同我共度晚年，他是我从来不曾见面，但确是最亲密的朋友。

第二个贝多芬是一个脱衣舞娘的花名，至于她的真名我当然不知道，我见到她是她几乎完全裸裎的时刻。十多年前，我回到乡下参加少年时候的同学会，中午去餐馆吃饭，我几乎已经喝醉了。散会了，我被几个犹有些少年轻狂的男同学“架”到一家有歌舞表演的酒馆，我当时十分想吐，便趴在桌上，不太知晓身边的事。突然乐队响起煽情的音乐，一个司仪大声喊着：“欢迎肉感艳星贝多芬出场!”我被旁边的同学推了一下，我看舞池中间，一个几乎全裸的少女在摆动她的臀和显然有些夸张的双乳，面上则作出有些淫秽的笑的表情，全场观众目瞪口呆。我虽然有些昏聩，但竟然发觉她左乳旁边靠近腋下的地方，贴了一条肉色的绷带，绷带最上端，还留出一点小小的伤口，也许因为跳舞太用力吧，竟然渗出一滴鲜红的血来。这个长约一个食指的伤口是怎么得来的呢？是刮腋毛时受伤的，或是被坏人恶意割伤的，我无法猜测出来，但那样长的伤口绝对是痛的，而她却一径佻侻而孟浪地笑着，好像那伤口不在她身上一样。这是我第二个“认识”的贝多芬。

第三个贝多芬是一个落魄的小提琴手，我一共见过他两次，都在台大附近。第一次是大约三年前的夏天，天气很热，他在靠肯德基炸鸡店的地下道转角处拉小提琴。他身上穿着相当厚的一套黑色服装，奋力地拉着奏鸣曲《克罗采》的某一个乐段，遇着钢琴伴奏的部分，他用嘴巴唱，可惜他的弓也许松香上得不够，小提琴的声音有些含混，但音高和把位倒是准的。他脚前的地上，放着张开的琴盒，琴盒里放着一张泛黄的纸片，上面用英文写着："救救贝多芬。"有几个人丢了铜板，但为数不多，我那天在他盒里，放了两个十块的硬币。

第二次遇见这位失魂的贝多芬是在上一个月的某一天，他在大世纪戏院的骑楼下买了夹烤碎鸡肉的面包，大口地吃着。他仍然穿着三年前夏天的黑衣裤，只是现在是冬天，这套衣服又显得太薄了。他的左手提着小提琴的盒子，琴盒没有打开，这位贝多芬是不是还在求救不得而知，不过此刻他在自救确是事实。

第一个贝多芬令我觉得庄严，第二个贝多芬令我同情，第三个贝多芬，怎么说呢？他令我觉得有一点点的悲哀，又有一点点的无奈；有庄严，有同情，又有悲哀和无奈。唉，这就是人生吧！

◎ 交趾陶

大学附近的巷道间，这两年出现了许多艺品店。这些艺品店并不像有规模的画廊，在里面展览一些绘画和有关美艺的创作，而比较像小巧的古董商店或委托行之类。店铺很小，只放了几个小型的玻璃柜，一些薄纱，几件有南洋风味的或少数民族风味的衣饰挂在墙上，在衣饰边上，又挂着几只脸谱面具，青面獠牙的似乎是云南、贵州地方的民艺制品。另外一些舞俑戴的面具，则是印尼的产物，它们被挂在墙上，在电灯刻意的照射下，发着怪异的光。玻璃柜内则放着一些宝石、蜜蜡或者玉做成的首饰、项链，也有些玉做的古董珍玩，几乎每家的陈列物都很类似，陈列的方法也很接近。

有次我和妻到一家店里参观，这家艺品店卖各种有南亚风味的纱巾，有一种蜡染的纱巾，边上的线头被编成整齐的坠子，每个坠子还穿着小珠珠，而纱中的图案确实设计得不错，颜色也好，问了店员，虽然索费甚昂，我们仍然买了它。买了后，妻一直没有用过，有一天她竟然将它铺在沙发前的茶几上，客厅一时之间，就流荡着一种奇异而浪漫的气息了。我们还在那家艺品店买上几条串着小铃的线，据说是来自印度的东西，那些小铃一经摇晃，就发出非常琐细而清脆的声音，店员说在印度他们是将它成串地挂在门口当门帘的，一有人走过就会发出响声。妻说我们将它挂在窗口当作风铃吧！但买来之后，可能是怕弄脏或是其他的缘故，妻一直没有将它挂起来。

另一次我和一个久居境外的友人逛这些艺品店，一家艺品店里陈列了一些雕花的窗框，还有几件陶制的艺品。店主是一位男子，他建议我的朋友买一个雕工相当精细的窗框，他说只要装上镜子，就可以成为一座体面的穿衣镜了。我仔细看这个原来镶嵌在一面墙上的窗框，上面雕着两只喜鹊，底下是几朵盛开的牡丹，牡丹花的下沿，有修补过的痕迹，但可以证明这是一件有价值的古董。因为开价太高，我的朋友便以运输不方便为由推辞了。我的朋友继续看他店里的陶制品，店主看出了他的兴趣，便从柜里拿出一个蓝布方盒，他打开布盒，里面一个泥色的观音坐像，就在我们面前展现出无比圣洁的容颜。因为没有上任何釉，那个原本黄泥的原色是那样地饱满而纯粹，使得低眉闭目的观音，更加显得不假外物的自信了。店主又打开一个蓝布盒，里面是一个上了釉彩的人俑，头戴方巾，是一个面容清秀的书生，身穿青色长袍。“这是交趾陶吗?”我的朋友问。

“两件都是交趾陶。”店主说，“一件上了釉，一件没有上釉，但都是精品。”

“上了釉的交趾陶，比较不稀奇，不上釉的，才稀奇。”店主接着说，“其实所有交趾陶都上釉的，只是这件观音像的作者，为了一种原因吧，故意不在正面上釉，但在后面，还是上了点釉的，你们看。”他翻转观音像，让我们看塑像的后背，果然是上了一种淡淡的、近乎土色的釉彩，“原因你们知道吗?交趾陶是一种低温陶，如果不上一点釉，陶本身就容易碎。”

“请问老板，这两件东西都是大陆那边来的吗?”我的朋友问。

“不只这两件，可以说，所有有价值的东西，都是大陆来的呀!”店主说，“像你刚才看的窗框、门饰，哪个不是那边来的呢!”

“这些东西，现在不买，以后就买不到了。”店主继续说，“像这两尊交趾陶，都是祠堂跟庙里的东西，少说也有两百年了。

现在海峡两岸，哪里还会建祠堂、建庙呢？就是要建，哪里找得到这么好的师傅呀。一个一个都是用手塑出来的，没有一个是灌浆的。就看那个窗框吧，现在木头框、铝框那么方便，有谁会为它雕上精细的图案呢？那个时代，已经过去，不可能再回来，所以这些东西，不买以后就不会有了！”

我和朋友都没有买任何东西。我的朋友是个讲究实际生活的人，他不太会动情绪，他之没有买任何一件，我想是他认为价格太高的缘故。但在我们走出那家艺品店，默默地又走了一大段路之后，他回过头来跟我说：“我不是没有钱买，那确实是好东西。我当时想，如果我们都不买，那些建筑是不是不会被拆，而那些过去的时代，是不是会不那么快地过去呢？”

◎ 走过一个原叫书店街的地方

我从一家熟悉的书店买书出来，走在街上。这是一条原本被都市的人称为书店街的街道，上面紧密地排列着各式书店、出版社，还有卖笔墨文具的，总之，这条街上所陈列出售的商品，大多是有关于阅读的、书写的、引人沉思的商品。但不知道到底从什么时候开始，这条街已变成以银行为主、书店为辅的街道了。上面银行的数目当然还赶不上书店，但书店的店面通常局促狭隘，任何一家银行都是横跨几个店面的，它的“挑高”又是书店的几倍，它排他的气势和顾盼自雄的尊严，自然把其他的店铺比了下去。因此，你跟年轻的人说书店街，他们大多茫然，但你如跟他说那条街是第一银行、华南银行和台湾银行的总行所在，他们就会异口同声地告诉你：“原来是重庆南路一段的那条街呀！”

我从书店出来，经过一个比巷子略宽的街口，当我踏进对面的骑楼的时候，几个妇女手拿着纸牌向我展示着，上面只写了两个字“零股”。我有点惊讶，那群妇女年龄大的大约有五十岁，而小的约莫只是中学生阶段。她们拿的纸牌前后摇晃，主要是引人注意，她们不像卖黄牛票的人会对你纠缠，也不叫嚷，有几个年纪轻的妇女，嘴里还嚼着口香糖，面上毫无表情的。一个妇人手牵着她的小男孩在我前面走，小孩可能上幼儿园了，他望着周围举牌的妇女，突然大声地叫：

“屁股！妈——你看，好多屁股！”

“不是屁股，傻呀，”母亲低头更正道，“是零股，不是屁股。”

“什么是零股？”小孩说。下面的话我就听不清楚了，他母亲的回答，大概不出以下的范围：“就是讲了，你也不会懂的”。或是：“等你长大了，就自然知道了”。

长大了，就必然会知道吗？我想也不见得。零股顾名思义是零头股票，她们搜购零头股票，到底有什么利益可图呢？我一位懂股票事务的朋友有次告诉我：

“当你在股票市场买股票的时候，都是以千股为单位来进货的，你卖股票，也是以千股为单位的。零股的产生，是每年分配股利的结果，经营好的公司，也许一年分股利一两倍，那你原来一千股，就一下子成为两千股或三千股了；但也有经营不好的公司，不见得发得出股利，或是发了股利，也少得可怜；不论经营得好或坏，发放股利的时候都不见得以倍数为计算方式，零股于是产生。搜购零股，将每家公司的股票凑成整数，然后逢高价卖出，这是他们的生存之道。”

“有赚头吗?”我问。

“俗语说，‘赔钱的生意没人做’，怎会没有赚头呢?”他回答说，“台湾的‘股友’据统计有七百余万人，占全部人口的三分之一。你知道，除了未成年的三分之一人口，两个成年人之中就有一个在玩股票的，零股累积起来，绝对是个大数目。这群搜购零股的，本身也在做股票，你不要看到她们拿着一张纸牌在骑楼下兜揽生意，就以为她们穷，她们大部分都买得起奔驰轿车的呢!”

“她们是穷是富，现在我并不在意，”我说，“我在意的是，台湾真的有二分之一的成人在做股票吗?这未免有点危言耸听吧!”

“一点都没有夸张，这个统计数字是不会骗人的。”他说，“有这么多人投资资本市场，从一方面讲，这还是好现象呢，资本市场有丰足的资金，就可以把经济带上另一个高峰。但是你知道，台湾的资本市场是不很健全的，买卖股票很少人是长期投资，大多是短期炒作，这不叫投资，而是投机……”

“我在意的就在这儿，”我没等他说完抢着说，“股票市场充满的是投机者，在企业需要大笔资金挹注的时候，投机客往往把这类股票卖掉，把资金抽出来，所谓股友感兴趣的是立即的获利，而不在乎企业未来的长期发展，这样的股友越多，越不利经济发展，因为大部分的股友，其实和赌徒没什么两样。”

“你说的不错，可是略为悲观了。严格说来，股票投资原来带有投机成分，全世界都一样的，好的‘游戏规则’可以把人的投机行为转化成有利经济发展的投资结果，任何投资行为都在乎它的获利越大越好、越快越好，这倒不必看成与赌博一样的。”他说。

“但是二分之一的成年人在玩股票，总不是正常的现象吧?”我问。

“比率是过高了些，但也有好处。”他沉吟了一会说，“至少对政治的稳定起了作用，你知道，任何政治上的风吹草动，都会在股市掀起波澜。在街上闹革命，叫变天的，绝不是股友。”

我不再问了。我想我朋友的解释已经够周到了。

◎ 老人

什么是老人呢？似乎有一条法律规定六十五岁以上便是老人。报上说现在台湾人口中，六十五岁以上的已经超过了百分之七，所以台湾已经是一个“老人社会”了。有人说老人不应该指年龄，而是指健康；一个六十五岁的人，如果身手矫健，不能算是老人，而一个六十五岁不到的人，如果身体已明显退化，没有了活力，便应该算是一个老人了。这个说法看起来很好，但事实上又造成了混淆。“身体明显退化，没有了活力”到底是指何而言呢？医生说，人类在二十多岁越过了生命的巅峰之后，就已开始走下坡，当然“活力”也明显减退，所以大部分剧烈的运动，三十岁以上都不太适宜从事，这一点在奥运会上可以清楚地看出来。

又有人说老年应该指的是生命的过程，它是泛指一个生命在即将结束前的一段时间，不能刻板地用统计学上的数据来确定，它是充满了个人权衡价值（Individualism）的概念。这个理论比较人性化，它的困窘在于不能施之于夭折乃至早亡者的身上，舒伯特三十一岁就死了，难道你能说他三十岁就是老年吗？唐代的诗人李贺只活了二十七岁，你能说他的二十六岁便是他的老年吗？据我所知，音乐家和诗人，在他去世前的一两年，反而是他创作的巅峰，对早逝的天才而言，生命从来不曾退化，只是突然终止罢了。

我之想到这个问题，导源于前几天公车上的一个经验。我和妻乘公车到世贸中心看一项展览，公车在南昌路邮政医院那一站停得过久，使得乘坐在上面的人不由得不关注停车的原因了。原来司机向一个妇人索取证明，这个妇人翻遍她的提包和口袋，就是找不出证明，因而耽误了大家。很明显妇人丢入票筒的是老人优待的票款，她如找不出证明，只要再丢进六块钱补足差额便可下车，但她坚持她是带着证明的，并且一直声称自己已经七十一岁了，她一边寻索口袋，一边对司机说：

“我的后生都已经五十岁了，恐怕、恐怕比你开车的还大几岁哩！”

这时大家都注意这位自称是老人的妇人。司机的怀疑不是没有原因，她完全看不出来是法律规定的老人的年纪，更何况是她自称的七十一岁呢。她的头发乌黑油亮，服装的式样和色泽，都更像一个中年妇人的装扮，而且薄施脂粉。一个按捺不住的年轻人，走到前面打算为她补投六块钱，好让车快点开走。这时候，她突然找出她的证明文件了，也许是身份证或者其他什么的，她在司机面前挥扬展示着，有一点挑衅的意味，司机略觉理屈，便让她下车。

当公车再度开驶，一个坐在司机后面不远的男性乘客说起话来，他有一头白色的头发，看起来绝对超过了法律上老人的规定了。他大声说，好让全车都听到：

“哼，什么不了起！既然染黑头发隐藏自己年龄，又要买老人优待票，根本是变态嘛！”

法律并没有规定老人不能染黑头发、薄施脂粉，当然老年人把自己打扮得看起来年轻一些，也不是变态，这位白发男子的指责并没有什么道理，只是这个经历，促使我思考一些有关年龄、有关老与青春，甚至一些有关生存与死亡的问题。“一死生、齐彭殇”说起来容易，做起来确实困难，不要说做，就是在思想上抛弃成见，调整观点也是不容易的事。

前面说过我和妻到世贸去参观一项展览，参观完了，妻跟我谈起她喜欢的一件作品，“是吗?”我无法发表意见，原因是我被一种更为强大的思绪所牵动，以致对她所说的作品，竟然没有太多印象呢。

◎ 金童玉女

从休斯敦搭机到洛杉矶转机的时候，因为两班飞机的时间十分紧迫，原来还以为可能赶不上班呢，想不到一路跑到柜台，柜台一反常态并没有很多人在 Check-in。轮到我了，一个可能是中南美洲、留着漂亮白胡子的中年职员用不太流畅的英语问我："您知道班机延误的事吗?"我摇摇头，他说："飞机因机械故障，必须延迟五个小时起飞……"

"其他的旅客呢?"我问。我知道在暑假期间，这班飞往台北的飞机是班班客满的。

"其他旅客，噢，他们在……"他有点不太会说的样子。一个华籍的女职员赶过来帮助他，说："其他旅客大多办好手续了，因为要延迟起飞，所以都散了。"她把我的登机证交给我，行李呢，因为是在休斯敦寄的，这里只需再检查并确定行李票就可以了。她另外递给我一个小盒子，里面放着一个印有公司徽号的皮夹，她说是公司为延误起飞送乘客的礼物，另外一张餐券，可以到任何机场的餐厅进餐，还有一张面额美金十元的国际电话卡，让我们可以和家人或海外的朋友联络。

洛杉矶的国际机场不顶大，设备和美国其他城市的国际机场比显得比较陈旧，因为有许多东方人出入，又显得嘈杂而混乱。

我有几次在这个机场转机的经验，假如时间长的话，我常常到国际机场边的境内机场去休息，那边的旅客比较少，候机室明亮而宁静。今天的时间够长，算算还有五个多小时，但是我须在晚餐时刻到餐厅吃饭，还要打电话到台北的家。另外，飞机说是延误五小时起飞，但这个是现在的“预测”，说不定提早修好了，也可能五个小时还修不好，你必须在附近随时听得到航空公司广播的地方，所以我只有在拥挤的国际机场挨过这难挨的时光。

终于挨过了五个小时，班机修好了，登机门前壅塞着争先恐后的人群，地上的小孩在追逐，在大声喧哗，大人们的手提行李已经够壮观了，他们托运的大件行李自然更为可观，一片熟悉的普通话和闽南语，但似乎都是扯起喉咙喊出来的，以致登机门前职员的说明我一个字都听不到，虽然职员的“喊话”是透过广播播出来的。我完全不知道自己是依照什么程序进入飞机的，我随着群众从没有队伍到五六个队伍，到一个队伍，然后在后面一个妇人的推挤之下坐进我的位子。

飞机顺利起飞，空中小姐派上晚餐之后，就熄灯让大家休息了。外面是一片长夜，这个长夜确实很“长”，将横跨整个太平洋，就是到台北，仍然要隔好一段时间天才会亮，我们必须在完全黑暗之中，度过所有的旅程。

就在大家纷纷进入睡眠的状况下，一个尖叫声从机舱中的某一处发出，由于机舱的特殊构造，一般的人是很难辨别偶发声音的方向的。隔了不久，又几声尖叫，而且还夹杂着拍击的声音，很像用手掌掴脸所发的响声，这时我终于确定了声源，是我前面五排的一个女子所发出的，她高高挥起她的手打她右边的人，原先我以为是一个妇女在责打她不听话的孩子，但一直没听到小孩的叫喊声，后来才知道她打的不是小孩，而是她的先生。她先生似乎瑟缩地坐在他的位子里，面对他妻子的责打，他一声不响的。由于他们坐在前头，有几层椅背隔着，我们看不见他们到底是什么长相，女的继续高声地叫喊：

“我们离婚！我们离婚！我没有什么好怕的！”

男的仍然没有什么回应，女的叫了几声之后，似乎觉得无趣，声音就不再那么大，后来就停了。机舱恢复宁静之后，乘客又纷纷进入睡眠。隔了大约一个小时，那尖叫声又再度响起，女人大叫道：

“你签呀！叫你签呀!”

乘客被人从睡梦中吵醒，就顾不得修养，一个外国人首先发难，用英文叫了一声闭嘴，随后“Shut up”就此起彼落了。但那女人完全不在乎，继续高声尖叫，空中小姐来劝她她也不听，副机长来劝说，说你不能抓着你先生的手不放，也不能高声喧哗影响别人安宁，女的却说：“这是我们家的事，你们不能干涉!”副机长说：“你们家的事，我固然不能干涉，但你的行为已经破坏机舱安宁，妨碍别人自由了……”

“你叫警察来抓我呀!”

飞机里没有警察，自然没有人能够抓她，副机长这时跟男的讲，他可以帮他调换一个座位，让两个人暂时分开，就吵不起来了。但男人似乎不答应，这样的僵局，维持了半个多小时，女的叫声仍然不时发出，然而已没有刚才的尖锐，她似乎也累了。后来副机长离开，空中小姐也离开，这对年轻的夫妻，也许还在坚持着什么，但不再吸引别人的注意了。

飞机继续在黑暗中飞行，现在机舱已经很宁静，只听见外面四个巨大引擎所发的规律的响声。隔了约莫一个小时，我到前面的洗手间盥洗，经过他们的座位，终于看见那个不久前吵闹不休的妇人的脸。那是一个相当娟秀的年轻女子呢，长而柔的黑发披在肩上，一身黑色的衣服，使得她的面孔显得格外白皙，她似乎已经十分困乏，刚才的发作使她耗尽了力气，她无力地侧倒在椅子上；在她右边的，是一个同样长得好看的年轻男子，戴着一副金丝眼镜，五官英挺而斯文，他也睡着了，头微微地左倾，似乎要压到他妻子黑发的样子。这样一对夫妻，在结婚的时候，不是一对人人艳羡的金童玉女吗？即使经过反目，他们现在的睡姿，依然使人觉得他们是一对金童玉女，如假包换的。

回到我的座位，我终于觉得旅行是件困乏的事，我打算从现在开始好好地睡一觉。飞机继续在长长的黑夜中向西飞行，算算时间，该是已通过国际换日线了。

◎ 泡沫红茶

在泡沫红茶店，二十五岁以上的人都被看成是老人家了，更何况我们这个年纪。

所谓泡沫红茶，就是在加糖稀释的冰红茶上，加了一层发泡的奶油，这层奶油并不是真正的奶油，而是将鲜牛奶用搅蛋器之类器具打成泡沫状，然后浇在茶上，这和维也纳咖啡上的一层有“绝缘”作用的厚奶油是不同的。原因是咖啡是烫的，用茶匙一搅，奶油会溶在咖啡里，而红茶是冰的，奶油遇冷凝固，是无法用来“调茶”的，所以只有用发泡的鲜奶，那层雪白的泡沫，用吸管搅动，也会和红茶融合成一体，杯子里面就成了浅咖啡色或粉红色的液体，看起来十分好看。

学校和公园附近，近两年开了许多家供应这类饮品的冷饮店，座上的大多是少年或刚刚进入青年的客人。这些店铺的装潢是一个式样的，墙上贴着松木板，桌子和椅子也都是用松木或杉木做成，为了增加木制品的“风霜”度，多数木板都用火烧烤过，形成黑迹斑斑的，其实既不整洁也不好看，但每家都是这个样子，仿佛不是这样就成不了流行的泡沫红茶店似的。

有一天我和朋友在学校附近的一家这样的店里暂歇，我点了杯姜汁，朋友点了一杯名叫“波霸”的奶茶，我和朋友都猜想他那杯茶里到底放的是什么东西。送上来一看，原来是一个极大的杯子，里面盛着的是一般的泡沫红茶罢了，红茶里面有些像小弹珠的粉制丸子，他的吸管特别粗，可能是为了吸食杯内的小丸子而特制的。我们为名字叫“波霸”而起了争执，他认为就是指茶里的丸子而言，我却认为是指那个滚圆而特大的玻璃杯，杯里的丸子虽然大，但距离“波霸”其实还颇远的。

“还有一个可能，”我的朋友在吸食了两口之后说，“就是它的味道。它其实就是泡沫红茶，只是奶加多了，整杯的茶和丸子，都是奶的味道，这可能才是它的名字叫波霸的真正原因。”

我们的争论其实是微不足道的，比起店里放的西洋流行歌曲的音量来，我们的声音不够响，比起邻桌少年的谈话，我们的谈话更缺少震撼的内容。那几个少年从我们进来后就在高谈阔论，内容是对付巷道停车乱象的方法。一个少年主张放掉他轮胎的气，一个主张用钥匙刮他车子的烤漆，另一个则从怀里拿出一把美工刀，他说他是随身带着这个“家伙”的。他说：

“管他那个‘鸟’，只要挡住老子的去路，老子就把他座垫给‘作’了，嘿嘿!”

“少逊了！你还在对付机车呀！我们说的是对付汽车呢。”扬美工刀的少年给大家轰了下来。这时一个声音比较低沉的少年在大家的怂恿下站了起来，他四顾了一下，清了清喉咙然后说：“其实再简单不过了。”他似乎才是真正狠的角色。他随意扬起一只放在桌上的牙签，“这只牙签就够了。你把牙签塞进他的车门钥匙口，然后齐头折断，他的车门锁就报销了，任他想什么办法，钥匙硬是塞不进去，除非换一把锁，这个办法，就是锁匠也破解不了呢。”

跟这样具有“爆发力”的题目比较，我们有关波霸奶茶的争论就显得贫血而无力了。我和朋友面面相觑，我的姜汁不好喝，大部分是调了味的甜水。我看朋友的杯子，他喝得也很少，那个杯子，对任何人而言都可能过大了，好在是泡沫红茶，除了水和泡沫之外，没有太多其他的东西。这和一些所谓的流行文化，其实也没有什么不同。我和朋友付账离去。当我们离开那家店时，我心里想幸亏我没有汽车也没有机车，不需要为城市的危机而担忧。朋友想些什么我并不知道，但可能是跟我想的类似吧。

◎ 邻居搬家了

与我贴壁相邻的林家搬走了。令我们十分诧异的，倒不是搬家这件事，而是他们一家五个人，几乎是在一个神奇的咒语之下突然消失了，消失得一点痕迹都没有，仿佛这个世界上，他们从来不曾存在一样。

他们什么时候“不见”的，我们无法精确地算出来。林老板在菜市场做中盘的鱼贩，每年除夕，他会送我们一尾大鱼作年礼，我们也会准备一份薄礼回赠。有一年，他送给我们一条极长的黄鱼，必须切成三四段才能塞得进冰箱，我第一次知道，原来深海里竟然有这么大的黄鱼呢。今年春节前后，却没见到他们家人。以往每逢年节，林太太在祭祀后都会在我家对门的楼梯口燃烧纸钱，以至于楼梯间的白漆都被熏黑了，但这幢公寓的住户都没有抱怨过，原因是林太太是个和善而静默的女子；他们家三个男孩，也都乖顺，现在都已长大，老大去年还娶了媳妇，他们的家，和大部分的家庭一样，稳定、温暖而荣景可期。

但这个家庭，竟然在过年之前最繁忙、热闹的一段期间突然无声地消失了，真令人有些不知所措。我最早发现是约莫在新年前一个多礼拜，一张林家的税款扣缴凭单误递到我们信箱，我便把它夹在对方的铁门上，想只要有人出入就可看见。但这封邮寄的凭单在铁门上竟毫无动静地夹了一个礼拜，那时我已意识到这家人不在家。我和妻开玩笑，说林老板也许想开了，利用过年的时间一家人到国外度假去了。

正月十五过了，我在巷子口遇见了林家的一个亲戚，问他林家的事，他在确定我身份之后偷偷告诉我，说林老板正在“跑路”呀！“欠人一千多万，夭寿啊，债主逼得年都过不了呢！”原来，林家现正陷在亡命的困境。举家逃债，在面积狭小、通信发达的台湾，恐怕不是一件容易的事，林老板的苦楚可以想象。

不久，我遇见林家的二儿子，身材壮硕近乎肥胖的他事发前在餐厅打工，是个勤劳而诚实的青年，他告诉我他父亲为人作保，赔了很多钱，说到情急处，竟然悲戚欲泪。我没有告诉他我听到的消息，其中之一是说他父亲被六合彩所害，但我也没有说什么安慰他的话。不是我不想说，而是我当时词穷，不知怎么说；胖子是适合笑不适合哭的，哭泣的胖子，总让你觉得更加不忍，从旁观的角度，胖子哭起来有一点滑稽，尽管他哭的原因是值得你同情的。

不久，林家窗外的铁栅上挂出了出售的牌子，这下子，几乎确定我们再也见不到这位勤恳老实的邻居了。我们住家靠近菜市场，环境的溷杂可以想象，但巷道内，还算是静的，尤其是夜晚，你还可以听到风吹过树叶所发出的声音。虽然安静，可是这个世界，似乎从来没有停止过运转，也从来没有停止过在它上面上演着永无结局的物换星移的故事。

◎ 地下道

公交车车站到我研究室之间有一地下人行道，这条地下道原来旁边有一重要的政府机关，所以被照顾得很好，至少是十分清洁。因为这个机构总会有不少外宾，尽管那些外宾是不见得走这条人行道的。自从这幢建筑被交还给学校，部会迁移他处之后，连带“殃及”了这条地下道，从此似乎没有人照顾它了，其腐败、脏乱一如应该割除的盲肠。再加上道路附近有捷运施工，晴天一片飞沙走石，雨天则一片泥泞。地下道四壁渗水得厉害，施工单位只好在地下道的地面铺上一层木板，在下层挖了一条贮水的水槽，当污水渗满，便以马达将水抽到外面阴沟里。但这样并不能改善地下道里的空气，地下道里面，不论晴天或是雨天，白天或是晚上，都弥漫着一片腐烂的味道。

就因为这样，很少人愿意走这条地下道了。我的研究室就在那幢政府交还学校形同废弃的大楼上，我只要从公交车站下车，就必须通过这条已逐渐被都市遗忘的地下道。走这条地下道，最好戴着帽子，或者张开雨伞，因为偶尔有污水从上面滴下来，但如果走熟了，就知道哪里会滴水，不见得一定会被滴到的。

就在这样一个被遗忘、被废弃、被污水和混浊空气充满的角落，竟然有人在里面摆起摊位，做起生意来了。一个年约六十操外省口音的男子，将一张不太干净的白布铺在地下道的一边，反正没什么人经过，所以他的设摊并不构成妨碍交通的问题。他在那张白布上放着一些廉价的玉石、印石、画好的扇面以及一些房间的小摆设，在他那一面的墙上，他还挂着一些画工拙劣的花鸟画，一些书法不很工整的格言，其中还有一幅拓印自郑板桥“难得糊涂”的碑文。这些东西，就是放在过往行人稠密的路上都不见得会有人来看的，何况在这个冷落的地下道，他的“生意”就可以想象了。

但是他竟然维持下去了，至少这两三个月我经过地下道的时候都看到他的摊子。奇怪的是，我从来没看见有任何顾客光顾，他总是一个人静静地坐在一张小小的帆布凳子上，有时在很昏暗的灯光下看书，有时什么也不干，就一个人兀坐在一角发呆。我在想，这个摊子维持着可能不是靠生意，而是靠一种外人无法明了的神秘信念吧。

有一天我从公交车下来，天空飘起了雨，等我走过地下道，准备从另一端走出的时候，雨变得滂沱起来，我没带伞，只得在地下道暂避。我走到他的摊子前，看他的货品，其实没有一件不是粗糙的次级货。他发现我对他的印石有兴趣，他主动为我介绍起来，说这块是青田，这块是田黄，他拿起一块上面泛红的石头，说是很好的鸡血石，但只要稍具知识的人都知道那种红色红得勉强，是加工染上去的。我没说什么，把它放在原处，他发现我其实是避雨，对他的东西并无兴趣，就坐在他的椅子上，不再说一句话，这样反而使我有些尴尬起来。

我觉得我可能伤害了他，决心买一件东西来表达我的歉意，我拿起一把檀香木的扇子，问他价钱，他说：

“这不是真正好的东西，你还是不要买好些。”

“我也不见得非要买什么好的东西呀！”我说。

“你们在学校教书的，见解跟一般人是不一样的。”他说，他说话的时候并没有正面瞧着我。

“你怎么知道我在教书呢？”当我问出口就知道我问得多余，这个地下道通向学校，而我的穿着和手上提着的书，都暴露了我的身份。他似乎也洞悉了我的发觉，并不回答我，我改口问：

“你这里生意好吗？”

“不好。”

“不好，为什么还做下去呢？”

“不做些事无聊呀！”他苦笑着说，“但做这样的事，也是无聊的。”

他说完，拿起地上的书看起来，表示不愿意再说话，这样的对谈，其实也是很无聊的。我发现几个路过地下道的行人并没有被雨淋的迹象，判断外面的大雨应该已经停了，因为老子说过，“骤雨不终日”的嘛。当我起身离开的时候，他也没再看我一眼，我走出地下道，外面果然已放晴了。

◎ 永恒

四年或五年之后，我再次见到那个被称作“疯子”的女人，竟然发现她的装扮和面容，几乎没有一点点改变。

四五年前，她经常出现在我家附近。我们不知道她的名字，也不知道她的身世，而且也不确定她住在什么地方，她不时出现在附近的街角。有时在巷道边的一个屋檐下蹲着，一个人自言自语的，有时对过往的行人大声地说着谁也不懂的话，以致人们称她为疯子。称别人疯子有点刻薄。从一个角度看，一般人和疯子的差别是有限的，就像有人说天才与白痴其实只是一线之隔罢了。

她被称为疯子的一个原因，可能是她的穿着吧！她的衣衫并不褴褛，而是完全错误的搭配。譬如她在夏天穿着厚厚的大衣及毛裤，而冬天却常穿薄裙，裙子里面，又穿了一件松垮垮的花长裤，有时她还戴帽子，当然这顶帽子和季节也没什么关联。她很爱化妆，但对于使用化妆品，也没有什么“观念”可言，那些口红呀，面霜呀，似乎被任意地涂在脸上。有一天妻对我说，她其实是一个长相相当好看的女人，五官端庄而秀气，皮肤尤其油细，她如不涂任何化妆品，穿一件素色的衣服，把头发梳直了，端正地站在那儿，会是个有古典味的美人呢。

这位游荡的妇人有时身边带着一个刚刚脱离乳抱的小孩，孩子已能走路。她坐在屋檐下的时候，也让孩子在四边走，但她不许孩子走远，也不容许别人碰她的孩子。这时假如有人将眼光停在她身上，她就分外不安。她会敌意地说：“看什么看，你疯了?”但看她的如果是女性，而且是比较年轻的话，她的话就显得恶毒而有攻击性，“不要脸的死查某，看什么看？看你祖公死还是祖妈死!”而且在每句话的前后夹杂着下层社会男性骂人的术语，令人不忍卒听。

她对女性特有的怀恨，也是妻发现的。妻有次对我说，她之落到这种田地，可能是不幸婚姻的关系，她的丈夫可能有外遇。她和大部分传统中国妇女一样，把丈夫外遇的责任，归罪于外面的女人而不是丈夫。这个推论看起来不无道理，只是有道理的推论不见得能够成立，因为我们缺乏实证的基础。

有一个下午，我在我家的阳台上看见她坐在对面的屋檐下打盹。那真是个冬天难以见到的暖和天气，西倾的阳光，正好照在她色彩缤纷的衣服上，她的孩子跌跌撞撞地在四周玩着。忽然，孩子对停在不远的一台一百五十越野机车发生了兴趣，她攀附着机车油污的轮子，打算爬上去。机车如倒下来势必压在她身上，我立刻奔下楼去。机车并没有倒下，而孩子的手却被轮子上的钢丝钩住了，愈心急愈拉不出来。孩子开始紧张得咿咿唔唔地叫着，而她母亲却安睡在冬日的阳光下，没有醒来。我一边扶着机车，一边把孩子的手往上推，轮子上的钢丝愈往轴心愈密，所以只要往上推，手就可以拔出。孩子手拔出后，我突然觉得后面升起一团黑影，原来孩子的母亲醒来，孩子立刻奔向她，她将她紧紧抱在怀里。我第一次这么近地看她，她那天脸上没有任何化妆品，五官端庄而秀气，正如妻说的，她的皮肤油细而没有一点皱纹。起初我还有点担心，她会用恶毒的话骂我，因为我碰了她的孩子，出乎意料的是，她用十分温柔的眼神看我，并且像一个淑女般地向我道谢。她说“谢谢你”那三个字，竟然是十分标准的普通话呢。

自从那次之后，我们再也没见过她。她靠什么活，她到哪里去了呢？这件事不会有人去探索，原因是她的存在或消失，对这个社会而言是没有什么特殊意义的。甚至是我，几乎也已忘了她

她会敌意地说："看什么看，你疯了？"但看她的如果是女性，而且是比较年轻的话，她的话就显得恶毒而有攻击性。

碧珊　绘

曾经长期存在的这一事实。所以，过年前在菜市场附近又见到她，带给我们的惊喜就不是那样地单纯。有点像翻阅旧书时突然发现一张昔时的照片，绵绵的往事又从眼前经过一样的感觉。

她依然穿着完全不搭配的衣服，脸上仍搽涂着各色的化妆品，她正半蹲半坐在一家已废弃了的豆浆店的门口，有味地吃着一个看起来丰盛的盒饭。她的身边已经没有了孩子，我们宁愿往好的地方想，孩子应该上小学了吧。她已经完全不记得我了。也难怪，已经四五年了呢，只是她看起来一点没有变化，时光在她身上似乎没有发生任何作用，裸露在化妆品之外的皮肤依然细致油亮。

但四五年之间，这世界的变化便不可谓不大。就以我家附近为例，她原先最喜欢蹲坐的那家屋檐，已经换了主人。隔壁的馒头店已不卖馒头，巷子里以树叶算命的命相师已十分老迈，而那家代书兼择日馆的主持人胖子，年前已悄然过世。也有繁盛的好消息。如原先在较远路口的一两家海鲜店，因为生意好而扩展门面，其他的餐饮业也纷纷开张，生意有逐渐向我家附近蔓衍的趋势。平时静静的，看不出什么，可是隔了四五年再看，这世界究竟还是在变的。只是有的变得热闹，有的变得冷清而已。

唯独不变的，就可能只有她了。“上天可能借她来证明，这世界还有一些永恒的意义吧。”妻对我说。

◎ 文明

我坐朋友的车到城里开会。开会地方原本有停车位的，但到了会场才知道，停车位根本不够，其实也不知道究竟够或不够，因为车子根本开不进去，停车场入口的地方，已被违规的车辆停满。我的朋友只好把车倒回大路，叫我先进会场，他一个人去找停车的地方。

约莫过了半个小时，我朋友才从外面进来，我叫他坐在我为他预留的位子，低声问他车停好了吗？他点点头，说只能停两个小时，而那个投币停车位，在距离会场三条大街之外，走过去至少要十分钟。会场冷气很强，看他汗涔涔的样子，我递给他一条纸巾，要他把汗擦了，小心不要感冒了。

我们没有开完会，其实我们也没心开会就匆匆离开，在计时器两个小时还未跑完之前，赶到他停车的地方。看到他雪白的汽车安稳地停在空格里，计时器里还剩下五分钟的样子，我们心情一度放松下来，但接下来又有麻烦了。在他车子的左侧，就在慢车道上停了一部汽车，这部并排停的车子，车窗紧闭，里面没有坐人，他停得与我朋友的车子太近了，以致我的朋友无法打开他驾驶座的门，何况他即使进得了驾驶座，也是绝对无法开出去的。我的朋友看看我，苦笑了一下说："我们还是回去开会吧!"他在计时器里再投入四个十元硬币，我们只有回头走，因为我们无路可去。

开会当中，我向他指指手表，表示计时器的时刻将到，他起初犹疑了一下，后来跟我说："管它的!"我们就不再想停车的事，一直到会开完。

会开完，已是黄昏时分。我们走到停车的地方，那辆原来挡在出口的车子已经开走，计时器已亮出红色的逾时警告，但我朋友检查了一下，没有发现任何逾时停车罚款的单子，这里可能根本没有人管。这个法定的停车位可能是个都市的陷阱，只要停进来，就很难开得出去，因为我们把车开出来的时候，发现一路上并排停车甚至三排停车，是很普遍的事。

"你知道文明是什么吗?"我朋友把车开到路上的时候问我，"我们以为文明是人类文化的极致发展，文明是什么我们也许可以不必管它，但它带给我们的是便利、是幸福，应该是不错的吧？换言之，文明应该是一个正面含义的名词，它是理想的、是美善的。但看看我们二十世纪文明的发展，却不是朝美善的方向，而几乎是朝一个完全相反的方向发展呢。”

“我不知道你所指是什么，”我说，“但你把文明这个定义过分理想化了。如果文明是指人类智慧的累积，那这种累积势必有好的，也会有坏的。”

“人类设计文明的时候，可不是尽想着坏的一方呀！因此文明原本是一种具有美善的理想性格。可是，你看，人类发明交通工具，原想使人更方便，但今天，发达的交通，带给我们的是更大的不方便，使我们想到，交通发达究竟有什么意义？”

“完美本是理想，世界上没有绝对完美的事。”我说。

“倒不是要求绝对完美。”他沉吟了一下，说，“我当然知道世上没有绝对完美的事，而是从整体上衡量。我们应该从整体上衡量一下我们所谓的文明，是带给我们的幸福比较多呢，或是使我们损失的幸福比较多？人与人要发展那么多的关系吗？就以刚才我们去开的那个会为例，那个会我们没参加，对我们有什么损失？对其他人又有什么损失？老实说，对所有参与那个会的人来说，那个会并不重要，有或没有，其实没有什么作用的。但大家来了，堵塞了会场，发言盈庭的，一场热闹罢了。你问他为什么来呀，他说至少增加交流呀，这就是文明，因为文明是鼓励人与人交流。然而所谓的交流，所谓的现代文明，其实是一场根本的无聊而已。”

走走停停的，他刻意地避开特别壅塞的路段，但黄昏的街道，依然是无法畅行无阻的。终于到了我家附近，我的朋友被城市紊乱的交通弄急了，使得他对人类的文明都采取了比较偏激的态度。他的话部分有理，但不是所有都有理，我已经没有时间和他辩难，何况，当时我的心情也是混乱不堪的。我无语下车，他把车开走，在巷口杂货店，我停下来买一份晚报，晚报上一则重要的政治消息令人侧目，直到明年初，这种政治新闻会不断出现的，我们的社会一定会更为热闹。看完了那则报道，由于我还在巷口，便试图在路上找找我朋友的车，我想是找不到的，因为已经隔了将近十分钟了。但出乎意料的是，他那辆白色的车子，还停在不远的一个路口，似乎陷入车阵之中，一点都动弹不得呢。

◎ 市声

巷道没有被拓宽成为街的时候，我们的居处其实还是很安静的。窗外的榕树有众鸟栖息，巷子里偶尔有叫卖声，都是发自人类丹田，而非借着扩音器，因此都悠扬而不聒噪。有一个推着工具车专门为人磨刀、修理雨伞的，手上拿着一串铁皮做的鞭状物，沿路“唰、唰、唰”地甩着。十多年前，磨一把菜刀索价十五元到二十元，修一把雨伞如果是伞骨散了，他帮你接好，只要十元，那时十元还挺管用的。十元变得不管用是彩票从十元、二十元涨成五十元一张之后，那时百物飞腾，五十元的彩票卖了几年，因为被人利用玩更大的“大家乐”而停止发行。当时台湾因玩大家乐而倾家的时有所闻，大家乐不流行之后，“六合彩”又取而代之。自此之后，勤劳俭朴的美德在台湾社会已经不太容易看到，比较明显的是奢侈豪华的风气，当然，十元的价值则更加降低，低到即使是零碎的东西也不太买到了。

夏天卖冰淇淋的贩子，骑着三轮车在大街小巷走过，他们的三轮车和一般乘人的三轮车不同。一般乘人的车子独轮在前面，而冰淇淋车的独轮在后面，考究一点的车子，车顶还用彩色的布做成篷子，一方面给骑车的人遮阳，另一方面也可以使箱子里的温度不致升高，冰淇淋更冻得好吃些。车子扶手的地方，他们装着一个带皮球的喇叭，沿路“叭布、叭布”地按着，孩子听了都雀跃不已，告诉大人“叭布”来了。巷内所有的孩子，都直接叫这种冰淇淋为“叭布”，他们说：“只有在店里面吃的，才叫冰淇淋呀!”

另有一种声音大人比较熟悉，一个礼拜总有一两天，一个五十余岁的干瘦男人来叫卖酒酿。他宁波口音证明他酒酿的道地，说也奇怪，在台湾经营这项生意的几乎全是宁波人呢！他的叫声是“甜——酒酿”，第二声的甜字拉得极长，一直到音高太高，再也无法拉长时，酒酿的字才出来，后面两字则叫得十分短促。秋冬时分，他的生意比较好，透明的玻璃瓶，里面盛着带有液体的白色糯米，打开瓶盖，清甜的酒香便四处洋溢。

卖肉粽的几乎全在深夜，一个高亢的男中音，骑在单车上用闽南语叫着“烧——肉粽”。语式与甜酒酿完全相同，也是第一个字特别长，但音质与卖酒酿的不同，卖酒酿有点像双簧管，而卖肉粽的则像铜管乐器中的 baritone（上低音号）。“卖肉粽的！”巷底响起了召唤的声音，有了生意，叫卖声便暂停了下来，交易完毕，粽贩骑上单车到另外的巷子去叫卖了。这时，巷底如波涛般的洗牌的声音便突然停止了，不用想就知道，现在玩牌的人正在享用粽子呀。我之觉察到巷底有人在玩牌，是在牌声消失之后，这并不令人奇怪，世界上的人物与事物，往往在不存在之后才显示出存在的价值，只是，过分宁静的世界，一时间反令人难以适应。风吹过窗前的榕树，发出细琐的沙沙声，我在孤灯下停住了工作，直到大约一刻钟之后，牌声再起，夜晚的秩序便又告恢复。

奇怪的是当这曲折的小巷拓宽成街道之后，那些久存于市井的声音便都消失了。晚上卖粽子还是有的，只是叫卖声改成了用扩音器放录音带了，不只是卖粽子的，连收买旧报纸及破铜烂铁的，也都改用了扩音器。街道是比巷道宽敞了许多，但其实也没有宽敞多少，因为街上横七竖八停满了各式汽车，到晚间，甚至比以前还窄呢！

所有比较悠远的、放旷的生活方式，在现在的城市都不太能够存在了，即使是真正发自人类口腔的叫卖声音，现在已不太容易听到。那天我与一位住在隔邻城市的朋友通电话，竟然在电话中听到他家巷口的叫卖声。那声音和我记忆中的一式一样，“甜——酒酿”，完全标准的宁波口音，我被那个久违的声音迷惑住了，陷入离奇的沉思，时间好像倒退了好多年。隔了不知多久，我才被电话里朋友的声音唤醒：“哎，你怎么了？是不是在听我讲话呢？”

◎ 随想曲

有一种心情，是很难用语言表达的。高中毕业许多年后的一次同学聚会，原本瑟缩在窗前座位听到任何声响都会脸红的女同学，竟然成了这次聚会的主持人，言语聒噪而举止浮夸。看到这种情景，心中有股说不出的隐痛，这种隐痛并不具体，她并不是自己当年恋慕的对象，你对她的改变并不那么在意；你所在意的是她可能代表一个时代的结束，当那个时代结束后，你必须从幻想中醒来——幻想也许可有可无轻微地值不得什么，但当清明的空气中没有任何机会容许幻想存在的时候，你还是会嗒然有所失。

这种心情和我昨天站在台北市衡阳路一号大楼前的心情是完全一样的。这座外表闪耀着银灰色的十余层大楼已建好但还未启用，新的油漆、新的玻璃，怪异的结构，与左右低矮的建筑极不搭调。在这个地点，原来立着一幢三层的红砖小楼，它骑在怀宁街与衡阳路的交界的街角，大门是朝东南方向开的，和新公园的西门正好切了九十度角相对。我在读大学的时候，这里底下是间冰果室，卖的红豆冰和芋头冰是远近驰名的，楼上则是一个名叫“三叶庄”的旅舍，我们几个同学，常常各买一球冰淇淋，坐在新公园的石凳上吃。大学毕业后，这里依然是卖冰淇淋的，不知道什么时候，竟改成一座咖啡厅了，令人有些惘然，但房子还终归是那幢老房子。

那幢老房子在日据时代就有了，后来我看“鹅妈妈”赵丽莲教授所写的文章才知道。1947 年，赵丽莲还是一个年轻的大学讲师，是某种因缘吧，她应聘到台湾大学教书，她在基隆登岸后便乘火车到了台北，大约下午四点钟左右，她提着两件行李从火车站走到上述地点，没有人懂得她略具洋腔的普通话，幸好她遇见“三叶庄”的老板，他是附近略懂普通话的人，他安排她在旅舍住宿，叫她明早上再搭车到台大，因为“台大离这里还远得很哪！”

“三叶庄”的老板并没有骗赵丽莲，六十年代我读大学的时候，从衡阳路到台大确实还有段相当长的距离。右转的零南公交车，走出小南门，爱国西路浓密的茄冬树就把暑气屏障出去了，绿意掩映中见到烟酒公卖局的红砖主体建筑，还有对面的樟脑厂，空气中弥漫着清新又带着慵懒的南国田园的味道。坐左转的零南公交车到台大吧，公交车只要从工专站转进了新生南路，路旁的绿意便“排闼而入”，新生南路中间是条相当宽的水沟（就是瑠公圳的输水干线），两旁绿草地上间植杨柳，当时从师大到台大，出了龙泉街，便是一片稻田。台大距离市区确是很远，“长途”的公交车令人瞌睡，这是六十年代，何况更早的四十年代呢？“三叶庄”的老板并没有骗赵丽莲。

距离其实是感觉的距离，是相对的，并不是绝对的。两年以前，爱国西路上还是密布的浓荫，后来为了要建捷运，那些百余年的老茄冬树便被截肢断体地移植到通往淡水的大度路上去了。至于公卖局对面的樟脑厂呢？似乎在二十年或是更早之前便被拆除了，那块地方朝东，盖起了雪白的银行大厦，朝北面，成了财政机关大楼，从罗斯福路弯到南海路则建了连幢的建筑，大概由一个名叫“台湾土地开发”的公司所经营，里面容纳了许多政府机构和金融企业的办公室。朝南昌路的这一边，还有座相当规模的立体停车大楼，出入的汽车掀起一阵阵的热风，路旁的行人很少有人知道在这里，二十多年或三十年前吧，是随时可以闻到淡淡的樟脑香的。

现在从新公园靠衡阳路的门口，也就是赵丽莲曾住宿过一夜的“三叶庄”旅舍的门口叫一部出租车到台大，如果车行顺畅，是不要十分钟的，这是时下的距离。现代的都市，一切都比以往方便，同样一块土地，容纳了比以前多许多倍的人，人与人的形体距离缩减了，建筑物与建筑物的距离也减了，每幢建筑都有自己的风格，而所有的风格几乎都是封闭的、排他的、自以为是的，所以表面看来靠得紧密，而其实是各怀敌意，互不兼容的。人也一样，在任何一幢台北市的大楼前，任你徘徊良久，也不可能再有像“三叶庄”老板一样的人来问你要到哪里去，在大都市里，心的距离是很远又很长的。

台大和三叶庄的距离依然是很长的，只不过是由事物的距离换成了心理的距离。现在，三叶庄已经被拆除掉了，冰冷的、严肃的、排他的大厦，将邻居的房舍完全不看在眼里，我站在它的前面等朋友，突然觉得寒意袭人。我朝西走了几步，一家专卖胶卷的商店，悠然传出一阵大提琴的音乐，细听，原来是柴可夫斯基的《意大利随想曲》呢。随想曲（capriccio）是一种活泼而自由的乐曲，在巴洛克时代已经十分流行，巴赫常以这种曲式来表达严格的赋格和变化无常的乐思。但他的作品大多使用盘键乐器，门德尔松与勃拉姆斯很喜欢这种方式，他们有多首题名为随想曲的钢琴曲，帕格尼尼则用小提琴来创作。在此之前，随想曲大多是比较小型的乐曲，直到十九世纪末叶，国民乐派出现后，才有大型的管弦乐出现，有名的除了柴可夫斯基之外，还有里姆斯基-科萨柯夫（Rimsky-Korsakov）的《西班牙随想曲》。

由于他们浪漫得近乎滥情的创作态度，不适合二十世纪二十年代之后的音乐潮流，随想曲的名称便随之遁入历史，不再被人使用。我本身不很喜欢柴可夫斯基的作品，但在冰冷的建筑，漠不关心的行人中间听到那昂扬而感伤的乐音，竟然心中一紧，油然而有所感触。浪漫也许不合潮流，但确实在这个世界上存在过，就好像三叶庄的三层红砖房，曾经在台北市存在过一样。

辑三
奥义

◎ 经文

入冬后的一个夜晚，我从研究室走出来，走进沉静的校园，走过学校的侧门，然后穿过马路，打算到另一条路的路口搭车回家。

学校侧门面对着两个并不是紧邻的基督教堂，这两个教堂被一些商店和餐厅隔离着，但由于它们特殊的教堂造型，一般人总会把它们和学校的侧门合并而成为一个地形的标的物，譬如说“中午在大学侧门两座教堂之间的餐厅会面”之类的。

这两座教堂虽然都是基督教所有，但建筑风格却有很大的不同。一座是高耸的，整个建筑物，被一种近乎金色的咖啡色瓷砖所贴满，教堂的屋顶和进口的大门，刻意摹仿了中国传统建筑的部分，而成为一个隐喻性格强烈的建筑，另一座则显得矮小而平凡，它全身被灰色的洗石子所包裹。

观察一个建筑是需要距离的，即使观察一个不算高大的建筑也需要距离。这座教堂，由于它和行人走道太近，房子又比较低矮，灯光又不抢眼，所以有时会令人忘记了它的存在，或者只把它当成一般房子般的存在，没有人想它是一座教堂；但夜晚走过时，窗格子上的彩色玻璃，白天走过时，房顶小小的十字架，依然可以令人分辨出它是与其他建筑不同的。

那晚我过马路的时候，看见“大教堂”的一场盛会似乎刚结束，有大批人潮向外流散出来，我只好选择小教堂这边走，这时，一个口操山东腔的先生拉住了我，他手中拿着一叠切割得很整齐的纸，对折成一般皮夹的大小。

“我不会耽误您的，这位先生，我问您，您信主了没有？”

我摇了摇头。他举起他手中折叠好的纸，说：

“这里是我手抄的经文，每张只卖一块钱，怎么样，买一张好吧？”

我点了点头，从口袋掏出一枚十元硬币。他看我的钱，有点难为情地说：

“这样吧，我一共抄了四种，您就买四张好了。四张四块钱，我没有钱找你，多给的，就算你捐给主好了，您说怎么样？”

我当然答应，我们便完成了交易。我回到家，把他抄的《圣经》拿出来看，原来这些经文虽是他抄的，但不是“原件”，而是影印本，他的字可以算是相当清秀，但不是十分工整。我仔细读了一下他抄的经文，发现他虽然标示了《圣经》的出处，但一看就知道不是《圣经》的原文。譬如在一张注明出自《马太福音》第五章，《使徒行传》第二章的文竟然是这样写的：

“民主是耶稣发明的，耶稣没有来地上之前，根本没有民主。”

这当然不是《圣经》里面的说法，其他几张，也都不是《圣经》里的说法，而是这位先生未特别注明地引用了《圣经》里面的一两句话，然后加上自己的诠释组合而成的一篇“经文”，有些甚至不采《圣经》里的任何一句话，而是沿袭《圣经》中训诫的语气，用来警戒时下社会的一篇“醒世箴言”之类的文字。初读这样的文字，有点受骗的感觉，但那感觉并不是十分强烈的，原因我想是只花了很少的钱的缘故，假如花了四百块钱，结果便可能不同。另外一点是这位先生的居心无疑是好的，他劝大家信他信仰的主，虽然手段上有点瑕疵。

过了几天后的一个黄昏，我又在同一地点遇见了他，他依旧在向行人“兜售”他手写的经文。“小教堂”里的灯已亮，彩色玻璃窗后面，传出很微小的圣歌吟咏。“我不会耽误您的，先生”，他殷勤向走过的人鞠躬，可是没有一个人停下来听他说，当然更没有人买他扬在手上的经文了。一个穿浅色风衣的小姐走过，“请问您信主吗？小姐”，小姐正眼也没看他一眼，迅速地从他边上飘过。

当我第一眼看见他时，有一股冲动要告诉他既然说是经文就该是经文，不该把自己发挥的部分也抄进去，至少不能抄在一起，这样就成了“鱼目混珠”了。但我看到第三个不但拒绝买，甚至拒绝看他一眼的行人之后，我的想法就改变了。我觉得自己所受的学院派的教育是如何地鄙陋，我自以为看清楚了世界，而其实我的混淆和模糊比谁都还严重。《路加福音》和《约翰福音》并不是路加和约翰一字不漏地“抄写”耶稣的言语的，其中有很多的部分是圣徒们自以为是的解释，我们如允许圣徒解释，而称之为福音书，则为何不允许现代人以他的口气和意见来诠释他以为是的真理呢？

他可能也发觉我在那儿呆立，他微笑地朝我走过来：

“我不会耽误您的，先生，我问您，您信了主没有？”

故事像纪录片一般的重新在前面映过，他已经忘了我曾买过他的经文，我时而摇头、时而点头的，终于又再度地完成交易。有点不同的是，当我拿着新买的经文离开的时候，我后面小教堂里传出的圣咏是我熟悉的一段拉丁文颂歌：

“Kyrie eleson，Christe eleson.”

翻译成中文，应该是：

“上帝怜悯我们；基督怜悯我们。”

◎ 票亭

自从公车改为上车投现之后，已经没有什么车票的问题了，但许多地方原本立在路口站牌边的票亭依然存在着，它们在这个都市已经生存了很长一段时间，现在虽然已消失了作用，可是它不能也随着消失；它的存在仿佛只有一个目的，那便是证明它曾经存在。

当然，现在它在街口不只扮演一个纪念碑的角色，它仍然发挥着相当大，甚至比以前更大的“社会功能”，只是这项功能与它仍然挂着的票亭招牌格格不入罢了。大部分的票亭已经变成一个杂货店的模样，它贩卖冷饮、口服液、报纸杂志，充当各报分类广告的“代理商”，它还卖各色的口香糖，小孩吃的零嘴，大人吸的香烟，有些甚至在冰柜中放着一盒盒标榜产地是双冬的槟榔，在靠近大学或者公园附近的票亭，大多也卖胶卷，因为在这个区域，喜爱照相的人较多。在早起人聚集或赶早班的人较多的地方，它通常供应早点，其中包括已经包装好的三明治和在电锅中煮着的茶叶蛋。它的生意形态完全是因地制宜的。

一部分的票亭主人，是在公车票务变革后不得不采取新的生存手段，他们已无法从经手的票款中赚取生活，何况这种多角经营的方式，在还贩卖公车票的时候已经开始，现在只不过是把一部分的营业停止，另一部分的营业扩大罢了。另外一些票亭，早已在票务停顿之前或之后“顶”给了别人，他们原本与公车扯不上任何关系，所以当他经营起来便更无羁绊，经营者像是寄居蟹一般的找到这样一个壳，便不管他三七二十一的生猛地生存下来。

我认识一个票亭的主人，就在我家后面巷子出口的地方。这位主人是一位女性，微胖的身材，似乎比一般人怕热，她总让你觉得她在出汗的样子，眼睛大大的，看到我时脸上一径挂着笑容。她的丈夫在附近经营一家简单的饮食店，每次看到他，他总是光着上身，下身只穿一条短裤，一身的酒气，好像从来没有消失过，嘴唇与牙齿被槟榔染成一片血肉模糊的样子，但待人却是相当和气，有时还有点害羞。我与他们夫妇的谈话，大多与他们儿子有关，他们的儿子长得眉清目秀，在附近的大学念中文系，有次我称赞他们，说他后生会读书。做父亲的却说有什么了不起，念的是中文系，以后最好也只是做个老师罢了。他的妻子暗地跟他使眼色，而他却毫无知觉。他的妻子后来一定跟他说了，“跟你讲话的人也是一个做老师的呀！”以后我在票亭偶尔见到他，他总是怀有一些歉意地笑着，一句话也不说了，他谨慎地帮他妻子把报纸折好，按照次序放在架起的木板上。

在我长期但不经意的观察之下，这位妇人经营的票亭以报纸的销售量为最高，这一点相当奇怪，因为票亭的所在地，并不是文教区，也谈不上是工商区，而是这座城市中最老旧最溷杂的区域，有那么多人关心社会大事吗？更奇怪的是买报纸的往往是计程车驾驶，他们把车停在路口，摇下右边的车窗，向妇人作一个手势，她便把折好的报纸递进去。有几次我看见计程车司机给她的钱是五十元钞票，而她还没有找钱，车子就开走了。

我终于发现折叠好的报纸内层是夹着一张纸的。有一次我在候车的时候，一阵大风把她准备夹进报纸的纸吹散了，我帮她捡起来了三张，我交给她的时候看清楚了上面写着好几组数字，原来她以这座票亭作基地，在贩卖六合彩的“明牌”呀！赌博，正蛀蚀着目前的台湾社会，这是大家所公认的事实，我想，我在将那几张纸递给她的时候，脸上一定流露着不屑与谴责的表情，她默默收下，连谢也不敢对我谢一声。

日后，我再见到她，她脸上依然挂着笑容，只是这笑容的含义“解读”起来似乎复杂了一些，其中有一部分是赧然，另一部分则是无奈的辩解，好像是说：凡事不要这么严肃吧，这一切，都还不是为了生活呢！

◎ 相思树

邻近城市的别墅区由于建筑在山坡上，所以在区内原本到处可以见到相思树的。相思树是一种本地产的有名树种，几乎覆盖了大部分低海拔的山坡地，它的木质相当坚硬，但不适作建材，在以前，大多用来烧制木炭，在燃料改采瓦斯或电力之后，木炭已经没有太大的用途，相思树的经济价值便也一落千丈了。

别墅区的居民非常讨厌这种树种，他们通常雇工把原本立在院内的相思树砍除，然后植以名贵的花木。台湾到处都是相思树，因而使得这种树充满了“土”气，与高雅气派的别墅便有些不搭调；另外一个原因是相思树容易长虫，而细琐的落叶，最容易堵塞排水管，所以新建筑落成之后，这片土地原来的“主人”便被砍伐殆尽，成了人类殖民历史上的另一批受害者。

我的朋友在搬进他的新居之后，便开始为院子里的那棵相思树烦恼，那棵相思树并不在他家的院子，而在邻家的院子里，因此他对那树没有处置的权利。树虽长在邻家，却把细琐的落叶和絮状的小黄花落到他家，据他说，树所引来的飞虫也不受地籍图上区域的限制，也会飞到他家来，而他连抗议的对象也没有。原因是这家虽有“买主”，但迄今并未搬入。

我的朋友和他另一个隔邻的朋友商量该如何除掉这棵树，砍除这么一棵大约有三层楼高的大树绝不是项简易的工程，要锯的话须分好几段锯，而且锯前要分段系好，否则折断下来会坏屋伤人，这么大的工程由于取不到“工程许可”，所以根本不可能进行。要解决这个问题，他的邻居说只有采用谋杀的方式，我们听到“谋杀”两字十分惊讶。这位邻居朋友无疑是对植物深有研究的人，他说堂堂一棵合抱的大树，树干和树心都是死的，树的生命线只分布在薄薄的树皮表层而已，要“处死”一棵树，只消在树干挖一圈深沟，让树皮上下不能相连，那棵树就死定了。等那棵树死了，叶子落光了便不再有落叶，也不再会有飞虫，“你的烦恼便都解决了！”这位邻居继续补充说，“等到你邻居搬进来，发觉是一株死树，便会自己雇人来砍除，不消你麻烦了！”

我的朋友很满意这个建议，当天下午他便拿着刀锯，翻墙到邻家，在树的一米五高左右，他整齐地在树皮上切割出一道肉白

这棵树已经几乎“死透”了，只是在树的末梢，还有一点点不屈服的绿意。朋友的邻居还没搬来，我的朋友似乎有点悔意，他带着虔敬的语气说：

“告诉你，相思树的生命力真是旺盛啊！”

碧珊　绘

色的环沟来，事成之后他提刀而立，为之四顾，颇有踌躇满志的意味。

这棵树从此便步入死亡之途。但树毕竟是没有知觉的，它似乎不觉得有什么异样，扶疏的枝丫，茂密的树叶，依旧在风中摇曳起伏，雌性的花蕊仍在接受风媒传粉，预期不久之后便结成累累的相思树子。

将近两个月之后，我再度看到这棵树，这棵树已经几乎“死透”了，只是在树的末梢，还有一点点不屈服的绿意。朋友的邻居还没搬来，我的朋友似乎有点悔意，他带着虔敬的语气说：

“告诉你，相思树的生命力真是旺盛啊!”

◎ 法文教授

我每次听到法文教授讲到汽车名字的时候就忍不住发笑，譬如他们把“雷诺”叫作“赫奴”，把“标致”叫作“伯惹”，把“雪铁龙”叫作“西出恩”，他们说，那些译名都译错了，因为我们根据的是英文的读法，法文不是那种读法的。法文的读起来有点像普通话的 h，但不是那么清晰，有点像口腔上部近喉头的地方有痰，用力“hl”一声括出来吐掉似的。正确说起来，普通话没有这个声母，但翻译声音，仍然要音近为宜。所以，那位名叫皮耶的法文教授有一次在交通车上告诉我，我们把法国总统的大名译成密特朗是大错特错，是很不敬的，依照法文发音，他的大名应该译成“密德杭”。

法文还有一个特点，就是一个字的收尾如果是子音的话，那子音是不发声的，譬如 Paris 这个字，字尾的不发声，就读成 Pari

好了，但 ri 我们译成黎也不妥当，这个 ri 的发音有点像闽南语的“鱼”（hí）字。我告诉他，总不成把巴黎翻译成巴鱼，而且注明鱼字要读闽南语吧，他只好耸肩而笑说：“就照原来的说罢，只好。”

几个法文教授下课后总喜欢聚集在学校旁的一家咖啡厅里，那家咖啡厅中午是供应简餐的。法文教授吃的和旁的客人也差不多，只是他们通常点一道特别浓的咖啡，这道咖啡好像是老板特别为他们调制的，颜色不是一般咖啡色，而是像墨水样的黑色，他们通常不加糖，也不加奶，而是一口一口地将那杯闻起来香而其实却极为苦涩的黑水喝下，嘴上一径挂着笑容，彼此则谈笑风生，好像那杯咖啡是可口的甜水似的。有些时候，他们在咖啡里加一点自己带来的白兰地，可是他们从来不把那酒叫作白兰地，而是叫它 Cognac，Cognac 是白兰地的产地，这一点和英国人总把威士忌叫作 Scotch 是完全一样的。

由于法文在台湾地区不太受重视，法文教授在台湾地区的大学里没有英文教授多，更没有英文教授的意气风发。在台湾地区很多学校的外文系指的即是英文系，而在屈指可数所谓法文系中间，真正法国籍的法文教授是很少的，大多数的法文系教师其实是台湾本地人，他们的学识和身份说起来还有一些尴尬。原因是这些中国台湾省籍的法文教授名义上在法国是得到了学位，然而他们得学位的地方大多是如巴黎第七大学等以擅长东方学的学校，他们的学位论文绝大多数是研究中国的范畴，他们了解较深的应该还是有关中国的学问。现在，因为他们留法，得到法国学位，便成了法文教授，要他教授左拉、雨果乃至涂尔干、萨特、纪德等的著作，在学问上他们确乎是尴尬的。所以，台湾本地的法文教授一般是不太合群的，即使在群众之间，也比较沉默。在咖啡厅里谈笑起来比较大声的，是法籍的法文教授，而法籍的法文教授，他们的身份也大多有问题。他们之被称为法文教授其实是一种很含混的称呼法，原因是他们多数并不具有正式教授的资格，他们没有博士、硕士的头衔，而是因为他们是法国人，学校请他们教法文系学生的法国语课程，他们是特别约聘的教师。但喝咖啡是没有人要看你的教授证书的，所以称他们为法文教授并没有什么不可，久之，他们也以教授自居了。

这样说他们，其实没有任何对他们不敬的意思，而这里所说的尴尬和资格上的含混，是这个特定的时空所造成，他们并不需负起责任的。就以我认识的这位皮耶先生来说吧，他原来是一家法国科技公司的驻香港地区代表，经常往来港台两地，因而认识了一个台湾女人，终于论及婚嫁，他便请求总公司将他调职到台湾来，和那女人结了婚之后，他便决定在台湾定居，当他在台湾定居下来之后，那个女人又跟别人跑了，他的爱情和婚姻可以说彻底的失败。但皮耶是个有涵养又乐观的人，不久，别人介绍他到这所大学兼法国语的课程，他一接聘，就连续教到五年之后的今天。

法文系中高级法国语课程排在星期五的上下午，只有这两门课程分小班上课，教师都是由法国籍的担任，因此每星期五中午，这家咖啡厅最中间的长桌，便固定被四五位同样是兼职教师的法国人包了下来。中间通常也有台湾本地的法文教授，但台湾本地人究竟比较含蓄，他们又是合格的教授，所以言谈举止，便很少逾越一位教授的规矩。这四五位法国籍的教授聚在一起，便有说不完的话似的，他们的话总是说得十分绵长，这可能是法文的单字都比英文来得长，文法又特别烦琐的缘故。过多的喉音和鼻音，使得法文听起来很像在唱歌，又有点像歌剧中的对白，我是一个字都不懂的，但却能感觉到它的优雅，法国确实是个有文化的国家呀！

每星期五，我正好在这所学校有课，所以中午时分，我也偶尔会在咖啡厅与他们相遇。有时候，他们谈话的声音确实是过大了些，引起其他顾客的侧目，但从来没有人去阻止过，原因是这里的顾客大多是学校里的教师或学生，大家对这几个法国人每逢周五在此地聚会，总抱着宽容同情的心理。法国有无数学问有成的学者，绝大多数都不知道有中国台湾这个地方，更不用说会到中国台湾来教书了，中国台湾，对大多数的法国人而言，恐怕还不如马达加斯加、莫桑比克等更有名；这几位法文教授，如果不来中国台湾，他们也不可能成为教法文的“教授”，所以整体说来，既存的世界秩序，原来是偶然中的偶然所造成。这几位法文教授借着聚集，抒发一下他们怀乡的情绪，即使声音大一点，也没有什么不可原谅的了。

有一次，皮耶发现我也坐在咖啡厅的一角，便叫侍者送来一杯他们喝的像墨水的黑咖啡，里面还加了点 Cognac 呢。我招手向他表达了谢意，这时，原本放着古典音乐的喇叭，突然播出了一首名叫《爱的喜悦》的法文歌曲，这首歌曲的歌词我是知道的，前面两句是：

> 爱情的喜悦是短暂的，
>
> 而痛苦，却终其一生，……

法文教授，这时都跟着唱了起来，有的人更用手在桌面打着拍子。我看皮耶，即使距离不算很近，仍然能很清楚地看到，一阵严肃而悲哀的表情，展现在他对窗外的凝视当中。

◎ 房兆楹种的树

1996 年夏天我们参访纽约哥伦比亚大学的经历不是十分愉快。首先是哥大正在利用暑假大事整修，从大门一直到行政大楼与图书馆前的广场都堆满了废土、铁架及工程用具，一片零乱，天气又热，每个人都有些浮躁；再加上引导我们参观的一位哥大老教授语言过于聒噪，对我们一行又有明显的差别待遇，引起大家的反感。

我们一行中有位大学校长，我们与这位校长是十分熟稔的朋友，平时打打闹闹，并不觉得他的地位是如何地“崇高”。他是一位反应灵敏、著作甚多的年轻学者，在我们心中，他有最严肃的名称，和我们一样，是个学者罢了。然而在这位老教授的眼里，我们这位朋友才是唯一的主角，才是他接待的对象，其他的人他看作是校长的随从，他以为如此突显一个人是一种礼貌，但这种礼貌使大家不很舒服，就是我们的“校长”也显得有些不快。

我其实跟这位老教授有过数面之缘的，在一次学术研讨会上，我还和他聊了好一阵子，但他似乎都忘记了，这一点我是不会在意的，这几年，我看到太多失忆的老人，因而对他的处境，反而同情起来。刚才在来哥大的路上，我还向同行的友人介绍这位老教授，说他的学问，他对他已故哥哥的友爱，他对他妻子和子女的细心，是学者们传诵的美德，然而当他们亲眼见到这位语言琐碎，心中只有校长的老教授之后，势必怀疑我介绍的真实性。

趁老教授热心地带我们的校长朋友去行政大楼拜访哥大校长的空隙，我和其他几位朋友信步在行政大楼附近闲逛起来，哥大的精华区，可能就在这一块土地上。行政大楼是一幢十分雄伟的罗马式的建筑，石阶和石柱，似乎是这个建筑的主题，大楼的中心是一个圆形的大厅，可容两三百人在此举行会议，大楼高处的窗子，将室外的阳光折射进来，在廊柱之间造成重叠的几何式光影，有一些拜占庭的风格。圆厅后面是一个展览室，因为怕“光害”吧，靠墙的窗子都被布幔盖住了，几只聚光灯从黑黝黝的半空中打下光来，照在白色泛黄的几个雕塑品上。我仔细一看，那么熟悉的造型原来是从中国来的佛像，大部分是头像，其中一个还是北魏的石雕呢。佛像闭目沉思，嘴角微翘，充满着圆熟的自信，真是法相庄严呀！

这个展览室给我十分复杂的时空感觉，这里是纽约，与台北有十二小时的时差，正好证明它与中国台湾是世界的两个顶端，纵横数万里，上下千余年，像是他乡遇故知般的，一种源自血缘的美感经验震动着我，令我当时有一种泫然欲涕的心情。

离开展览室，正好遇见老教授带着校长从办公室出来，我们一同走出行政大楼，广场上的阳光令人有些难以适应。广场对面是图书馆，也是石柱罗列的罗马式建筑，哥大在设计这个广场时是用了些心思的，它置身在新大陆最富庶的都会，它以培育西半球的领袖精英自居，因此它的广场有一种傲人的帝王气象，这一点，名校哈佛、普林斯顿跟它比起来都有些不足的。然而哥大所在地是纽约的曼哈顿半岛，都市的发展影响了大学的格局，哥大其他的建筑就显得零乱而有拼凑的痕迹了，有的还在几个“街区”之外。

老教授依然在不停地说话，校长跟我耸耸肩，表示无可奈何的样子。我们继续去拜访该校有名的东亚系以及收藏了相当多中国图书的图书分馆。正值暑假，学校少了学生，一切松垮垮的，缺少紧凑的节奏感。就在我们从行政大楼左侧的步道拐一个弯要走进东亚系所在的楼房的时候，老教授指着草地上的一棵树说：

“那是房兆楹种的树。”

他是指给校长看的，恰巧给我听到了，校长原不知房兆楹是何许人。房兆楹是哥大已故的教授，他和他的夫人杜联喆都任教过哥大的东亚系，房与富路特（Carrington Goodrich）合编的《明代名人传》是用英文写的，是海外研究明史的重要参考书，他其他的著作，能看到的就不多了，倒是联喆女士编的《明人自传文钞》和她的文集《旭林存稿》，到今天还放在我书架上的一角，境内知道这两书的人并不多。

房兆楹种的是一棵雪杉之类的树，一个多人高的样子，显得病恹恹的一点都不起眼。这种树是可以长得很高的，但种在都市里，四周又是高大的房子，树要自然长大，也不是容易的事。老教授和校长走在前头，同行的朋友也都跟着走过，我站在这棵树前，感觉人的渺小又不可捉摸。在人的一生中，总会无法预期地遇到一些有意义又没有意义的事物。境内研究明史的人并不多，国外更是寥寥，房兆楹这个名字是没有什么意义的，更何况是一棵看起来又十分普通的树呢！这就是为什么我在树前伫立良久，而我同行的友人却浑然不觉的缘故吧。

◎ 张爱玲

现在回想起来，已经有点模糊了。好像是一个星期六的晚间新闻的时候，听到张爱玲的死讯，新闻报得不很详细，只说发现张爱玲死了，其实她已经死了好几天了。她独居在洛杉矶城里的一间公寓里，平常不轻易开门，更是绝不见客的一个闭门不与社会接触，一住就住了十几年的东方老太太，在西方红尘万丈的大都市中，被人忽略、被人遗忘是很自然的事情。死亡有点像羽毛落在沙土上，像花瓣掉在水面上，一点声音都没有，一生就是这么一回事呀！但对见过那朵盛开的花的人而言，花的枯萎而凋谢，还是有些令人惊心的。

说不上悲痛，也说不上震悼，有点像早上醒来，看见枕头边的手表停了，指针还指着昨晚的时间，怎么突然停了呢？昨晚临睡从手腕解下来的时候，不是还走得好好的吗？是电池没电了吧，距离上次换电池，已经有一年多或者两年了，石英表走起来又准又不费电，而且静悄悄的一点声音都没有，不须特别照顾，只会在想知道时间的时候看它一眼，它会分秒无误地提供正确的时刻。张爱玲的几本书，包括她的短篇小说，她的散文集《流言》，都摆在伸手可及的架子上，什么时候想看，就拿下来看一看，也许只看几页吧。张爱玲从不讳言她崇拜世俗，她的作品在边上，随时提供一种具有苍凉意味的世俗的慰藉。

然而张爱玲竟然死了，是电池总有耗尽的一天，但早上发觉手表停了，还是有一种不能适应的感觉。

张爱玲大部分“好”的作品，都是在二十五岁还不到的时候写的，她那时在沦陷的上海，以极高的智慧，极冷的心情，写她熟悉又陌生的世界。三十年代的中国作家，被呐喊与激情包裹，只有这位年纪轻轻的女孩，用冷冷的眼光来看这个过多热情却正在沉沦的中国，她的作品和她的年纪总是不配。一个道德解体、价值转换的时代，她坐在一个阴暗没有人注意的角落，看那个古老的文明，像极了她上海住处花园里的白玉兰，那是一种极为邋遢又令人丧气的花，她说那花“像污秽的手帕，又像废纸，抛在那里，被遗忘了”。

被大多数人抛弃了，被所有人遗忘了，但张爱玲却无法抛弃，也无法遗忘；有人说张爱玲生长在“洋式”的家庭，受的又是西方教育，她的“文学”中应该最没有中国传统的东西吧，其实错了，在三十年代的作家中，张爱玲是作品中流露出最多中国感情的作家，她的中国，不是歌颂赞美，也不是谩骂批驳，而是一种深深的惋惜，一种无法说，说出来也不见得有人听的绞痛。

夏志清说她的《金锁记》可以拿来和陀思妥耶夫斯基的小说相比，故事中的女主角七巧晚上将手上的玉镯顺着骨瘦如柴的手臂往上推，一直推到腋下，这情况之悲壮吓人，犹如陀氏小说《白痴》中女主角娜塔莎死时，苍蝇在她身上飞的景象。张爱玲对客观的世界观察入微，她不强调压力和气势，但她的作品一般善于“制造”压力，随即形成一个独特的气势。

最不可思议的这些具有压力和气势的作品，是出自一个二十五岁还不到的女子。有一天我的一个朋友对我说：“那么年轻就完成了那么好的艺术，难怪以后怎么看自己都觉得可厌。”我请他解释，他说：

“最好是终生寻寻觅觅，一直到临死才完成最美好的作品，就像是故事到最高潮的时候才停止，对看戏的人而言，这个故事才有回味的空间，对扮戏的人而言，在精彩处结束，才觉得以前的劳累有了代价，人生不虚此行，这出戏演起来有趣。高潮在开始的时候就形成，你看这故事要继续演下去，对任何人来说，不都是苦事吗?”

张爱玲的后半生，在隐遁与躲藏中度过，她不见任何人，包括她早年认识的朋友，她不再进行创作，因为她可能知道，她再也写不出像《金锁记》那么“伟大”的作品，她似乎在厌弃的情绪中过日子，这一点，我朋友的话，倒可能是一个正确却令人心痛的脚注了。

◎ 受难百香果

市面上流行的百香果，以前宜兰乡下人都叫它作“蕃仔木瓜”，为什么叫它蕃仔木瓜呢？这一点乡下人是不会去细想的。大约百香果里面的果粒跟木瓜的种子一样，浑圆又多粒，和木瓜不同的是，木瓜的种子是不能吃的，而百香果的籽才是人吃的对象。百香果是没有果肉的，勉强算是果肉的部分是种子与种子之间相连缀的像网子一样的纤维，带着有奇特香气的汁液，酸酸甜甜的，还有点滋味。比较好吃的百香果一定要等它成熟了之后，果实一颗颗饱满晶莹，有点像放大了的青蛙蛋。然而在果实成熟之后，那种网状的纤维就萎缩甚至消失，勉强撕下来尝尝，是一点味道都没有的。

我想这是它与木瓜唯一有关的部分，至于在木瓜前加了“蕃仔”一词，说明它可能原来不是在平地栽种，而是从山地人“土蕃仔”那里传来的；还有一种可能，就是从境外引进的，台湾地区人说“蕃仔”常指境外来的东西，譬如称洋火（火柴）为“蕃仔火”，称洋楼叫“蕃仔楼”。但我们从来不会把它想成是境外来的，你看蕃仔木瓜像藤一样的果树，叶子似乎永远是干涩焦枯的，枝干上布满了刺，结的果子，表皮是干瘪的深红色，费力地用刀子切开，种子酸中带甜，其中酸总是多过了甜，而且这种“木瓜子”可食的部分极少，把它含在嘴里“吮”一下就得吐掉，这种烂果子，也配称它是舶来品吗？所以我们断定这“蕃仔”两字，指的绝对是土蕃仔的蕃。

蕃仔木瓜在以前似乎没有人特别去种它，至少我小时候看到的都是野生的。野生的蕃仔木瓜，不需要什么好的土壤，在野地它杂生在一般草木之间，有时在竹丛中也会发现呢，它似乎无须很好的日照，它确实够贱了。然而采蕃仔木瓜时是要小心的，原因是蕃仔木瓜树下常常窝着蛇，据说蛇喜欢它的香味，蕃仔木瓜树枝上长满了荆棘般的刺，总不能攀爬到树上，所以只好窝在下面了。有一次我在树下的败叶间看到一条斑驳错杂颜色焦黄的蛇，头是三角形的，别人告诉我那一定是龟壳花，是台湾罕见的一种毒蛇。后来我就不再去采摘蕃仔木瓜了，当然那也跟我的童年结束有关。

直到大约20世纪70年代，市面上多了一味名叫“百香果”的水果，我一看，原来是我们宜兰乡下的蕃仔木瓜嘛！不同的是摊子上的百香果不是野生的，而是人工栽种的果子，比较浑圆，切开果壳，香味还是一样浓郁，种子之间却多了些十分好吃的汁液，这是野生从来没有的，用来榨果汁，加上冰块，十分解渴，香味老远就闻得到。百香果后来又经过品种改良，果子越变越大，颜色也由暗红而浅红，有一次我竟看到粉红色的百香果，样子就像小号的富士苹果，还有一种百香果，外皮变成黄颜色的，放在一些新奇士橙子之间，几乎令人分辨不出呢。

至于为什么取名叫百香果，我想这跟一般时髦的事项有关，只是一种风尚罢了。后来一位懂外文的朋友告诉我，这百香二字是英文passion的音译，原来这种水果在境外风行甚久。Passion这个字一度令我跌入幻想的旋涡，百香果的香气和味道与一般水果比较显得特殊，它的气味可能激起一些人的热情甚至激情，我想这是它被称为passion的理由。百香果，这个显然来自热带某个幽暗潮湿又神秘角落的、经过毒蛇守候的一种有助于燃烧欲望的果实，它甜中带酸的汁液令人穿透禁忌遂行不轨，……那纷乱的意象，曾盘踞在我脑海，跟我童年时对蕃仔木瓜的印象形成对比。

曾经有一段时候，我认为伊甸园中的禁果，应该是这种名叫激情的果子，而不是味道那么平和的苹果才对。这当然是一个误会，从七十年代开始，一直到九十年代将要结束都没有得到澄清的机会。直到去年初夏，我在欧洲的居住告一段落打算启程回台的前几天，几位学校的同事约我在一间供应自助餐的餐厅聚会，我们一同品尝一种盛装在高脚杯里的翠绿色果汁，虽然经过过滤，但杯底还是看得到一些黑色的渣，果汁调了味，也染了色，然而甜中带酸，仍能辨那是百香果的果汁。一位年轻面孔姣好的女同事礼貌地举杯祝我平安，她面孔凝重似有心事，她平素沉默寡言，这次聚会她原没开什么口，我笑着问她知道不知道杯中装的是什么果汁，我只是想逗她一笑而已，想不到她反问我："您知道是什么吗?"我说是由一种名叫 passion 的水果做成的，她接着问："您既然知道，为什么问?"我告诉她 passion 指的是热情或激情，"喝这种果汁的时候，如果不能热情的话，也应该很快乐才对啊!"我说。她听了后，不但没有开朗起来，反而陷入沉思而变得更为严肃，我有点后悔我的多话了。不久，她抬起头说："您错了。"我表示不知道她的意思，她说："Passion 指的不是热情，而是苦难。"她停了下又继续说，"十七世纪初，天主教传教士从南美洲带回欧洲这种植物，因为滋味特别，曾一度成为上流社会的珍果。它之被叫成 Passion，是因为它多刺的树枝像极了荆棘，耶稣在各各他给处死的时候，钉在十字架上，头上是戴着荆棘冠的。所以 Passion 这个字，应该是指耶稣受难，而不是指热情。”

她指正了我，觉得有些不好意思，第一次笑了起来。相对于她的话，我刚才的“意见”不但有些“贫血”，而且确实是显得轻佻了。我想我一定脸红了，她涌起的笑容，一定有安抚我的用意吧。

从此之后，百香果对我的“意义”就有所改变。当然这意义也包含某些客观的认识，譬如我们在宜兰，乡下人称它作蕃仔木瓜，原来就是说它是外来的品种。中国台湾在十七世纪初也曾给天主教的列强占领过，百香果可能那时被引进，后来列强撤走，这种外来的果树就被冠以“蕃仔”的名字了。另外，改变的不仅是客观的认知，还有十分主观的一种印象，七十年代之后那个有关幽暗、神秘、欲望的燃烧、不轨的遂行等的联想一下子都消失了，当我看到百香果的时候，心中往往有一种连绵的乐句响起，那是巴赫在《马太受难曲》（*Passion Selon St. Matthieu*）里面耶稣最后的遗言：

“我的神，我的神，为什么离弃我呢?”（“Eli，Eli，lama sabachthani?”）

风紧云密，天地无言。即使三位一体兼具神性的耶稣也须承担出卖及离弃的悲哀。《约翰福音》的记录与《马太福音》有些不同，《约翰福音》里记载耶稣在说完前面那句话之后，又说了句：“我渴。”十字架下的人就用苇草扎成的杆子沾了些醋给耶稣吃。耶稣尝了点就断气了，十字架下的人为什么沾醋给耶稣吃，而不是沾水呢？这一点我并不了解，可能他们手上正好只有一些醋吧，唯一可以断定的是耶稣在一生结束之前的最后味觉是酸的。这令我想起百香果，野生的百香果是以特殊的酸味著名，那么百香果除了荆棘冠之外，可能还有其他的意义；只是这层意义，在这么盛大的悲哀与苦难之下，任谁也没有心情去细细分辨了。

◎ 奥义书

我现在展读的是一本有关人生的奥义书。

这本书不是用文字写成的。

我的朋友此刻躺在床上，他似乎一点都没有意识到他目前的处境。医生已将他搬出加护病房，说他脉搏正常，已能自己呼吸，肺部的感染已经排除，食道切开的部分以及胃的局部出血，已经治好，发炎是免不了的，但都在控制之下。医生说他基本上已经治愈，在身体的部分；所以，我的朋友现在已搬到普通病房了。

我的朋友经过了几乎是极度忧患的半生，他一直处在阴暗的恐惧之中，但想不到后来那阴暗的背景却又帮了他的忙，使他扶摇直上。他确实是自爱而肯努力的，尽管他不是天才那一类型的人。在长期压抑的状况下，他的生活从来没有真正放开过，他从小养成善于观察的能力，这一点对他后来的事业有帮助，但他过分内敛的处世方式，也使得他几乎没有什么知心的朋友。他少年时的阴影一直在他心头挥之不去，使得他在与别人相处的关系之中，只有领导与被领导的主从关系，很少有平等的、共享秘密的朋友关系。

这是他悲哀的真正来源，他并非不知道，只是他没有能力摆脱。三年前的某一天，他跟我说，我们一起教几年书，然后就什么都不管。至于“什么都不管”指的是一种什么样的生活，他那时并没有说清楚。他说他一直把我当成最好的朋友，我当时有点怀疑，他邀我和他一同工作，我没有肯定答复他，其实他也知道，那是一个婉转的拒绝。那时我想，他如视我为最好的朋友，就应该相约在另一个地方见面，或者夤夜到我住的地方和我促膝长谈，我不习惯那么“官式”的谈话地点，他不该约我到他的办公室的，一直到他病倒，我都这么认为。

我为自己的拒绝找借口，我知道他对任何人都是一样，我其实没有权利要求他用更特殊的态度对我，我既然了解还要挑剔，这个责任应该由我来负。我并非不把他当成朋友，而是我对朋友的定义下得太高，何况当时我认为，依附一个即将“飞黄腾达”的朋友，会令人非议。他当时确实是在飞黄腾达中，我其实也是自私的，因此，我缺乏资格指责我的朋友没有展现他“开放”式的热情。

不久他果然更发达了，我们又见了两次面，都在公开的场合，他被前后簇拥着，我们除了寒暄，没有说什么话。有次，我们同学聚会，他过来拉着我手说：“近来还好吗?”我直点头，他被牵引到别人面前，我发现他瘦了许多，心里想说要好好保重呀，但在众人面前，实在开不了口。以后再听到或见到他的消息，都是在报上和电视机前。我庆幸没有答应和他一起工作，我如当时答应了他，他可能分配一部分簇拥他的人来簇拥我，当然这种可能性极少，更可能的是我被迫成为他四周的簇拥者之一，那就实在太可悲了。我们已不再年少，年长使我们明白世界上没有绝对不可能的事，还好我拒绝了他，否则谁都无法料到现在是什么一种局面。

但当他病倒之后，我对自己的自信便不再那么笃定。他也许真的需要一个朋友的帮助，他约我到办公室见面是有不得已的苦衷。如果当时展现诚意与热情的是我，他可能随着也展开更大的诚意与热情，他既是个保守性格的人，那么这个“开放”的手段便不应该是由他做，而应该是由我做起。

有没有办法好起来呢？医生摇摇头，说这已是最好的情况了。医生说脑部手术已不是太大的问题，但问题是脑部主思维的细胞已部分坏死，再高明的医术也无法使坏死的细胞复生，这是真正的困窘之所在。

我们只能盼望奇迹，医生也这么说。奇迹不见得不会发生，因为科学对生命的原理依然知识有限。生命对大部分的学者而言，其实还是一本难解的奥义书。

也许这是这道谜题被破解的前夕。我的朋友在被推出加护病房之后，一直沉睡如昔，睡姿也没有改变，他的生命力似乎仍在旺盛地延续着，他的额头不时泛出细小的汗珠。该死的天气，到现在还这么燠热呀！我们帮他把汗擦掉，把压在胸口的毯子往下拉一点。

这本奥义书确实不好阅读，朋友，只有等你醒来为我解释。新的一年已经开始，你已睡得够久，现在是醒的时候了。爱簇拥人的人自然有新的对象让他们去簇拥，这世界有没有你，其实是无所谓的，经过长睡的你，终该明白。醒来了，往后的日子要如何打发呢？朋友，至少选一天，我们再坐在芝山岩的那个大石头上聊聊天吧，从黄昏一直聊到满天星斗出现，让天空灿烂如画，就像许久、许久、许久年前的一个夜晚一样。

◎ 默读一首济慈的诗

在休息室我听到几位朋友在谈天，突然聊起物价和薪水的问题。一个朋友抱怨这两年公教人员的薪水调整过低，还好物价上涨并不太凶，依据政府审计部门的说法是每年上升大约百分之三，正依照这个数据来调整公教人员的薪水。而我这位懂得经济学的朋友说，政府的统计总是比较保守的，依他的“估计”，这两年的物价上涨每年大约是百分之五左右，政府调整薪资的比率是实的，而统计物价标准是虚的，实虚相较，吃亏的是受薪阶级，因为我们每年等于“减薪”百分之二。

“还不只这个问题，”一位年纪稍长的教授说，“你们注意到没有？台币对美元的汇率，这一年多以来一直是贬值的，一般人不容易感觉出来，如果有孩子在美国留学，就会觉得压力，美国那边的学费、生活费年年调高，而台币对美元则不断滑落。你们不要以为事不关己，台币贬值了，进口物价就会涨价，台湾就连小麦、黄豆都是依赖进口的。”

“汽车和很多进口货都降价了呀!”另一位比较年轻的朋友插嘴说。

“那是为了要加入WTO特别降低关税的结果，并不是台币变得更值钱了。”有子女去美国的教授说，“更何况汽车便宜了如何？我们不买汽车的人还是不会去买它，你看街上车子走得动吗?”

这位有子女在美国受教育的朋友一定受到不少经济的压力，因为他又告诉我们银行现在的存款利率又降低了多少，这会使得社会游资泛滥，通货膨胀，台币就会变得更不值钱了，“你知道，一个教授退休能拿多少钱吗?”他转过头来问我，我答以不知道，他说：“现在一个教授退休，一次全拿，共计三百多万，如果不是月退，没有优惠存款，三百多万，在都市买间房子，零头都不够。”

我平常很少想到这类问题，他的话确实给了我一些“启发”，树高千尺，叶落归根，经济生活是一切价值生活的根本，假如一个人饱暖的问题不能解决，所谓养生送死之具不能具备，则正如古人说的，“何暇治礼义哉?”

“你们发现了问题，但没有解决问题的办法!”一位原坐在休息室角落的朋友高声说起话来。大家原先没有注意他，原因是他每次来休息室都坐在沙发的一角，不怎么跟大家打招呼，他的课可能只排在这个学期，上学期不曾见过他。他继续说，声音降低了些，但语气却十分坚定地说：

“要解决这个问题，要注意投资的讯息。”他斩钉截铁地说，他又说依靠薪资过日子是最“坏”的经济生活，把剩下的钱放在银行存定存，是最保守的投资，有低的利息，不过总比没有好；最好的投资绝不是将它放在银行，让银行去经营，而是自己懂得经营，把原本是银行赚的钱由自己赚回来。他说他教的就是投资学，上学期因学生爆满，下学期才调到这边比较大的教室来授课，结果还是不够用，晚到的学生只好站在窗边听讲，“现在的学生比我们教授都懂得投资呢！真是长江后浪推前浪。”他说。

有人问他投资的方法，他说：“投资的管道其实是很多的，譬如股票、买卖外币，还有不久就会推展开来的期货市场。”他在众多的询问下透露了一些他授课的内容。

“哈哈，我觉得各位应该来修我的课了，各位不要生气，是开玩笑的话。”他停了会，继续说：

“投资真的很重要，买艺术品、古董是投资，子女的教育也是投资，这一点，各位都懂。我有几个学生，这门课还没修完，现在每个月都有三十万元的进账，他们投资传销事业，依我看这个事业前景乐观，如果经营得法，每个月赚三十万至五十万元是可能的，不过这不只是投资学，而是涉入经营学的范围了；假如每个月有五十万元的收入，教授服务一生的退休金，半年就可以到手了。各位想想，如果你每个月可以赚进五十万的话，你还会为台币兑美元贬值几分、为存款利率降低几厘担心吗？还会为物价稍稍上涨、调薪永远跟不上而烦恼吗？”

上课钟声响了，我们要离开休息室了，这位教投资学的教授自然停止了他的演讲。我和一位教英文的教授一同走向长廊，我们的教室在同一方向，他恰好跟我一样是一个音乐的喜爱者，我们常常聊一些我们熟悉的事情，我问他：

“每个月赚五十万，你会不会要？”

“钱很可爱，不是吗？”他说，“对我而言，钱可以买书、买唱片，功用真的很大。但我想，以我现在赚的钱要买几本书、几张唱片其实已经够了，我何必要每个月赚五十万呢？”

他的教室到了，他停下来，回头对我说：“我不是不想每月有五十万，不过我担心，当我每个月有五十万进账的时候，我是不是还有时间静静地坐在唱机前，听一首贝多芬的弦乐四重奏；或者，用充满沉思的心情，缓缓地默读一首济慈的诗呢？这是我现在想到的问题。”

真巧，我此刻想着的，也是类似的问题。

◎ 爱岛屿的人

从海岬的突出岩石上看过去，大约十五海里之外的那个岛屿就会呈显一种特别的“气质”，而这种特殊的气质在其他地方，诸如在这边的沿海公路上就看不出来，不论公路多么蜿蜒，坐在车上可以从各种不同的角度看这个岛，这个岛其实只是一个普通的海岛罢了。但在海岬的这块极大的岩石顶上看就不同了，前面的这个岛像一个侧身坐在海面低头沉思的巨人，它左边的一个突起的块状物，上面泛着一种近乎咖啡色的黄色。由于这个块状物正好在这个岛屿的一半高度，而黄色一直从半山延伸到海面，如果你善于想象的话，它与罗丹的那个题名叫《沉思者》的雕像确实有点相似，那黄色的纵线很像雕像腿部的线条，而山顶右侧的一部分棱线，则与雕像上弯曲的背脊有些相近。总之，岛屿在其他地方看起来只是一个平躺的小山，但在这里，它却显得直立而陡起，比较容易令人幻想出一些平常想不到的事情。

当然，如果不被人刻意指点的话，我是不太会想起它与罗丹的关联的，指点我的，是一个跟我完全素昧的人。他早于我到达这座海岬，至于他什么时候到的，我则无从判断。我只是路过这儿，将车子停在海边的公路上，独个走出来透口气，我坐在一块石头上看前面这个岛，初看并不觉得它像什么，我注意的是一艘满载货柜的轮船，从岛的右边向左边航行，岛屿海岬之间的海面，无疑是一条重要的航道。我不知道这位陌生人什么时候走到我边上，他伸手将烟盒递给我，我向他致谢表示不抽烟，随后，他用嘴叼出一根，在风中技巧地点上火就抽了起来。他问我像不像罗丹的雕像时，我心中有一点反感，将事物刻意与有名的艺术联属，常常令人觉得卑俗可厌，“你看像不像梵高的那幅《鸢尾花》呀?”“简直就是毕加索蓝色时期的笔调。”……我们偶尔走出城市，其中的一个原因就可能是想避开这些废话和滥调吧。

“在这里看那个岛，是最好的角度。”他并没有察觉我对他的厌恶，自顾自地说，“但这不是个够好的天气，最好是天气不要太晴朗，阴暗反而好。因为阴暗的时候，海面的反差不那样强烈，所有的景物不那么清晰。有时岛的顶部被云雾遮住，岛似乎缩小了，其实不但没有，反而增加了面积，因为整个海面泛着非常深沉的铁灰蓝，那颜色和岛的颜色十分接近，岛一下子好像把它的领土延伸到这边来了。”

他一口气说到这里，我惊讶他对形象与色彩把握的精准，这时我有点高兴他没有感觉到我起初对他的不快了。他深深地吸了口烟，任风把烟屑吹上他扬起的头发，我注意他的头发，是有些花白了，他的脸上分布着几条刚毅的纵纹，他对这个岛屿的视察，证明他绝对不和我一样是个普通的过客而已。这时，我用他的方法去看这个岛，它真的与罗丹的那个雕塑有点相像了，他继续说：

“每年这个时刻，从这里看，由于太阳总是从后方升起，日出的时候，这座岛就会显示一种神秘的气势。你该选一个早上，来体会一下这个奇景……”

“对不起，”我不得不打断他的叙述，“请问你是住在附近吗？”

“不是的。虽然我很想住在附近，可以整天无语地面对这个岛屿。”

这个答案和我想的比较符合，他的语言方式和独特的观察力，绝不是生活在这里的人所有的，但他如果和我一样是个过客的话，他又怎能够看出这座岛屿不同时刻的景象呢？

“那上面原本住有人的，后来可能是水源有问题，人都迁到这边来了。我那时想，假如有钱的话，把这座岛买下来就好了。买不下整座岛，买一块地也好的。后来知道，整座岛都是公有地，就是有钱也不卖的。那时我又想，既然以前住过人，我要是一个人搬上去住，谁又奈何得了我呢，岛上的水，供应我一个人应该不成问题吧。”他是对着我说的，但并不在意我是否在听，所以他的话更像在独白一般。“后来我拿了一笔钱，雇渔船载我到上面走了一趟。有规定一般人是不可以搭渔船的，所以我还花了一笔不算小的钱呢。结果我上了那座岛，岛确实荒凉得厉害，那里现在已经绝对不能住人了。原因你知道吗？并不是因为它荒凉，而是海军把这座岛当作舰炮射击的靶场，每年定时会向它射几千发炮弹，你看那条从山腰起向下延伸的黄线，就是被舰炮轰掉的一半山壁，也就因为这样，使得这个岛在这个角度看，像是罗丹的沉思者了。”

他说完就静静地坐在那儿，眼睛盯着那座令他心动的岛屿，一直到我离开，再也没有看我一眼。我想起 D. H. 劳伦斯的一篇名叫《爱岛屿的人》的小说，故事中主角真的买下了一座小岛，而且住了上去。而我见到的这位爱岛屿的人，却只有坐在此

而我见到的这位爱岛屿的人，却只有坐在此岸，看他梦寐以求的岛被舰炮轰掉半边山壁，他充满神经质的言行，恐怕一半缘自他的心碎吧。

碧珊　绘

岸，看他梦寐以求的岛被舰炮轰掉半边山壁，他充满神经质的言行，恐怕一半缘自他的心碎吧。这样一个敏感而容易受伤的人，是不适合生存在我们这一个时代的，但到底哪个时代适合他生存呢？我一时也想不出解答。

◎ 像蝴蝶般飘散的故事

元月五日星期天晚上十点左右，汉初来电话告诉我清徽师过去的消息。老师是在元月四日上午逝世于台大医院，这两天因为我人不在台北，所以汉初说一直联络不上我。汉初在电话里的声音起初有些微颤，后来就十分镇定，我体会他心中的感伤和痛苦，尽管他努力压抑，由于我们是好朋友的缘故，所以很容易感觉出来。

我记得两周前和应平书一同去看老师，老师还躺在台大医院十三楼的隔离病房里，老师肺结核的老毛病又复发了。老一辈的中国人，不少人被结核病肆虐过，有的给夺去了生命，有的一生受它阴影的影响，后来医疗技术进步，结核病就不那么可怕。但只要被结核菌“照顾”过的身体都会留下痕迹，那就是所谓“钙化”。所谓“钙化”是指结核菌被身体的抗体或药物逼入器官的一角，在那里被层层钙质所包裹，使它不再能够肆虐，这即所谓病愈了。但钙化并不表示完全根除，结核菌只是暂时性地销声匿迹罢了，当身体有其他病痛而放松了对它的封锁的时候，它就可能又蠢动起来。我之对此病症熟悉，是因为我也有一个被结核菌蛀蚀过的身体。有一次我跟老师谈起这个经验，她笑着说："我们才是真正的同病相怜呢!"

这是老师被安排在隔离病房的原因，她因排尿不良导致尿毒而住院，几十年前被封存住的结核菌又突破重围，趁机滋事，她已老迈，加上心肺、消化及泌尿功能都受到伤害，所以她一度病得不轻。只是两周前我和应平书去看她的时候，她已相当好转，医生说她的结核病已控制得很好，而尿毒已经减轻，不需再洗肾。医生说除非真正必要，肾是不可随便"洗"的，因为身体器官跟一般人没什么两样，一有依赖自己就懒了，洗肾之后往往只有终其一生洗下去，肾的自主功能就彻底丧失了。而老师的肾功能在逐渐恢复中，我们听了医生的讲解宽了一些心，医生说，下午就可以将她转入一般病房，但医生说以后病愈出院，绝不可让她独居，更不可能要她一个人住在那幢四层楼没有电梯的台大宿舍了。

我跟应平书从老师的病房出来，我们在医院大厅的咖啡室里小坐。平书说老师病好了，要住哪儿呢？这确实是个问题，老师的公子中斌兄、中明兄当然会妥善安排，但我们作学生的知道，老师这些年来独居惯了，独居一方面是亲人不在身边所造成的，另一方面，也是老师的个性使然。她一直是个独立而不倚靠人的女人，即使依靠儿子，她都会觉得不自在，假如因为年迈或疾病，她必须依赖别人——哪怕是她的亲人，她心里受到的打击应该比病痛还严重。世界上有什么一种病菌，能够摧毁一个人的意志与信念，使得如廉颇一样的人都屈伏病榻任人摆布呢！

老师有一种强烈的愤世嫉俗的性格。当然，是因为这种愤世嫉俗的性格造成她与社会人群之间的一道鸿沟，或是因为她与社会已存有的一道鸿沟而形成或增益了她愤世嫉俗的性格，这就很难说得清楚了。当然这与她所置身的环境有关系。长期以来，她处身在台大中文系老一辈师长阵营之中，我们很自然把她归类在如台静农、郑因百（骞）、屈翼鹏（万里）、戴静山（君仁）诸先生那个时代里，其实她在他们面前算是很年轻的，更何况她是“女流之辈”。我们看他们在一起很热络，然而她的内心是寂寞的，她与他们并不是表面上看的那般的热闹。后来年轻一辈的学者一个一个出现了，并且逐渐取代了老一辈的位子，而年轻一辈的人却认定她是老一辈的人，她事实在还不算老的时候，她的时代已经被宣布为过去，新一代因辈分的关系，跟她保持一种无法逾越的距离。她的孤独，与她长期以来所置身的环境是有不可分的关系的。

但这不是说所有的都是环境所造成，愤世嫉俗之成为她的“性格”，是与她的个性和气质（这个气质比较接近英文的personality，而非宋明儒所说的气质）有更大的关联。既然是personality，我们在源头上就不需要再作分析，需要说明的是这种个性和气质到底展现了什么作用和意义。

尼采在分析勃拉姆斯和瓦格纳的作品的时候，好像不止一次地说勃拉姆斯是一个堕落的艺术家，因为勃拉姆斯的作品充满了伪善和令人自毁的因素，这一点和罗曼·罗兰相当“同调”。罗曼·罗兰在他的《约翰·克利斯朵夫》里，曾不止一次地批评勃拉姆斯，用语比尼采更为严苛。我年轻时代读这些书时完全不了解，直到最近，我才约略知道其中的原因。勃拉姆斯对他的作品，要求得过分严谨，他把他原来强烈的感情，刻意地压缩成一条细细的纤维，当然，这条纤维是贯穿了他的作品的，然而因为他过分注意结构的严密和完整，使人很容易把那条美丽的纤维忘记了。以D大调小提琴协奏曲而言，贝多芬的宏博，柴可夫斯基的多彩，勃拉姆斯的那条确实有些逊色，但是以精细绵密的角度来看，贝多芬和柴可夫斯基则都显得有些不足了。

勃拉姆斯的作品是需要反复地、仔细地聆听的，他的作品抽丝剥茧耐人寻味，但有时严密得令人透不过气来。勃拉姆斯的艺术不是从口中呐喊而出，不是从人心里自然流出，而是经过严密的组织结构，而成为一个精美但可能脆弱的艺术品，这是尼采讥讽他的最大原因。

这令我想起老师。清徽师是个孤绝的生活艺术家，她对文学与艺术的态度，有些近乎勃拉姆斯。她经常嘲笑别人的轻浮与肤浅，她讨厌坊间一些古典文学的赏析作品，她教词曲，但她最不喜欢古人把词叫作“诗余”，把曲叫作“词余”。因为叫它为“余”，便有轻视它的意味，词曲是文学的一种形式，文学是艺术的一种形式，而文学与艺术的内容则是一致的，那就是生命，没有生命就没有艺术。但徒有生命也成就不了艺术，艺术是取材于生命，但须如炼铁般地锻炼而成，当艺术锻炼成就之后，就具有了它自己的生命。这生命是独立的，是不倚靠谁的，艺术和文学，当然不会为政治服务，也不是人的装饰品，艺术除了它自己之外，没有别的功能，它之具有自由而独立的生命，在于它的严谨。

老师与勃拉姆斯比较，她比较可惜的在于她的作品不多。这一方面由于她过分要求作品内容的孤高和形式的严谨，另一方面则可能是由于所谓的“眼高手低”，总觉得自己的作品不够好。这一点正好被尼采说中，具有勃拉姆斯气质的人，都有一种自毁的倾向，这里自毁，自然包括自己的创作生涯而言。

老师的气质在这个时代绝对是格格不入的。在趋炎附势的社会里，孤独是一种逃避，是一种自清，又是一种严正的抗拒。她正如她自己所说的是一个“女流之辈”，出身在一个家世极好受教极严的家庭，后来研究的又是极其温柔敦厚的中国文学，这些因素都使她的 anti-social 性格打了折扣，对腐化了的感情，蛀蚀了的道德，她的反抗力道不够沉雄，她只有选择自己与社会划清界线。

表面上看这是消极的，但如果细心观察、用心体会就知道她的坚毅和不得已。长期关在学术之塔内的人，已与社会脱节，丈夫早逝，子女在外，她与人群的关怀仅仅是同事和学生。前面说她在同事间并不像表面的热络，而她与学生的关系，也仅仅靠脆弱的“道义”来连缀，因为她既不能为学生的前程张罗，她在学校的人际关系更无法形成一张“保护伞”，为学生提供任何帮助。她从不以分数来要挟学生，她给学生的成绩有时候甚至很宽厚而被误认为“营养”，所以起初她的学生很多，但日子一久，势利的学生一个一个逃离，没有逃离的人已逐渐减少与她的往来。她从台大退休后，系里依然为她保持一堂研究所的课，但据她说选她的课的学生很少，有几次还面临停开的险境。她说是她要求太严了，现在学生好逸恶劳都受不了她。其实我们知道，真正的原因是她只是个路旁的废弃的电线杆，不能提供什么余荫，甚至连自己都快被人拔除了。

她是强烈地意识到了的，她对自己的遭遇越来越淡然处之，她对四周的人不假以辞色，她对学生横加挑剔，她潜意识下是想尽力斩断她与世界的关系，好回到她绝对纯美的孤独。她决心放弃一切，前面说具有勃拉姆斯气质的人都有一种自毁的倾向……

我突然想起我和应平书那天去看她的经过，医生说她的结核菌已经控制住了，出院后再吃半年左右的药就完全好了，尿毒已经改善，她大约在一般病房休养半个月就应该准备出院了。平书跟医生说老师独居的事，医生说独居是绝对不可能的，她需要有人照料她的起居事宜。这些话老师可能都听进去了，她可能决心放弃此后对别人的依靠，她坚强地反抗了一辈子，她不愿意就此躺在病床上任人翻动她倔强的身体。

一个时代过去了，那个时代的人就逐渐走入历史，走入历史不见得都是名人，一般的人也都会走入历史，只是很快就被所有的人遗忘，像书页化成破碎的纸片，飞散在黄昏的天空中，有点像蝴蝶般的，但一下子就都不见了，大地即将沉入黑暗。

书里有故事，故事有起伏，有怨、有爱、有放弃和坚持，但当整本书都散了，再精彩的故事，也就仿佛都不曾存在过一样。亲爱的老师，愿您安息。

◎ 我的尊严

内人的朋友用LINE传了影片给她，影片是拍陕西乡下地方困穷生活的状况。一对没父母在旁的小兄妹，哥哥用显然过大的勺子把碗中的白米饭舀出，自己吃了一大口又给旁边的妹妹吃，妹妹大口吃时，哥哥在一旁笑。另一画面是一个小男孩在简陋的锅子下面条，面条熟了捞起来吃，摆在面碗旁的只是一碟发黄的野菜。我问内人你朋友为什么传这影片来？她说大约是说影片中的小孩穷又没尊严吧。

没料她提起这么严肃的议题。

我想，世上生物千百种，只有人是讲尊严的，历史上很多高贵的人往往为了它，不惜抛弃生命，可见尊严的重要性有时候超过实质的生命。但老实说，我看影片时，并没想到这么复杂的事，我想起我早年的生活，也跟影片里的一样，或者更加凄惨，人在温饱不济之余，好像是想不到尊严的。

假如说富者有尊严贫者无尊严，我们这一代的人，大多数都有过贫穷的童年，说起来都曾无尊严过。内人说她读小学时父亲得了重病，当时家里不只穷，她妈忙得无心煮饭，有时煮锅白饭，就着白煮的青菜萝卜吃了，白菜萝卜有时有盐有时忘了加盐，小孩便也吃了上学去，她说这是她跟弟弟到现在还喜欢吃白煮食物的缘故，一说起，脸上还浮出甜美的表情。我则想起我读小学的时候，住在宜兰姐姐的眷村，是个“黑户”，生活条件很差，平日得跟我母亲到铁路拾煤渣、采野菜，成天在外头胡混或许有些野趣，而当时是为生活所逼，并非心甘情愿，拾煤渣是为了帮炉子添燃料，采野菜是可以炒来配饭吃。菜场最便宜的是俗名空心菜的“瓮菜”，就算便宜也得用钱买，不如铁路两旁的野菜分文不取。

野菜大致分两种，一种是蕨菜，台语叫它“过猫”，叶顶卷曲像小提琴的琴头，只那部分是可以吃的；另一种野菜是有点像现在流行的多肉植物叫马齿苋，色泽是绿中带红，其实很不好吃，我们小时不知它的学名，跟着几个湖北老兵叫它“马屎汉”，这盘“马屎汉”虽用花生油猛炒，好像总会带有煤油的呛味，但有菜配饭吃便不错了，一点呛味算不上什么。还有当时配给的

“眷粮”有很多米虫，淘米时有的会飘起来，有的不会，煮熟了的米虫跟米没什么两样，仔细看虫的头部有个黑点，米则没有，大人叫我们大口扒饭，肚子饿时，也分不出是米还是虫了。

军眷都从大陆来，认为自己是逃难来的，吃得差不以为意，而邻近的本地农家吃的也不见得好，好些的或许能吃顿白米饭，其他两顿得搭配蕃薯，穷的呢，只得全以蕃薯条配蕃薯叶来过三餐了，比起影片中小孩有白米饭可舀来吃，还要差着点呢。我们小时，蕃薯是最“低贱”的，既是主食也是副食，吃了它老放屁，吃它的人是谈不上尊严的。

影片中的贫穷，与我们年少时相差不远，当然后来我们富了，不管是努力或侥幸的缘故，就忘了自己穷过，而且笑起人家穷了，这点有些“忘本”。贫穷变富裕，富裕变贫穷，其实是转眼的事，不然《桃花扇》怎么有“眼见他起高楼、眼见他宴宾客、眼见他楼塌了”的句子？

小时候生长危难，也连带知道一件事，是人随时随地会死的，就算你处处提防也避它不过。人死南方人叫“翘辫子”，北方人说是“嗝屁着凉”，都有点嘲笑的意思，当然谈起死，不以玩笑视之的还是多些。记得当年眷村一位新婚不久的连长，随军进攻金门之南的东山岛，在抢滩登陆时被守军机枪扫到，尸体被潮水冲走，人还没登岸呢，就不见了。我记得那个新娘，过了几个月还在贴满红色双喜贴纸的房里幽幽地哭着，说死了也该给我个证明呀，旁边的人说："你还要什么，人没回来不就是'证明'吗?"我稍大，认识了蝼蚁两字，才知道在抢滩时被成排的机枪扫到，人的死是跟蝼蚁一样的。

我家在当地俗称的"南门港"附近，有两家医院在此，也得以见到比人家见的多的生老病死。当时得盲肠炎，推进医院十个有九个出不来了，更没听说得了心脏病还可装支架的事，心脏病是富贵病，穷地方的人没太多这病的经验，只知道心脏病一发，就得早进鬼门关了，不是吗？而人在忙着进鬼门关的时候，也是没空谈尊严的。

还有一个不忘随时提醒我们生死无常的地方是棺材铺，棺材铺就在距眷村门口两百米之外，正好在河边，就在我上学或进出入小镇必走的路上。像样的棺材得用原木来做，当时做棺材，都得先由师父挥着大斧，在锯开的巨木上先一斧一斧地劈出四大部件的轮廓，等拼凑好了，再用量尺刨刀来做细活儿，最后涂粉上漆，等漆都荫干了，才算告成。做棺材的师父胖的居多，好像不论冷热，都赤膊着上身，头上绑条毛巾，准备随时擦汗。棺材上漆之前，店家喜欢用铁路枕木支着，大剌剌地陈列在路边，一点都不顾忌，那一“躯躯”（念成“枯枯”，闽南语棺材的单位）尚未上漆近乎人类肤色的棺木，特别令人作怪异的联想。

生命最好一路顺风，也得提防其中有一些不测。就像经过没人看守的平交道，没车来时要快步通过，大多数人都涉险若夷地过了关，但也有倒霉汉，会无由地被来车撞到，人好像总在“一线之隔”的上下徘徊吧。我的少年时代，四周总有许多有关贫困生死的提醒，涉不涉及尊严呢，好像算不上，尊严是一种意识，有这种意识，是过了险巇少年之后才有的。

尊严也是一种自觉，开始觉得生命除了活下去之外，或许还有其他的意义。孟子说：“人之异于禽兽者几希”，尊严就来自这种自觉吧。既是“几希”，就表示它是微小的，对一般人而言是可有可无的。世上人虽多，一般人活着就是活着，没太高的价值目的，记得贾谊说过：“贪夫徇财，烈士徇名，夸者死权，众庶冯生”，“冯生”就是凭生，就是凭借活着的本领活着，根本谈不上或不谈意义层面的事。人到这一步，就跟一般的动植物的活着没什么两样了，但对绝大多数的人而言，这反而是活着的真相。

一个人如随风起伏的草谈不上尊严，能威风凛凛又支配别人生死的才算有。但支配权很诡异，因为它总是暴起暴落。民主国家的民意如流水，从来不好掌握，而独裁国家的独裁者永远会有向他竞逐的敌人，当大权旁落，就像被逐出群的老狮王，最后被比自己小几倍的豺狼野犬给拆了分了，连尸骨都不存了呢，到这田地，尊严何在？

表面上看，凌辱别人的人岂不总是高高在上，而且威风八面，还好总会时过境迁，主客易位，判断也要颠倒了。证明真理，扫除迷雾，往往要时间，十五、十六世纪的欧洲，哥白尼与伽利略在数学与天文学上的看法与《圣经》的说法抵触，受到当时教会的极力压迫，教廷不但将其学说列为“异端”，并限制他们人身自由，强迫他们认错。过了几个世纪，教会才承认当初给他们的压迫错了，不得不将学识上的尊严还给他们，有人说这迟来的正义与哥白尼与伽利略无关，因为他们早死了。

然而正义迟来总比不来好，这表示世界变得更合理。李白当年受诬被流放夜郎，一路辛苦，最后遇赦，但有家归不得，还是客死异乡，杜甫形容他：“千秋万岁名，寂寞身后事”，后来的满城热闹，李白享受得到吗？这遇赦对李白有何意义呢？然而对读历史的人看，迷雾扫除了，毕竟是好事。苦难与挫折，有时能使生命成为一种艺术，结局不见得丰美，但一与艺术结合，往往让生命形成了一种特殊的气势，让人联想到，人生在世，或许真有尊严存在吧。

写《东方主义》的巴勒斯坦学者萨义德，一次与音乐家巴伦波因谈起柏林国立歌剧院交响乐团的事，当时巴伦波因刚接掌这个乐团的音乐总监不久。这个歌剧院的乐团与同样冠着柏林的柏林爱乐不同，柏林爱乐在还分东西德时是在西柏林这边，而歌剧院是在东柏林，经历过长达六十多年的统治的。但这长期的压抑与苦难，据巴伦波因说对音乐的演出却造成了一种特殊的奇迹，他说歌剧院的音乐家“面对音乐时心怀畏惧，但又积极无惧”。

这句话表面看来是矛盾的，但巴伦波因说这种矛盾是很多高明艺术的基本要素之一，因为凡艺术必须有内在的冲击性。为什么矛盾会在艺术上产生强大的动力呢，他说：“极权政体要继续下去，需要猜疑的成分，朋友之间的猜疑，家人之间的猜疑，等等。但当这些音乐家在国立歌剧院推出音乐会或歌剧的时候，他们是真的能自由呼吸、不受拘束的。反抗极权统治的人觉得音乐像某种氧气，因为他们唯有在此才觉得自在。”一语道破了其中的关键，生命经过淘洗，困局形成动力，越缺少自由，越会去追求自由，越丧失尊严，越渴望去找到尊严，就在这状况下，惊奇的艺术产生了。

鸟以高飞来显示自由，而鸟总趁着逆风才能高飞。

有人问我，你的自由在哪里？答案是：我受阻越多，自由就越多；而尊严呢？我想，我真正的尊严，总是藏在生活中最不起眼的似乎一无尊严之处。

图书在版编目(CIP)数据

巡礼之年. 1，野姜花 / 周志文著 .— 上海 ：上海社会科学院出版社，2023

ISBN 978 - 7 - 5520 - 4043 - 2

Ⅰ. ①巡… Ⅱ. ①周… Ⅲ. ①散文集—中国—当代 Ⅳ. ①I267

中国版本图书馆 CIP 数据核字(2023)第 000275 号

巡礼之年(之一)野姜花

著　　者：周志文
责任编辑：王　睿
封面设计：陈　昕
出版发行：上海社会科学院出版社
　　　　　上海顺昌路 622 号　邮编 200025
　　　　　电话总机 021 - 63315947　销售热线 021 - 53063735
　　　　　http://www.sassp.cn　E-mail：sassp@sassp.cn
照　　排：南京前锦排版服务有限公司
印　　刷：上海雅昌艺术印刷有限公司
开　　本：889 毫米×1194 毫米　1/32
印　　张：7
字　　数：120 千
版　　次：2023 年 2 月第 1 版　　2023 年 2 月第 1 次印刷

ISBN 978 - 7 - 5520 - 4043 - 2/I・478　　定价：108.00 元(全三册)

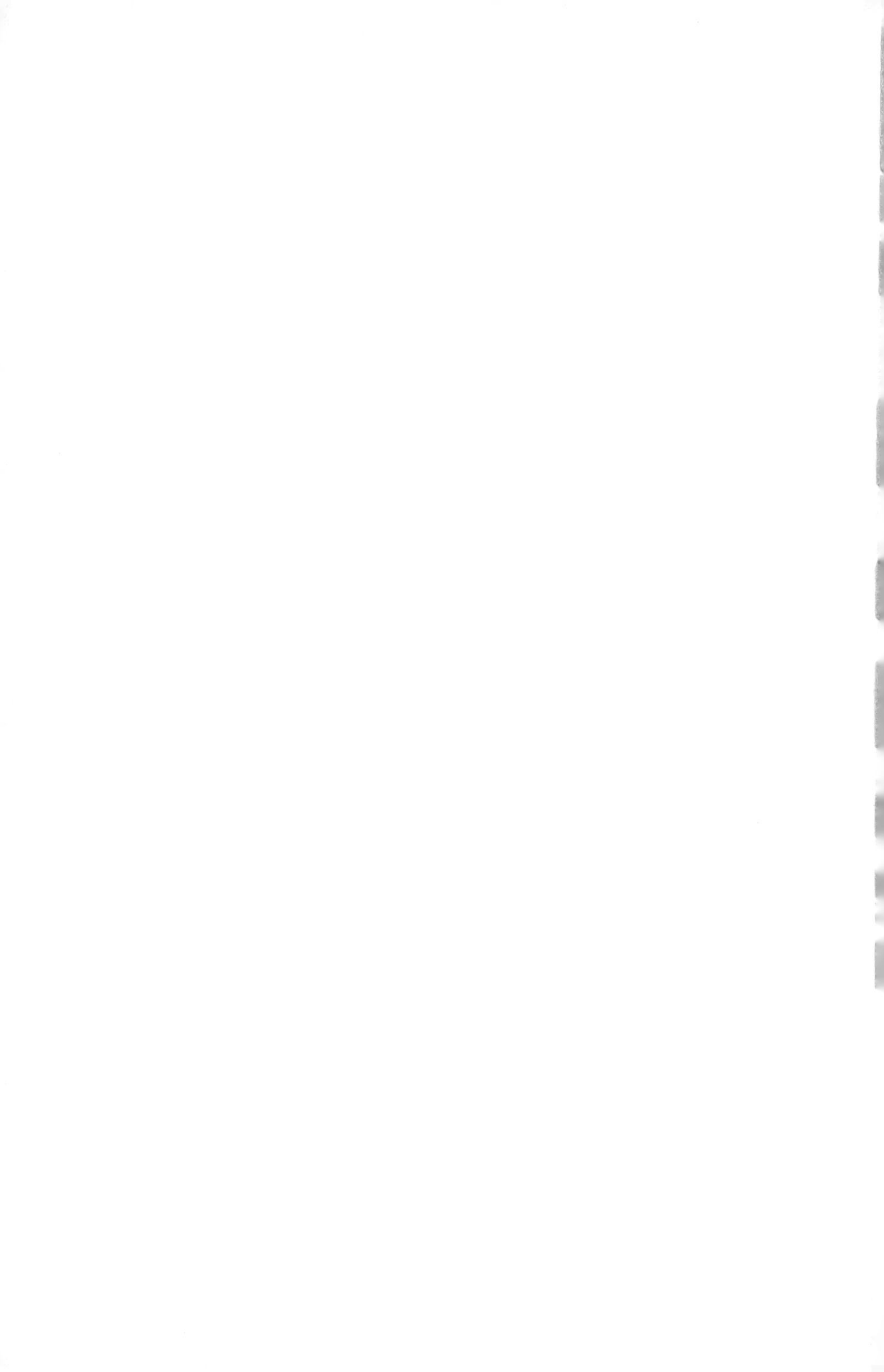

叁

巡礼之年

横式风景

周志文 著

上海社会科学院出版社
SHANGHAI ACADEMY OF SOCIAL SCIENCES PRESS

目录

辑一　旅行

辑二 风景

辑三 艺术

辑一 旅行

◎ 榆荫

陶渊明有“榆柳荫后檐，桃李罗堂前”的句子，可见榆与柳、桃与李，向来是农家常见的植物。桃李与柳树，台湾都很普遍，唯独榆树，台湾很难见到。榆树生长在温带与寒带边缘，台湾地处亚热带，自然见不着了。但在大陆与欧洲，则是极常见的树种，有些地方是用它来作行道树的，它是落叶乔木，夏天叶密，可以用来遮阳，冬天叶落，可使阳光照射下来，把温暖带给行人。榆树生长的速度与另一种路树白杨木比较，没有它的快，但也不迟缓，尤其树干笔直，是有用之材。

韩愈有首题名《晚春》的绝句，诗曰：

草树知春不久归，百般红紫斗芳菲。杨花榆荚无才思，惟解漫天作雪飞。

这首诗描写春时花草争奇斗艳，各凭本事，杨柳与榆树知道自己“技”不如人，只好把杨花、榆荚弄得漫天飞舞，像是天空在下雪一样。这首诗用“拟人”的笔法，把暮春繁盛的景象给写活了，算是一首很好的“咏物”诗。然而解诗的人，往往过分敏感，说昌黎公是以杨花榆荚比喻才浅技穷、不学无术的“劣才”，说它们化身白雪以鱼目混珠。这种说法不见得全错，然而一首写热闹春景的诗，被解成充满了愤慨情绪的牢骚话，老实说，是有些糟蹋了这首诗呢。

榆树是种有盛大气势的树，当然得碰到暮春季节，榆荚纷飞的时候。我第一次见识到它的盛大是在1989年的阳历5月，那时我参加北京中国社科院纪念五四运动七十周年的学术会议，会议结束，大会安排部分与会人士到承德的避暑山庄旅游。避暑山庄遍种榆数，大约在四月间开完了花（榆树的花不很明显），五月树子成熟，榆树子都包在薄薄的圆形羽翼之内，这就是榆荚了。榆荚色白，极为轻盈，从高处飘落时是很有姿态的，在榆林间看成千上万的榆荚交错飞舞，一时之间，真像置身于雪国。

榆荚因为是圆的，状似薄钱，所以也有人称它榆钱，这个名称使得大多数的中国人都喜欢它，竟成了招财进宝的象征了呢。榆钱又可食用，北方人喜欢把它和着面粉炸熟了吃，据说有明目爽气的功用。我没吃过，不知道滋味如何。

大约三年半之前，五月暮春季节，我受学校托付，到荷兰的莱顿大学做短期访问，那次赴欧内人与我同行。在到莱顿之前，我们先到荷兰的第一大城阿姆斯特丹小住数日，不论阿城与莱顿，都是我旧游之地，而内人则是初来，我想趁此假日，带她好好参观此间的艺术，饱餐花卉与春光。在阿城城东的国立博物馆，以收藏伦勃朗的油画著名，还有梵高美术馆，是绝对不能错过的。然而不巧，国立博物馆正好在整修，大厅封馆，而伦勃朗的作品都在大厅里，我们无缘亲睹，侧面的菲利浦厅依旧开放，里面特殊的东方艺术收藏当然也很精彩，但伦勃朗缺席，顿使世界减色不少。梵高美术馆的展览当然很够水平，不过与我 1991 年那次参观完全不能比较，那次是纪念梵高逝世一百周年的大型特展，美术馆从世界各地借来珍藏，使得展览琳琅满目，美不胜收（梵高死于 1890 年，百周年特展是 1990 年举行的，1991 年算是续展）。这次“常态”的展览与当年的特展，规模当然无法同日而语了。在国立博物馆对街是个公园，公园的东北角有座著名的建筑，那便是皇家音乐会堂，有名的皇家音乐会堂管弦乐团（Royal Concertgebouw Orch.）就在此。这个音乐厅全为木构建筑，据说音效是全欧最好的，而当我们走去打探节目时，才知道交响乐团正在其他国家巡回演出，音乐会堂不巧没有节目，阿城的艺术之旅，只得以败兴收场。

但天公待我们不薄。暮春五月，正是榆子成熟的季节，整个阿姆斯特丹城，几乎给飞舞的榆荚所填满，光看那景象，已令人神夺。阿城运河纵横，不断飘落的榆荚把道路和水面覆盖住了，有时真令人分不出河道与马路来。一天早晨，我们通过阿姆斯特丹大学的窄巷，打算到花市附近一家面包店买早餐，突然发现堂堂的大路上，一艘蓝白相间的船正朝我们的方向“急驰”而来，定神一看，那大路竟然是条运河呢。原来榆荚真像雪花一般，把所有的界限都混同了、遮盖了、颠覆了，而那少见的盛大场面，却是由小小的植物种子所造成的。

◎ 莱顿

台大与莱顿大学合办的“中国文学、历史与思想史中的观念变迁”学术研讨会，于2005年1月28、29日在台大思亮馆举行。

莱顿（Leiden）是荷兰一座有名的大学城，荷兰最老的，也是一直排名第一的莱顿大学就在这里。莱顿大学的理学院、法学院及医学院在整个欧洲都很有些地位的，他们理学院的教授，在二十世纪曾有六位得过诺贝尔奖。有一次他们的副校长告诉我，爱因斯坦曾是他们物理系教授，他受聘了二十余年，在“法理”上，爱因斯坦在到美国普林斯顿大学之前一直持有莱顿的专任教授聘书，应该算是莱顿的一员。我问他为什么是“法理上的”莱顿一员呢？副校长轻声说，爱因斯坦其实只在莱顿大学待了一年多，各地邀约不断，使他无法在一地久居，但莱顿对他依然照发聘书。我笑着问他，其他教授是否可以援例呢？他笑着说，那可不成，只有爱因斯坦那样的人，才能享受这种荣誉与特权呀！

莱顿大学对我们汉学界来说更为重要，因为莱顿大学有一个汉学院，这所汉学院在世界的汉学界也是颇有名望的。说起莱顿大学的汉学院，可能要费些工夫了。荷兰虽然是正宗的西方资本主义国家，可是他们管理高等教育，却有些社会主义的味道，就是依照国家的政策来“计划教育”，并不一味地任市场决定。大约在二十世纪之前，荷兰有好几所大学设有亚洲或东方学系，荷兰政府觉得这样太分散物力与人力了，就把这些科系集中起来，放在莱顿大学，成立了有关东方研究的学系，并成立一专门研究中国学问的汉学院。所以莱大的汉学院是荷兰境内唯一的汉学研究地点。

十七世纪，荷兰跟在西班牙、葡萄牙之后，拥有海上的霸权，他们在海外殖民，以亚洲及非洲为重，东印度公司便是荷兰人成立的。他们不但积极开拓东南亚，占领现今的印度尼西亚，并且在十七世纪初中叶，曾短暂地占领过中国台湾，后来被郑成功驱逐。所以今天莱大汉学院的图书馆里，藏有许多荷兰人经营东方的汉籍史料，为研究早期台湾史必须参酌的对象。另外，汉学院图书馆还收藏了一大堆大约从十八世纪到二十世纪上半叶印度尼西亚华侨的户籍、法律档案。说起这些档案十分有趣，我曾用了一整天的工夫，将这些断简残篇简要地翻阅过。

十八、十九世纪，中国沿海地区的人民大量外移，外移的对象，以东南亚为主，而移民尤以闽、粤两省人居多。他们到海外，几乎无人通晓当地土著语言（当时印尼语言不统一，也无正式的文字），对殖民主的语言，亦不甚了了，于是往来文书、户籍数据及至商业契约、讼案记录只好用中文处理，所以两三百年间，光是雅加达就累积了成千上万的汉文档案，这些都算是政府档案、公家文书。第二次世界大战结束，印度尼西亚摆脱荷兰独立，对印度尼西亚政府而言，这些汉文资料因读不懂又无人研究，成了废物，荷兰政府便选择性地运回，知道很重要，但由于看不懂，现在全堆在莱顿大学汉学院的图书馆内。这些材料对研究中国的海外史，东南亚开拓史，尤其是研究近三百年印度尼西亚及东南亚华侨史十分珍贵。莱顿大学当然知道其重要性，十年来与厦门大学（大陆研究华侨史的重点大学）合作，把这些文献整理刊印出来，目前已发行资料汇编三种，计划仍在延续，未来仍有许多工作待做。我跟厦大派来的那位教授聊了一下，他表示这工作当然很有价值，但各方配合的意愿并不高，给的待遇相对低，很多事施展不开，又由于想家，他想回国去，说这事也许会中断。我问可派别人来吗，他苦笑着摇头，说这事是苦差事呀。

我暂居的一栋木楼，正在一条运河的弯曲处，面对着的，就是爱因斯坦当年守望群星，体悟、印证相对理论的天文塔台。一天晚上我失眠，窗外正对着的天文塔，发着白色的幽光，而大片天幕上，群星灿然，似在显示某些我难以理解却充满启示意味的讯息。万籁俱寂，天地悠悠，我披衣而起，一时之间竟然有陈子昂登幽州台时的感怀呢。

碧珊　绘

我想所谓苦在于做这套学问寂寞，三百年前一群在印尼的华侨，都是边缘世界的边缘人，有谁想关注他们呢。

莱大汉学院图书馆除了这些宝贵的“南海遗珍”之外，尚存有大批的文学、历史、哲学的汉籍，它收藏的汉文书籍，特别有些是明清的善本，以数量而言，在欧洲大学图书馆无有出其右者，所以莱大在欧洲，一直是最受汉学家青睐的研究处所。

2003 年 5 月初，我第二次访问汉学院，距离 1996 年初访该校已有七年之久。七年之间，世事变化令人目不暇接，汉学院的几位老教授，离职的离职，退休的退休，但莱顿小城，似乎一无改变，美丽、安宁一如沉睡的母亲。正是暮春初夏时节，天气乍暖还凉，运河逶迤，近水垂柳处处，栗树开满了白塔式的花，榆树则将“榆钱”抛满一地，微风吹拂，静谧中透露着生命繁盛的消息。城中古朴的彼得教堂，偶尔响起钟声。我暂居的一栋木楼，正在一条运河的弯曲处，面对着的，就是爱因斯坦当年守望群星，体悟、印证相对理论的天文塔台。一天晚上我失眠，窗外正对着的天文塔，发着白色的幽光，而大片天幕上，群星灿然，似在显示某些我难以理解却充满启示意味的讯息。万籁俱寂，天地悠悠，我披衣而起，一时之间竟然有陈子昂登幽州台时的感怀呢。

◎ 通报

题目“通报”两字，很多人会以为指的是电视、电影明星收到公司指派的演出通知，所谓“接通报”，成了上节目的代名词。这里的“通报”，指的完全不是这么回事。

《通报》（*T'oung Pao*）是一本有名的汉学学报，在世界的汉学界，有相当影响力，而且发行久远，在讨论世界汉学研究史时，是不可或缺的一本刊物。

介绍这本刊物，必须回溯到一百余年前的欧洲。十九世纪，欧洲列强开发亚洲、非洲，海外殖民正盛，东方学突然成为一种显学，一群聚集在荷兰莱顿的汉学学者，商议编辑一套汉学研究的刊物，定期出版。终于在1890年，第一期的《通报》出版了。早期的《通报》，大致是莱顿附近的汉学学者集体创作、经营的学术园地，有点俱乐部性质的同仁刊物，几期之后，逐渐获得欧洲乃至世界汉学界的肯定，稿源丰富，选稿严格。这本刊物从创刊到目前，一年两期，除了两次大战期间，出版或有延误或偶尔合并为年刊之外，从未间断发行，在出版界，亦可称是异数。

当今世界最具权威的三部以外文发行的汉学学报，咸推《通报》为第一。其原因便是它百余年来发行不辍。另外两部指的应该是《哈佛亚洲研究》（*Harvard Journal of Asiatic Studies*）与《亚洲研究》（*The Journal of Asian Studies*），这两部学报一由哈佛大学主编，一由美国几个有中国研究的著名大学轮流主编，都是以英文发行，成立都远在《通报》之后。另外一个差别在于《通报》几乎以汉学为研究对象，而其他两部，虽以“中国学”为中心，但论文仍旁及亚洲各国研究，所以都以 Asian Studies 为名，与《通报》是不尽相同的。

莱顿大学汉学院与《通报》当然有关，但这项关系并不是相互隶属，而是很松散的组织关系。前面说过，《通报》是由一百余年前在莱顿的汉学家所发起编辑的，所谓在莱顿的汉学家，当然多数是莱大汉学院的教授，而出资的是荷兰政府，并未动用莱大的预算，所以莱大基本上是干涉不了这本刊物的。但编者是莱大的学者，又由在莱顿的 Brill 出版社出版，世人也以莱顿大学的学报来看这本刊物了。这一点，莱大也不否认，因为它们彼此之间，是有着一种相得益彰的关系的。

《通报》在1890年发行之初，就采取双主编的制度，即一位主编是莱大汉学院的教授，另一主编则是法国的汉学家，这是为什么《通报》投稿可用英文或法文的缘故。法国的汉学家，起初并未限制是哪个大学或研究院的，然而二十世纪四十年代之后，所有的法文主编，都由法兰西学院（Collège de France）的学者担任，譬如目前担任法方主编的 Pierre-Étienne Will 即是。《通报》现在荷方主编是田海教授（ Prof. Barend J. ter Haar ），他也是莱大汉学院目前的负责人。

我2003年5月再访莱大，本拟代表台大《文史哲学报》及《中文学报》与《通报》商谈学术合作事宜，我的愿望是两方学报每期都各刊登对方推荐的一篇有关汉学的论文，而论文也同样要经过本来该有的学术审查的。田海教授认为这方式很好，但后经《通报》"层峰"讨论后并未成功，原因是《通报》作风保守，一直想维持其独立的作风，合作之议未有圆满结果。表面上任务无成，但收之桑榆的是谈成了台大与莱大共同主办学术会议的案子，2005年在台大举办的"中国文学、历史与思想中的观念变迁"学术研讨会，便是具体成果。

我这次再访莱大，心情有些复杂。七年前接待我的故旧，都一一星散。施博尔（K. M. Schipper）与许理和（E. Zürcher）教授都已退休，而伊维德（Wilt L. Idema）教授，则被哈佛大学聘去担任《哈佛亚洲学报》的主编，汉学院图书馆馆长吴荣子女士也办好了退休手续，正在准备“搬”出去。当然也新聘进来了一堆人，新人新气象，令人精神一振，但与他们一比较，我这个远道回来的访客倒反像是里面的老人，突然自觉有些格格不入了起来。

世界上的事在不断变化，这是无可奈何的事。但有些时候，像放电影时机器出了毛病，画面突然“停格”，顺带的，世界也仿佛停止了一般。莱大汉学院门口，朝左是一条运河的支流，顺着这支流向北走，不久会跨过一座可以升起的桥梁，下面是一条真正有运输功能的运河了。过了桥不远，有一排低矮的房子，最北的一间，就是荷兰十七世纪最著名的大画家伦勃朗（Rembrandt）的出生地。旧居可能早已倾圮，遗址仅留标志，倒是不远处保留了一座古老的风车，扇叶依旧可以随风旋动呢，风车下方，是一个小型的儿童游戏场。一天我经过，场中有儿童在嬉戏，秋千上，两个女孩在摆荡，笑语玲琅，这一幕，与我七年前的经验一模一样，光线、色温和声音，一点都没有变动，我惊讶，世界在这个时刻，似乎真的停格了。

◎ 外物

查理大学邀请我去“客座”一年，我办完所有留职与应聘的手续，一九九七年六月的时候，我已十分笃定将会有一年左右的时间，在被称为“欧洲心脏”的布拉格度过。

布拉格的古老与美丽，我在一九九一年的旅行中已经体会到了。查理大学是当今世界仅存的几所最古老的大学之一，能够到这所学校任教，当然值得向往，然而离开台湾，离开这世上我唯一熟悉的土地，包括好的与坏的，还是有些不舍。这不舍的心情，随着自己离开的日子接近而愈形严重，具体的呈现，是我对“行装”的轻忽和怠慢。早些时候，我还列出一个表来，要在高纬度的布拉格住一年，需要带些什么东西，包括食衣住行各方面的。举例而言，布拉格的纬度比哈尔滨还高，冬天的气温，套句北京土话必定“够呛”，在哈尔滨冬天冷到零下三十度是稀松平常的事，布拉格也许不至于那么冷，据说去年冬天也到了摄氏零下二十多度，对从亚热带来的我们而言，这种温度也绝对称得上是“酷寒”了，我必须准备些御寒的衣服，还有鞋子、袜子、帽子、围巾等的。

但是这话说起来容易，要实行起来就困难了，原因是冬衣厚重，一件带里子的大衣起码就有三四公斤，乘坐经济舱，托运行李的重量不能超过二十公斤，二十公斤能够装几件冬衣呢？我还要带书去，因为我到布拉格是教“书”的呀！我还得带个锅子去，否则我不能吃米煮的饭……在二十公斤的限制之下，我能带的衣服实在有限，何况，那些真正能够御寒的衣物，在台湾很少能够买到。登山社卖的一招半式的“装备”，据说是好看的居多，实际效能有限，价钱又贵得惊人，心里想，这些东西，只有等到了布拉格再买了，明年回台时无须带回，就在当地送人吧！

有了这个想法，旅行的准备就推拖下去了，一切现在不必烦心，因为即使烦心，也无从烦起。但随着出发日程迫近，“要带什么去？”成了我不能回避的问题，妻不断提醒我，就算不带大衣，内衣什么的，还是要准备好，“你总不能光着身子去呀！”她说。

这个“光着身子”不是只指身子而言，它的含意是很大的。

譬如说我需要书，我需要书写工具，包括笔墨纸砚等的；我需要摄影器材，我带了相机，就势必要带其他的镜头及附属设备，包括我习惯使用的底片等；还有我平常喜欢听音乐，我当然不可能把家中的音响搬过去，到了布拉格，我一定要买一件放音的用具，包括扩大机、喇叭及CD唱盘。妻说我的耳朵是无法忍受廉价唱机的质量的，这些当然只有等到到了欧洲再设法添购，但我需要带一些我已听成习惯的唱片去，好让我客居在外却有家居的味道。除此之外，我平常看起来健康，但不能保证不生个小病痛的，大病大痛以及生死问题只有委诸天命，可以不去管它，然而小病小痛是可以预防及治疗的，这时就要依靠平常习惯的药物了，头痛药、感冒药、肠胃药、皮肤药，还有像维他命之类的“补品”，必须准备。

长久以来的饮茶习惯，也使得我行动起来不那么方便。我必须事先打听布拉格的水质如何，据我所知，世界上许多地方的自来水因为加氟过多，是不能用来泡茶的，还有某些地方的水含有过多的矿物质，有的是盐分，都不适合泡茶；如果布拉格的水质不良，我必须带滤水器去（还不知道有效没有），当然我还要带茶叶以及泡茶的基本用具，集合起来，会占我行李的一大堆体积。

这些都是身外之物，如果我们不打算“光着身子”，这些身外之物就如影随形，不能须臾离开，人的不自由，大部分是受这些外物之累。但从另一方面来想，这些“外物”长久以来已经融入我们的生活，变成我们生命的一部分，有些已经完全不能割舍得掉，茶对陆羽，诗对杜甫，画对文徵明，其重要性往往超过了他们肉体的生命，你要如何劝他们把这些“外物”抛弃掉呢？

妻说的没有错，我是不能“光着身子”到布拉格去的，不只我，任何人都不能光着身子外出，我还是在航空公司允许的二十公斤范围之内，准备我的行装吧，因为临行在即了。

◎ 因为风的缘故

在同样的气温、同样的光线之下，这两张建筑物的照片看起来就是有些许的不同，一张是停滞的、呆板的，另一张则显得流动而飞扬，你知道是什么道理吗？

原因并不在这建筑物本身，这幢建筑已在这个地方矗立好几百年了，莫扎特来的时候，曾在里面弹奏过管风琴，莫扎特死了后，这里面第一次演奏他的《安魂曲》，这是世界上第一个为莫扎特举行安魂弥撒的教堂，说到这里，你就知道照片里的建筑物是什么了，是的，就是在布拉格小城区的圣尼古拉教堂。

两张照片的圣尼古拉教堂大致看没有什么不同，取景角度也很一致，都是从查理桥西边桥塔这个角度照过去的，教堂和它的钟塔泛着土黄色的光辉，钟塔的塔尖和教堂椭圆形佛罗伦萨式的大顶则泛着铜锈般淡绿的颜色。要体察两张照片的不同，不能从照片的主体看，而是要从其他陪衬的东西上看；从圣尼古拉教堂到查理桥的桥塔有一条道路，糟糕的是我现在把这条路名忘了，但没有关系，因为这不是重点，重点是这条路上有一座南斯拉夫大使馆，大使馆前面有一根斜竖成四十五度的旗杆，上面悬挂着蓝白红三横条的南斯拉夫国旗，两张照片都照到了，你有没有注意其中一张的旗子是无力地下垂，而这一张则被风扬起，姿态是完全不同的？另外有趣的是，两张照片都拍到了飞行的鸽子，在布拉格，鸽子很多，但在那张国旗下垂的照片上面，鸽群只是在建筑物之间飞过罢了，而另一张照片上面，几只鸽子似乎被突然吹袭过来的侧风扰乱了原定的飞行计划，身上的白色翎毛被刮起，使原本静止的画面一下子跳跃起来。

飘扬的旗帜，侧飞的鸟雀，因为风的缘故。

风使许多东西都灵动起来。在布拉格，所有具有历史价值的东西都是坚硬的、固定的、静止的，房屋、雕像、桥梁，没有不是稳定如磐石，因为坚固，所以永恒。但布拉格不像观光指南上面说的是“建筑学上的博物馆”，布拉格保存旧建筑之多，确是世界的奇观，但建筑不是死的，不是放在博物馆展览厅让人参观的“物品”，每幢建筑都依然有人居住。十六世纪留下来的一幢三层楼房子，二楼阳台上有人在晒衣服，有巴洛克圆柱的一个商店，地下室却是哥特式的，里面现在是啤酒馆。走过门口，就听到一阵喧哗，嗅到一片酒香，但是巷口的那两边的石墙，你走过就要分外小心，所有比较隐僻的墙角，都有昨晚醉鬼的尿。

布拉格是一个仍然活着的古迹之城，既然活着，那就不是“纯美”的，有杂乱、有肮脏的人和东西，有礼教秩序之外的生活方式，我们“混迹”于其间有一年了，已习惯了这里的一切。让这群庞大的古迹活着的原因是人，一大群人不只观赏，而是在建筑“丛林”中生活作息，各人在各个不同朝向的窗口作美丽或猥琐的梦，在屋檐下干正经或不正经的勾当，芸芸众生，使得布拉格依然活着。还有一个令这些已经该沉入死亡历史的城市依然还活着的原因，就只有风了。

风扬起旗杆上的旗子，吹起广场上的鸟。风使音乐通过夜晚的街巷，传到更远的地方，风使河边高大的榆树、菩提树枝叶摇动，风把一家厨房的咖啡香吹到街上，风把桥上亲吻的男女的长发吹扬起来，风为充满直线的布拉格增添了横式的如波浪般的线条，像盖在邮票上的邮戳一般。

最美的景象是落花了。布拉格的春天来得晚，大约阳历的四月中才正式进入春天，高纬度地区的春天比亚热带似乎还要盛大，花的种类繁多，木本的花尤其好看。最先开花的是苹果树，苹果花有点像桃花、梅花之类的，但比较耐久，苹果树开花的时候，才知道布拉格城里原来有这么多的苹果树，花的颜色是白色中杂着一点红。苹果花盛开的时候，樱桃花也开了，樱桃花和我们习看的樱花是不怎么相同的，有些像苹果花，但没有苹果花开得密，花朵也不如苹果花大。苹果花与樱桃花开放的时候，一种总是长在人家院子篱旁的牡丹也准备开花了。布拉格的牡丹依中国的分类法只能算是芍药，但姿态清远，胜于牡丹。当你把注意力放在石墙栅栏边的牡丹的时候，很容易忽略在一种高高的树顶上已被一片紫色的光所笼罩，原来是丁香花也盛开了。丁香有点像台湾的凤凰木，总是把花开在树梢。

五月底的某一天下午，我和妻到鲁道夫堂，通过马内苏夫桥，打算朝王宫的方向走去。鲁道夫堂的门口高挂着天蓝色的旗帜，那是“布拉格之春音乐节”的标志，当天晚上捷克爱乐要演奏柴可夫斯基的《悲怆》。马内苏夫桥的西边引道处靠北侧有一座不算大的三角公园，上面的苹果树开满了白色带红像堆云似的苹果花，从来没有看过那么密的花朵，我被当前的胜景震慑住了。一阵风来，花瓣纷纷飘落，像极了严冬的急雪，一个在树下侧卧的流浪汉，半身被花瓣埋住了，他仍浑然不觉呢。两个情侣模样的男女坐在草地上，迎着风恣意地笑着，整个世界，似乎在这场粉红的坠落中停滞住了。但没有完全停顿，一个新的秩序，带着旋转节奏的已在形成，这是……因为风的缘故。

在风中我还闻到一阵从远处传来的咖啡香，我和妻商量，等这场花落的场面结束，我们到河边巷子里的那家咖啡座去坐一坐吧，她点头说好。

◎ 布拉迪斯拉发的教堂

一株没有众鸟栖息、鸣叫、跳跃的树，你觉得怎么样呢？

这个例子也许不甚恰当，没有众鸟栖息的树依然是树，它有它自己的荣枯，有它自己的生命周期，树其实与鸟并没有什么必然的连属关系。一株没有众鸟栖息的树，顶多欠缺些热闹而已，它依然是一株充满着自足意义的树。

但是教堂或庙宇，如果没有祈祷的信众，没有顶礼的教徒，那就成了一个徒具形式的建筑，拿来与树比较，说它像没有众鸟栖息，自然有其近似之处，但总觉不够“严重”。硬要拿来比较，缺少信徒的教堂，就像一棵已经枯死的树，树干陡直，却再也发不出花叶，它的存在，只是证明它曾经有过生命罢了。

布拉格在两百年前，还被称作是“千塔之城”，现在据统计，整个城里的尖塔大约还有一百余座，这百余座的尖塔，除了像旧城门的塔楼（如“火药塔”），或旧桥入口的塔（如查理桥东西两边的高塔），另外加上一些旧式的水塔之类的之外，大约百分之八十几都是教堂的钟塔，可见布拉格的教堂之多。

但布拉格的教堂却很少有信徒，教堂内外看到的尽是观光客，很少有弥撒在进行。平时更少有信徒在里面祈祷，每到整点，钟塔上的钟声依然响起，那是为了报时。晚间很多教堂会演奏音乐，教堂通常是很好的音响场所，里面的音乐十分好听，尤其是管风琴，由于哥特式或巴洛克式的教堂都建得极高，壁面很多，形成极好的回音效果，可以造成万马奔腾的气势，如果声音小，哪怕小得像一支笛子的轻音，那声音依然迂回婉转得像是从崚嶒群峰之间流下来似的，清晰透明。教堂里的管风琴令人觉得宇宙或是上帝的伟大，令人觉得自己的渺小，这是宗教之所谓神圣之处，然而布拉格教堂里的宗教感已经消失，即使管风琴的演奏也是为了卖钱的。教堂祭坛上方钉在十字架上、头带荆棘冠的受难者耶稣，祭坛两旁的圣保罗、圣彼得、圣尼古拉及布拉格的守护神圣温彻斯拉，都成了只具艺术意义的雕像，任人品头论足而已，谁叫布拉格已成为被观光价值所掩盖的城市了呢！

这就是为什么我到了布拉迪斯拉发（Bratislava）之后感觉完全不同。布拉迪斯拉发是现在斯洛伐克共和国的首都，在 1993

年之前，斯洛伐克与捷克是一个国家，布市是捷克斯洛伐克共和国境内的第三大城，现在斯国独立，布市就成了斯洛伐克这个国家的第一大城了。说它是第一大城，总会令人想起那是一座多么繁华、多么热闹的都会，其实这座在多瑙河畔的古城，人口只有四十余万，大约跟新竹差不多大，到这个小城中，所有的步调都缓慢了起来。

由于它介于几个大都市之间，西边四小时车程有布拉格，东边四小时车程有布达佩斯，西南一小时车程有维也纳，一切紧张繁忙有那些大城“代劳”，布拉迪斯拉发就十分安分地做它一个小城了。观光客被那几个绚丽的大城抢走了，谁也不想到这样一个名不见经传的小城来，它因此可以比较不沾脂粉地保持它一贯的清纯。六月初，我由查理大学安排访问此间的夸美纽斯大学，并在该校东亚系做一场小型的演讲。那天布拉迪斯拉发十分炎热，满城飘舞着菩提树的花絮，由于前一天晚上没有睡好，再加上旅行的疲劳，布拉迪斯拉发给我的印象是个疲惫的、涣散的、焦点不集中的城市，漫天飘飞的花絮，更使人烦扰不安，我想我的演讲一定乏善可陈。

演讲完毕，东亚系的副主任 Jana Benicka 女士陪我们共进午餐，餐厅在一个旧房子的庭院里，我们在树荫与遮阳伞下吃了顿舒服的饭，气温仍高，但习习的凉风使人精神抖擞，我对布拉迪斯拉发的印象就有些改观了。这是一个安宁、静谧得听得见雀语的城市，一点都不喧哗，我们桌旁有个滴漏式的盛泉水石器，上面的水不断溢出，一滴一滴，有点像秒针走动时发出的节奏，当然比较慢，布拉迪斯拉发是个使一切睡去但良知却能够保持清醒的地方。

餐后 Benicka 女士有事走了，留下我和妻在城中的一个老式广场中，这个广场自然比不上布拉格旧城广场的气派，可以说相当的狭小，中午太阳猛烈，行人稀少，几个帆布篷下卖纪念品的摊贩，因为没什么生意，有的竟打起盹来。广场边有一座教堂，教堂前面有几棵蛮大的树，树下有些石凳，几对老年夫妻坐在那儿休息，有些在那儿吃简单的午餐，这有一点台湾乡下庙埕的味道。我们注意那座教堂不断有人出入，虚掩的大门不时被推开，以我们在布拉格的经验，可能有什么展览或者表演在教堂里面进行吧，我和妻决定进去看一看。

我们很难适应教堂里的光线，我们进了门试了约莫几分钟，才看清楚里面。教堂里面没有展览，也没有演奏表演，教堂七成的座位都有人，有的人坐着默思，有的人跪着祈祷，祭坛上没有进行任何仪式，跟我们一样进入教堂的人则静静地在墙角站着，连呼吸也不敢大声。这是一座没有管风琴演奏的教堂，一座没有绚烂嵌玻璃窗的黑暗教堂，但是它有满满的信众，有教徒忏悔和祈求的声音在神龛之间回响着，虽然声音十分微弱。拿树来譬喻，它是一株不算挺拔但依然在开花结果的树，它是一株有众鸟栖息、鸣叫、跳跃于其上的树，与布拉格的教堂比较，布拉迪斯拉发的教堂是一个“活”着的教堂。同样的，由于没有被一些假象所掩盖，布拉迪斯拉发虽然平凡，稍嫌暗淡，但却是一个活在真实之中的城市，值得珍惜，当时我想。

◎ 阿马迪斯巷

阿马迪斯是音乐家莫扎特（Wolfgang Amadeus Mozart）中间的名字。在奥地利的维也纳及捷克的布拉格，似乎到处都有莫扎特的遗迹。在奥地利不算奇怪，因为莫扎特原本诞生在萨尔茨堡，他是奥地利人，奥地利以他为荣是合理的；然而布拉格却对莫扎特同样景仰，有些地方甚至超过维也纳，这就有点令人想不透了。

熟悉西洋音乐史的一定知道莫扎特的编号三十八号交响曲就题名为《布拉格》，当然这首交响曲的首演地也是布拉格，足证莫扎特对布拉格是十分看重的，因为在莫扎特的交响曲中并没有题名为维也纳或萨尔茨堡的呀！提起首演，莫扎特的有名歌剧《唐·乔凡尼》（*Don Giovanni*）也是特别为布拉格歌剧院所写，并且在 1787 年 10 月 29 日亲自指挥演出，以致现在那座在新旧城接壤名叫 Estates 的首演剧院，布拉格人都直接叫它作莫扎特歌剧院。莫扎特还有一首著名的曲子也是在布拉格首演，不过不是莫扎特活着的时候，而是他死了之后。他那首有名的 C 大调《安魂曲》（*Requiem*）是在 1791 年他死后，布拉格各界为了纪念他在圣尼古拉教堂演出的，这座现在犹屹立在伏尔塔瓦河西岸，正对着查理桥西塔的十五世纪古教堂，里面有架声音十分悠扬的管风琴，莫扎特 1787 年主持歌剧《唐・乔凡尼》首演的那次，曾亲身在这座教堂演奏过。

顺着城堡广场左侧的路向西边走（这个城堡广场其实就是旧皇宫前的广场，但当地人称它作“布拉格城堡”），不久就会见到一座廊柱森然极其雄伟的大厦建筑，就是现在捷克外交部所在地；在外交部大厦正对面，有一座建筑在十五世纪的仿意大利式的教会，名叫洛雷托（Loreto）的巴洛克式建筑，这幢建筑在布拉格算是名建筑，每天来参观的人甚多。在洛雷托和外交部大厦之间有个比较小型的“广场”，叫洛雷托广场，顺着广场西侧有条通向北方的小路，这条路不太宽，完全是由“石齿”排列而成（旧城的道路都是由一颗颗像牙齿的青石紧密地排列起来的）。大约走了一百米，就遇到一段相当陡的斜坡，这个斜坡不但陡而且有些弯曲，一边是高墙，一边是比较低矮但古老的旧民居，墙壁都被漆成黄色，在夕阳的照射下，黑影和金光组合成十分离奇而美丽的图案。路的尽头是一个小型的旅店，等你走到旅店前面，你就会发现路并没有走尽，而是在这儿拐了个弯朝东走了。

你很自然会停下来，惊讶于眼前所见。朝东这条变成像巷子般狭窄的小路，两旁的建筑竟还是十八世纪的模样，一点都没有改变。你如果对好莱坞电影熟悉，就会发现这个地方你见过，不错，这就是前几年莫扎特传记影片《阿马迪斯》的外景地，因此有些人就直接把这里名之曰“阿马迪斯巷”了。电影中的地点是维也纳，然而在维也纳却再也找不到保养这么好的一条街道。维也纳不乏保持得好的古迹，但多属于皇宫、教堂、博物馆之类的大型建筑，像这样一长条极具生活意味的民居，一丛丛低矮但焕发着不同色彩的老房子，维也纳是找不到的。

朝东走，在巷口的地方两旁都有房子，走不多远，左侧就成了长长的石墙，右边的房子大多是两层高，每间都不太相同，但都有低檐的窗跟装扮不同的门面对着巷子，从巷子走过，你可以看见楼下房子里的陈设。左侧石墙之外，是以前皇家花园的延伸地，可能在皇权式微之后缺乏经营，而成了一片自然的丛林。

我们极喜爱到这条巷子漫步，并不是因为它曾是电影中的场景，而是这条小巷冷僻宁静，如果不是观光旺季，几乎见不到什么人。从我们住的城里的家，放缓步程走过来的话，大约需一个小时。

一般而言，走路一个小时之后，多想停下来休息，坐下来或者喝杯饮料什么的。刚才说过，这条小路转弯变成小巷的地方正好是一个旅店。这家旅店依坡而建，是一层的平房，外观甚不显眼。一次经过的时候，闻到一阵浓郁的咖啡香，我竟发现这旅店附设了一家小型的咖啡厅，奇怪的是这家咖啡厅没有门可进去。我们在墙角看见一个木牌，知道咖啡厅的名字叫作“铃”（BELL），后来终于参透它名字的含意，原来要想喝咖啡，必须按电铃，咖啡厅和旅店共享一个大门。

我们按电铃，那边旅店的门打开了，开门的是一位着红色外套身材修长的女士，她用德语问我们要喝咖啡吗，我们点点头，她就礼貌地让我们进去。咖啡厅很小，只有一张原木做成的长桌，四边围着固定的木椅。墙的一面是酒瓶架，有点像酒窖里的陈设，屋子的中心是一个火炉，每次去，里面都燃烧着炉火。与酒瓶墙相对的，则是一个调理台，上面放了一组烹制咖啡的工具。你点了咖啡，那美丽的女士就为你调制起来，阵阵的咖啡香，立刻洋溢在四周。这里的咖啡，是我在布拉格喝过最好的，不只我这么说，我带过很多友人来过，每个人都对这里的咖啡印象深刻。

这家咖啡厅还有不同于其他咖啡厅的地方，就是它营业的时间每天只有短短的四小时，也就是下午两点到六点，其他时间是恕不招待的。后来我才知道，这家咖啡厅附属于这家小旅店，服务的对象是旅店的房客，对外营业的这四小时，正好是房客服务的空档；有一次，我在下午一点按他们的铃，又是那位女士来开门，她用不太流利的英语告诉我，他们咖啡厅的招牌如果没挂上，就表示不营业，我立刻为我的冒失向她赔不是，她随即说："你们是我的朋友，当然可以例外！"

小巷朝东走快要走尽的地方，有一个私人经营的小型画廊，地下室有着哥特式的穹顶，里面经常展览观念相当新的画作，有些时候是陶艺或雕塑，一楼则卖书及画册。冬天的黄昏，大约在三点半左右天就黑了，有一天我与妻漫步在巷子里，突然飘起雨来，而且雨势还不小呢，我们跑了几步，"躲"进这家画廊里。我们选购了几本书，包括两本摄影集、一本画册，还买了一张捷克当代极具盛名的画家扬·鲍赫（Jan Bauch）的版画，我们把身上带着的钱几乎花光了。天愈来愈黑，而雨仍没有停止的迹象，我跟妻说外头的雨虽没停，但雨势已没刚才的急，我们戴起帽子走算了，妻说好，我们就走了出来。没想到我们走出阿马迪斯巷的时候，雨已变成雪，像粉一般地在头上飘过，偶尔落在脸上，一点也不觉得冷呢。我们回过头看那个弯曲的小巷，在黑暗之中，一个行人都没有，大街的灯都亮了，忽然间不知道从哪家飘出一阵乐音，细听，那不是莫扎特的一首小奏鸣曲吗？

◎ 提恩教堂

布拉格旧城广场四周有许多尖塔式的建筑。所谓旧城广场，顾名思义是指这里原是旧市区的核心，市政府就是现在天文钟后面的几幢建筑，一直到了 19 世纪末，城市的区域不断扩大，天文钟后面的建筑再也容纳不下庞大的市政府，所以就搬走了。其实搬得并不远，如果在天文钟和广场北边的圣尼古拉教堂之间画一直线，新的市政府大楼就在这条线的西边不远处，它是一幢泛着暗黄色的壮观的综合了罗马式与巴洛克式的建筑，但很少有人会注意到它，原因是在朝向上，它是背对着旧城广场，它与广场之间又被一些零碎的建筑遮挡着，所以虽然离广场很近，却从来没有人把它当作是广场建筑的一部分。新的市政府大楼说起来还算壮丽雄伟，廊柱罗列，雕像森严，楼前也有一个颇具气势的广场，但很少能聚集观光客在此驻足观赏。这幢建筑拿到世界其他都市，都可能成为路人的焦点，唯独在古迹处处的布拉格，尤其旧城广场附近，它显得那么不起眼。它的受人冷落在于它“生不逢地”呀！

旧城广场四周最引人注目的建筑是提恩教堂、圣尼古拉教堂和前面说的天文钟了。天文钟前头几乎随时都挤满了人，尤其是每当正点钟响起的时候，天文钟上方的两格小窗户打开，耶稣的十二门徒会一一出现，似乎是跟底下的那群观光客打招呼呢。这时候的观光客都兴奋极了，有些人鼓掌，有些人高声叫着，有些带着乐器或者带着可以发出声音器具的人，就尽量让它发出响声，反正热闹得不得了。这时候如果细心，你会听到一阵阵公鸡叫的声音，那并不是黎明时公鸡的啼叫，而是当公鸡找到食物时自己不吃，却召唤母鸡来吃时所发的声音，嗝嗝嗝——，声音十分聒噪，又充满了谄媚的味道。这么热闹的广场，怎么会有公鸡呢？原来是一群小贩在兜售一种能发出公鸡叫声的玩具，这种玩具其实简单，是在锯开的一段竹子上蒙着一张纸，纸的中央穿着一根棉线，在线上涂了些松香，玩的人只要用手指夹着线向下拉扯，就能发出公鸡的叫声了。问题是这个玩具只在天文钟前面兜售，别的地方是买不到的，我想不出其中的道理来，直到有一天妻叫我朝上面看，她说：“你看那门徒出现的窗户顶上，不是站着一只金黄色的公鸡吗?”后来久了，我发觉每逢正点钟响，十二圣徒出现完毕，钟楼本身会发出一声鸡鸣，下面的一只骷髅状的木偶会将手中的滴漏扶正，大概表示黑暗过去，黎明将到。这时我才恍然大悟，原来布拉格人作小生意也是照着典故作的。

圣尼古拉教堂位于旧城广场的西北角，是一幢巴洛克式的建筑。所有巴洛克建筑都有一个特色，就是繁华缛丽，这座教堂自不例外，门窗的线条极为繁复，外墙漆作粉红色，教堂两翼立着双钟塔，塔顶则漆成粉绿色。以颜色而论，实在有些乡里乡气，但和广场另外两个主要建筑深沉的色泽相对，却显得亲切可喜了，它具有强烈的庶民风格，原来宗教来自民众，也要走向民众，本来就充满世俗化的倾向。

旧城广场的真正焦点建筑，我想谁都不会否认是提恩教堂了。提恩教堂（Tyn Church）之成为所有人注视的焦点，原因有两个：第一是它的高度，它不仅是旧城广场上最高的建筑，同时也是布拉格伏尔塔瓦河（Vltava River）河东的最高建筑，它以高取胜，自然吸引大家的目光；第二是它的怪异，教堂本体建筑除了比一般的教堂高大之外，其实并没有什么太大的不同，它的怪异在于它正门前的两个奇特的高塔，这两个高塔是由黑黄相间的石块砌成，每个塔的基座是正方形的，大约在拔地而起五十米之后，就慢慢缩成八边形的尖塔，顶尖的地方，一根细细的针状物指向天空，仿佛能拂到云端的样子，而在这根针一半的高度，装有一粒金球，再上去，就在针的最顶端，则是一颗八角金星。假如仅仅如此的话，还不算稀奇，稀奇的是在这个主要尖塔的四周，各立着比较矮的四个尖塔，形式和主塔一式一样，也是有一颗金球和一颗金星，还有，在主塔一半高度的地方，又像竹节发芽一般地“长”出四个更小的塔来，这小小塔也跟主塔一式一样，也有金球及金星。一座高塔主塔与副塔加起来共有九座尖塔，另外不要忘了提恩教堂是有两座高塔的，因此，当你面对提恩教堂的时候，必定看到二九一十八座黑色的指向天空的尖塔，气势上确是不凡。难怪到旧城广场的人，没有不被它的形象所震慑的。

大学将我的住处安排在这座教堂右侧的巷子里，巷名就叫作“提恩小巷”（Tynska ulicka）。而我住的房子，是一所由十三世纪留下来的院落里面的一间阁楼，卧室的两个窗户以及客厅的一个窗户，就面对着提恩教堂的两座高塔，所以我们只要身在布拉格，就几乎与这两座怪异得像童话故事里的高塔朝夕相对。有一个夜晚，已经过了午夜时分，我听见妻在床那头辗转反侧，她可能在想台北的家，我用手拍拍她，叫她看窗外的天空，双层玻璃外的布拉格夜晚在下雨，而提恩教堂十八个大小尖塔上的金球及金星，却依然发着似真似幻的光辉。我们都已是中年以上的人了，但无妨偶尔沉入童话的幻梦之中，尤其在异乡，那时我想。

◎ 克里门提农

参观过捷克国家图书馆的大型阅览室，今天的活动就结束了。现在的捷克国家图书馆，原本是十六世纪天主教耶稣会所建的修道院，修道院里的一座大教堂，名叫圣克里门教堂（St. Clement's Chunch），后来布拉格人就把这连属于教堂的一大堆修道院建筑称作“克里门提农”（Clementinum）。一般布拉格人都不太知道什么国家图书馆，但你问他“克里门提农”在哪儿，他们大都指着正对着查理大桥东边桥塔的那一片黄颜色的建筑说：“看，那就是了！”

这座前后用了一百五十年工夫建立起来的修道院极为庞大，光是楼房之间的院落就有五个之多，它是布拉格除了皇宫城堡之外的最大建筑。皇宫城堡雄踞在伏尔塔瓦河西边的山头，在河的东边，则有克里门提农与它抗衡，这注定了它后来被迫关门的命运，谁叫它建得那么高大又雄伟呢？古代的欧洲虽然是政教不分，但政教的矛盾是存在的，捷克是罗马天主教会的势力范围，然而反罗马教会的地下势力十分强大，十五世纪初因反罗马教会被火刑处死的胡斯（Jan Hus，1371—1415）至今仍是捷克的“民族英雄”，他的铜像被建在旧城广场的中央，可见不仅是政与教，即使一般民间与宗教，也有相当的鸿沟存在。

修道院其实不需要那么多座房子的，当修道院还存在的时候，克里门提农就有些被用来作图书馆了。耶稣会是罗马天主教会中最重视学问的一派，所以它的图书馆也很有规模，不但藏有宗教、哲学和一般学术的专书，这个图书馆还包括一些类别不同的图书分馆，其中最有名的是一座特别的“数学图书馆”，专门收藏数学乃至物理学、天文学的图书，还珍藏了古代东欧地区一些数学家、天体物理学家的手稿。耶稣会后来又在克里门提农办了一所学院，十八世纪后，又成立了一座天文台。到现在，克里门提农的主要建筑体上，还保存着刻度完整的日晷仪一共十多座。现在修道院、学院乃至天文台都消失了，但日晷仪仍然数十年如一日地为人指示正确的时刻：不过日晷仪高悬在日照所及的高墙上，很少有人会看到，又因朝向的不同，上面的刻度与图画也就每座不同，那是给专家看的，就是有人抬头看到，也不知道那上面的光影变化呈现着什么意义。它像在高墙展示十几道谜题，让看到的人费心去猜测；只有内行人才知道，谜底其实只有一个，那就是“时间”。

可能是和实际的政权斗争失败或者其他原因吧，修道院继续维持了三个多世纪，终于在二十世纪初停办，学院也停了，图书馆和天文台还勉强维持着，而主要的“经营”者不再是耶稣教会，换成了布拉格历史学会、天文学会等社团组织。这些社团组织的企图心与财力老实说都不足以维持这么庞大的机构，别的不说，这么宏伟与复杂的建筑，每年维护费用就十分惊人，因此克里门提农就此荒芜起来。二十世纪五十年代中，国家图书馆搬了进来，但不是所有房屋都用到，还有五分之二空着的房子任其荒废。捷克政府的财政也不好，1989 年之后变好了些，然而想好好整修克里门提农，也还是心有余而力不足的。

在西方国家，照顾维护这类历史建筑，照例是由政府出面，各工商企业捐钱，当然有关宗教的建筑维护得更好些，原因有广大信徒的捐献。这一点捷克吃了大亏，布拉格高大美丽的建筑，几乎百分之八十是教堂，但捷克民众与教会因历史上的恩怨，一直处得不太好。布拉格教堂虽多，而真正有信仰的人却少得可怜，教堂缺少热心的信徒奔走捐款，完全仰赖政府补助来修缮，能够维持目前这种样子，已有点侥幸了。

克里门提农里面的一个巴洛克式花园，园中有一座雕刻精美的喷水池，全是石材所造，那是克里门提农全盛时代所留下的遗迹。当年修道院的修士可以坐在花草曼妙的园中，静听喷泉的水声、屋檐的风声，还可抬起头来，看高墙上日晷仪上的光影，生活中的种种细琐经验，都可以用来印证他顿悟的真理。而我现在所看到的，则是已残破的石雕，衰败的枯草，还有落满一地没有人清扫的黄叶，喷水池的一角，积蓄了一些几天前落下的残雪，我也似有所悟，而我的所悟，和十八世纪当克里门提农极盛时期一个耶稣会修士的所悟，可以断言是不相同的。

参观国家图书馆结束之后，我和一道参观的友人挥别，我想试着从八十米长廊的尽头另寻出口，不愿再走刚才进来的大门。长廊的尽头有扇虚掩的木门，上面钉满着铜钮，我推开，原来前面是个没有窗的甬道，甬道的另一头，又是一扇黑色的门，我想这扇门外就是查理街了，那是一条从旧城广场通向查理桥的必经之道，每天挤满了观光客的。当我推开那扇黑色的大门，我却被眼前的景象弄呆了，那不是熙来攘往的查理街，而是一座极为精致的教堂。教堂里的光线十分幽暗，几乎跟那个没有窗口的甬道一样，我稍微定神之后才发现教堂还是有光线的，那光线来自教堂朝西墙壁上的两个很小的窗口，两条光线以大约四十五度角倾泻下来，照射着教堂正前面神龛上的一座金色十字架，使十字架上的受难者耶稣，焕发着一种十分神异的光彩，似乎是虚幻的但又确实存在，说是存在的又不那么真实……慢慢的，眼睛适应了黑暗的环境，我发现教堂的前面还有几个人跪着，他们都是身着褐色修士袍的男人，低首暗诵经文，却又一点声音都没有似的。我被眼前的景象搅乱了，我像是进入中世纪书里的黑白版画插图之中，黑色的线条里，充满着半神半人的怪物，在唯一的光柱四周，又有像天使般的小孩在展翅飞舞，我像陷入不可自拔的梦境里，有一点想喊叫呼救。

幸亏我没有喊叫出声，这时教堂的管风琴幽幽地响了起来，跪着的男人纷纷起立，宽大的修士袍被弄得放恠作响，我才发现我与周围的事物是真实存在的。俗世也是存在着的，热闹的查理街被厚墙隔着，其实就在教堂的另一扇门外。管风琴的声音很小，但我完全分辨得出，那是巴赫的那首有名的触技曲中的一小段，音乐仿佛使教堂及周围逐渐地明亮起来。

◎ 口味

一般而言，东部欧洲人的口味较西部欧洲人为重，他们比较喜欢吃味道咸或酸的东西。譬如一种十分普遍的佐餐菜“小黄瓜”，欧洲人大部分都会把它弄成酸的，西班牙人或意大利人吃的“酸黄瓜”就不怎么酸，酸中带着一点甜的味道，但到了东欧，那就酸得不得了。德国人喜欢用酸黄瓜配啤酒喝，据说要又酸又脆，才有“嚼”头，捷克人也吃这种酸黄瓜，不过斯洛伐克人吃酸才更有看头，他们的酸黄瓜要是落入你我的口中，包准酸得你掉下几颗牙齿来，这是我们一个捷克朋友跟我形容的。对嗜酸的山西人而言，那可能是最过瘾的经验。

德国人除了吃酸黄瓜之外，还吃酸橄榄，还把一种中国高丽菜之类的白叶蔬菜弄成又酸又臭的酸菜。这就算了，他们餐盘里总缺少不了马铃薯，在以前比较贫穷的时代，马铃薯一直是欧洲中下家庭的主食，当然还有一点粗皮黑面包；问题是德国人不论吃块状的马铃薯或者吃“薯泥”，也都弄成酸的。一九九一年我访问莱比锡大学，有一次我单独到他们餐厅吃饭，我点了一块牛排，侍应生不经吩咐就在那块牛排上淋上一大勺调稀了的马铃薯泥，另外又为我加上黄瓜和各式酸菜，结果是，我勉强吃完晚餐，除了酸竟然完全不知道我的主菜是什么味道。

除了酸，他们还在菜中不吝放盐。照理说内陆国家，海盐缺乏，应该口味较淡才对，然而他们撒起盐来，却令我们这些从产盐地区来的人瞠目结舌。一盘菜，他们放下的盐总是我们的两三倍，菜味已经够咸，但东欧人似乎还觉得淡，在餐厅吃饭，总看到他们拿起餐桌上的盐瓶，死力地朝盘子里倒。

这个结果使得德国人和捷克人（当然还包括其他嗜盐的东欧民族）普遍健康受损，他们的肝脏和肾脏很容易得病。根据医生说，运动多的人，因为大量流汗，必须在饮水中补充盐分，那些盐分都随着汗水排到体外，所以造成不了身体的负担；假如不劳动却还吃那么多盐的话，那就不成了，肝和肾都负担不了，久了就得病。从这个角度看，东欧在以前应该是贫穷地区，人们需要大量劳动来维持生计，所以养成重口味的习惯。我们中国也是这样，凡是“鱼米之乡”地区的菜都比较清淡，而在穷困地方，他们的菜色变化不大，只有以加盐加醋来增加口味了。

我把我的想法告诉我的一位捷克朋友，他笑着说：

“一半也许对了，不过我们吃得比较咸还有另外一个理由。”

我请他说明，他缓缓地说：

“这跟这个地区的水有关系。”他停了一下说道，“我们这里的水质都不太好，你有没有注意现在比较考究的家庭都买矿泉水来喝？我们的自来水，细菌是没有的，但是里面有好几种矿物质，喝多了会得肾结石的毛病，这是你说这个地区人肝病肾病特别多的原因。”

这一点我是知道的，所以我到布拉格，随身行李带来了一个简易的滤水器，每天烧开水的水，都是经过过滤的。我的朋友看了却摇摇头说：

“过滤器是没有用的。”

“是不是这个过滤器太简单了？”我问。

“所有过滤器都没有用，如果过滤器有用，自来水公司也使用过滤器，怎么会滤不掉那些有害的矿物质呢？”他说，“但你不需太担心，你在这里顶多住一年，就是不过滤直接喝大概也不会成问题，得肝病肾病是经年累月的结果，喝一年，大致还累积不了结石的毛病。”

“我们原来说口味重的原因，现在却说这地区饮用水的事情，两件事有关系吗?”

“当然有关系。”他笑着说，“由于这里的水质不好，用它来烹煮食物都会把食物弄成怪味道，所以只得用浓重的调味料来‘盖住’它，东欧人吃得比较咸、比较酸，还有些地方吃得辣，都跟水有关联。”

当然，酸和咸是“传统”口味，现在随着“改革开放”，布拉格城里挤满了西方东方繁华世界的游客，口味也逐渐国际化。观光区的饭馆，菜肴已不是以前那般又酸又咸了，改成了一式的世界性口味，炸鱼、烤牛肉，或生菜，加上厚厚的番茄酱、吉士粉，然后一大杯可乐，你走到世界任何一个地方，岂不都是这么一样的盘中餐吗？不要说吃久了，就是连吃两餐都会腻的。

有一天，一位学校里的同事带我到一个啤酒馆喝酒。啤酒馆就在我们教室附近的小巷子里，这里是纯捷克人喝酒的地方，观光客很少过来。朋友说其实咸也有咸的滋味，他特别点了一碟捷克人吃的酸黄瓜，还有一份烤得十分硬的吐司，烤吐司一面涂着大蒜，而后面则是一层看得出的厚厚的盐。等啤酒上桌，他叫我试试看，我试了一小口黄瓜，确实是酸极了，朋友叫我大口喝一口啤酒，忙问我怎么样？这时我没有说话，口中的啤酒将酸中和

我的注意力被邻桌的一个老年人吸引，他穿着一身剪裁合度的黑色衣服，头发和胡须都是雪白的，脸孔因喝酒的缘故，泛着如花一般的鲜红。他一点菜都没有叫，桌上只剩半杯啤酒，他的眼睛放在前面的某一个焦点，似乎落入沉思之中。在喧闹的场所，光线的来源也有些错乱，他宁静的坐姿，使我觉得他像个圣人。

碧珊　绘

了，竟发出一种清甜的味道，我慢慢吞下去告诉他："味道好极了！"他叫我再试试烤吐司，烤吐司是不能和啤酒一起吃的，原因是烤焦的吐司一遇到液体就软了，没有什么嚼感，烤吐司必须先咬下一口，嚼碎了吞下去，就是再咸也得忍耐，等完全吞下了之后，再喝一口啤酒，口中的咸味被啤酒化了开来，又有另一种奇妙的感觉。我照他的方法试了一次，倒觉察不出他所谓的奇妙感觉，极咸的味道是苦的，啤酒入口把那苦咸稀释了，紧张的口腔似乎就此放松，我不知道这是不是他说的奇妙，我想这跟喝完苦茶口中回甘的感觉是一样的。

口味咸重虽然有其他理由，但总是跟以往贫穷的物质生活有关，极咸极酸也是有特殊的滋味，只是生长在富裕时代的人就不怎么能体会。这时，我的注意力被邻桌的一个老年人吸引，他穿着一身剪裁合度的黑色衣服，头发和胡须都是雪白的，脸孔因喝酒的缘故，泛着如花一般的鲜红。他一点菜都没有叫，桌上只剩半杯啤酒，他的眼睛放在前面的某一个焦点，似乎落入沉思之中。在喧闹的场所，光线的来源也有些错乱，他宁静的坐姿，使我觉得他像个圣人。

◎ 有渣的咖啡

与1991年不同的是，现在的布拉格城里到处都有咖啡厅了，天气好的时候，咖啡厅将一些桌椅搬到街边，让人露天喝咖啡，别有一番情调。咖啡的种类也多了起来，最流行的是意大利式咖啡，一种叫作艾思普瑞索（Espresso）的，小小一杯，里面则浓缩了两倍的咖啡，喝的时候流行不加牛奶、不加糖，是极为辛辣苦涩的。由于喝的时候极苦，喝完后嘴里慢慢不苦了，就有一种甜甜的感觉，这跟喝浓茶之后“回甘”是一样的。艾思普瑞索是一种专供行家喝的咖啡，有各种口味，这跟采用的咖啡豆有关，但特征是一样的，就是浓与苦。有一种艾思普瑞索在喝的时候，要放进几块切得小小的青柠檬皮，据说能把咖啡的味道“提”得更为淋漓尽致。我几年前在台湾喝过一次艾思普瑞索，味道苦倒能忍受，只是喝后心脏跳得太快，久久不能平复，势必影响健康，所以就不再喝了。

意式咖啡里面有一种“普及品”，就是卡布奇诺（Capuccino）。卡布奇诺和艾思普瑞索都是高温蒸馏出来的咖啡，但卡布奇诺和艾思普瑞索不同的是它不是浓缩的，比艾思普瑞索要淡许多，另外当咖啡蒸馏出来之后，必须在它上面淋上一些发泡的牛奶。原本淡了的咖啡，又加了一层厚厚的发泡牛奶，当然就更加“温和”了，因此比较合一般人的口味。其实喝卡布奇诺原来是很讲究的，我曾听一位朋友说，卡布奇诺要好喝，必须把咖啡蒸馏得滚烫，盛咖啡的杯子必须事先温好，淋在上面的发泡牛奶主要目的不是拿来调咖啡的，而是浮在杯口阻止咖啡的热气外溢。所以内行人喝卡布奇诺是不会用咖啡匙搅咖啡的，他的嘴唇透过略温的牛奶层，向发烫的低层咖啡探索，当嘴唇已能适应咖啡的温度之后，就一口口地将咖啡喝完，浮在杯口的牛奶当然也会被喝下去。内行人是会让牛奶浮在上面，一直到喝完整杯咖啡，他的上唇或者胡子上沾上一层奶花，这时他拿出手帕，轻轻地将那层像雪花的牛奶痕迹抹去，这才是真正的咖啡行家呀！

喝卡布奇诺的时候，店家往往会供应肉桂粉，任顾客选择使用。据朋友说，这种在咖啡上撒肉桂皮之类香料的习惯，无疑是受阿拉伯人喝咖啡的影响，阿拉伯人喝咖啡和喝茶的时候会加各种香料。各人口味不同，并没有该加或不该加的问题，倒是如果要撒肉桂粉，我的朋友说，照规矩是撒在发泡牛奶上面，也不去搅动它，因为那些香料对原来浓郁的咖啡没有什么影响，喝的人将它撒在咖啡上，只是给鼻子闻的，如果把粉搅进咖啡里，就没有任何可闻的香味了，这样不如不加。

听我朋友说，喝咖啡的规矩还真多，他说真正会喝咖啡的人，是不会在咖啡里加调味料的，包括糖，他说这跟喝茶一样，真正会喝的人，是喝“纯”茶的。他最瞧不起法国人喝咖啡，他们流行在咖啡里加酒。他也瞧不起维也纳咖啡，因为他们讲究在咖啡里面加各种奶油。还有，喝咖啡就要热热地喝，不能让咖啡变凉了才喝，更不可以在咖啡冷透了之后再喝，所以他说，真正会喝咖啡的人，喝一杯咖啡，是不超过三分钟的。我有点不以为然地说：

“干吗这么紧张呢？跟朋友聊天的情趣都没有了！”

他依然坚持地说：

“聊天是没有妨碍的，在喝完一杯好咖啡之后，聊天可以继续下去呀！”

我的朋友至少不是一个调和论者。世界上喝咖啡的人多，但真正的“行家”少之又少，所以布拉格的咖啡厅一家一家地开张，但似乎没有一家是供应行家喝的。我几个月以来至少在十家以上的咖啡厅或餐厅喝过咖啡，最普及的是卡布奇诺，几乎任何一家都有供应，但没有一家的卡布奇诺可以说是口味纯正的。最大的问题是咖啡的浓度不够，还有就是不够烫，都是要死不活一个样子的没有劲道，上面一层发泡牛奶这时搅不搅它就没有什么作用了。反正城里的咖啡厅服务的对象是观光客，而观光客在意的是风景和其他的“情调”，对于咖啡的好坏，反而不是那么在意。一般布拉格人是不太会在咖啡厅里面喝咖啡的，第一是咖啡厅的咖啡卖得太贵，一杯咖啡可以供他们在小酒馆里喝三杯 330 毫升的啤酒；其次咖啡厅里的咖啡不适合捷克人的口味，捷克人喝的咖啡不是这个样子的。

捷克人喝咖啡给人的印象是粗糙，这样说并没有什么贬意。首先在用具上，捷克人喝咖啡不在乎使用精瓷的杯碟、银制的匙具，任何杯子都可以用来装。其次是咖啡的内容，捷克人喝的咖啡非常有特色的地方是，他们的咖啡里面特意保留许多渣子，有时候一杯咖啡里面有三分之一是咖啡渣，喝捷克式咖啡的时候，你可以在开始的时候用茶匙搅它一搅（如果放糖和奶精自然更需要搅动调匀），然后等一下，让它沉淀好了之后开始喝，任你如何小心，喝到最后总会有些渣子进口。我问朋友，他们说就放心吞下去好了，咖啡渣对身体是没有伤害的。

1991年我访问布拉格的时候，曾被朋友带领上过几家咖啡厅，那时的布拉格咖啡厅不多，装饰都十分豪华，到店里喝咖啡对当时的捷克人而言，似乎还是一种近乎奢侈的享受。有一天早晨，我们到民族剧院前面的一家咖啡厅喝咖啡，那里有整排的大窗面对着伏尔塔瓦河，河那边的布拉格城堡在晨曦中泛着金光，十分美丽。侍者恭谨端来大杯的咖啡，是用台湾冰果店装果汁的那种玻璃杯装着的，这一杯的分量是一般咖啡杯的三倍，咖啡里因为有渣子，所以显得极浓，但喝到嘴里，并没有想象的苦涩，有一点台湾乡间路边“奉茶”的麦茶的味道，只是那渣子实在太多，吞下去倒费了些力气。六年后我到这里来教书，把我那次经验告诉这里的朋友，朋友都笑了起来，我问他们原因，一位同事说：“布拉格咖啡有渣，但不是要你喝下去呀！”

那可能是物质匮乏时代所留下的习惯，我记得早年台湾乡下人喝茶，很多是把茶叶嚼碎了吞下去的，布拉格咖啡里面留着渣子，似乎见证着以前某些事情。说实在话，有渣的咖啡不是很好喝，但与其喝现在布拉格咖啡厅里给观光客喝的要死不活的卡布奇诺，我倒宁愿喝有渣的捷式咖啡了，因为它会勾起我一些已属于遥远的联想和记忆呢！

◎ 茶的心情

这茶，无论怎么泡，就是泡不出原来的味道。我原先以为是茶壶的关系，两只茶壶轮流换着泡，都是一个样子，茶汤的色泽还好，黄中带绿，是正统乌龙茶的颜色，但味觉就差多了，一点儿好茶的“劲道”都没有，有点像锅子煮出来的，糊烂得很，而气味也很糟，原先在氤氲的杯口所闻到的青涩中带着微香的气味，一点儿都闻不到。

假如这是我在这儿新开封的茶，我就可以料定它不是好茶，经过我如此的“服侍”而显示不出茶味的茶，应该是它本身品质的问题。我带到布拉格来的有两只陶壶，一只是红陶壶，一只是紫砂壶，都是我用了好几年的旧物。我选它们，是因为它们的大小适合，每壶冲泡一次，可以供三四人喝，其次是它们的造型色泽都十分美观，不喝茶的时候，放在书架子上就是漂亮的摆饰，另外我还带来一只外表藏青色内胎纯白色的茶海，还有六只白底泛着蛋壳青的小瓷杯。我的“设备”说不上周全，但对一个在外乡的人而言，想到长途旅行中该如何保护这些易碎品，这样的设备，已有点奢侈了。

我带来两只陶壶，原先是打算应付不同的泡茶所需。一般而言，那只红陶壶是用来泡比较清香、茶色较浅的茶，而紫砂壶是用来泡烘焙得较熟的，茶汤比较浓的茶。然而我的这两只壶，却有一些与众不同的个性，照理说，文山包种茶是属于低发酵的清茶，适合以红陶壶冲泡，但我的那只红陶壶无论怎样冲泡都泡不出好的茶味出来，冲出的茶汤极为清澈，喝起来却总有一股苦涩味，茶已泡老，而涩味犹存；试着用那只深色的紫砂壶，结果出乎意料，茶汤厚重、茶色纯正，而茶味极为甘郁。后来台湾的友人寄来一罐铁观音，我先用紫砂来泡，味道甚佳，我再试以红陶壶泡，结果茶味更为厚重，打开壶盖，一股属于铁观音的特殊乳香逸出，一室馨香，久久不散，我才知道茶壶跟人是一样的，有它自己的性格，不能一概而论。

现在在我面前的这罐乌龙茶，我已经用那两只茶壶试泡了许多次了，试了不同的水温，结果如前述，茶味就是出不来。这罐茶不是我从台湾带来的，也不是台湾的友人寄来，而是我在美国买的，但依然是台湾地区的茶。寒假我从布拉格飞到美国休斯敦，探视在那儿读书的孩子，休斯敦有个十分像样的“中国城”，里面有关台湾地区的东西，可以说应有尽有。孩子带我去餐馆吃中国菜，问我离开台湾半年了，最想吃些什么，我说最想喝一杯新鲜的台湾茶，不论是乌龙、包种或者铁观音都好。结果她带我走入一家台湾人开的“天仁茶庄”，后来选定的是这家茶庄里面价值排在第二的乌龙茶，一磅连税大约美金六十几元，折合台币大约是一斤两千余元了。这茶我们在店里喝十分好，在孩子住处泡，用的是简陋的茶具，味道也很纯正，我回布拉格的时候，孩子又买了半磅，要我带来喝，结果这茶在布拉格，一直像一个害羞的演员，坚持不愿以真面目示人。

后来又想到是不是水的关系。泡茶当然跟水有密切的关系，《陶庵梦忆》中曾记一嗜茶的人，从千里之外运来泉水，可见水的重要。布拉格的自来水大致而言相当不错，我初到的时候曾生饮过几杯，觉得相当甘洌，用来泡茶，茶味香酽，能够把台湾茶的茶味冲泡出来的水，自然不会是“坏水”。后来此间友人说生饮还是不要轻易尝试的好，煮开了喝比较保险，当然能够过滤就更好了。我在友人建议之下买了滤水器，滤水器只能滤清部分杂物，对“水质”是没有什么作用的，此地的水既能泡茶，对我而言，这种水质是无须改变的。

然而对我从休斯敦买来的这包乌龙茶，布拉格的水似乎起不了什么作用。这茶不出茶味，应该跟我的茶具、冲泡的水以及其他的因素无甚关系了。

“唯一可能的原因是心情了。”妻听了我的分析之后缓缓地说。

“不可能的。”我说，“我泡铁观音好喝，泡这包乌龙不好喝，我的心情一点都没有改变呀！何况这茶在休斯敦喝不是还好吗？到这里却泡不出它的味道，这跟心情有什么关系呢？”

“你听错了，”妻说，“我说的不是你我的心情。”

我不了解她的话，静默地听她解释。停了一会儿，她说：“你说了半天，不知道茶为什么泡不出它的味道，现在唯一的可能是它的心情——我说是茶的心情不佳，便不让人泡出它的真味来。”

我恍然大悟，原来是茶的心情的缘故。这是唯一合理的解释，离乡背井，哪堪孤寒，茶当然也会有心情的，台湾产的乌龙茶本来是一种极敏感的茶呀！

◎ 故事

群山之间有一个山谷。有一天谷底涌出了泉水，泉水越积越多，就成了一座小湖，后来又遇上连月的大雨，湖底的泉水还是不停地涌出，小湖终于成了大湖，直到山谷再也容纳不了，湖水就外泄形成了一条小溪，小溪的水流向河里，河里的水流到江里，江里的水流到更远的海里。

海里的水是咸的，海里的鱼大多不会游到江里，而江里河里的水是淡的，因此江里的鱼就常常会游到河里，河里的鱼也会游到小溪里。有一天，江里河里的鱼循着小溪游到湖里，哇，那真是个除了海之外最大的水域，有些鱼还没见过这么大的“天地”呢，它们之中有些就决定在此定居，在此繁殖，把湖当成它们的家了。

不知道经过了多久，天气变得燠热而干旱，已很久没有下雨了，而谷底的泉水也不再涌出，大湖终于变成了小湖；当大湖成了小湖之后便没有多余的水外溢，小溪也干涸了。小湖里的鱼断绝了它们与河里江里亲戚的往来，久了，也就忘了它们是从外边迁来的。

上面的“故事”，是一个中文名字叫作杨娜的学生说的。一次下课后，她与周围女孩叽叽喳喳不停地说话，我问她在说什么，她就把刚才的故事说给我听。我问她这个故事的含义是什么？

“我不知道真正的含义是什么，但我相信这是人说出来的故事，因为鱼是不会说故事的呀！所以一定跟人有关系。”

“最早是谁说的呢？”我问。

“小时候听我祖母说的。我没听别人说过，但我相信这是古老的莫拉维亚的故事。”

捷克与斯洛伐克分家之后，共和国之内只剩下三个比较大的民族，那就是波希米亚、摩拉维亚（Moravia）和西里西亚（Silesia）了。西里西亚的人口不多，他们住在现在捷克的东北部，与波兰接界的地方，在捷克的政治上发言权不大，并不太有人会注意到她。所以目前真正可以算是大民族的只有波希米亚和摩拉维亚，这两个民族自从斯洛伐克分裂出去之后，就不像以往那么“团结”，常常有不满对方的意见表达出来。譬如在东部摩拉维亚总觉得捷克政府比较重视西部的波希米亚，波希米亚的故都就是现在捷克的第一大城也是首都布拉格，而摩拉维亚的首府布尔诺（Brno）只能算是捷克第二大城，虽然是工业之都，但不论任何一方面的发展总不如布拉格。摩拉维亚可以算是极有文化又十分富庶的地方，但文化上的锋头总争不过布拉格，而富庶的农工产品，又几乎全部供应布拉格人去消费，心里气不过，有时也会喊出独立的口号。这两大民族由于共处一国，又共享一种语言，通婚及迁徙的影响，事实上已不太容易看出他们的原来面目，很多人可以确定自己住在波希米亚区或者是摩拉维亚区，至于说种族，就不是那么好“确定”了。所以我问杨娜：

“你刚才说湖里的鱼忘了从江里河里迁来，是指摩拉维亚人是从外地迁来的吗?”

“欧洲的民族几乎都是从外地来的，有的远一点，有的近一点，好像并不是几千年都是住在一个地方的。”她说，“这个故事如果是指摩拉维亚人从外地迁来，也可以说是指波希米亚人从外地迁来；还有斯洛伐克人、匈牙利人、日耳曼人……没有不是从其他地方来的。”

“我最近听说摩拉维亚跟捷克政府闹意见的事，还提出要独立的口号，一听你说这个摩拉维亚故事，就联想到故事是指……”

“不要紧的，老师，”一个名叫费佳妮的女生抢着说，“就是跟爱人，都会有矛盾的呀！”

这一批学生的“汉语”训练确实地道，连大陆一般口语都学会了。这里东亚系的高年级学生，每个人都到北京“留学”过，听和讲的能力都很好，唯一美中不足的是他们的用词都太强悍夸张了些，缺乏中国语言中的温柔敦厚。这是在北京学“现代汉语”最要命的地方。

“我听到摩拉维亚跟波希米亚闹意见，就想起在台湾地区的高雄市跟台北市闹意见的事。高雄市的人总认为整个台湾地区的资源都给台北独占了，心里十分不平，当然还没有闹出要分开。”我说，“我现在相信杨娜的故事只是个故事，并没有特别指什么事而言了。”

“我的故事并没有说完，”杨娜说。她征求大家的意见，把故事的结局用中文说完，刚才她对她们叽叽喳喳的是用捷语说的，我是一个字都不懂的。

“故事的结尾是小湖里的水越来越少，终于也跟小溪一样干了。里面的鱼当然连一条都不剩了，这就是故事的结尾。”

听完结局，大家都散了。这哪里是说摩拉维亚的故事呢？这其实是说我们赖以生存的自然世界物换星移的故事。人类的故事，当然也包括在内。

◎ 骆马

为了庆祝圣诞节，布拉格很多广场都被辟为临时商场，上面搭起了篷架，容许小贩在里面做生意。旧城广场是新旧布拉格城里面最大的广场了，从十一月底就有人在那里搭架子，建临时的房舍，胡斯铜像前面则立了一株大约有三十米高的圣诞树，上面悬挂着星星、金球还有礼物的盒子，晚上则灯光闪烁。小贩卖的东西并没有什么特别，总是小饰物、水晶玻璃，带有节庆意味的小丑式的帽子，还有一些吃食，像糖呀、糕饼呀、坚果呀，三五个摊子就隔着一家卖热酒的，这是唯一为成年人准备的了；广场上风大、天气又冷，热酒的生意极好，成年人几乎人手一杯呢。热酒并不是什么稀奇的东西，是红酒加热了，里面再加上些独特的香料；有一次我买了一杯，拿在手上很暖和，但喝在口中，有一种呛味，使人想咳嗽，这是酒精加热挥发的缘故，我没喝完半杯就扔了。

系里的一位同事对布拉格这种容许小摊贩“蹂躏”广场的做法很不以为然，他说这是近几年改采“重商政策”的结果，他说在 1991 年之前，广场上只竖立一株圣诞树，配合周围教堂钟楼，自有一种温馨肃穆的味道，现在这种气氛则荡然。我说各有各的好处呀，不能一概而论，耶诞及新年，有神圣庄严的成分，也有世俗欢娱的成分，以往强调前者，现在重视后者，其实各有优点，他说：

“我想这跟你憧憬的布拉格是不同的，你老远从台湾来看到布拉格这副杂乱的样貌，肯定失望，这跟台北的菜市场有什么不同呢?”

我的朋友曾到过台北，他对台北的乱象是深有体悟的，但我说：

“我来布拉格之前，看过许多介绍布拉格的书及画片，都强调它的历史性的建筑之美，来了后，住在古迹堆中间，四周多的是衣着鲜丽、东张西望的观光客，你知道，在广场附近，不都是这些人吗？古城里有的是餐馆和咖啡厅，还有酒馆，但坐在里面的依然是外地来的人，我生活在其间，当然我过的是实实在在的生活，但仍然觉得生活得不够踏实；我有点像生活在画片中，又有点像看镜子里面的自己，后面是森然的布景，看得十分清楚，但却怀疑那是真实的。直到冬天来临，观光客减少了，而往日庄严神圣、只令人瞻仰赞叹的广场上面搭起了篷架，小贩在里面叫卖，小孩在里面奔跑，成人在里面穿梭，论斤论两的听到的都是地道的捷克话，我才觉得，真正的布拉格活过来了，我的生活，才逐渐踏实起来。”

“你不觉得太乱了点吗?”他无疑是一个秩序主义者。

“不会的，”我说，“在‘真实的’布拉格历史中，布拉格就是这般的乱象。我读过历史书，就以旧城广场而言吧，十九世纪之前，它是东欧最大的一个商场，上面每天聚集着从东欧各地赶集而来的商旅，在此交易买卖；提恩教堂旧地在十三世纪之前是海关的堆栈，圣尼古拉教堂两边与我们学校哲学院之间的旧地，是布拉格的监狱所在，有个诗人囚犯，在狱中写的诗中还说他天天在窗口看到市政府的钟塔，他看到的钟塔，就是现在最吸引观光客的天文钟钟楼呀！……你不用担心布拉格乱，历史上的布拉格其实比现在还乱。”

他笑了，不再说什么，似乎赞同我的说法。我想他的抱怨其实是一番好心，他怕杂乱的旧城广场破坏了我对布拉格的印象，就像我也会为台北的某些落后向朋友抱歉一样。

有一天黄昏时刻，我们一家人经过旧城广场，看见胡斯铜像与石钟屋之间围着一大群人，我们也挤进去看，原来在一个圆形的帐幕下，里面有几只动物，其中有几头小牛、几头小羊，最令人惊讶的是，其中还有两头南美洲的骆马。一头纯白的，一头杂色毛的，看它们的神态，还是未成年的小骆马。在人群的内圈，尽是兴奋的小孩，他们有的拿着干草喂食它们，有的用手抚摸它们的毛，那群小动物也都温驯可爱，小羊不断地朝着人们讨草来吃，一个小男孩一边大笑一边大叫，大家都看他，原来那只红毛小牛正在用舌头舔他的手呢。

只有那两头骆马，总是用臀部对着众人，把头朝着里边，偶尔抬起头，眼眶里充满着一种不安的神色，它们一直挤在中间，不让别人碰触它们。

第二天黄昏我们经过广场的时候，小动物的帐幕已空，但在左边，四个穿着墨西哥披肩的长发男子在那儿唱歌，说唱歌不如说演奏更为正确，因为他们唱得不多，大部分是在奏着乐器。乐器是以竹管做的笛子为主，笛声极为悠扬幽远，仿佛是从层层山谷传来的；两个主奏者有时拿起三个排笛，不停在嘴前转换，吹出极美妙的和声，另外两个吉他手，则把他们遥远的笛声带进现代的节奏。我们站在那里很久，那乐声令人无法毅然地跨步离去。

我仔细地观察他们，他们虽然穿着墨西哥式披肩，但戴的不是宽边的帽子，而且他们比较塌的鼻梁、比较宽的额头及下巴，使他们看起来更像南美的印第安人。一个同样穿着的男子走到群众面前兜售他们的CD唱片，我看见唱片上印着骆马的照片，就“断定”他们是来自秘鲁的印第安人了。等我掏钱买唱片的时候，我用英语问那位男子：

“秘鲁来的吗?”

“是的。”他认真地回答。

“是个美丽的国家呀!”我说。

“谢谢你。”

我的心里涌出的句子其实是“那是一个充满苦难又美丽的国家”，因为我想到暑假之前秘鲁革命游击队占领日本大使馆的事，那次事件拖了好几个月，直到后来还是用血腥的方式解决。提起秘鲁，很难不想起那件事，但为了礼貌，我节略了苦难两个字。秘鲁，一个在南美安第斯山建立起来的国家，贫穷而坚毅的国度。雪山险道只靠骆马才能运输接济，晴朗的天空除了云和苍鹰之外，再没有其他的东西，空无一物，使得生命更为纯粹而肃穆……在沉思之间，发现了一个怪异的现象，就是当这个四人乐团在演奏或演唱歌曲的时候，尽管歌曲十分热闹，充满着欢愉，但他们的表现却是冷冷的，眼睛空茫地望着布拉格已沉入黑暗的天空，一点都没有兴奋的样子，他们冷峻的面容使人心痛。

回到“家”里，我们急忙地打开唱机，放刚才买来的唱片，一听之下，真有点失望起来；由于唱片是在录音室里演奏的，当然一点杂音都没有，但里面的主轴不是笛声，而换成一般热门音乐中的合成乐器了。同样的音乐，演唱起来显得有气无力，完全失去了动人的力量，学音乐的女儿跟我说：

“现场演唱当然比较动人，因为你会跟音乐结合成一块。在唱机中听，你和音乐往往是客观的关系，如果有瑕疵，你会挑剔；而在现场演唱，只要缺点不大，你滚在现场沸腾的人潮中，你会完全觉察不出来的。”

她说得很有道理，广场里的笛声，尤其是主奏者在嘴上迅速地转换排笛的样子，还有他们忧戚而冷峻的面容，又在我的心中浮现。我记得他们唱大家熟悉的那首名叫《关达拉美拉》歌曲的时候，尽管那首歌不是秘鲁的歌，广场上的每个人似乎都想随着乐声而跳起舞来，但看到他们严肃之中透露出的忧伤表情，每个人都冷了下来。他们的音乐来自冷冷的高山，他们的热情也似乎藏在冰雪里面。我突然想起昨天在广场看到的那两头不肯亲人的骆马，一头纯白的，一头杂色毛的，都还是小骆马呢，它们以臀部面对群众，不愿正眼看人，对它不熟悉的异域世界，一直怀着某种惊恐的心理……

啊，唱歌的人和两头年幼的骆马，原来是来自同一个国度的呀！

◎ 蒲公英的族裔

你知道世上最不幸的名字是什么吗？在欧洲待过一阵的人都可能知道，那就是吉卜赛了。吉卜赛这个名字代表流浪、偷窃，还有被践踏和消灭。

不过在表面上，这种特质不怎么容易被人发现，原因是吉卜赛人的音乐总是轻快又极有节奏的舞蹈音乐，充满欢娱情调。铃鼓扬起，手风琴上特殊的合音、少女宽大的裙摆和佻侻的舞姿……这些印象，使得吉卜赛的“不幸”降低了程度。吉卜赛人最多只是不幸，和犹太人比较，她的悲剧意味就明显不足。

羊皮纸上的戒律、祈祷文，以及卷帙浩繁的希伯来文经典，使得犹太成了充满典故而深沉的民族，再加上教堂爬满藤蔓的石墙，还有坟墓漫漶剥蚀的石碑，在外表上，犹太就成了具有历史性格的人种。这一点跟吉卜赛不同，吉卜赛民族恐怕并不比犹太民族“年轻”多少，然而世人总被犹太人的悲剧所吸引，很少人会去注意吉卜赛这个同样不幸甚至更为不幸的民族的历史，很少人会用内省的方式去观察吉卜赛人的真正内心。

吉卜赛是人类在游猎时代留下的唯一后代，可见他们历史的久远。但“历史”不在于你的人种起源，而是在于你留下的文物与文字数据，这一点，吉卜赛人无疑吃了亏，他们有语言，当然也有文字（欧洲一般是拼音文字，有了语言就自然有文字），然而在其他民族都已“安土重迁”地进入了农牧时代，这个还保持着游猎习惯的人种，势必混迹出入于其他种族之间，他们的语言就受其他种族影响，在其他种族而言，这叫同化；在吉卜赛人而言，这叫异化。

吉卜赛人都习惯好几种语言，这样才有利于流浪，才利于在其他种族的地盘谋生，但是这种习惯多语的生活方式，自然“释稀”了他们自己的语言，使他们的语言无法严肃地探索哲学的义蕴、发表深藏在生命里层的感情。当然，远古时代的吉卜赛语言绝不是这样的，古代的吉卜赛语言并没有流传下来，这使得现代的吉卜赛人成为没有历史感的民族。只有口耳相传总是以笑谑结束的吉卜赛式故事，他们只活在当下。

他们以欺骗、偷窃为生。欺骗与偷窃的对象是观光大城里的观光客。所谓欺骗，大致上用玻璃制品混充宝石、用廉价的物品换取昂贵的货品罢了；偷窃呢，因为观光客身上带的值钱东西很少，再加上用心提防，他们能偷到的东西也就不多了，就算有，也不值钱，所以现在混迹在欧洲各大城市的吉卜赛人生活都很难过。但吉卜赛是一种知道满足并且经常调侃自己的民族，他们的血液中，几乎没有“储蓄”的细胞，有几个就花几个，绝不把东西剩下来，身无长物，以致迁徙起来方便，因此世界上再没有比他们更自由的人了。

二十世纪之后欧洲的国家观念比以前更确定而清楚，这对吉卜赛人的生活也是严重的打击，边防严密，出入须护照或签证，当然不利于流浪，所以近百年来，吉卜赛人在欧洲只有化整为零，分散在各个国家，就算是该国的国民，不太再作“跨国旅行”。但在一国之内，他们还是尽量保持机动，绝不在一个地方停留过久，各国政府对他们很是头痛，譬如捷克政府在二十世纪五六十年代，曾为捷克境内的吉卜赛人兴建集体村落，希望他们搬进去住，还为他们设立学校，辅导他们就业；在布拉格城东及城南，政府还专为他们建了不少连栋的公寓，我的一位名叫杜象（Dusan）的朋友有次告诉我：

“他们搬进去一阵子，但不久就又都搬出来了。政府后来去检查那些公寓，发现给糟蹋得不像样，门窗玻璃全破了不说，厕所的马桶都碎了，更绝的是地板、墙壁，他们也有本事给凿了洞。政府气极了，把公寓修好了之后就不再配给他们，而配给其他的工人住了，反正就是还给他们，他们也是住不下的。”

“也许吉卜赛人的天性是那样的，没有办法在一个地方长住，要他们迁就别人的文化，是痛苦的事。”我说。

“可是就政府而言，不管它是早期的政府还是后来的政府，都是有困难的，”杜象说，“譬如流行病，人民如不受管制，非要在疫区乱窜不可，那该怎么办呢？还好捷克境内的吉卜赛人，在‘二战’之后减少了许多，他们制造的乱象，整体而言影响不大，都还在可容忍的范围之内。”

“‘二战’前，捷克的吉卜赛人多吗？”我问。

“根据不完全可靠的统计，大战后他们只剩下大约十分之一，换言之如果现在捷克境内有两万人，大战前就有二十万人。”他说，“你知道捷克是纳粹德国在德国境外第一个建立的傀儡政权，1939 年就落入德国的控制。纳粹对犹太人的暴行是举世皆知的，其实他们对吉卜赛人的行为也是一样残酷，他们认为犹太人和吉卜赛人都是‘坏’的人种，必须全数消灭，他们统治捷克的时候，就无情地展开对这两种人的屠杀。唯一的差别是，犹太人比较有组织，又有教会，有海外犹太人集合起来的压力，这一点吉卜赛人就不如了，他们是一盘散沙，风一吹就散了。他们没有国内及海外的奥援，最惨的是他们连记录自己苦难的文字都没有。就以布拉格为例，你看犹太墓园里倾圮的石碑，新旧教堂在壁上刻满了被纳粹人屠杀的犹太人的名字，总数有几万呢。各种书籍、图片都在叙述犹太人的悲剧。然而同样受害的吉卜赛人，却任何东西都没有留下，直到今天，世人把同情全给了犹太人，在受难者的名单里，连一个吉卜赛人都找不到。”

杜象说到这里，神情有些激动了起来，我的情绪也略受影响。他说吉卜赛人“风一吹就散了”，令我想起春夏之际在空中飞的蒲公英种子。我们实在不能以公平来要求这个世界，世人忘了吉卜赛人的灾难，一半缘于人健忘的特性，一半缘于吉卜赛人自己根本不把自己的灾难当成一回事，他们没有组织、没有记录。他们自绝于历史，历史当然也就不记得他们。

但是如果从另外一个角度来想，追求历史和记忆又有什么意义呢？五十年前犹太人的受难，五百年之后还有人会记得吗？五百年之后还记得，五千年之后呢？更远更久，五万年之后呢？一块石碑五十年就漫漶剥蚀，五千年后，便风化得一点不剩了，跟地上一般的尘土没有两样，谁会探索地表成千上万吨每粒尘土所曾有的消息呢！

这样说来，吉卜赛还算是个聪明的民族。在宇宙的天幕中原本留不下什么，就不试图从事任何“不朽”的事；即使卷册浩繁，史书所说的故事也都注定消失无踪，就不如唱唱歌，跳跳舞，顺志适性地过完自己的一生。饭来张口，钱来伸手，乞讨也可以出凡入圣，甚至出凡入神的，佛陀就是例子，怎么能够不许吉卜赛以乞讨为生呢？有人说吉卜赛人到处行窃，扰乱治安，但吉卜赛人行窃，只窃取旅人的小额钱财，他们从来不以财团、银行的方式垄断社会的资源，更没有以颠覆欺骗的方式来取人国柄，以窃贼而言，他们所犯的罪行比较轻微。

吉卜赛人从来没有尝试建立自己的国家。他们让欧洲人头痛，有的国家驱逐过他们，他们就逆来顺受，逃到不大驱逐他们的国家。国与国的疆界是不易跨越的，但据说任何边界都能让吉卜赛人找到空隙，他们来去还是比别人自由，时间久了，那些讨厌他们的国家对他们也没有什么办法，只得让他们浪荡下去。

“只是让人觉得不幸，他们自己倒是从来没有不幸的感觉。”这是杜象对吉卜赛人最后的批评。他的批评使我想起以下的问题：到底哪一种是正确的生活方式呢？是旅行呢或是停止？是记得呢或是忘掉？是储蓄起来给“子子孙孙永保用”呢，或是用尽本事甚至把自己的生命也消耗光不让它剩下一点点，到底哪一个才是真理？

夏天一个接近傍晚的时分，我和妻散步到射手岛（Střelecký Ostrov）。这个岛在伏尔塔瓦河中间，有一座名叫雷吉（Most Legií）的桥从它上面穿过。岛上有参天的大树，岛的北端隔着一座拦水堤坝，可以清楚地看见查理桥熙来攘往的游客。在岛中间，我们看见一群吉卜赛人，正或坐或躺地在树间草地上休息。吉卜赛人是很好分辨的，他们大多衣着不整得近乎褴褛，个子比一般欧洲人要矮，长期奔波的缘故，使他们都显得瘦而黑，全身唯一的精神集中在眼睛上，眼神则是狡黠而逃避的。一个坐在木条椅子上的吉卜赛青年，从袋里抽出一管白木笛子，放在嘴下不经意地吹了起来，笛声轻快而悠扬，是适合跳舞的音乐呢，但他的同伴都慵懒地在四周，一动不动地不理会他；一个年纪稍长的讲起话来，那话我们是不懂的，这时候或坐或躺的人纷纷起来，一个女孩不慎把她的铃鼓跌落，发出刺耳的响声，这时阳光灿烂，他们显然打算利用这一天最美好的时光，到人群中去唱歌跳舞，顺便赚一些生活上的所需。

他们走了后，整座射手岛都空了，仿佛只剩下我们两个人。大树中间他们刚才坐卧的草地上，在黄昏横射的光线下，我看到一片白色的絮状物，原来是正在开花的蒲公英呢。

辑二
风景

◎ 罗教授

复活节过后第一次上课，我在系办公室遇见罗教授。她是系上刚过四十不久的一位年轻教授，金发碧眼，身材以捷克的标准而言，可以说是小巧型的。她的脸孔永远泛着红色，天气冷说是冻的，天气热呢，则说是被高温“蒸”出来的，出太阳的时候，更不用说是被太阳晒成的，总之她一年三百六十五天，都是红彤彤的脸孔。每次经过我旁边，总是匆忙得不得了，不是要印讲义就是有学生找，或是要准备会议的材料，她的能力强又任劳，所以有做不完的事。记忆中每回和她相遇，就像在树丛间看见小鹿，跟你只打过照面，就迅速地跳出你的视线。

她精研唐诗和现代文学，授课呢，则不仅以上的范畴，在境外教“汉学”，每个人非三头六臂不可。她的“汉语”说得非常好，又热心助人，因此她成了我在布拉格生活的主要依靠人之一，很多事譬如与学校的交涉、住房、居留的问题，都靠她代为传达、翻译及协助。然而她总是匆匆忙忙的，事情解决了她就走了，几次想与她长谈，都苦无机会。

这次我们在办公室相遇，我要影印一些东西，她则在旁边打计算机。我问她复活节假期到哪儿去玩了，她说到老家摩拉维亚乡下去住了几天，摩拉维亚在波希米亚东部，跟斯洛伐克接界。我说是度假呀，她说：

“哪里算是度假呢？我告诉你我去干什么，你千万不能跟别人说。”我点点头，她说：“是去挑粪！”

“挑粪！”我有点惊讶地问。

“是真的挑粪。”她说，“我们乡下的房子厕所是老式的，里面堆积的东西，一年总要清理几次。不过春天清理厕所有个好处，就是不太臭，原因是粪便经过冬天冰冻，到春天化开来，它的臭味就给分解掉了，剩下一些像浆和糊的东西，拿来做花肥最好。有时候那些粪便被风干了，变得跟泥土差不多，直接放到花盆里，就当作泥土在上面种花，花会开得特别茂盛。”

我奇怪她在叙述整理乡下房子、除草、种花、清理厕所的时候所用的语言，是那样地流畅而准确。她有时跟我讨论一个

“学术的”问题，虽然因为时间的关系，我们无法深入地交谈，但那时总觉得她的语言运用，不是那样的“方便”，一句话常常要说上好几遍，有时要修正用字和句法。她的汉语比起其他捷籍老师要好，然而总免不了有说外语的味道。她说乡下事情的时候，语言的节奏突然变得快而语气明朗，连带语势也有力许多。

“你知道吗?”她继续说，“我们乡下没有除草的机器，除草是用镰刀割的，有时候草太长了，就把刀绑在杆子上用‘砍’的。”她一边说，一边比着举刀向我脚边横扫而过的样子，我忙着阻止她，说：

“别砍伤了我的腿呀！这两条腿还要带我回台湾的家的。”

她也笑了起来，脸上漾着儿童般兴奋的光彩。

“只是我这几年，比较少回乡下的家去，倒不是因为我在这里忙的缘故，”她说这话的时候，语气突然变得低沉，“那是因为我原来住在乡下的奶奶、姑姑都死了，她们两个是世上最疼我的人，特别是我的姑姑，她是我一生所遇到的最会讲故事的人，任何一个平淡的故事，经她口一说就变得十分有趣了……”

她陷入沉思之中，我眼前蒙然地出现一个对未来充满幻想的小女孩坐在她姑姑面前听故事的画面。

“你不回去，是怕想起她们吗?”我问。

“不是的，她们不在了，我只是少了些必须回去的理由。我不太回乡下去的真正理由在于那边的邻居。”

“为什么?”

“乡下的邻居都是想法古板的农人，他们认为我们在城里住，生活一定十分‘腐化’，他们看不惯现在新一代的人，便把仇视的眼光放在我们这些住在城里人的身上，他们总觉得只有他们在勤劳‘养活’这个国家，而我们却是浪费者。每次投票，他们都支持少数极端保守的候选人，但乡下人少，他们支持的都落选了，他们就恨透了城里的人。最糟糕的是我们回乡下的时候，他们就会问我们支持的是谁，一听我们支持的跟他们的不同，他们就生气。”

“你们在‘敌人’堆里生存，会不会有危险?”我问。

“那倒不会，都是几代的老邻居了，但一谈到这些事总会不愉快。他们没有头脑，却又不许别人有头脑，所以我就比较少回去了。”

停了下，她又说：

“只要不谈政治，乡下生活还是十分愉快的。如果不是太忙的话，我还是打算每周回去一次，那里才是真正的生活，就是天天挑粪也是好的；现在如果不能的话，只有期待退休了。”

兴奋的光彩又浮现在她的面孔。距离退休，她还有很远的路要走呢，但想到乡下生活，她就免不了心驰神移的。我终于了解，为什么她的脸颊总是泛着红光了。

◎ 鲁开蛇与鸭儿大

为了联络从台湾地区来的民众的感情，5 月 23 日举办了一次郊游，目的地是捷克南部的一个名叫克罗姆洛夫的地方。那个小镇被联合国教科文组织列为世界最重要文化遗产，全镇保持着十八世纪末的风格，算是捷克境内的重要名胜了。那天参加的台胞刚好坐满一部游览车。

请来的一位谙熟中国语言的捷籍导游，在跟我们作自我介绍的时候，说他的中文名字叫“鲁开蛇”，每个人都几乎惊叫了起来：“不会吧，一定说错了！怎么会取这个鬼怪的名字呀!”座上的人纷纷这么说。

鲁开蛇说：“是蛇这个字，没有说错；你们叫我小鲁也可以，叫我 snake 也可以。”鲁开蛇的中国话说得确实很好，当然还有点外国人的“腔”；但大致而言，他说得很流利，用字用语都很准确。

他特别为了当天的旅程做了准备，他在路上为我们介绍有关南波希米亚的历史，是我们今天要参观的古堡，他从第九世纪说起，我偷偷看他手上的笔记簿，厚厚的一本，显然他为这件事用了功。

然而大家对他准备的历史显然兴趣不高，路程开始不久，就展开了台湾地区旅行最习惯的娱乐节目，譬如找人到前面唱歌、讲笑话等。鲁开蛇只好捧着只翻动了前几页的笔记簿坐在一边，傻傻地看我们表演那些无论怎么说都不精彩的表演。

参观完了古堡，我才有机会和他说话。他说他在查理大学东亚系读书，我说我在东亚系教书，却似乎不曾见过他。他说那是可能的，他在东亚系已经读了六年，后面两年，他到日文组去修课，中文组就很少来了，现在发现“一心不能两用”，决心不再修日文，重新回到中文的路子上来。他一听我是系上的老师，就对我特别的亲切，我问他学习中文的经过，当然我对他的名字也免不了好奇，他笑着说：

“是这样的，我的名字在捷文是Lukas，在中国大陆留学的时候，大陆的老师为我取名叫鲁开匙，汤匙的匙；我每次跟人说这个匙字，总费不少口舌。后来我查字典，发现蛇这个字跟匙的声音很相像，跟别人说我叫蛇，别人就容易知道是哪一个字了！”

“我们原先还以为你捷文的名字与蛇有什么关系呢！”我说。

“一点都没有。”他说，“捷文的 Lukas 是从 Luca 这个字来的，是福音书的作者之一。”

“我们中文翻译叫作《路加福音》。”我说。

“是的。我改名叫鲁开蛇之后，只要是中国人，每个人听到我的名字都会惊讶地大叫，脸上充满着恐怖又不相信的表情。这也有个好处，他们只听我的名字一次，就大约一辈子都忘不掉了。我喜欢这样。”

回程的路上，鲁开蛇从前座走到我的座位前，很恭谨地说：

“周老师，我们这位游览车驾驶听说您在我们系上教书，心里十分尊敬，他想请您为他取一个中文名字。你说可以吗？”

“可以的，”我说，“不知道他有什么要求？”

他不太懂地看着我。我想在台湾地区为人取名，往往要顺应他们提出的要求，譬如五行啦、笔画数啦，我问他这些他当然不懂，我就改口说：

“他的捷文名字是什么？是不是要跟他的捷文名字声音相近，如同你的鲁开蛇一样？”

“当然最好。”他在纸上写下 Jarda 这个字，说这就是驾驶的名字，捷文的 J 跟英文的 Y 读音一样，所以这个字正确的读音是“雅尔塔”。

“雅尔塔”这个译名真可以说做到翻译学上所谓信达雅的要求，但对出身台湾地区、受过教育的人来说，“雅尔塔”三个字，总包含着一些被出卖的不幸的意味，我当然要避免这个名字。我问鲁开蛇，现在距离布拉格还有多远，他说大约还有四十公里，我说，你到前头坐好，四十公里一到，名字就取好了。

鲁开蛇一走，我就想出该叫什么了。他既叫蛇，那为何不把雅字译成鸭呢？这时“鸭儿大”就出现了，真是浑然天成呢！一只肥肥大大的鸭子坐在驾驶座上，我的眼前出现一个童话的画面。我急忙叫鲁开蛇过来，在纸上写上那三个字，全车的朋友看了都大笑起来，都说这名字取得真好呀！与鲁开蛇放在一起，真可号称是双璧呢！

到了布拉格，鲁开蛇早把他的中文名字告诉鸭儿大先生了，鲁开蛇说鸭先生十分满意这个名字，正巧鸭先生本人也喜欢鸭子。鸭先生用他肥厚的手掌重重地握了我一下。透过鲁开蛇的翻译，他说他要请鲁开蛇把这个中文名字用计算机打印出来，贴在他驾驶座前的挡风玻璃上，好让人都知道他有这么一个威风的中文名字。

下次你来布拉格，假如坐上驾驶座有“鸭儿大”名字的游览车，别忘了和这位和蔼的驾驶先生攀谈一下呀！

◎ 装作日本人

同样是东方脸孔，日本观光团总是比较守秩序。老一辈的日本人还是相当矮的，看到一群矮个子的中年人，静静地倾听那位手持小旗的导游解说，眼睛随着导游指示的方向整齐地望过去，像小学生由老师带着旅行一样，由于群众安静而听话，导游的话也说得细而轻声，如果不走近，根本不知道他说的是日本话，但你无须走近，只要看到如此的团队精神，你就可以判定他们是日本的观光团了。日本的年轻一辈也长高了，他们也学会了西方人的开放，态度从容自由又充满自信，然而整体而言，即使是年轻的日本团队，也是比较守秩序的，他们在自信后面仍有些矜持，喜欢开玩笑，或者作弄同伴，只是都能够适可而止。他们的内心似乎有一种压力，逼迫他们在游戏的时候依然守在一定的范围内，一个人绝不能任意地走出早经画好的圈子外面去的；相对于西方青年人，公然在广场叫嚣，在桥边接吻，不要说日本人，所有东方人似乎都没有这种“胆量”。

与日本人比较，其他东方人都没有那么严肃的团体精神了。来布拉格的中国团都不多，我还是遇到一些，大致而言，来布拉格的中国人（其实在其他地方也大致一样），都不太愿意“整体”行动，他们一到风景点就分散开来照相，或者买东西，很少像日本旅客静静地听导游解说。做中国人的导游似乎比日本人的导游要舒服，他把旅客带到一个风景点，跟大家约定好下次聚会的地点和时间后，便“放牛吃草”可也。中国虽是一个历史悠久的民族，然而对别人的历史似乎一点兴趣都没有，中国人比较在乎的是哪些东西值得“买”，对于物价总是比较敏感，那些买不到、搬不走的风景和古迹，就让它继续留在那儿好了，我们犯不着去管它。

有人说这是贫穷跟富有造成的结果，中国人穷久了，所以只在乎吃的东西，只在乎物价，没有“余力”去关心其他的事情。我则不以为然，这可能跟民族性比较有关系，中国人号称精神文明，而其实是一个特别崇尚实际的民族，西方人常为了尊严和信仰而作战，而中国的战争都是为了争夺具体的利益而起，包括粮食、土地和可以明确享受到的权力。在中国历史上，儒佛的争议不断，却从来没有因为宗教的理念而发生战争，中国也有“超凡入圣”的说法，但中国人从来不强调超凡入圣的美，中国的美其实比较世俗化、功能化的。

布拉格因为是观光名城，聚集的游客实在太多，因而对观光客也有麻痹的现象，东方游客很少，个子和面孔与习见的西方人不同，却也很难引起注意。1998 年 2 月，捷克在日本长野的冬季奥运中，拿了最后一项冰上曲棍球金牌的大奖，捷克对东方人就注意起来了，他们把得到的光荣跟日本牵上关系，对路过的日本人就显示出极大的热情。但是他们无法分辨日本人，便对所有黑头发、黄皮肤的东方人特别亲善起来。

我跟妻平日外出，极不愿被人视为日本人，每次被询及，我们就会正色告诉他们说我们来自中国台湾，说的是中国话。长野冬运结束后，布拉格整个城像发了疯一样，到处是举着国旗、脸上画着五彩的青年人。那天黄昏，我与妻到温彻斯拉广场散步，一群年轻人看到我们，口中大叫：“Nagano! Nagano!”（长野!长野!）跑过来跟我们握手，有的更热情地跟我们拥抱，把手中的啤酒递给我，硬要我也喝一口。妻不喝酒，他们就递上可乐，然后围着我们高叫：“Japan! Japan!”这是唯一的一次，我没有告诉他们我不是日本人，因为我置身在周围群众期待的极大压力之下呀！

几乎所有的中国人——不论海峡哪一岸的，都不愿意被人误认为是日本人，这跟中日在历史上的纠葛不见得有关系，从另一个角度来想，日本人也不愿意被人误认成中国人，这可以见到来自民族的、血缘的认同力量，依然大到不能忽视。但这种界线，也不是完全不能破除的，那次在温彻斯拉广场我被误认作日本人，那是我处在一种奇妙的压力之下，不能立刻申辩，除了那次之外，我记得后来还有一次，我并没有表明我的身份，而这次却一点压力都没有。

春天正式降临后的某一天，我和妻去参观一个画展，我在看一幅画的时候，也许因为刚吃完午餐不久吧，我突然控制不住地打了一个响嗝，这个失态举动引起周围几个人的注意，一个穿着黑色长袍面孔姣好的女子回过头看着我，笑着用英语问我说："日本来的么？"我向她笑笑，这次我对自己的身份没有作任何辩解。

◎ 大地

列车长是位已有年纪的太太，她推开车门验我们的车票，用捷语缓慢地说话，我们是一个字都不懂的。她在票上轧了个洞，表示验过了票，但仍然指着车票，又指着隔间门的数字。后来我们懂了，原来我们坐错了车厢，门上有个阿拉伯数字“1”，我想我们可能买的是二等车厢车票，一看车票上果然有个“2”字，我们和她说抱歉，表示没有注意到，她似乎十分了解的样子，指着这节车厢前面，表示我们该坐的车厢在前面。

我们在前面的二等车厢坐定了，发现二等车厢与一等的相差并不多，一等车厢每间隔间坐六个人，而二等车厢的座位是坐八个人的，但现在不是旅游旺季，车厢的空位极多，每个隔间顶多坐了两三个人，与一等车厢没有什么不同。不过二等车厢的座位是包着塑料皮的，而一等车厢则是绿绒的座椅，这还是有差别的，但妻说，刚才坐在一等车厢里，虽然只有我们一“家”人，但空气里都是香烟的味道。欧洲火车有许多列车是不禁烟的，丝绒吸了烟味，总是挥散不掉，而塑料皮的座位反而不会有这个问题，所以总括一句：二等车厢不见得比一等车厢差。

我们是利用我没有课的时候，从布拉格乘火车到捷克南部的一个名叫捷斯基·克鲁姆洛夫（Cesky Krumlov）的地方去，那是一个保存得极好的中世纪小镇，我们打算在小镇找个旅馆住下来，过两三天真正宁静又松弛的生活。

火车朝南方徐徐驶去。由于这班车是“慢车”，每站都停，所以感觉十分悠闲，我们正好透过车窗，饱览捷克乡下的景色。

由于天气已经入冬，农田里的工作大多已停止，火车经过广大的田野，更有一种空旷寂寥的感觉。捷克的农业，似乎采取的是大面积的耕作，这一点和台湾地区的不同，阡陌交通、鸡犬相闻的景象在这儿是见不到的；在这儿是一大片的农田，根本没有什么区隔和界线。由于所种的作物不同，农田之间依然有界可寻，譬如小麦和甜菜、柑橘和苹果，还有马铃薯和大豆，作物的高矮、颜色仍使千顷的大地作了自然的区隔。

但是在冬天，这种作物的分别就不明显，原来农作大都已采收，土地裸露在外，有的是用机器犁过的，地表被翻过了一层，有的则任杂草丛生，而杂草到了这个季节也都枯黄了，以致完全分辨不出原来是种什么植物；冬天的天气总是灰暗的，光线不是平常时刻的强烈，听气象报告，今天随时有降雪的可能，雪如果降下，则不仅大地一片银白，就连跟天，都分别得不是那般的清楚了。

然而在经过一大片一大片枯黄灰暗的大地之后，偶尔会眼前一亮，一大片绿色在眼前展开。这片绿并不展延得很宽，大约不到一分钟左右，但足以吸引我们的眼光。这个时节，怎么还可能有绿色的田园呢？后来才知道那是还没有完全采收完毕的甜菜。甜菜是欧洲大陆国家主要制糖的原料，所制的糖呈细粉状，十分像面粉和奶粉，完全不是台湾地区砂糖那种颗粒状的，甜度也不如蔗糖，但价钱相当低廉，百货公司里卖的捷克制粉糖，一公斤只要三十六克朗左右。

捷克乡村的农舍，大都精致可爱，房子多数是一层的木制平房，很少有楼房，偶尔有教堂的尖塔，逸出地平线。农舍旁边栽种最多的是苹果树，铁路经过几家农人的后院，发现落光叶子的树上，还剩下许多的苹果没有采收，大约是太多了，就让它在树上烂了吧。

有些地方的行道树也是苹果树，这里的苹果树可以长得极为高大，有点像台南玉井的芒果树，当枝丰叶茂时，可以在路上蔽荫遮阳，秋天在树下行走，得随时提防被落下的苹果击到。但冬天的苹果树就不那么好看，它一叶不剩的杈丫、树枝，有点像童话故事里巫婆的扫帚，它的姿态，不像其他落叶木的疏阔优雅，当然这是我的想法，当地人不见得这样想。

火车在一个极小的车站停了下来，五六个小学生模样的孩子从车上走下，在月台上，他们说话调笑不休，跳过铁轨，走出站外，然后各自分散了。车站小屋里，出来几个人，其中有一个老年人，还有一个带着孩子的妇人，他们要搭这班车南下。去干什么呢？大约是回家或者访友之类的吧，绝不像我们是赶到一个地方旅行，因为这是他们的家乡，这是他们赖以生存的大地呀。一个满脸胡须，头戴着红色帽子，身上穿着藏青色制服的人，手上举起一只画着白十字的绿底圆牌，他是车站的站长，他在发开车的命令，火车就开始行走了。火车慢慢开出了小站，在站边的路上，一个刚才下车的小学生，还兴奋地向我们火车挥手呢，他必定还有同伴在这列火车里。路旁是几株落光叶子的苹果树；车子拐了一个弯，不远的木制农仓，屋顶的烟囱冒出了袅袅的炊烟，一顿暖暖的午餐在等着回家来的人。我回头看妻，她也正在看着同样的风景，我低头看了一下手表，距离我们的目的地，还有一个半小时的旅程呢。

◎ 横式风景

六月底的时候，南波希米亚及摩拉维亚田里的大麦已经黄了，小麦田还是嫩绿的，但愈近南方，绿色愈深。在靠近斯洛伐克的地方，如果仔细看的话，靠近铁路部分的小麦田已开始开花，麦子开花并不明显，颜色跟茎叶没什么分别，所以需要注意看。着花麦子，在茎的最顶端展开一丛如穗的嫩绿，和茎叶的深绿其实是不同的，但这种不同在最初的时候不太容易发现，尤其在开动的火车上看，等火车停下来，就会看出开花的麦子和原先的麦子确实是有差异，差异的重点不在颜色而在姿态。有花的麦子，顶端不再是尖锐的，花愈开愈多，就把原来笔直的茎逐渐压弯了，当然等到它结满麦子的茎端整个垂下的时候，你不注意也不可能了，因为整片麦田就由深绿变成黄金一样耀眼的颜色了。

当然过程是十分缓慢的，站在同样一块麦田前面，就是几天甚至一个礼拜，也不容易觉察它的变化，只有在乘坐火车的时候，你才能够看出它的变化。通常南方因为气候较暖的缘故，麦子的成熟比北方要早，假使从布拉格到斯洛伐克的首都布拉迪斯拉发，五个小时的车程，车窗外展示的麦田大约是一个月的变化，这种变化是顺着时间的，但在回程的时候，变化就是逆时间的了。

有一次我跟友人搭火车旅行，凝视车窗外风景的友人突然说：

“你说我们这群居住在城市的人，究竟为什么要走出城市呢?”

“可能为旅行吧，”我说，“我不知道你是指什么。”

“对不起，我的问题太广泛了。”他说，“我应该说得集中一些，我的意思是我们为什么向往走出城市呢？我们住在城市的人，已习惯城市的一切，但我们多数都渴望出来走一走，是为了追求乡下独有的清新空气呢，还是寻找跟城市完全不同的颜色?”

“应该都有，你说了‘颜色’，可能是关键所在。”我说，“譬如这么大片的鲜绿和金黄，在城里是看不见的。城市里呈现的颜色是点状的，即使有色块，也局促狭小，譬如天，就被大楼乃至招牌遮掩得只剩下一点点了。在纽约曼哈顿，走在路上像陷落在峡谷中一样。由于缺少自然光源，城里必须采用大量的人工照明，而这些人工照明又是零碎的，纷乱的，也许有人觉得缤纷美丽，但总不如乡下大片天光的这么自然而宁静。大片的色块和光源，可能是城市人到乡下来追寻的目标吧。”

朋友的眼睛一直看着窗外，南波希米亚的丘陵起伏，平畴绿野，偶尔经过小溪及森林，火车轮子碾过铁轨，发出的节奏响声使人沉沉想睡。

“垂直的线条是一种紧张的线条，你有没有注意到美术馆里的画？画人物建筑，大多是直式的，画风景则多是横式的。”他回过头来看着我说，“垂直线因为要与地平线相抗，要花极大的力气，所以令人不得不紧张。同样的道理，人在直立的时候是最累的时候，人要休息，最好平躺下来，躺得跟地面一样平，那就是最舒服的姿势了，因为那是一点力气都不要花的。”

他停了下，继续说：

“城市令人紧张不安，当然因为有许多人与事的纠葛，但是你有没有注意到，在城里，我们看到的总是垂直的线条？建筑物是直的，纪念碑是直的，旗杆是直的，钟塔和城楼没有不是直的，还有在街上奔走的人也都是直立着的，这些垂直的线条像紧绷的琴弦拉扯着人的神经，使人不得不严肃紧张。到了乡下，就完全不同了，天空与地面相接的线条是横的，山丘的崚线是横的，小溪横切过草原，田野与森林分隔的界线也是横的，要注意这些横线不是用尺画出来的，而是略有起伏的曲线，像床上被子枕头形成的横式线条。乡下也有建筑，然而数量不多，加上也建得不高，所以并没有破坏整个画面横向的走势。你知道吗？我们觉得乡下安宁舒适，是因为我们渴望睡眠。”

他说的话，确实有道理。我们乘坐的火车，经过一片开始开花的小麦田之后，又进入了一大片已泛金光的大麦田，过了大麦田，又有一些爬满矮藤的葡萄园。这个区的葡萄是拿来酿葡萄酒的，而大麦则是做啤酒的基本材料。窗外的横式风景已令人沉沉欲眠，酒的联想又在我们心中发酵，这时我看我的朋友，他已禁不住地打了个呵欠了。

“垂直的线条是一种紧张的线条，你有没有注意到美术馆里的画？画人物建筑，大多是直式的，画风景则多是横式的。”他回过头来看着我说。

碧珊　绘

◎ 中国的牡丹

牡丹是一种饱满、富足，加上点肥腻感觉的花。牡丹的花色极多，红的、白的、黄的，有说不完的颜色。就以红色而言，牡丹有极深的绛红，像紫绒般的，有血一般的大红，也有令人眼睛为之一亮的洋红、粉红。有些牡丹的红并不是纯一的，而是参糅了别的颜色，譬如像血一般红的花瓣，内侧是很浅的桃红；一种黄色的牡丹，花边则是红色，像是孩子玩折纸花，故意把纸边沾上其他颜色，色彩太怪了，让你觉得可能是假的。

牡丹之令人“惊艳”在于它的大，我以前见过的牡丹，花朵都极其硕大，最小的也有吃饭的饭碗那般，大的更有像盘子般的，跟夏天盛开的荷花有点类似。不同的是荷花总是被荷枝高高地托着，突出于荷叶之上，而牡丹的花枝并不高，它不是拔地而起的，它的颜色不像荷花的统一，最主要的是牡丹的花瓣周沿是锯齿状，不像荷花的圆整，牡丹一开似乎就盛开了，把蕊心尽数陈露给人家看，不像荷花总是含苞的多，即是在白天已看见花心的莲蓬，到晚上它还会把花瓣合拢，如果合不拢，就将到“花落莲成”的阶段；荷花比牡丹害羞多了，说它们相同，主要在它们都是大朵的花。

跟荷花比，牡丹对自己的美丽无疑是充满自信的，要看就让你一览无遗地看个够，看个透，一点都不小家子气，这是它与人世富贵产生联想的原因。牡丹有富贵家子弟的豪奢，什么都是大把大把的，它从不顾惜大排场大面积的彩色，有时显得浪费了，但它什么都不在乎。牡丹缺少含蓄蕴藉的美，燃烧的生命，夺目的颜色，旁若无人地展现自己，这是它够“透彻”的地方，也是它最要命的地方。牡丹还缺少姿态的美，至少我之前所看到的牡丹是那样的，1989 年我在北京天坛附近的牡丹园见到的牡丹就是那样的印象。成排如碗盘大的盛开牡丹，颜色确实是争奇斗艳，然而每朵花都太统一了，尽管花种不同，这跟往常秋冬之际在台湾地区新公园看到的菊花展览一样，只夸张花的美丽，却把花都弄成一个样子，又与荷兰花市中的郁金香一样，一茎三叶，整枝花像从模子里倒出来的似的，天坛牡丹园里的牡丹，令人觉得糟蹋了这花国的名种。

花的美丽需要和它的枝干、叶子相陪衬，这一点十分重要。那次参观牡丹园的时候，解说员殷勤地告诉我们牡丹花栽培过程。他说牡丹花之所以能开得如此硕大艳丽，完全在于供应它大批的有机肥料，我们问他是哪种有机肥料，他说最好是动物内脏或是血，他提高嗓门说：

“前清时代故宫九龙壁前面种的牡丹花，可以说是天下无双，据说用的肥料是东市被斩人犯的内脏，花才开得那么大呀！”

不幸这种解说令我们大倒胃口，我突然看到牡丹花下面的叶子，叶子是绿的，但叶脉却是深红色的，像极了皮肤下的血管，而花茎部分则是纯然的紫红色，跟人类的动脉没什么两样，你如果仔细地看，似乎会感觉到它的脉搏还在跳动呢，它到底是动物还是植物啊？那次，我觉得牡丹是一种近乎邪恶的花。

隔了约莫一年之后，我到一位旅居日本的友人家中做客，也是春天时分，朋友和室里的一个小几上放着一只高脚的浅灰色瓷瓶，瓶里插着一枝纯白的芍药，据说是从中国来的。芍药是牡丹的一种，但他家的那朵芍药，雍容中透露着清丽，叶子是纯粹的绿色，一点没有勾起我不快的回忆，牡丹，至少是名叫芍药的那种牡丹，确实是美丽又高雅的花呢！

在布拉格，牡丹竟成了十分容易见到的花了，一般人家的院子，总会长上一两丛，似乎不是刻意栽种出来的。布拉格的牡丹最多是粉红色的，都显得落落大方，花瓣不像我在北京看到的繁复，复瓣的大约只有两三层，花茎都是十分修长的，和茂密的叶子相称，在风中摇曳起来，十分有姿态。

院子里的牡丹当然是人种的，不会是自然长的，但即使是人种，却可以让它依自然的方式生长，不需给它过多的养分及剪裁，所以在布拉格见到的牡丹，反而是极具生命力的。有一次，我到科学院的东方研究所拜访朋友，中午时分，我们到餐厅吃饭，走在路上突然下起了雪，雪下得很急遽，不到五分钟，地上都铺上一层白毯了。我们经过人家的院落，黄色的迎春花隔篱盛开着，表示春天已快降临，就在那丛迎春花边上，一丛牡丹正在含苞待放，牡丹花丛的高度大概及于成人的腰部，一朵浅紫色的牡丹花瓣试探性地在雪中展开，那浅紫近乎天蓝，是大形花中少能看到的颜色。

我把中国人栽培牡丹的诀窍告诉同行的朋友，我问他们这里的牡丹是不是要用动物内脏之类的有机肥料，他们先是惊讶，后来都摇头说不可能的，一位友人说：

“动物的内脏腐烂了，会伤害花的根，他们这样告诉你，一定节省了过程。动物内脏跟树叶一样都会成为有机肥料，但需要经过处理的程序。”

另一个朋友则说：

“在中国，牡丹是‘国色’，所以才用这样昂贵的肥料；在捷克，牡丹只是一般的花，没有人会那么细心照料它的。”

因为没有刻意的照料，布拉格的牡丹才那么展现生命力地生长着；就跟一个女人一样，不缠足，不隆乳，理直气壮地活在天地之间。我期望中国的牡丹能够重新拾获这种遗失已久的生命力。

◎ 郁金香

白先勇在他脍炙人口的一篇名叫《永远的尹雪艳》小说中有如下的一段描写：

“那天尹雪艳着实装饰了一番，穿着一袭月白短袖的织锦旗袍，襟上一排香妃色的大盘扣；脚上也是月白缎子的软底绣花鞋，鞋尖却点着两瓣肉色的海棠叶儿。为了讨喜气，尹雪艳破例的在右鬓簪上一朵酒杯大血红的郁金香……”

尹雪艳平日一径是素色装扮的，这天跟“干爹”作寿，为了讨喜气，特别在一身白色衣服之外，在鬓角簪上朵红色的花。问题是尹雪艳为何簪上一朵郁金香？而且是“一朵酒杯大血红的郁金香”呢？

我之想到这个问题，完全是因为花的形状的缘故。郁金香如果完全展开来，是一种很大的花朵，平时看到的郁金香，是还未完全开放，花瓣的瓣沿还紧缩成一个小口的模样，像极了法国人喝白兰地时用的酒杯，这样一种硕大的花朵，无论是什么颜色，是不适宜或者说根本无法“簪”在发鬓上的。

提出反证的人会说，高更画的大溪地妇女，不是常在发际插着颜色鲜艳而又大朵的花吗？这一点就需要说明了。高更画的是热带岛屿妇女的装扮，不要说和一身白净旗袍的尹雪艳是不相称，就是和欧洲仕女的打扮也完全不相同，是不能够相提并论的；服装和打扮的奥妙很多，最大的秘诀在于谐调，除非故意装疯卖傻，在唐装外面打条领带是绝对不适宜的。

那么尹雪艳这时候最适宜“簪”一朵什么样的花呢？尹雪艳在寿宴上已经一身素净，自然不适合再在头上簪一球茉莉或晚香玉之类的白花，为了添喜气，她适合簪上一球或一朵红色系列的花，头上的花，需要高雅而且更须“簪”得上去，在这个条件的限制之下，可选择的种类就不太多了，红色的玫瑰或小朵的洋兰可能是比较好的选择。“血红”太狰狞，不如用比较柔和的洋红或粉红（白先勇用“血红的”这个形容词，是有文学上的象征作用的。）好在在玫瑰和兰花中间，这类的颜色是相当普遍的。

我一直不太喜欢郁金香这种花，这跟不赞成小说中尹雪艳簪它是无关的。我不太喜欢郁金香的主要原因在这种花没有什么

“姿态”可言，虽然以花的颜色来分，郁金香有几百个品种，但每朵都一个样地直立在那儿，跟一个模子倒出来的没什么不同。郁金香很难“入画”，这是原因所在。西方十九世纪以来的重要画家，我不记得任何一个人为郁金香画过画，塞尚有许多瓶花的写生，但似乎没有一朵郁金香，出生于荷兰的梵高，最喜欢画向日葵，他也画菊花，还有不知名的草花，以及大片大片起伏的麦田，竟然从来没画过被誉为荷兰国花的郁金香，算起来也是奇事一桩。

在荷兰阿姆斯特丹东南有一个名叫安塞美（Aalsmeer）的地方，是世界最大花卉市场的所在，这里主要销售的便是郁金香。有一年我独自旅行到此处，算是见识到世界之大。这里有座极大的花卉仓库，说仓库并不合适，因为所有的鲜花都不能久藏，这里其实是个规模极大的拍卖场，成交的鲜花以郁金香为例，每天都在千万朵以上。我看些装在拖车里的郁金香，每车的颜色都不同，但同车的每朵花都是完全相同的，包括花茎的长度、花朵的大小，乃至叶片的数量都完全一个式样。解说员说，这是高度品管之下的产物。我当时想到这种品管式的生产，会不会运用到人类自己身上来？阿道司·赫胥黎（Aldous Huxley）写的《美丽新世界》里面，已经作了类似的预言，在未来世界，人不再由母亲十月怀胎出生，而是由工厂整批地“制造”出来，想到这里，我背脊一阵凉意，我急忙走出那座拍卖场。

在往鹿特丹的路上，我搭乘的车经过一条十分平直的运河，这条运河的水几乎和地平一样的高，上面平静得没有一点波纹似的，真是波平如镜呢，由于附近有两三个硕大的风车，司机特别停下来让人拍照。我听同车的人说，这里是荷兰奥运划船队的训练场地，我被运河边夹杂在草丛中的一些野花所吸引，那些野花有好几种颜色，其中还有杂色的，譬如红中带黄、紫里带白等的，花瓣大大方方地舒展着。由于花托下的枝干细长而轻柔，所以花在微风中摇曳的幅度就大了许多，远远看去，像是有许多彩蝶在水面上飞舞，映着倒影，显得十分优雅。我起初怀疑是另一个品种的水仙，我听到同行的一个女的用英语问另一个女的：

“你看，那是什么花啊？”

“不知道，”另一个女的回答，“确实很漂亮的，不是吗？”

“那是——”一个显然是荷兰人的年轻男孩用生硬的英语告诉她们说，“那是一种野生的 tulips。”

Tulips！那是野生的郁金香呢！我恍然大悟，原来在水泽边上野生的郁金香是比水仙还飘逸的；人类的生物科技和质量管制，竟千篇一律地把它弄成我们熟知的那副模样，当时，我确实有些迷惘，我不知道，该用什么眼光来看这件事情。

◎ 爱尔兰酒馆

观光区的饭店酒馆为了让人家一眼就看出它的“属性”，就在门口挂上国旗。譬如标榜里面供应的是法国菜，就挂起法国国旗；供应披萨及意式面条，就在门前挂上意大利国旗；卖的是寿司、生鱼片等食物，则在门口挂起日本太阳旗，或者店招就是一丸红日，几个歪歪倒倒的平假名，反正目的是让人容易看出里面卖的是哪类食物饮料，叫人不要弄错了。

布拉格旧城广场金斯基宫边上有一间爱尔兰酒馆，它的正面对着广场上的胡斯铜像，右端与德罗哈街交口；这片酒馆门面不是特别大，又由于附近这样大小的酒馆餐厅实在太多，所以不是很显眼。附近的餐厅大多标榜是意大利口味，到处挂的是绿白红三色的意大利旗；这家爱尔兰酒馆门上也挂着国旗，只是爱尔兰国旗跟意大利国旗实在太过相像，它也是绿白红三个直条，唯一有点不同的是爱尔兰旗子上的红不是深红而是橙红，颜色比较浅一点，理论上是有分别的。但广场上的旗子，日晒雨淋的，意大利旗子上的深红总会褪色，红色一褪就跟橙红没什么两样，所以如果从国旗来分，这两个国家就很难分别出来。

后来我终于弄明白，爱尔兰的旗子终究跟意大利是不同的，还不仅仅是红色的部分，如果从两面崭新的旗子比较，爱尔兰旗子上的绿色也比较浅，同样是绿，意大利的是森林的绿，而爱尔兰旗子上的绿，则像刚发芽的小草，比较柔软而带着草香的。

这家爱尔兰酒馆在我住家附近，反而没什么机会进去小酌一番，原因是这里是布拉格的精华区，店里每天挤满观光客，何必去跟人家凑热闹呢？另一个原因则是观光区餐厅酒馆，食物定价比其他地方的餐馆贵上一倍以上，一瓶啤酒，比自己到杂货店买的更要贵三到四倍。一天大约是冬天快过尽春天正要降临的那段时日，黄昏时分，我跟一个名叫马丁的学生经过这家店门口，正好西下的落日把它的金光耀射在门上那斜垂的爱尔兰国旗上，绿白橙红三色旗在微风中摇曳舒展着，显得宁静又美丽，店里没什么人，我示意马丁，到店里去喝杯饮料吧。

来招呼我们的是这家店的主人，一个中年的爱尔兰汉子，剃了个大光头，却夸张地留着两撇歌剧人物的大胡子。我早就认得他了，他也仿佛认得我，因为我几乎每天都会经过他的店呀！马丁说爱尔兰酒馆的黑啤酒是有名的，他问我想不想尝尝，我说可以，马丁说：

“可是黑啤酒不要喝瓶装或罐装的，因为那不够新鲜，喝黑啤酒一定要喝生啤酒，要朝啤酒桶不断打气的那种。从爱尔兰将那些酒桶运过来，就是一刻也不耽误，里面的啤酒也‘老’了，就不好喝了。因此喝的生黑啤酒，酒其实还是捷克产的，譬如皮尔森的，或是史密霍夫的，取其新鲜而已。爱尔兰的黑啤酒别有风味，在于他们在啤酒中加了一点调味品，您试一试就知道了。”

我就决定点一杯黑啤酒。我问马丁是不是也叫一样的，他摇摇头，笑着问我如果点一客威士忌会不会反对？我说好，他指着“酒单”上的价目说：

“威士忌可比啤酒贵呢!”

我说没有关系，我带了钱的。我们就缓缓地喝起酒来。这家的黑啤酒确实与其他地方的不同，别地方的黑啤酒，总有一股煮烂了菜叶的味道，喝完了嘴巴会觉得酸酸的，以前我总不喜欢点黑啤酒。而这里的，却有一股仿佛是青草的香味，像刚剪过的大片草地所闻到的味道，有点令人明目清心的功能。我问马丁是什么原因，他说：

“他们加了一种从生姜提炼出来的汁液，这姜汁恐怕也不完全是姜汁，还加了一些其他草药的成分，反正这是他们的‘秘方’，不肯告诉别人的。”

可能就是因为添加了几滴姜汁或者草药，这黑啤酒变得比较清冷而有“劲道”了些。我问他那杯威士忌怎么样，马丁说：

“老实说，爱尔兰的威士忌做得比苏格兰的更纯粹而地道，尽管在英文中 Scotch 就代表威士忌，这是因为英国比较强的关系。老师，您下次在爱尔兰酒馆点威士忌的时候，就直接说 Whisky，千万不要说来一杯 Scotch，爱尔兰人对英国可是充满了仇恨的！”

这一点我是知道的。我记得不久前看的一本书，其中谈及英、爱两国的历史恩怨，爱尔兰是个民风平和中透出强悍的民族，但不幸处在强大帝国的边上，爱尔兰人口太少，加上四周除“敌人”英国之外没有任何一个邻国。孤独感是爱尔兰人血液中的重要成分，难怪都柏林出现像詹姆斯·乔伊斯这样的作家，那时我想。

也许在孤独感的影响之下，爱尔兰才调制出一种属于他们独有的酒类吧，因为酒是孤独人的最好伴侣呀！我将杯中剩余的黑啤酒喝尽，酒精在身上发生了作用，我觉得浑身热了起来。光头的老板走过来问我们还要点些什么吗，马丁向他示意说不用了。我打算脱下毛衣，但马丁说不可以，因为酒后宽衣是最容易伤风的，他说：

“老师，酒馆外面的布拉格，其实还是冷得很呢！”

◎ 布拉格遇鬼

别看旧城广场平日游客熙来攘往的，一到深夜，游客都躲进旅馆，广场空荡荡的。尤其在冬夜，过了十二点，所有建筑、高塔的照明灯光熄暗后，整个城市埋入亘古以来的幽冥之中，这时匆匆走过，心中猛一抽凉，偶尔会觉得角落有“什么”会出现。

假如灵魂不灭的道理是存在的话，那布拉格建城一千余年，现存的鬼魂势必多过居民，在布拉格遇到鬼，是自然不过的事。就以我在广场边的住家而言，住址依捷文翻译是“提恩教堂街小巷十号”，属于布拉格一区，共享这个住址的有二十余户。这幢大楼的历史已有七百年了，当然在七百年前不是这副模样的，现在在街上看有四层，每层“挑高”如此高的气派建筑是在十九世纪末年才有的。大门上面的标志是一个金色王冠，下面一个黑色的盾牌，盾牌上画了三支白色鸵鸟羽毛；金色王冠代表这幢建筑在以前曾与王室有关，三支羽毛的盾牌则是这幢房子的门牌。十九世纪之前，布拉格城还没有现在的号码式门牌，写信就得写："石羊屋""愁容圣母屋""石钟屋""三只提琴屋"或"歪斜天平屋"等名称，邮差按"图"索骥，才把信件送到。如果在十九世纪你写信给我，就得在信封用捷文写上："布拉格旧城广场附近提恩教堂小巷三支羽毛屋"，然后写上我的姓名，才保证可以收到你远方的信息呢。

这幢建筑经历了七百年，最初曾经是酿酒厂，后来做过堆栈、仓库、马房，十七世纪到十八世纪，这里曾经是布拉格一间恶名昭彰的酒店，混迹着大小各层人物，当然包含黑白两道。一个市长曾在这里遭谋杀，各种阴谋和丑闻不断从这里传出，红色如血的酒液中，杂糅着性欲和死亡，二十世纪末叶的今天，在这里遇见冤魂或者纵欲而死的鬼，是极自然的事。

然而我从来都没遇见鬼或任何不干净的东西，妻说那是因为我"阳气"太盛的缘故。她跟我说她不太敢一个人待在屋子里。学校帮我们租的房子是这幢建筑后进上面搭建的一个小阁楼，因为高，所以从窗户望出去，尽是别人屋脊的红瓦。采光很好，两间房子总共有四张大窗，靠南的三个窗子，斜对着提恩教堂的双塔。我跟妻说，就算布拉格城里都挤满了鬼，我们紧邻着教堂圣地，在圣母的庇荫之下，任何鬼魂都不敢作祟的，但是她说她还是会遇到一些莫名其妙的事。

我偶尔会失眠，有时就干脆到客厅去看书或写些东西，为了怕客厅的灯光影响卧室妻的睡眠，我总会把两间房子之间的门关起来。然而不久我就发觉那门打开了，我再顺手把门拉起，后来门又开了，我以为真的见了鬼，跑到卧室看妻，她正醒着，她说门是她打开的，我问她原因，她说我关了门，她总觉得有人在向她吹气。我说可能客厅的气压比较大，空气就从门的隙缝中“灌”进来。她说不是的，那气是一口一口地吹，先是手，她将手放进被子，那气就吹她脸，而且她似乎听见口吹气的声音。我问她气有没有味道，她说味道没有什么，但是冷冷的，好像能穿透骨头呢。我听她叙述，也不禁有些凛然了。

后来我就不关门，她说只要不关门，她在床上躺着就不会有人向她吹气。有一次妻陪她友人出城玩，接连两个晚上不回家，在她不在家的一个深夜，我突然听到一声玻璃相击的巨响，是发自走廊边上用布帘虚隔起来的一个小储藏室里。我随即跑去打开布帘，发现里面十几个红酒空瓶全部横倒在地，即使是老鼠，顶多撞倒一两个瓶子，不可能造成这个结果呀。我只得把瓶子重新扶正，拉起帘子，也许因为阳气略盛，我只感到奇怪，并不觉得不安，就继续做我的事，但妻回来后，我刻意不向她提起。

妻有次跟女儿出门买东西，回来说把眼镜掉在一家画廊了，在回家的路上才发觉，这时画廊已经打烊，只好明天再去拿回。我问她记得带出去了吗，她跟女儿都说带出去了的，因为她在画廊还用过眼镜呀！吃过晚饭，她们母女坐在沙发闲谈，突然女儿大叫说："妈，这不是你的眼镜吗?"原来这副眼镜正好端端躺在镜盒里，而镜盒一直放在沙发扶手的边缘，"真是遇见鬼了，丢在画廊的，岂不就是这一副吗?"她们俩几乎同声地说。

这样的事，以后不止发生一次，譬如女儿的发夹啦，妻的零钱啦，还有已经寄掉的信啦，都会在完全料想不到的地方出现。我一直安慰她们，说我们住在提恩教堂的"治下"，不可能闹鬼，后来看历史书，才知道提恩教堂也不太可靠。原来这座有名的圣母教堂，在 1415 年捷克宗教改革家胡斯（Jan Hus）被处死前，曾一度是胡斯圣杯教派占领下的教堂，胡斯以一个教士的身份担任查理大学校长，他带领民众反对天主教，在民间极具声望。胡斯被陷害处死之后，新教与天主教发生极惨烈的战争，天主教结合政治力量取得了最后胜利，提恩教堂的控制权才夺回了。天主教夺回了提恩教堂之后，对原先的敌人展开清算式的杀戮，其中冤魂无数；又把新教的标志一只纯金的圣杯熔化了，重新打造了圣母像后的金色光芒装饰，现正高悬在教堂正门的顶上。所以这座看起来堂皇庄严的圣殿，其实每根廊柱下都是鬼影幢幢的。

我们寄望这座教堂保佑我们不被侵扰，看起来是不太可能的了，但这个消息我一直不敢告诉“体质”比较虚的妻。幸好在我家中的鬼并没有太大的恶行，只爱朝妻脸上吹吹气，或者撞倒几个空酒瓶，大约是个喜欢开玩笑的冒失鬼。鬼跟人一样，可能形形色色，各不相同；东西不见了又出现，可见这个鬼除了爱开玩笑，心地还是很善良的。在累积了千余年魂魄的鬼城布拉格，我们真该庆幸与“他”相处了一段奇妙的日子。

◎ 布施

一个可能是罗马尼亚人的老妇从巷子口缓缓朝我们走过来，口中念念有词，她有些瑟缩地伸出她的左手，右手食指不时指着天。我们会过意来，妻打开小钱包，把里面的零钱一股脑倒在她的右手上，她十分满意地笑着，右手举得更高，似乎是说："你们行好，上帝是看着的呀！"

布拉格的乞丐确实增加了。1991 年我第一次来，走过全城，几乎没有发现有什么真正的乞丐。傍晚时分，偶尔会在街头看到演奏的乐人，他们打开琴盒，随意收些赏钱，这些人应该不算乞丐，严格说来他们是街头卖艺的人，是靠着自己能够演奏这层本事来赚钱的，这跟乞丐不同，乞丐是依靠别人的同情来生活的。

然而那些在街头墙角演奏乐器的人，并不是卖门票开演奏会，他张开琴盒，也还是有点求人布施的成分；我们经过他旁边，一听他演奏得不错，心里想这样可以在演奏厅里演出的人怎么沦落到街头来了，就不禁掏出钱来，可见他们的讨钱也是在博人同情，不过称他们是乞丐总是有些不忍。

像这样打开琴盒求人布施的乐人，现在的布拉格还有，然而"纯乞丐"的增加，使他们相对减少了，而且演奏的精彩度，显然不比当年。去年冬天一个严寒的夜晚，我和妻走过我们系所在的撒列特纳街，在一家关了门的水晶玻璃专卖店的门口，突然听到一阵极为清越又透明的乐声响起，原来是一支双簧管、一支横笛正在吹奏一曲亨德尔的双重奏。那时街头行人极少，但那两个年轻人却演奏得十分卖力。我们伫立在寒冷的对街，听他们把整首曲子吹完，但遗憾的是那晚我们身上一个零钱都没有，看着他们张开的空空的琴盒，心中觉得歉然，下了个决心，下次再遇见他们一定加倍补偿。然而好几个月过去，天气由冷变热了，却再也没见到他们。

一个飘着小雪的晚上，已经靠近圣诞节了，我和女儿走过旧城广场，又不期然地听到一阵十分壮丽的乐声。原来是有三支伸缩管在演奏宗教的圣乐，他们背靠着石钟屋和卡夫卡书店所形成的九十度的角落，三支喇叭的声音由石墙反射到广场来，显得绵密而饱满，那真是个绝佳的音响扩散地呀。我摸了摸口袋，里面有许多零钱，等到我们走到他们跟前，才发现他们是不接受布施的，他们是为石钟屋里的歌剧演唱会招徕观众。

有一个盲人女高音，常在晚上九点钟之后在旧城广场以西的那个名叫“小广场”的地方唱歌，她是接受布施的。她不但是盲者，又有肢体残障的毛病，总是由别人把她推来，轮椅就放在她旁边不远的地方。她背靠着墙角，唱的多属巴洛克时代的歌。她是练过歌的，因为巴洛克时代的歌有特殊的唱法，不是一般人能够胜任的，然而可能她身体太过孱弱，当她唱到高音部分总有点不够灵动的感觉，倒是中音部分，她控制得比较好。有一天，她唱完了她熟悉的巴洛克时代歌曲，改唱一首名叫《白发吟》的英国民谣。这首歌在世上流传得极广，几乎每个人都会哼上一段，她唱得极为委婉，没有卖弄，然而声音在小广场四周回转着，似乎提醒人们时光飞逝、白发逼人的境况是无法躲避的，四周突然陷入一种奇异的宁静之中。过了许久，几个美国观光客把钞票塞进她的手中，我也给了她我所有的零钱，一时之间，她双手塞满了钞票和铜币，颇有穷于应付的感觉。

有本事而让人布施的人愈来愈少了，现在布拉格的街头，一般也会碰到几个拿着乐器演奏的人，可是他们演奏得确实不高明，他们就以可怜相来博取别人的施舍了。

查理桥上总有一个白胡子的老头，他把他的拐杖斜放在旁边，表示也是残障之士，手上拿着一架手风琴，几个月来就唱着那么一条好莱坞以前的流行歌曲“Que-se-ra，se-ra-”。歌词的大意是：“未来的事，谁知道呢?”他几乎是用单指按琴键，另外一只手则让手风琴发出“蓬蓬”的声音作伴奏，琴声已是如此简陋，歌声又是乏善可陈，但他的“收入”却是相当丰盛的。在地铁车站 Můstek 附近有一个老先生，也是一样，他的乐器是一把小提琴，他不唱歌，总是用提琴拉着同样一首曲子。小提琴不同于手风琴处在于它没有琴键，如果把位不准，拉出来的声音如同杀鸡，是颇有“毁伤力”的，他一拉小提琴，就见到路人纷纷丢钱给他，其实我想，路人是求他别再制造噪声了！

像这样的要钱，基本上还有些卖艺成分，尽管他的技艺不怎么样。现在愈来愈多另一种更为“直接”的要钱方式，他们歪躺在地上，身边放着一只小罐子，请路人把零钱放在里面。也有些人是坐在那儿，怀中总是抱着一只狗，西方人对狗十分喜爱，看着一只狗跟主人一同受难，就会大发慈悲，这样“解囊”的机会就比较大了。

请求布施的人都是“逐水草而居”，他们的“水草”就是游客，所以布拉格的乞丐大都在查理桥、旧城广场及过桥的小城附近，因为这些地方游客最多。当游客散去了之后，这群乞求布施的人也就“下班”了，不过有一次我却遇到一个奇特的事情。

四月底的某一天，我和朋友到旧皇宫的西班牙厅听音乐会，这场音乐会由捷克当代名音乐家约瑟夫·萨克（Josef Suk）主持，音乐会结束，已是晚间十点左右。那晚月色极好，我和友人决定安步当车走回旧城的家去。我们穿过皇宫所在的布拉格城堡，从城堡东北面的阶梯小路回城，这条小路平常挤满了摊贩及游客，但深夜却一个人都没有。土黄色墙上的路灯一盏一盏地亮着，把周遭的世界弄得有点真假不分。就在这条路走到一半的时候，一盏灯下，突然见到一个老人直挺挺地跪在地上，他的跪姿十分奇怪，别的乞丐跪着讨钱总是懒懒散散的，臀部经常放在足踝上面，有点半坐半跪的样子，然而这位老先生的臀部与身体却保持着一条直线，有点像小学生犯了错被老师惩罚，非常虚心而恭谨地跪着，他下巴的白色长须，被晚风吹起，想他应该有七十以上的年纪了。当时我心中一阵翻腾，想起小时唱的圣歌，里面仿佛有这么两句：

他以苦难拯救我的灵魂，

他以鲜血清洗我的罪恶。

这位老先生的跪姿是那样艰苦而坚定，在空无一人的阶梯小路上，我当时有一些神异的感觉，他似乎是在代我赎过；在漫长的一生中，我们无意或者有意地犯了多少的过错呢？一种启示意味的力量，逼迫我拉扶他起来，或者跟他一样地跪下，在这无人山坡上，和他度过整个星辰满天的夜晚……然而我什么都没有做。我发现他凛然跪着的身体前面放着一只陶碗，里面空无一物，我翻开我的口袋，将我的所有都给了他。

◎ 贫穷与尊严

我最近愈来愈不相信唯物主义者所说的那一套，说什么人的价值取决于他的经济程度。相反的，我相信人的尊严和艺术的尊严，有时甚至须透过贫穷才可以展现。

5月24日，在布拉格音乐学院读书的一个学生辈的朋友带我们夫妇到一个名叫科洛弗拉特（Kolovratová Theatre）的剧场看歌剧。这个剧场其实是捷克国家剧院的一个附属剧场，由于场地不大，也没有宏伟的建筑，再加上上演的不是什么有名的大型歌剧，基本上是一个内行人的剧场，观光客和外来的人就很少有人知道。这个剧场在一幢大楼的顶楼，舞台和观众席连接在一起。当晚上演的节目有三个，前面两个是英国音乐家与剧作家彼得·马克斯韦尔·戴维斯（Peter Maxvell Davies）的作品，其一是《疯子国王的八首歌》（*Eight Songs for a Mad King*），其二是《唐妮桑小姐的奇想》(*Miss Donnithorne's Maggot*);第三个歌剧是捷克二十世纪的作曲家莱奥什·雅纳切克(Leos Janacek)的名作《失踪者的日记》(*The Diary of One Who Disappeared*)。前面两剧的演员简单,都是一人担纲演出,《疯子国王的八首歌》是个惯常使用假声的男中音,《唐妮桑小姐的奇想》则是一个女高音;莱奥什·雅纳切克的剧中就有男高音和女高音两人,再加上两个舞蹈家和三个女声合音,整个剧中有七人出现。

至于伴奏的部分,莱奥什·雅纳切克的剧中人物较多,而乐器则十分简单,只用了一台钢琴;而前面两剧则用了较复杂的乐器编制。由于剧场很小,容不下太大的乐团(而且根本无此必要)。乐团除指挥外,共由七人组成,计:大、小提琴各一,单簧管一,长笛一,打击乐二,钢琴一(兼奏大键琴),乐团全着燕尾服入场,可见其正式。

这个剧场的入场券是每人 90 克朗(克朗与台币大致等值),票价可谓极廉,最有趣的是全场观众席只有 63 个,如果客满,它的门票收入是 5 670 克朗,折合台币也就 5 000 余元罢了。以这些钱,给台湾一个小明星的余额尚且不止的,但在布拉格,这“点”钱却要供应几个极具修养的歌剧演员,一队小型而正式的乐团,还有导演、后台、舞台、灯光等技师,以及一个完整剧场的运作与演出。

有人会怀疑，在这样的剧场上表演的应该是学生实习的剧作吧，不可能有大牌在此演出的。其实错了，在这剧场担任角色的往往是极有名的声乐家或演员，而担任伴奏的，也都是颇有名气的音乐家。就以这场乐团的指挥普热米斯尔·哈尔瓦特（Přemysl Charvát）来说吧，他本身兼剧作家和乐团指挥这两重角色，前面两剧就是由他将英文翻译成捷文的。他从 1952 年开始，即在国家剧院担任音乐指导的工作，足迹遍布整个欧洲和美国，光是歌剧的演出，迄今指挥已超过了两千场。

这样的大明星在这样的小剧场演出，但每个人都极为敬业，前面两个戴维斯的剧，一男一女都浑身是劲，一剧演完，戏服都被汗水打湿，令人无法不感动。乐队的演奏则尤为精彩，而更令人肃然的是一个着燕尾服的男人一言不发地坐在观众席的边上，他在专用的灯光下逐页翻动总谱及剧本，监督舞台所有的一切，不容发生任何错误，后来我才知道他是这场歌剧的导演。

可以分配到他们手上的钱，确然是微不足道的，证明他们不尽是为所得而演出。人是需要应付生活的，没有办法活下去，当然把所有的尊严给了他也是白搭；但如人能够活了，那金钱收入的多少就不是那么的重要。他们似乎看透了一点，他们宁愿为自已的生命而演出，为自以为崇高的艺术而演出，由于没有衡量金钱报酬的因素，使得他们的生命及艺术，呈现出更为透明、更为纯粹的意义。所谓尊严，就在这种意义之下，更具体地展现出来。

全剧演完之后，我们请学生朋友到剧场大楼地下室的一个啤酒馆喝啤酒，这里的啤酒也相当便宜，一种名字叫 Bernard 的啤酒，一瓶 0.5 L 装的只要 16 克朗。我告诉这位年轻的朋友说我的感想，我曾经为了某报给我的稿酬太低而发过牢骚，现在我想，那报给我的酬劳已经够高了。与这群艺术家比较，我在写作上所下的功夫，显然比他们少，却希望有比他们高太多的金钱收入，我总被一些其实没有任何意义的所得来烦扰，它们迷惑了我的心志，使我的生命尊严和艺术尊严，从来没有好好展现的机会。看了他们的演出，我终于知道了自己跟其他许多台湾人的困窘所在。

我们的啤酒才喝了两口，我看见刚才演唐妮桑小姐的那个女高音走过我旁边，和她的朋友坐到我们邻桌。她已卸了妆，穿着便服，但手中依然捧着剧场献的鲜花。她也叫了瓶跟我一样的啤酒，她的眼光流到我们这桌的时候，我向她举杯祝贺，击掌表示欣赏她的演出，她也举起杯来，向着我大喝了一口。接着男高音及一些乐团的乐手，还有导演都来了，他们也都叫了瓶酒，每个人自酌自饮，笑声突然不断地飞腾起来，这是因为这种牌子的啤酒好喝的缘故。还有，你算算他们今晚的收入，除了这种啤酒，他们还能喝些什么呢？

◎ 波希米亚水晶

波希米亚地区盛产水晶玻璃，这是举世皆晓的事。玻璃不仅是一种家用品、装饰物，它在整体的工业上面，占有十分重要的地位。跟视觉有关的物品少不了它，照相机、电影机、电视机，包括所有摄影、放映的设备，都以玻璃做的镜头为核心；现代的照明器具，几乎全以它为主要材料；还有，把玻璃工业与陶瓷工业结合起来发展出来的一种陶瓷玻璃，据说是一种最先进的隔热材料，是太空工业和国防工业所不可缺少的；玻璃纤维则被广泛地使用在现代的工业产品中间，尤其由玻璃纤维继续发展出来的一种高温超导的材料，对未来信息传递的工业，将发生决定性的影响。

这些有关玻璃的知识，是一个布拉格的朋友告诉我的，这里说的波希米亚水晶玻璃，与这些知识无甚关系。这里说的水晶玻璃，只有一点点实用，而绝大多数是把它当成一种艺术品，拿来欣赏的居多。水晶玻璃比一般玻璃硬度高，透明度也好，因此更具有光泽，波希米亚水晶玻璃可能因为矿石特殊的关系，又比其他地方出产的水晶玻璃更加的晶莹剔透。

布拉格旧城广场靠近天文钟对面有十几家卖水晶玻璃的铺子，还有在 Celetná 街上有好几家水晶玻璃的专门店，每到夜晚，天色暗了下来，而卖水晶的店铺则一片光明，经过附近，叫人很难不多看它几眼。我们刚来布拉格的时候，几乎每天都会跑到水晶店里看水晶，主要的原因是这些店铺就在我“家”边上，看它实在方便；其次这些波希米亚水晶确实有看头。我和妻相约，就是看上令人心动的东西，也绝对不买，至少在一个月之内不去买它，原因是我们不是一般观光客，我们有很长的时间来观察这个“买卖”的虚实；另外，玻璃制品易碎不好携带，我们必须考虑一年后带回台湾的问题。这个约定现在看起来完全正确，它使得波希米亚水晶与我们之间，没有其他事务的纠葛，只维持着十分纯粹的欣赏关系。

水晶玻璃因为透明度与硬度都高，所以可以被切割或“铸造”成一般玻璃所不能做出来的角度，这是水晶玻璃最特殊的地方。因此在水晶玻璃制品中，以有直角或锐角的作品为佳，还有厚度要够；因为有明显的角度，才能显现它特殊的硬度，玻璃要厚才能展示它的透明洁净，但这样的作品大多属于“艺术品”，实用的程度低，而价格又极高，除非内行，买的人并不多。

水晶玻璃店里卖的，绝大多数是具有实际功用的制品，譬如花瓶、酒杯、盛水果食物的大小容器等，还有一些动物造型的玩具及摆饰，都是小东西，但设计时用了心思，也都玲珑可爱。我在一九九一年来过一次布拉格，当年所看到的水晶玻璃造型不如今天的繁复，颜色也以无色透明为主；今天在布拉格水晶店里看到的，有许多色彩艳丽得出乎想象，而形式则千变万化，夺人耳目，这无疑是受到现代工业的影响。有一种玻璃，里面仿佛被溅上了西红柿汁，透明的水晶里面泛着一点一点橙红的颜色，这好像是目前最流行的设计。每家店铺都有摆设，在一家店里我们看到一组高脚杯具，就是采用这种设计，他们把这组作品放在最醒目的位子，用很好的灯光照着，我觉得很特殊；妻告诉我说她是绝对不会买的，她说这种杯子，不管怎么洗，就是洗不干净的样子，看起来就令人烦心。

有一天那位懂水晶的朋友带我们逛水晶店，我们才知道已经浪费了多少的时间与体力在“非”艺术品的欣赏上。朋友坚持我们所看到的只是商品而已，他带我们到一条名叫 Na Prikope 的街上，为我们推开一个并不显眼的暗色玻璃门。我看见门上斜写着Moser这个字，我们走上楼去，朋友低声对我们说："你们看吧，这才叫波希米亚水晶呀！"

从这家店的设计和摆设看来，已经和别家大不相同了。整个店铺的照明，比较暗沉，不像别家的猛亮，放置的作品也少，适当的打光，让不多的作品有足够的空间展现它自信的美丽。这里的作品，造型比较传统，粗看起来，不觉有异，但细细地观赏，每一个弧度、每一条直线都是恰当的，没有多余，也不能缺少。最主要的是光泽，这里的水晶不论是器皿或是摆饰，它的光泽是柔和的，不像别家的抢眼，"这是因为Moser的水晶不加铅的缘故。"朋友说。

"有什么差别呢？"妻问。

"加铅可以使玻璃增加硬度，所以可以做得更薄，玻璃薄了，透光性就更好，光泽也更明亮了。"朋友说，"不仅仅如此，加铅的玻璃本身会泛一种淡淡的黑色色泽，最适合作为现代艺术品那种冷艳光彩的底色，你们有没有发现，市面上加铅的玻璃尽管色彩争奇斗丽，但就是没办法做到像这家沉淀、饱满、暖暖内含光的样子，这就是它贵的缘故。"

经他一提醒，我们看了看标价的牌子，果然昂贵异常呢！我们是不太可能买得起的。后来看书上介绍，才知道这家公司的产品是供应欧洲许多王室使用的，店铺的一角，挂着一张英国女王伊丽莎白二世举杯的照片，她所举的杯子，就是这家店的产品。

过了几天，我们经过另一条街，发现一家Moser分店，进门口就看到与英国女王手中同一式的那只酒杯，静静地被放置在橱柜里一个深咖啡色绒垫上，在柔和的灯照之下，焕发着我朋友说的“沉淀的、饱满的、暖暖内含光的”色泽。妻和我都很高兴能够看到令内行人都折服的真货，我的朋友坚持这家店里的东西才是艺术品，但我觉得放置在店铺橱柜里的波希米亚水晶，即使做得再优雅，它也还是商品。只是因为价格太昂贵了，对买不起的我们而言，它才能够“还原”成为一个纯粹的艺术品；啊，贫穷，还有什么更高贵的理由呢？

◎ 布拉格的鸟

布拉格城里到处堆满了建筑，没有什么树木，因此鸟类不多。

鸟和植物的关系是很密切的，通常鸟在树上筑巢，植物的花和果实会引来昆虫，而昆虫是鸟类的主要食物，当然，有些鸟类直接以植物的种子为食，那植物对它就更为重要了。任何城市都是以供应人的居住为主，植物即使有也不会太多，所以一般鸟类是很少在城里看到的。

城市里的鸟大概依靠人类的布施才能生存，布拉格城里的鸟就是如此。布拉格的鸟可以分为陆鸟和水鸟两种，所谓陆鸟是指它们就食的区域是陆地，天空虽然自由，但它们一直在陆地的上空飞翔，从不会越分地飞到水面上去；而水鸟是指栖息和觅食都在河的范围之内的鸟，它们也十分懂得规矩，绝不飞到街上和广场上去，它们偶尔会在临河街边的树上，电线杆上或水塔上暂停，但只要一会儿，它们就会不安地飞开，冬天河水很冷，河面的风又大，然而对它们而言，水才是它们的势力范围，才是它们安全的生存场所。

布拉格的陆鸟以鸽子为主，这些鸽子原先可能是人养的，后来人不养了，就成了野鸽子；也有一种可能，就是它们原来就是野鸽子，一飞进城里，就决定留下来。野鸽子和家鸽最大的不同是野鸽子的个子通常比较小巧，羽毛虽也大多是铁灰色，但不如家鸽的深，它们的铁灰色里面杂着绛红色的毛，愈近腹部愈是红嫩。然而成群鸽子在低空掠过，确实也难分辨它们到底是野鸽还是家鸽，广场游人如织，总有好事的游客喂食它们。

布拉格跟其他有名的欧洲城市一样，都为鸽子太多而头痛，他们称之为“鸽害”。鸽子的祸害在于它的粪便，会腐蚀雕像和建筑，而雕像和建筑往往是一个历史古城的价值所在。布拉格在维护古迹方面是用了极大心力的，他们害怕雕像被毁，就把有历史价值的雕像连底座一块搬进博物馆里，在原地再树立一个完全一样的复制品；建筑物因为太大无法搬动，而附在建筑物上面的石雕也不能搬走，就在雕像上围上一层细网，让鸟飞不上去，有时候在建筑的顶部及角落地方，装上一根根长长的铁针，让小鸟无法停脚，那针相当细，装又装得小心，在远处是不容易看出来的。

这样看来，鸽子在布拉格的生存是相当艰难的了，虽然它为古典的布拉格带来优美与灵动，为广场穿插着欢愉的翅影，而城市的主事者，却显然十分地不欢迎它。

布拉格的水鸟以河鸥与天鹅为主。所谓河鸥跟海鸥的样子完全相同，只是个子小些，它们飞行的姿态和叫声，也与海鸥没有什么差异。布拉格的河鸥晚上栖息在伏尔塔瓦（Vltava）河几座桥下的横梁上，也有一些栖息在比较隐秘的河边丛林里，白天则有时在水波上载浮载沉，有时成群飞翔于河上，向查理桥上的游客争讨喂食。而天鹅则一径在近岸的水波上游来游去，从不在空中与河鸥争食，它们游在水上的姿态十分优雅，是伏尔塔瓦河上的胜景之一。

天鹅其实是一种候鸟，能够随季节的变化而飞越极长的距离，然而布拉格的天鹅，却一年四季似乎从来没有飞远过，一定有人怀疑这里的天鹅是否还会飞。我倒有一次见到一群天鹅从天外飞来，缓缓地在查理桥南端的史垂勒基岛附近水面“降落”，证明这里的天鹅其实是会飞的。只是会飞是一回事，愿不愿飞又是一回事，布拉格的天鹅似乎都不愿意飞了，打算在这不算广阔的河面，终其一生地游荡下去。

天鹅到底靠什么为生呢？这倒是个有趣的问题。一般的天鹅，是靠捕食水中的鱼类为生，但伏尔塔瓦河流经一些大城，早就受到污染，河中即使有鱼虾，恐怕也不多了，而天鹅又不会像河鸥一样飞上桥头向人争讨食物，河边游客当然也会把面包掷向它们，然而天鹅身躯庞大，在空中和水面都不如河鸥灵活，一些食物，都被河鸥抢掠而去。其实即使食物都让它们吃着了，恐怕也没什么好处，原因是游客所给的，大多是面包饼干之类的东西，对天鹅这样的大鸟，营养显然是不够的；它们在伏尔塔瓦河居住，终年不离去，一定有固定的食物来源，只是一般人不知道而已。

一天我在查理桥下游靠西边的岸上散步，在靠近马内苏夫桥的地方，突然发现河边沙渚上堆着一些像米糠样的东西，附近有一股浓重的鱼腥味，河面一群天鹅在徘徊，我想那可能就是喂食天鹅的地方（后来我一个学生向我证实，说布拉格一个“鸟会”之类的组织负责喂食天鹅，而且还享有政府的一笔预算）。只是我并没看见真正的喂食，因为那时天候尚早，还不到天鹅开饭的时候吧。

野鸽子和家鸽最大的不同是野鸽子的个子通常比较小巧，羽毛虽也大多是铁灰色，但不如家鸽的深，它们的铁灰色里面杂着绛红色的毛，愈近腹部愈是红嫩。

碧珊　绘

有些鸟要争取它留下来，有些鸟要想尽办法赶它走，有些鸟有人刻意喂食，有些鸟就放任它在这块土地自生自灭，不去管它；世上一些人的命运，跟布拉格的鸟是没有什么两样的呀。

辑

三

艺

术

◎ 酝酿

很多人在听《第九交响曲》时都会把重点放在最后乐章的“合唱”而忽略了前面几个乐章。当然，贝多芬把席勒（Fridrich von Schiller）的《欢乐颂》谱成合唱曲时是花了极大的心思的，《欢乐颂》之显得那样的灿烂夺目，那样的庄严神圣，除了因为合唱部分的乐部配置得好，旋律极具爆发力之外，前面几个纯粹器乐演奏的乐章，其实提供了最后合唱无限的发展空间。尤其是第三乐章，是慢板（Adagio）的形式，整个乐曲澄澈透明，像潺潺的溪水流过平原，但却不是绝对的平静的，因为每一个小小的旋涡、每一个小小的波澜都在透露着即将发生大事的讯息。所以整段音乐虽进行得极为平缓，然而你不可能随着拍子睡去，你心中会觉得有一些不安，或者你胸中会怀着一分好奇，到底后来会发生什么大事呢？法国号总在悠远的山谷响起，你不见得觉得恐惧，但面对即将到来的不可知，就算是幸福的，你也会忐忑难安。

所有大事发生之前，总有一段酝酿的时刻。夏日午后，天上堆积着层云，日光偶尔从云的间隙中射出来，显得分外诡谲，远处山与天相接之处，闪电提供了骚动的讯息，但整个世界却是无声无息的。清醒的灵魂在传递着眼神，精神像G弦般的紧绷，直到雷电大作，雨势倾盆而下，世界终于沸腾，直到这个时刻，提心吊胆的悬念才真正落实，神经便可以松弛了，喧嚣，有时候更令人昏沉欲眠。

期待往往比结果还要紧张，只不过不呈现在外表，而潜伏在很深很深的里面。季节正进入严冬，教室附近的树叶大多落光了，云层很低，空空的枝丫，使得天光可以不受阻碍地照进教室里来，墙壁因而泛着怪异的紫灰色。学生正埋首在期末考的答题中，几十个人书写时发出的声音，竟然也形成了波涛般的旋律。因为有助教监考，我随意走出教室。室外空气凛冽，湖水比平时浅些，但寒光耀眼，我突然发觉，湖边的草地都已枯死成焦黄的颜色。天地寥阔，时序逼人，使人不得不有陈子昂式的感触。转眼间，学期结束，教师和学生都将星散，校园里很难再看到熙攘的景象，整个世界正逐渐陷入无边的岑寂之中。但这个岑寂不是死寂，而是一个周期的过程。有点像《第九交响曲》的第三乐章，悠长而平静，似乎是为了未来繁华的春的合唱，作着深沉的酝酿。

◎ 四季

在布拉格旧城散步，经常会遇到年轻人在发传单，传单大多是 A4 纸大小的一半，单色印刷，内容几乎全是演奏会的广告。我注意到，最近旧城在患“维瓦尔第热”或什么的，似乎天天都有他有名的《四季》的演出讯息，不同的乐器，不同的演出场所。布拉格旧城有许多巴洛克风格的建筑，在这些旧房子里演奏巴洛克时代的音乐，大概在气氛上就先得人心吧。

刚来布拉格的第三天，我们就去听了场小型的演奏会，演奏会场在一个名叫“布拉格巴洛克图书馆”建筑的二楼，屋顶被巨大的壁画填满，虽然空间不大，但却充满着古意的庄严。四个演奏者均着古服出场，演奏的曲子是由亨德尔的“大协奏曲”改编而成的，十分精彩，其中一位长笛手，妻对他尤为倾服，说他的笛声既柔和又嘹亮，实在优雅极了。我问她是否注意到他吹的是木笛，她说有什么不同吗？我说现在的笛子都已改成金属制造的了，但是在交响乐团中，仍把它和单簧管、双簧管及巴松等称为木管乐器，可见在巴洛克时代，长笛还是木头做的，这个乐团号称使用的是古乐器，当然得用木笛了。她问木笛既已这么好了，为什么还要改成金属的呢？我说大概金属做的长笛，在音域上比原来的扩大了不少，比较适合浪漫派以后体制庞大的音乐演奏，而在巴洛克时代，乐器的音域是不需要这么大的。她还要问，我赶忙说："好啦，其他的，我也不知道了！"

隔了两天的夜晚，我们到圣吉尔吉教堂（St. Jilji Church）听了场西班牙式的吉他二重奏，两个吉他手是兄妹（或是姐弟），都还年轻，但演奏起来，却有板有眼，颇有大师的味道。尤其是节目最后的几首弗拉门戈舞曲，把西班牙音乐里的那种强大的节奏、挑逗的旋律，还有那种西班牙人所独有的，即使是在顶顶绝望中仍然不放弃热情的气质，表现得淋漓尽致。那天坐在我左手边的是一位"盛装"的天主教神父，他一身白袍，手持念珠（似乎在提醒我们这里是一座教堂！），但当听到吉他声音响起，他却兴奋得有些无法自持的样子，他的面孔通红，握着念珠的手不时打着拍子，我俯身向右手边的妻子小声说话，这位神父以为我对乐曲有了问题，就手指着节目单，告诉我现在演奏的是格拉纳多斯的，或是阿尔班尼士的曲子，这点证明他是西班牙音乐的专家呢。在教堂演奏煽情的西班牙舞曲，说实在已有点不合适的了，而一位盛装的罗马天主教神父侧身其间，更令人觉得不搭调，虽然并没有法律禁止神职人员听这种音乐。我当时想，这位神父应是西班牙人吧，他长居异国，现在能听见这些来自他家乡的音乐，他当然顾不得搭调不搭调了，思乡这件事，是上帝都不见得会禁止的。演奏会终于结束，我起身离开的时候用英语问他："你是西班牙人吗？"他对我笑笑，害羞地用不太流畅的英语说："我是土生土长的捷克人呀！"

又隔了四天，黄昏时刻我们到查理桥那边散步，当天是星期六，小街上挤满了人，我们在一家唱片行驻足良久，买了两张当地音乐家的唱片。唱片行的右侧有一条甬道，甬道的尽头是一座音乐厅，门口正在卖票，最近的一场音乐会即将在下午五点钟开始。我一看节目，是一个室内乐团演奏维瓦尔第"全本"的《四季》，另一首则是柴可夫斯基的弦乐小夜曲，距离演出还有十五分钟，我看看妻，她对我会心地一笑，我们终于购票入场。

这个演奏厅真的可以用金碧辉煌四个字来形容，墙上和天花板画满了油画不说，画与画的间隙，又贴了大小不一的镜子，难怪这个场地就叫作“镜厅”（Mirror Chapel）了。演奏团体名叫“布拉格独奏家室内乐团”，在《四季》中担任小提琴主奏的是鲍里斯·蒙诺斯（Boris Monoszon），据说在此间乐坛还颇有名气的。

整个音乐进行起来很流畅，合奏部分的弦乐相当整齐，音色也好，但总觉得有瑕疵，我想跟那位主奏有密切的关系。首先是他用的那只小提琴不够亮，使得合奏部分往往“压倒”了主奏，其次是他在演奏慢板乐章时不够沉稳，心浮气躁地总有点抢拍子的味道，而在快板部分，他偶尔会误触他弦，发出不该发的声音——这是提琴演奏时的大忌。显然他在运弓上出了点问题，以一个担任有名望乐团的主奏者而言，这些问题都不该发生的，但却发生了。在中场休息的时候，我跟妻说今天的主奏演出得相当失常。幸亏后面的一个节目是演奏柴可夫斯基的弦乐小夜曲，因为没有独奏的部分，音乐就显得十分和谐了。但整体而言，这个乐团在处理强音及快板乐段的时候比较好，在处理弱音及慢板乐段的时候，则显得粗糙些。我曾听过意大利著名的乐团 I Musici（中文译名是意大利音乐家合奏团）现场演奏过完全同样的曲子，但在表现上，却有极大的差异。今天演奏不太好，并不表示这个乐团的水平必定有问题，而是这个乐团今天正巧失了平日的水平，任何艺术表演都可能发生问题的，得失与起伏，就像一年四季的更迭，在我们的一生中，不是也不断地出现吗？妻同意我的说法，走出演奏厅，布拉格的天空已经整个儿暗了下来。

◎ 西贝柳斯

提起北欧的作曲家，很容易就想起格里格、尼尔森和西贝柳斯了。他们生存的年代都跨了十九世纪到二十世纪，他们是不同国的人，作品的风格也很不相同。十九世纪下半叶，浪漫派的乐风在欧陆的几个“大国”之间已经逐渐式微，艺术的印象主义已在主要的几个欧洲国家风行，所谓印象主义画家对传统繁复的规则不满，而时时作出“反动”，其中最重要的是节省及简化。后期印象大师塞尚更将大自然的万有，归类成三个几何图形，这对二十世纪的立体主义和抽象主义形成重大的影响。

音乐也是这样，欧洲大陆所谓“中心”的德奥派、法国派也从十九世纪中叶的古典主义、浪漫主义走出来，而实验运用新的旋律、新的节奏来处理乐思。十九世纪末到二十世纪初年，是“现代音乐”的实验时期，传统的浪漫风潮还没有完全退烧，但似乎时不我与，到处一片叮叮咚咚的不谐和声音，等古斯塔夫·马勒（Gustav Mahler）死了或理查德·施特劳斯（Richard Strauss）年纪老了的时候，无调音乐（Atonality）几乎已成为欧洲中心地区的音乐主流。

新艺术所在意的是观念的革命。譬如说美术是表现“美”的吗？而“美”的材料仅仅限于传统的柔美与壮美，没有其他的选择吗？同样，音乐只是一种令人欢愉的工具吗？只是拿来歌颂圣灵或哄孩子入睡的方式吗？假如音乐不再如此，则我们对音乐本质的认定就要改变，音乐如果成了一个独立于文学、神话、爱情乃至宗教之外的艺术方式，那么就不能“限制”音乐只能在传统的唯美之中兜圈子。

因此新音乐以不谐和声音、无调为标榜，其实是向传统挑战罢了，也不必视为毒蛇猛兽。这种音乐初听，总觉得十分新鲜，但新鲜累积多了，却也无甚趣味可言，追求谐和，还是人的极大本愿，水淙淙地流着，青草如茵，终究还是美的。这是为什么在听勋伯格（Arnold Schoenberg）、韦伯恩（Anton von Webern）和阿尔班·贝尔格（Alban Berg）的音乐之后，不期而然地听到一首莫扎特的曲子，总有说不出兴奋的道理。

当欧洲的文化中心正在展开艺术与音乐革命的时候，依然还依据传统方式作曲的，在德、奥和法国都已罕见，而在欧洲的“边陲”地带，却大致都还遵循着传统的矩矱，譬如芬兰的西贝柳斯、挪威的格里格、丹麦的尼尔森、俄国的拉赫马尼诺夫等。当然他们在音乐中融合了许多“边陲”地域的地方色彩，但大致而言，他们的音乐还是承袭了十九世纪中叶之前浪漫派作风，旋律很好听，和声悠扬，而乐曲结构则平稳安适，不会像无调音乐忽紧忽松、突快突慢得令人觉得突兀。

西贝柳斯（Jean Sibelius）最有名的作品是他的管弦乐曲《芬兰颂》，喜欢古典乐的人都会听过的，而其实他有七首交响乐，以我看来，价值都不低。他的钢琴曲也写得好，精细而宁静，他的几首钢琴曲，尽管音符很紧凑，然而每段的尾音都出奇地长，似乎有意让琴弦的余音在天际回荡的样子，而芬兰的天际又够宽广，地上和湖泊已被冰雪凝结成一体，每次听西贝柳斯的钢琴曲，都有一种夏日饮冰，澡雪精神的意味。倒是他极出名气的那首作品四十七号《小提琴协奏曲》，由于太夸张音色和技巧了，我反而不喜欢。

有次我从布拉格到斯洛伐克的布拉迪斯拉发，安排是要参访当地的夸美纽斯大学的，但我和妻到早了，就在该校哲学院附近街道闲逛，逛到多瑙河边，没想到耽搁了时间，一看表，约定时间已到，我们只有找“快捷方式”回哲学院。哲学院是一幢纵深相当深的旧大楼，我看到这幢大楼的后端开了门，我想如从后面进去，找东亚系就近很多了。想不到该幢大楼后半段是大学的其他单位，里面被隔了开来，似乎与前大楼并不相连。但按理说在一幢大楼里头，即使分隔，也会留下通路，但我们都不会说斯洛伐克语，而看门的又跟其他东欧的服务人员一样并不热心，尽管我们在他们面前找路，有些气急败坏的样子，他依然视若无睹，一点都不在乎。

我看那个已有年纪的看门人，似乎依着什么音乐在打拍子的样子，眼睛虽看着我们，而灵魂已飘向另一个世界。我走近他，一听他桌下一台简陋的音响正播着一首我熟悉的交响乐，那不是西贝柳斯第一号交响曲第一乐章中最动人的旋律吗？一个长音，后面接着四个短音，这个主题反复了好多次，像冰山中的回声，清冷凄绝而美丽，我用英语问他：

“西贝柳斯？交响曲第一号？”

他脸上突然展现难得的笑容，有点兴奋地跟我说：

“最好的，不是吗？”

原来他懂英语，他殷勤地把音响上的音量转小些，问我在找什么地方，我告诉他，他很礼貌地指示我上楼，说上楼跟着甬道走，甬道尽头有一扇关着的门，只要推开就发现跟前面的哲学院相连了。他的英语不是很好，但足以达意。事后妻跟我说，幸亏出现西贝柳斯，否则我们在那个冷漠的门厅，不知会耽误多少时间呢！

◎ 贾科梅蒂

七月二十五日上午，我独自驾车到赫曼公园（Herman Park）附近，休斯敦几家像样的博物馆、美术馆都坐落在这公园的北方边缘，我到的时间比较早。美术馆前的停车场还有空位，我把车子停好，等我走出来，就发觉停车场的入口处已挂上“车位已满”的告示，不准车辆驶入了。

休斯敦美术馆昨天下午我已经参观过了，星期四下午，馆方按例不收门票，但门口有人在排队，而且队伍颇长。后来才知道，那些排队购票的不是去买美术馆的入场券，而是馆方正在举办一个俄罗斯的珠宝展，他们是特展的观众。我们少数打算参观美术馆的人，最后从他们的夹缝中走进美术馆的入口。这座美术馆从外观上看一点也不起眼，临街的两层建筑，窗框是暗色的，比起一般美术馆、博物馆不是希腊便是罗马式的建筑，明显是寒碜了些。里面的展览品也不见得出色，好像有一两幅雷诺阿和高更的作品，都是小幅的，算不上精彩，倒是有一幅毕沙罗（Camille Pissarro）的风景和两三幅伯纳德（Emile Bernard）的作品称得上是该馆的最好收藏了。该馆也收藏了几尊唐三彩，还有一些日本的古代工艺作品，对东方，这种浮光掠影的印象，正好代表美国社会一般人对东方的认识。

在休斯敦美术馆的左首对街，有一幢相当奇特的建筑，全馆是由发银光的金属构成，它就是休斯敦当代美术馆。这幢建筑也不高，如果不特别注意，是不太容易发现它的，我已知道此馆，是在《休斯敦博物馆导览》这本册子上看到的，二十五日我驾车来此，主要目的在参观这座美术馆。

因为太阳猛烈，天气酷热，参观美术馆的人并不多，停车场里停满的车子，大半是贪图免费停车的附近上班族，我想。当代美术馆的金属结构确实奇特，它在阳光下发着怪异的银光，线条又是简洁的直线交错，具有一种刚性的美感。由于全馆是密闭式的建筑，没有一个窗户，就连大门都侧开，狭小得如一般建筑洗手间似的。我走进去，大致参观了一遍，里面的展览品，说句老实话，确是乏善可陈呢。

几幅大而无当的油画，除了突兀粗糙之外，没有其他的形容词可用，几件雕塑品，也多是布满了拼凑的痕迹，这类艺术品，即使拿来炫技，都有些“词不达意”的。我十分气馁地走出这座美术馆，休斯敦有一百七十余万人口，是美国的第四大城，其艺术收藏，竟是如此贫乏可怜，它当然不能和纽约、波士顿、芝加哥、旧金山这些大城市的美术馆相比，就是一些比它小很多的小城，譬如俄亥俄州的克里夫兰、辛辛那提的美术馆，拿来跟它比，它也是瞠乎其后，完全不能同日而语的。德州虽然富足，但在文化上还算是荒漠之地呢。

我从当代美术馆出来，打算走到停车站取车，在快到停车场的时候，我发现在一堵矮墙之内，有一座雕塑公园。这座雕塑公园面积并不很大，大约只有一座标准足球场的一半，里面林木蓊蔚，入口被树丛遮住部分，所以不到近处是不容易发现的。我随步走了进去，眼睛突然一亮，终于发现了精彩的艺术品。

园中陈列的雕塑大部分是具象与抽象两种，但也有一些介于具象与抽象之间的，此类作品，和它“描绘”的主题并不求百分之百的形似，在大致维持一个形状之外，作品更强调作者对主题的诠释，而这种诠释往往从作者独特的心灵出发，所以非常具有个人色彩，但有异于纯粹抽象作品的，在于这类作品还保持着一种客观主体的形象，欣赏者可以依据这个形象，“按图索骥”地探寻作者艺术的原意。

一部分亨利·摩尔的作品和大部分贾科梅蒂（Alberto Giacometti）的作品都属于这类。在这座雕塑公园内，竟然有一座贾科梅蒂的作品，确实令我惊奇。这件贾科梅蒂的直式妇人的立像，是我见过贾氏作品中间最大的一尊，“身高”不含基座大约有二米余。贾氏的人像作品，一贯是细长细长的，身上的肉似乎被一斧一凿地尽数刨了去，只剩下几根勉强支撑身体的骨架子。但这副骨架子并非是死亡后留下的骨殖，这副骨架子依然具有生命、依然是在行动的。贾科梅蒂的人像即使描写静止也是动的，它身上的肌肉已消失，但神经却极其顽固地布满在它的骨架上，因而使它更敏感、更易感觉痛楚。

由于容易感觉痛楚，不断的痛苦反而使得人麻痹，世上多情的人，往往以无情终，似乎是同样的道理。因此贾科梅蒂作品中的人，充满了矛盾的茫然，欲行不知行往何方，欲止不知止于何处，他的作品看似单纯，却展现了极其繁复的现代人格，是敏锐的，又是迟钝的，是行动的，又是停止的，有点悲伤，但又无所谓；贾科梅蒂的作品，总令人感动而又无可奈何。

雕塑公园里还有其他相当优秀的作品，贾科梅蒂的作品被安置在一个石墙围起来的角落。公园的设计者确实用了心思，让你在欣赏贾氏的作品时不会分心，更重要的，是希望欣赏者在贾氏作品前被“激发”起来的情绪停蓄在这石墙内，不去影响其他的作品。

但看了贾科梅蒂的那件作品之后，确实已没有精神去注意其他的雕塑了，甚至包括罗丹的那尊《行走的人》的名作，也显得过分造作，只是充满了夸张而幼稚的表情罢了。我从雕塑公园走出来，阳光依然猛烈，热气逼人，然而心情已有很大的不同，休斯敦，这个美国南方富饶的都会，可能有更多的富饶有待发现呢。

◎ 史塔克

1996 年 9 月中的某一天，我们参观位在伯明顿的印第安纳大学。说参观并不很正确，原因是参观一词太正式了，我们其实是随意驾车到印大，并没有什么预定的计划，也没有什么访问的路线。印大音乐系有一位令我们心仪的大提琴家名叫史塔克（Janos Starker），我们并没有和他约定，而希望在音乐系和他不期而遇，相见固欣然，不遇亦无憾，这有点像《世说新语》中王子猷雪夜访戴安道的味道。

史塔克果然不在，妻将刚才在校园拾得的一片落叶插在他研究室的门口，然后我们轻步离去。我记起第一次听史塔克的现场演奏是在十二年前或更早。那场演奏会在中山纪念堂办的，我坐在第一排，可以非常清楚地听见他细微的触弦声，以及看见他面部的表情。演奏会第一个曲目是贝多芬的一首亨德尔主题变奏曲，这首曲子太像给初学者的练习曲，史塔克拉起来有点有气无力的，倒是他的日籍钢琴伴奏练木繁夫表演不俗，触键精准，英气四射。史塔克的演奏，像是倒吃甘蔗，愈后愈见功力，他好像又拉了一首巴赫的无伴奏，一首勃拉姆斯的奏鸣曲，最后，他拉了一首西班牙作曲家法雅（Manuel de Falla）的大提琴组曲，终于将整个演奏会带进了热烈的高潮。他控制音量有独到的本领，能把大提琴极微的颤音传播到会场的每一个角落，而在大音量的部分，音色嘹亮而华美，最有趣的是，他在演奏最后一首曲子的时候，自己也跌进了亢奋的旋涡，有点不能自拔的味道，他浑身的血气由双手向上扩散，终于颈部，脸颊，最后使他光秃的头颅因兴奋过度而变成透亮的紫红。

我们步出印大音乐系馆的时候，天色已经转暗。一个有灯光的窗口，里面传出一阵单簧管的乐音，细听竟然是莫扎特竖笛协奏曲第一乐章中的一个旋律。天终于下起雨来，我们半躲雨，半跑步地穿过印大校园，到校园附近找我们的车子。当晚，我们投宿在离印大不远的一个宁静的旅馆里，在雨声的伴奏中进入梦乡。

伟大艺术家的贡献，在于为我们这纷乱嘈杂的世界创造一个和谐的新秩序，或者对既有的秩序作一个更合理且更深入的诠释。贝多芬和勃拉姆斯属于前者，而演奏家、演唱家则属于后者。艺术也是有国界的，但艺术的国界和政治的国界不同，艺术的国界在于艺术家对艺术生命深契的程度和他们对艺术的真诚，修养是肤浅的、态度是简慢的，这些被排除在艺术的国界之外，反之，则一体是国界之内的公民。

音乐动人之深，不仅仅像舒伯特《音乐颂》（*An die Musik*）中说的："当灰暗的时刻，你给我温暖，带我进入美好的世界。"音乐带给我们的不见得一定是温暖和美好，有些时候反而是冷凝与严肃。好的音乐，会带我们体悟生命中最深沉的素质，当这些素质被提炼出来之后，你便能抵御很多以往无法忍受的煎熬和苦难，这时候，音乐提供的不只是消遣的快乐，而是支撑生命的力量。

我永难忘怀的我高中时的一件事。高中时期，我住在多台风的东部，一次强烈的台风把镇上许多房子吹倒了，我们的家毁了，被迫迁到一个小学的礼堂，而我学校导师的宿舍也被吹坏了，年纪已有些老迈的老师和师母只有搬到学校的教室暂住，那真是个极大的困顿，对老师和他的家人而言。台风过去的第二天，大地还没从疮痍之中回神过来，我到学校教室去探望老师。老师坐在一张临时架起的床上，头顶一个十烛光的灯泡，把四周照成一片迷蒙。我正想老师和师母该如何渡过这个难关，然而老师却示意我不要发声，他床边上有一只简陋的单声道留声机，上面转着一张橘红色的唱片，我仔细听，原来是一段平剧的录音呢。老师后来告诉我那段平剧是程砚秋唱的，他清越的嗓音，“苏三离了洪洞县”，好像是这个句子吧，人间的屈辱和悲哀处处，都被演唱者的艺术升华了。我看了看老师：他被那个声音感动着，眼睛露出超拔的光辉，我当时知道，在这种意志之下，一切生存的苦难终可克服的，我原先的担忧，竟成了多余。

程砚秋的唱腔给我老师内心的抚慰绝不下史塔克的琴声吧。艺术的感人是没有限制的，声音的艺术尤其能超越时空，与人类深藏心中最幽冥的感情相触，给人极大的安抚、莫名的鼓舞。

没有见到史塔克可能是好的，原因是史塔克也许是个不善言辞的人，就算他善于言谈，我们又要从哪里谈起呢？然而，他确实是个高明的、有诠释力的演奏家。音乐家最好的言辞是他的音乐，就好像文学家最好的言辞是他的作品一样，听史塔克的演奏，可能是最好的与他相遇的方式。

◎ 散步布拉格

1997 年秋天，我们暂时搬到布拉格。查理大学的东亚研究所聘请我做该所的客座教授，聘期一年，我即将在布拉格展开我的教学与旅行的生涯。

布拉格是古代波西米亚地区的中心都市，建城已有千余年，在查理四世时代，布拉格曾经一度成为神圣罗马帝国的首都，对捷克而言，那是他们在历史上最光耀的日子。查理四世，在 1348 年成立了中欧最老的一所大学，这所大学原来只叫“大学”，后来被称作布拉格大学，最后又被称作查理大学，一直到今天。查理在捷文称作 Karlovy，所以在捷文这所大学称作卡罗维大学。但 18 世纪之前，欧洲古典学派认为只有拉丁文才是正式的“学术语言”，查理大学的拉丁文名字是 Universitas Carolina，如果直译，又名为卡罗琳那大学了。

这话说起来要长些，Carolina 是 Karlovy 的拉丁称呼，Carolina 是女性的名字，这是因为拉丁文很重视名词的阴阳性，大学在他们的观念是属于阴性的，所以把 Karlovy 改成 Carolina 了。欧洲很多同一名字各分男女的例子，如男的叫 Johan，女的叫 Johana，男的叫 Hans，女的叫 Hana，另外 George、Georgia 都一样。

查理大学的校园到底在哪里？这对布拉格的居民而言，也是谜语一般的问题。由于这所大学已成立了六百五十年了，它事实已与布拉格城融成一体，不太能分辨它确实的位置。就以我任教的东亚研究所而言吧，它的办公室与教室都在 Celetná 街上，那是一条观光街，每天都挤满了游客，店铺林立，餐厅、茶馆、水晶店、木偶店及画廊，在许多同样古老而式样各不相同的建筑中间，在杂远的人声和店铺中间，你用力推开一座极大又极厚的木门，门里是一条幽暗的通道，里面有各式人等，但大多夹着书或讲义，匆匆向他们的目的地走去，这些人不是教师就是学生。和"外面的"世界完全不同的是气氛，里面有一种凝肃又宁静的味道，和街道上观光客的涣散、喧嚣成了对比。

东亚系在行政上是属于哲学院的，而哲学院却不在 Celetná 街上，它的主体建筑是一幢二十世纪初叶建成的大厦，坐落在伏尔塔瓦河河边。在它的右边与它侧面相对的，就是鼎鼎有名的鲁道夫堂（Rudolfinum），鲁道夫堂是捷克爱乐交响乐团的驻地，每年五月“布拉格之春音乐节”总是在这里举行。哲学院的右侧边和它一样朝向的是布拉格装饰与工艺博物馆，而装饰博物馆后面便是有名的布拉格犹太墓园，墓园里墓碑层层相叠，充满诡异的气氛。最令人惊心的是每当黄昏，游客散去，墓园关门，而墓园里几棵高大的栗树上面，停满了乌鸦，叫声不绝，就在哲学院的回廊也可以清楚听见。有一天我到哲学院办事，天已快暗下来，我在走廊遇见相貌有点像英国电影明星彼得·奥图的哲学院院长Dr. František Vrhel，他亲切地邀我到他办公室小坐。这位有明星脸的院长是人类学家，我们在一张长桌边的椅子坐下，工人为我们每人送上一杯咖啡，我们谈了一会儿，一阵乌鸦的叫声从墓园传了过来，我突然觉得一阵悚然，院长问我：“你知道你坐的椅子以前有谁坐过?”我不知道他所谓的以前到底是指多久之前，他看我一时回答不出，便笑着说：“大约六十多年前，弗洛伊德曾坐在这张椅子上课呀!”经他指点，我在椅子靠背后方看到一个铜制的名排，写着 Sigmund Freud 的字样。

布拉格与历史混合得厉害。有一次我在旧城广场的一家位在二楼的咖啡厅闲坐，窗户正对着广场北面的尼古拉教堂，左侧则是有名的景点“天文钟”了，我忽然看见我座位对面的墙上，挂着一幅放大的黑白照片，照片中的人是爱因斯坦，他正坐在我坐的同一张椅子上，面对着同样的风景。爱因斯坦那时已略有老态，但算算时间不会比纳粹占领捷克更晚，至少是在1939年之前的事吧。

旧城广场向东南不远几条弄堂之后，有一座雄伟的巴洛克式的教堂，名叫哈维尔大教堂。教堂正对面的一条街，就叫作哈维尔大街，那是一条有名的街，街中心摆着两排摊贩，名叫果菜市场，这座果菜市场存在的时间比查理四世在位时还早，大约在1200年前后就有了。这条街朝西走到尽头，有一间名叫Wolfgang的旅店，原来当年莫扎特来布拉格主持他的歌剧《唐·乔凡尼》的首演时，就住在这里，他之住在这个小旅店，是因为这个旅店接近剧院，只要穿过果菜市场，再走过哈维尔教堂，那座漆画成浅绿色、描着金色线条，名叫Estate的剧场就立在面前。走在布拉格街上，你总有时空倒置的感觉，Wolfgang旅店的店招上，有一张莫扎特的剪影像。在Wolfgang右侧，街道弯了一弯，一间不起眼的二楼窗口，有一尊极俊秀的男子头部塑像，原来是青年时代的李斯特，下面的捷文写着：“李斯特在某年曾经住过此屋。”有一天我经过，竟然听到一个带有匈牙利主题的钢琴乐声从里面传出来，那当然不是李斯特，可能是房主人在练琴吧。在那李斯特住过的房子左首再往前走几十步，街分成两条，夹在街心的是一座相当低矮而全用石材建成的教堂，这座教堂名叫 St. Martin-on-the-wall，让人想起英国那个有名的乐团名叫 Academy of St. Martin-in-the-fields，同样的，这座在“墙上”的圣马丁也是以音乐有名，它是一个外观不宏伟，内部也不大的教堂，但音响极好，似乎是专门为了巴洛克音乐设计的小音乐厅。在巴洛克时代，笛子不只在乐部上属于木管，而确实是用木头做的，有一次我在这座教堂里，听到真正木笛的声音，清越、灵活又温暖。

这座小教堂可能不只莫扎特、李斯特来过，贝多芬、马勒也必定曾驻足于此，捷克的音乐家斯美塔纳、德沃夏克、雅纳切克、马提努更不用说了。有一次我和戏剧家丹娜女士（Dana Kalvodavá）有约，我们约好了在地铁“共和广场”附近的布拉格旧市政厅门口见面。这座旧市政厅早期曾是市政府所在，现在已成了市属的一幢文化展览及演奏表演厅堂，其中最宽广的就是“斯美塔纳演奏厅”了，长驻于此的是布拉格交响乐团，每年五月“布拉格之春音乐节”，这里也是主要演出场所。整个建筑，金碧辉煌，繁华缛丽，是欧洲十九、二十世纪之交“新艺术”风气浓烈时的最典型作品。因为天气好，我和丹娜一边谈一边在街上散步。就在共和广场通往另一个地铁主要车站 Florence 的一条道路上，丹娜停下来说："你知道卡夫卡吗?"我点点头，她指了指前面建筑的二楼，她说这以前是一个保险公司的办公楼，"卡夫卡就在这栋楼上工作了十余年。"我想起卡夫卡，他的出生地就在我的住处附近，在旧城广场尼古拉教堂边，现在那间房子成了卡夫卡纪念馆，他父亲所开的五金店，在石钟屋的右边，也就是现在金斯基宫的一角，就在广场的东面，他上的小学，据说就在提恩教堂前面的那栋名叫"独角兽"的屋子，十九世纪末，那里曾经是学校。他大学毕业后，在他父亲的期望下，不得不在法律事务所、保险公司上班，上班的地方距他的出生地仅仅只有二十分钟步程，他人生的"旅程"何其有限！他顺从亲人，放弃自我，顺从命运，扭曲理想，他有法学博士的头衔（他带着这个头衔而死，墓碑上仍写着 Dr. Franz Kafka，然而，这个头衔却像金箍般地局限且诅咒了他的人生）。他只得在便条纸上任意地写些谜语般的句子，画几笔只有自己看得懂的插画，然后趁着假期，躲进他妹妹在布拉格城堡黄金巷租的小房子里，写他的小说，与他故事中荒谬的人物相遇。

说起黄金巷则更充满了传奇。黄金巷是隔河皇城里面的小小巷子，巷里的房子是给以前那些皇宫的仆役工匠住的，里面也杂着些走江湖的锯碗补锅的金匠锻工，当然他们也得帮助修补王室的器皿的，这条巷子就被取出好听的黄金名字了。黄金巷下面是储煤及木柴的地道，巷里的房子建得狭小，就以卡夫卡住过的那间而言，前后两间，总合起来大约十平方米的样子。在巷子里住过的名人其实并不少，然而在国际上，卡夫卡的名气太响，《城堡》这部书太有名，所以观光客一到黄金巷，只顾找编号二十二号的卡夫卡旧居了。

学校帮我们租的房子，是在旧城广场的一条巷子里，是一“组”大房子上第一层另搭的阁楼。这一组大房子里面，共分成二三十个单位，各住有人家，共享一个门牌，门牌是提恩教堂小巷十号。这一大组房子如从历史而言就有得说的了，它原建于七百多年之前，曾经是马厩，也曾经是暗营淫业的酒馆，当然也是赌场，十七世纪的时候，一位布拉格的市长曾被谋杀于此，可见在历史上，这并不算个光彩的地方。后来市政府将之收归公有，又曾一度成为王室的地产，所以在大门顶上，现在仍然能看见这栋房子的徽章：一顶皇冠，下面一个黑底的盾牌，盾牌上画着三根白色鸵鸟羽毛。所以我们这栋房子，在十九世纪之前，就叫作“三支羽毛”屋，上面的金冠，表示它属王室所有。

像这样的徽章，布拉格到处都有，有皇冠及盾牌为底的，表示是重要的家族，而其他，则纯粹是为了区别。在二十世纪之前，布拉格并没有门牌，所以每家都在门前或门上弄一些特别的东西，有些是图案，有些是雕塑。譬如门前一尊面容忧戚的圣母雕像，这幢建筑就被称作是“愁容圣母屋”，门楣上画一个斜天平，就称作是“斜天平屋”，前文所谓“石钟屋”“独角兽屋”都是这样。

由于我们住的房间是新搭上去的阁楼，所以比一般房子略高，从四个窗子望出去，除了远近的一些高塔外，多是别人的屋顶红瓦。有一天飘雪了，由于雪下得细又轻柔，在路上都可能浑然不觉呢，但我在屋里就不同了，哪怕再细再柔的雪，落在屋顶上，都会形成一片白色的晶莹，当雪的白色掩盖了一切，这时天地突然变成黑白照片了，看到这样景象，心中有一种木落崖枯、豪华失尽的感觉，那感觉有一点嗒然，也有一点庄严。

最大的视觉效应，是提恩教堂带给我的。提恩教堂的两座高塔是布拉格的标志之一，如不算河对岸的圣维特大教堂（St. Vitus' Cathedral），及在威塞拉德（Vysehrad）的双圣教堂（圣维特教堂在城堡区，原是一座山头，而威塞拉德也在一座不算高的山丘上），提恩教堂的双塔是布拉格旧城里最高的建筑。这两座高塔不只是高，而且造型特殊，方塔上又有尖塔，尖塔又分主尖塔与小尖塔，每座小尖塔都顶着金球，金球上面又有金星。我们居室不论客厅卧室，都斜对这双高塔，尽管我在布拉格住了将近一年，有些地方我还没有到过，有些地方我也只到过一两次，当然旧城广场及附近的地区，还有学校，我就经常走过，路过的风景我就十分熟悉，但无论如何都不如提恩教堂的熟悉，我就是足不出户，它依然不分晨昏的与我相对。

提恩教堂是俗称，它正式的名字是在提恩的圣母教堂，提恩（Tyn）在捷文是高地的意思，在旧城区，提恩这地方地势较高，十二世纪时这地方被称为外国商人的聚集区，市政府把这特区用围墙围起来，一方面保护外商，一方面成为“保税特区”，提恩教堂就在这特区的西门口。但十二世纪时，教堂并不是这样子，目前这模样是七八世纪以来陆续建成的。胡斯（Jan Hus，1371—1415）领导宗教改革运动，提恩教堂曾一度被他领导的“圣杯教派”占领，成为新教的主教座堂，但 1415 年胡斯被火刑处死之后，布拉格的新教势力瓦解，提恩教堂被天主教攻下，当然其间杀人无数，天主教把新教的象征物——一只金制的圣杯溶解了，打造成圣母圣婴像后面的光环，现在这金制的塑像，依然高悬在教堂两座高塔之间的山墙上。

我朝夕相对的提恩教堂，原来是与捷克历史息息相关的，里面有神有鬼、有圣徒也有冤魂。有一晚我从梦中醒来，万籁俱寂，广场的灯光不要说都熄了，每家每户都一片魆黑地沉入梦乡。我打开窗帘，提恩教堂尖塔上的球与星正在一轮明月的照射下发着诡异的金光，那特殊的光与特殊的光点组合，似乎寓有一些人类不能了解的含意。

从旧城广场穿过一些街巷，跟着人走吧，你终会走上布拉格最有名的地标——查理桥了，这座桥顾名思义，当然是为了纪念查理四世而命名的。桥东西横穿伏尔塔瓦（Vltava）河，这条河是捷克人的“民族”之河，斯美塔纳的交响诗《我的祖国》其中的第二段《莫尔道河》指的即是这条河。莫尔道（Moldau）是德国人为 Vltava 取的名字，在斯美塔纳时代，捷克的经济大权，甚至包括乐团经纪、乐谱出版的业务都包在德国人手上，他乐谱上的捷文在出版的时候，一律改成德文，因此大家都称作是莫尔道河了。

查理桥把布拉格的旧城区与王城行政区（以前人称“小城”）连接在一起，捷克人称河西的这一大片土地为玛拉史塔娜（Mala Strana）。桥的东西两端各有桥塔，在桥的东端，可以看见桥西塔后面的尼古拉教堂（这座城西的尼古拉教堂亦大有来头，与旧城广场的那座同名）。再来横亘在山岳上一大群建筑就是旧王宫所在了。这群王宫建筑包括几种不同风格的宫殿及教堂、礼拜堂，捷克人统称之为“布拉格堡”，或者直称“城堡”（Hrad）。教堂里面最为高耸的就是圣维特教堂，它是捷克境内最大最高的教堂，也是历代帝王陵寝所在。由于城堡的形成，跨越了好几个世纪，在远处看，它庄严雄伟，但是近来看，就因为距离不够，建筑物之间反而显得限隩狭隘，所以要观察布拉格城堡的气势，最好的地方就是在查理桥上。

走在查理桥上除了可以饱览伏尔塔瓦河两岸的风光之外，桥上的石雕也是最吸引人的艺术品。说起查理桥上的石雕像，其实是泛泛之说，并不精确，原因是其中也有铜雕作品。大部分的主题都跟基督教有关，但有些不见得关系那么密切。譬如说东塔左边算来的第二组雕塑，是一组以 St. Ivo 为主体的塑像，St. Ivo 在天主教里是主司法律的圣人，所以他的右侧似一尊蒙眼的女神，手持长剑，蒙眼表示公正，长剑表示正义，左侧则是一些痛苦无告的人们，包括老人、小孩与寡妇。这个塑像原件由布劳恩（M. B. Braun）于 1711 年雕成，现在桥上所看到的则是复制品，是由弗朗齐歇克·赫格泽尔（František Hergesel）在 1908 年雕制，由查理大学法学院的校友所捐立的。

查理桥上的雕塑品，最早起源于 1402 年石桥初落成的时候，后来石桥的十六个桥墩上，都立起了雕塑品，所以今天盛大的景观也是逐年形成的。现在立在桥上的雕塑，大多是后来的仿制品，有的真品已毁，有的真品被别国掠夺走了，剩下的一些真品，捷克政府收藏起来了，放在室内以便保护。在布拉格城北，观光客不太找得到的地方，有座石雕博物馆，捷克人称作Lapidarium的，里面收了大部分仅剩的真品。

十七世纪的前期，因为种种原因，捷克曾与欧洲许多国的联军对抗，捷克打败了，这就是有名的“白山战役”。胜利的一方包括从瑞典来的军队，瑞典人战后在布拉格掠夺了许多“战利品”，其中有几尊查理桥上的雕像。1997 年 11 月，瑞典汉学家马悦然来查理大学讲学一个月，因为都是在东亚系，我们竟然成了“同事”。一天我们从查理桥上走过，他说幸亏桥上的人不认得他是瑞典人，否则就会对他不客气了，他指的就是这一件事。“你不用担心，”我说，“桥上的人大都是游客，他们不会对你有敌意的，而捷克人呢？也很少有人记得三百多年前的事了。”

我们还没有到城外去呢，也只提到还没到河西岸的“小城”，仅只停在查理桥上，就说了那么多话。布拉格的故事跟扬州城、苏州城一样多，要说呢很可能几天几夜也说不完。旧城的西北角，就是有名的犹太区，里面的风味与布拉格其他地方几乎完全不同。当然，我们也没到“新城”去，新城（Nove Mesto）是相对旧城而言的地区，而这新字，却也历有年所了。原来新城是查理四世即位后，为布拉格城努力开展出去的新领地，距离今天，也有六七百年的历史了。

到处是历史，到处碰得到鬼魂与幽灵。在布拉格阴气太重的人是不太适合居住的，他可能随时被不干净的东西吓到，阳气太重的人也不适宜，因为他感应比较迟钝，但假如不能“感应”历史，不能与过去的人与事相处，那又何必来布拉格呢？

有人说布拉格是建筑学的博物馆，的确很少地方能像布拉格一样，能在徒步的过程中，看到整个欧洲千余年的建筑群像，而且历历在目，鲜有遗珠之憾。有传统的罗马式、文艺复兴式、哥德式、巴洛克式，十九世纪后，又有新古典主义与浪漫主义影响下的建筑风潮，二十世纪的新艺术及立体主义、表现主义风格也在建筑学上展露无遗，在布拉格俯拾皆是例证。然而称布拉格为建筑学的博物馆也有不适宜处，原因是存放在博物馆里的东西都是已使用过的东西，都是“死”的，而布拉格的建筑，不论是哪一种风格的，现在大多依然在使用之中，而且充满普罗大众的风味。我曾在一条文艺复兴式的长廊上看见一个妇人在晒棉被；教堂的巴洛克高塔遮不住所有的阳光，旁边的草地上，一个小女孩自言自语地玩着办家家酒的游戏；一条短短的甬道，里面藏着一家小小的酒馆，铺路的工人暂时放下工作，随便擦一下手，就站着喝完一杯啤酒，然后继续干活。不像巴黎、维也纳，布拉格的古典是存在于生活之中的。

所以在布拉格散布是最愉快的。所谓散步，是没有计划，信步而走，欲停则停，欲行则行，而布拉格的最佳风景，大约都在散步可及的区域之内。累了，可靠在石桥的栏杆上稍事休息，到处都有咖啡厅和酒馆，还有小型的书店画廊以及标着 Antique 的古董店。在布拉格千万不要在聚集着观光客的咖啡厅喝咖啡，那里的咖啡贵不要说，大多是卡布奇诺之类的大众口味，淡又散漫。只要弯一两个小弯，你可能在巷底看到一家顾客寥落的咖啡厅，那里坐的大多是当地人，你跟店主点一杯捷克人喜欢的土耳其咖啡，一杯玻璃杯倒有半杯是咖啡渣，不要搅动它，等渣子都沉淀好了，这时的咖啡热度也刚好适口。喝酒也不要在观光客多的地方，你要找“地下”酒馆，当地人把只有当地人知道的酒馆称作地下，大约是以往对抗纳粹时的用语遗迹。地下酒馆往往在一条冷巷中，外面阒无一人，推开原木门，穿过甬道，则人声鼎沸，酒香满室，在这里才能喝到正宗的波希米亚生啤酒。

他只得在便条纸上任意地写些谜语般的句子，画几笔只有自己看得懂的插画，然后趁着假期，躲进他妹妹在布拉格城堡黄金巷租的小房子里，写他的小说，与他故事中荒谬的人物相遇。

碧珊　绘

◎ 大提琴家的左手

这是很久以前的一场经历。

演奏会结束了，我们到后台去向这位国际知名的大提琴家致敬，这位俄国血统的大提琴家十分热络好客，他曾说他一生最喜欢朋友、提琴和伏特加酒，而这三个东西都是从 F 这个字母开始的，所以有人叫他是三 F 音乐家。这是站在他旁边的一位友人向大家介绍时说的，大提琴家连忙说不，他说："我是四，第四个是女性（Female）。"

"那好，"在他旁边的友人笑着说，"等下大师和各位寒暄时，男性朋友一律握手，女性呢，一定要亲吻哟！"

他的话引起一阵大笑。"大师"并没有要求和所有女性亲吻，只是对比较胆小害羞的小女孩逗着玩罢了。我们走到他面前，他伸出右手跟我握手，我说："真是漂亮的演奏呀！尤其是勃拉姆斯那首。”“我也觉得。”他十分高兴地将他的左手压在我被他握着的右手背上，我突然觉得手背一阵刺痛，像是被什么割着似的，但当时为了礼貌，不好意思缩手，他一定看出了我的表情，将他左手在我面前扬了扬，说：

“比木匠还粗的一只手，是吧?”

那确实是比木匠还粗的一只左手，拇指和食指中间虎口的地方，长着一层像脚后跟的厚茧，而从食指到小指的指尖部分，也都长着一种像蹄一般的粗皮。这些蹄状的粗皮，如果盖住他的指纹，那他就成了没有指纹的人。当时我想，假如指纹也长在粗皮上面，那他的指纹势必改变了原来的排列；我不该这么想的，原因是这不仅不好玩而且偏离了重点，那重点是什么呢?

我抬头看这位面容美好、神采奕奕的乐坛大师，谁会想到他的手是那样地粗糙呢。后来我才想到，那只长着厚茧的手，每个指头都因增生的皮质而变形，是因为他数十年来夜以继日练琴的缘故，虎口的厚皮，是在琴梁上摩擦出来的，四指上的蹄状粗皮，是按触琴弦而长出来的。那绝对是一只粗糙而丑陋的手，但美丽而神奇的音乐却由那里流出，像汩汩不断的清泉，可以拿来止渴，可以拿来明目清心，更可以拿来荡涤人的灵魂。啊，这样的音乐，原来来自一只已显然变形的手。

后来我听说，拉小提琴和中提琴的乐手，也会得同样的毛病。他们的手因为长时间在把弦上紧压琴弦，都会长出厚茧来，但究竟比不上大提琴，因为大提琴的把位较宽而琴弦较粗的缘故。另外低音提琴的把位更长、琴弦更粗，但一是低音提琴演奏的机会不多，二是低音提琴很多时候是拨弦用来作打拍子的乐器，所以低音大提琴手得这个毛病可能不太严重。不过据音乐界的朋友说，手指上长厚皮，在弦乐演奏家身上来讲，是再正常不过的事了。

还有一种“形象”极为优美的乐器——竖琴，是一种纯粹拨弦的乐器，担任演奏的，通常以女性居多，以致使人联想，竖琴家一定需是女性才行。演奏竖琴，须用十指拨弦，因此竖琴演奏家势必十指都会长出茧来，比起大提琴家，他们付的代价可能更大呢。

任何一方的成就都需要有真的本事，当然也要有机会，但机会只对有本事的人才产生效果。本事不是凭空得来的，一定要经过磨炼甚至苦练，这是重要的关键，然而一般人却往往忽略了它。

我曾不止一次地把这个经历告诉我课堂上的学生，大多数学生都不太注意我的用心所在，我想强调这么美丽的音乐，原来来自那么不美丽的手……有一次，一个学生打断我的话，他问：“老师，那位大师究竟有没有亲吻女孩呀?”引起全班大笑。

（小记）

这篇文章的主角，对音乐熟的人一看便知道指的是俄国大提琴家罗斯特罗波维奇（Mstislav Rostropovich，1927—2007）了，罗氏来过几次台湾地区，也曾以指挥身份带领美国华盛顿国家交响乐团来台演出。文中说的“四 F”，要做点说明，其中朋友与女性，英文都以 F 起头没问题，另提琴与伏特加酒，都是以 V 字母起头的，但提琴英文也作 Fiddle，有部好莱坞电影名叫《屋顶上的小提琴手》，英文片名叫 *Fiddler on the Roof* 可证；伏特加英文作 Vodka，欧洲也有把前面的 V 写成 F 的。

另，此文曾被台北的东吴大学选入语文课本。

◎ 长笛

每个人都希望他的一生过得多彩多姿，因为照佛家的说法，成为一个人确实是不容易的，世上的生物有胎生、卵生、湿生、化生四大类，即以胎生一类而言，也有成千上万种，所以在世为人，是几千亿分之一的机会啊，怎么能够不好好地把握。但是要怎么“把握”呢？当人生进入做父母的阶段，会忽然发现自己的人生已“溜走”了一大部分，现在儿女出世，自己的错失千万不能发生在下一代身上。于是当儿女才牙牙学语，就报名让他参加儿童英语班，当儿女才刚走得稳路，就让他参加舞蹈班。小孩学着电视里的歌星唱歌，就觉得他必然有音乐的天分，让他去学小提琴、钢琴，当孩子才晓得了十进制，就觉得他是数理方面的天才，让他去学计算机、珠算……现代的父母，不见得都是没有知识的，他们会说：“我并不要孩子成为李政道杨振宁，拿诺贝尔奖，我之所以如此，是要给我的孩子比我这一代的人更多的机会罢了。”

问题是我们要给孩子多少机会呢？人生只有一个，任何人所能走的路其实只有一条。举例而言，一个选择音乐的人，恐怕要终其一生的在音乐这条路上走，走的里程愈多，改变途径的机会就愈少；很简单，他每天用在他专业上的时间极多，已经耗尽了他的精神，他实在已经没有力量在另一条路上迈开步伐。同样的，一个从事文学、一个从事科学的人，只要走进他的那一条路，就很难能够走出来了，为他提供那么多机会，其实也是枉然的。

好像是托尔斯泰说的，富人的房子够大，但使用的空间不多，因为他躺下来，所占之地也不过七尺罢了。

上个星期的某一天，黄昏时分，我为了躲避下班的人潮，走进一家专卖CD唱片的唱片行，三楼古典乐部正在播着录影带，原来是一部介绍二十世纪著名指挥家的片子。老一辈的，有福特万格勒、托斯卡尼尼、瓦尔特、克伦佩勒、毕勤与巴比罗利等。那时的片子，多是黑白的，声光不够好，但这么多历史上极负盛名的指挥家在眼前出现，不管影片是多么粗糙，仍然是令人震惊的。

影片介绍意大利指挥家托斯卡尼尼（Arturo Toscanini）时，一位学者说他是一个表面浪漫，但实际却是十分细心而严谨的音乐家，他一生从事指挥的最大成就在于忠于原作。影片里有一段1952年他指挥纽约爱乐演出的实况，他风度翩翩，面孔的线条极为优雅，那时他已85岁高龄，依然可算是个美男子呢。他指挥动作流畅而幅度极大，足见他生命力的旺盛。那次演出的曲目我已经不记得了，奇怪的是令我至今难忘的不是影片中那个英气四射的指挥，而是在影片中出现了三次的一个长笛手。

那个长笛手名叫什么呢？我当然不知道。他是一个大约四十多岁的中年男人，头已经有点微秃，他的位置和其他的交响乐团一样，被排在乐团弦乐部中提琴手的后方，正好在乐团的中央。一般乐团里长笛的右边通常是短笛，左手边则是单簧管，后方的是双簧管和巴松管，这位长笛手的前后左右大致和一般乐团的没有两样。我为什么详细地叙述他在乐团中的位置呢？因为除此之外没有其他可以叙述的。由于影片是以指挥为主，乐团部分只被偶尔“扫到”而已，看不太出他们演奏的状况，何况，这位长笛手三次被镜头扫到的时候，正好是他无须演奏，静坐在那里的时候。

在这部介绍指挥家的影片中，乐团的成员，其实都是配角罢了，我们这位长笛手，更是个无声的配角。这位长笛手，我当时想，是不是在他刚开始人生旅程的时候就“立志”做配角的呢？他父母在训练他成为一个音乐家的时候，恐怕有更高的偶像来期许他吧。但在托斯卡尼尼的光辉下，他以无声的姿态，前后三次出现，也不过十几秒钟而已。其实能加入纽约爱乐，已经算是乐坛的翘楚了，一个长笛手要想成为蜚声国际的独奏家机会是不多的，要想成为一个乐团的指挥，机会更是微乎其微。既然选择长笛，就应该明白它是不太容易出线的行业，要安分地在乐团中做一个合奏者，四十余岁的他，应该已经了悟，人生虽多彩，但能走的路只有一条啊。

1952 年之后的第五年，托斯卡尼尼就去世了，那位长笛手如果还在人世，今天算算也该有八十多岁的年纪。有时候，人生还确实是漫长的，然而真想做些事，也不是那么容易。大部分人一生所做的，只是在烘托一个特殊人物的成就，就跟那部黑白影片所呈现的完全一样。

◎ 夏日的音乐

夏天因为气温高，静则昏沉欲睡，动则汗流浃背，往往让人心浮气躁，很少有人能够定下心来观赏万物、聆听众音。而其实，夏天是万物滋生茂密的季节，大自然的“天籁”也极为丰富，程明道说：“万物静观皆自得”，夏天是一个饱满又自得的季节，在声音上尤其如此。

初夏时分，在台湾最容易听到的是白头翁的叫声，它们的声音婉转亮丽，当然不如黄莺那样像珠玉般的温润，但清越嘹亮则大有过之。黄莺是笼子里的啼声，而白头翁则高立树梢，代表了自由的自然原声。

盛夏一到，白头翁就“消音”了，榕树下是细琐的麻雀声音。麻雀喜欢叫，但只有单声道，只能发出“叽、叽”的叫声，未免单调，然而一群麻雀从树上展翅，或者在地上起飞，鼓动空气发出“吐噜”的响声，却也令人印象深刻。还有一种比麻雀还小，除了翅膀浑身是绿色，眼睛边上则有黑白条纹的鸟，俗名叫作“绿绣眼”的，叫声则更为细小，像小提琴以弱音击弦，仔细听的话，是十分悦耳的。

有时令人昏昏欲眠，有时又令人精神一振的，就只有蝉声了。台大校园的蝉声极为有名，它们喜欢高高地在一种名叫白千层的乔木上嘶叫一个夏天。上百只蝉同时叫起来，会形成一种极大的气势，那种声音会把人的神经拉得紧紧的，但时间久了，就特别容易困乏。

夏天一到，唱片行的生意就进入淡季，原因是在热天，很少有人能定得下心来听音乐的。但从另一个观点来说，热天使人烦躁，更需要音乐来稳定情绪，所以唱片不该卖不出去。不过，生意好不好，不是应该的问题，而是事实的问题，我问过几个唱片行的伙计，他们都摇头说不好，今年尤其不很景气。

其实有许多音乐是适合夏天聆赏的。夏天不要听编制大的交响曲、混声合唱及铜管乐之类的，那些都太激昂了，会让人热血沸腾。布鲁克纳的交响曲尤其不适，因为太过繁复了，这时候东方的极个人化的音乐，就显示了优点。低音箫和古琴的声音，沉思而宁静，可以将人带入悟境。东方音乐，不重视“科学的”记谱，音位和节拍伸缩性很大，所以演奏的时候，比较容许个人风格，再加上传统的东方人视琴棋书画为一家，音乐、美术、文学和生活是一个整体，因此一个演奏家绝不仅仅是个演奏家，而是个生活家，一个哲人。他们的音乐和他们的人一样，充满了智慧和远距离的美感。

巴赫为独奏乐器所写的音乐，其中颇有这类的风格。巴赫为小提琴、大提琴、长笛以及大键琴（harpsichord）都写了数量相当多的组曲（suites），大键琴的乐曲现在多用钢琴代替，这些作品，都不是大规模的合奏曲，所以音量都不很大。巴洛克时代的音乐，讲究典雅冷静，不像浪漫派的强调感情，有时候，像数学的排列组合，几个音程的反复变化，竟然能够完成晶莹剔透的艺术精品，确实令人赞叹。由于巴赫在这些乐谱上，很少作强弱快慢的注记，因而演奏家特别容易表现自己的诠释，像钢琴曲吧，古尔德（Glenn Gould）、肯普夫（Wilhelm Kempff）及里赫特（Sviatoslav Richter）都是大家，演奏巴赫的同一个曲目，竟然常出现完全不同的风格。巴赫的音乐谈的不是人生哲学，比较像是数学游戏，有排列与堆栈之趣，一进入他的世界，便自然入迷；好玩的是，每题的答案都不相同，当你试图找寻解答时，哪怕盛夏的气温已达三十五度，你都会暂时忘了呢。

◎ 谢幕

里赫特（Sviatoslav Richter）死了，二十世纪的钢琴大师辈的人物，在他之后，似乎一个都不剩了。

里赫特跟其他大师不同的是，他“擅长”演奏的曲目极广，而都有极为精彩的演出，这一点，是其他演奏家很难望其项背的。譬如提起巴赫，我们一定想起古尔德（Glenn Gould）；提起贝多芬，我们一定想起巴克豪斯、肯普夫（Wilhelm Kempff）；提起拉赫马尼诺夫、普罗科菲耶夫、斯克里亚宾这些俄国近代作曲家的作品，我们一定想起霍洛维茨（Vladimir Horowitz）；提起德彪西，我们一定想起吉泽金（W. Gieseking）和米开兰基里（A Benedetti-Michelangeli）；提起肖邦，我们一定想起鲁宾斯坦……这些演奏家似乎已经和他们演奏的作品结合在一起。老实说，这些大师对他们擅长的作品，确实是最权威的诠释，这一点，是经过了长期的考验，没有什么人会怀疑的，但是超过了范畴，他们的发言就不再那么有力。有一次听巴克豪斯弹勃拉姆斯的一首曲子，有气无力的，似乎完全搔不到痒处，如果不是先看到唱片封套上巴克豪斯的大名，真还以为是一个三流钢琴家所弹的呢。另外，阿劳（Claudio Arrau）弹巴赫，更是可笑极了，他在弹奏那首有名的 Partita 的时候，脚硬踩着钢琴的踏板不放，弄出和稀泥般的一片泛音，速度、节奏、音色一团糊涂，这哪里是巴赫的音乐？根本是小酒馆的一位乐师随兴地弹奏一个巴赫的旋律罢了。

这不是说他们不是出色的演奏家，而是他们有他们演出的范围，他们有所突破，但免不了的也有所局限。巴克豪斯弹贝多芬真是无懈可击，阿劳弹后古典时期乃至浪漫时期作家的作品确有精到之处，然而各有所偏，也各有所蔽，这是勉强不来的。

如果以这种方式来看里赫特的话，他无疑是超逸寻常的“十项全能”了。他弹巴赫，含蓄稳重，有极优雅结构美，这一点和古尔德强烈的自我风格是大异其趣的。我毫不怀疑古尔德对巴赫诠释的权威性，古尔德弹巴赫，令你沉醉，令你亢奋，但里赫特所弹的巴赫，冷静凝肃，偶尔透漏一些诙谐。他不卖弄技巧，更不卖弄情绪，里赫特在弹巴赫的时候，无疑是个拘谨而严守矩矱的演奏家呢。

并不是说演奏家在演奏的时候不能流露情绪，有些作品，是“必须”具有相当的情绪才能演奏得好，尤其是那些浪漫派的作品。但情绪这个东西，是十分不好把握的，演奏家的工作，基本上是“还原”作曲家想呈现的意象，演奏家是不能增添，也不能克扣的。作曲家的情绪如果是十分，演奏家在演奏的时候表现了十二分，就是过当，表现出八分，就是不足，要表现得恰到好处，确实不易。这一点，里赫特无疑是高手，他在演奏巴赫、亨德尔及一些海顿、莫扎特作品时候冷静，他在演奏诸如李斯特、拉赫马尼诺夫这些浪漫大师作品的时候，情绪高昂，形成那样强烈的“动态范围”，真令人惊讶，这是同一个人演奏的吗？

确实是一个人演奏的，这世界上恐怕也只有里赫特这样一个人能够把这完全不同类型的作品表现出来，而且表现得这么好。里赫特无疑是个学养极高、极具理智性的演奏家。这不是从他精擅古典派的作品而说的，历史上，“伟大的”、热情洋溢的钢琴家很少愿意替别人伴奏或者与别人合奏的，合奏的时候，必须尊重其他演奏家，伴奏则要知道自己配角的身份，要“压抑”自己的表现而让被伴奏的发声器驰骋音域、展露音色，在二十世纪大师级的人物之间，只有鲁宾斯坦、肯普夫及塞尔金（Rudolf Serkin）等人愿意和别人“合作”。里赫特绝大多数的时刻是独来独往的，然而他也谦和地愿意与人合作，与人合作他并不像演奏协奏曲时的独挑大梁，而是心甘情愿地在边上作一配角。他三十年前帮大提琴家罗斯特罗波维奇伴奏整套的贝多芬大提琴与钢琴奏鸣曲就是最有名的例子，罗氏的精彩演奏，老实说要感谢他的协助，里赫特的协助其实就是“控制”自己，不要让钢琴抢走了大提琴的风头，要知道贝多芬这五首奏鸣曲虽标明是为大提琴所写，而钢琴部分的表现有时比大提琴更出色。这说起来容易，但对大师级的钢琴家而言却是难上加难的，我时常想，这套唱片的钢琴部分如果换成霍洛维茨，或者换成米开兰基里会是怎么样的结果？

除非一时兴起，大师怎么样都不愿意当作配角的，而一个愿意作配角的大师，绝对是对自己和艺术有信心的人了，我们从这一点来看里赫特，便觉察出他的胸襟和涵养。里赫特不仅为人伴奏，我有两张亨德尔“键盘组曲”的唱片，是用现代钢琴演奏的（原曲是为大键琴而作），唱片封面写的是里赫特和另一位钢琴家的演奏，其实在其中，里赫特只演奏了一半的作品，另一半，是里赫特在为那年轻的钢琴家安德烈・加维尔（Andrei Gavrilbv）翻谱罢了。在一场即席演奏中，一个国际驰名的大师竟为一个名不见经传的钢琴家翻谱，光是这一点，里赫特就令人不得不肃然了。

提起里赫特，很难不想起跟他辈分相同，又是乌克兰同乡的钢琴家吉列尔斯（Emil Gilels）来。吉列尔斯的音乐外表峻嶒高耸，仿佛冷冷拒人于千里之外，而其实是热情的，里赫特的音乐外表温暖，触键通常不是那么刚健，但内容则森严内敛，反而显得冷峻。这纯是个人的感受，至于冷的好还是热的好呢？那就要看个人的嗜好以及聆乐时的心情来决定了。

这不是说里赫特以“冷”来处理他所有的演奏，而是在演奏同样作品的时候，里赫特比吉列尔斯冷一些罢了。里赫特也有他的热情，但经过一层特殊的处理，里赫特将他的热情把握得恰如其分，他不会伸展不开，也从来不会“滥情”。就以贝多芬的《第三十二号钢琴奏鸣曲》而言，我以为传世的录音中，很难有超过里赫特的那场1991年的现场演奏的了。奏鸣曲三十二号是贝多芬最后一首钢琴奏鸣曲，也是他临终前最重要的作品之一，这首钢琴曲有些神经质、艰深、高雅又超凡入圣，很少人能够把握这首曲子的神髓，那样婉约、那样浩荡、那样淋漓尽致地表现出来。

关于里赫特的音乐，一下子是说不完的，但再长的演奏，也有结束的时候。观众席上的灯光亮了，里赫特缓缓地站起来，向观众答礼。这次谢幕是真正地走了，没有安可曲，琴盖已经盖上，短期内不再打开，毕竟，二十世纪也即将过去了呢。

◎ 寻找光源

在布拉格，最好随身带着架相机，可以把好看的东西拍下来。好看的东西，往往在瞬息之间，失去再找，有时就找不到了。后来手机也能照相了，效果通常很不错，现在人也喜欢拍照，这点无须我提醒。1997 年我去查理大学任教时，手机并不普遍，也没照相功能，所以得带相机了。

我在布拉格的时候，外出在书包内常带着相机，看到有好风景，可立刻拍下来。要拍什么呢，这可不一定。布拉格号称欧洲的建筑博物馆，所以建筑不论大小，都很迷人。布拉格的建筑都很人性化，不像罗马、维也纳的很多大型建筑设了围栏，不让人进入，很多房子只让看，里面也不准住人的，有的辟为展览场，要买票才能进入，票价还不便宜，民居权属私人，当然更不允许进去了。布拉格的建筑，除了政府、学校有特殊用途之外，其他多是民居，都住有寻常百姓，管理不是那么严，居民生于斯长于斯，一切非常生活化。

布拉格城看起来真漂亮，但不像明星光有个好脸蛋而已，布拉格的漂亮是有内容的，内容就是生活。我1991年曾到过布拉格，那时当地生活还很穷，城里临街一些大房子，中间的天井往往还被人开挖出来种菜，很多住家把衣服晾晒在院子里或朝内的阳台上，小孩则在走廊楼梯口跑跳嬉笑，热闹嘈杂，跟北京胡同里的大杂院一样。1997年重去，街道已被刻意整顿改善，旧房都整修粉刷过了，又显出历史的辉煌，但那是外表。推开大门进到内院，仍积习难改，到处有不该有的杂物，有阳光就有晾晒的五彩衣服，还有奔跑嘈杂的小孩。我对井然有序没太大兴趣，零乱有时代表了真实的生活。

布拉格的好看，除了个别建筑，主要还在街道设计。在新城(这名称是七世纪之前有别于旧城叫出来的，也有七八百年历史了，在伏尔塔瓦河的西岸)，由于靠山，所有道路都是弯的。在旧城这区也一样，笔直的大道只有国家博物馆前面的瓦茨拉夫大道（Václavské nám)，便是国家博物馆到地铁大站Můstek那一条，那条大道其实是广场，给国家庆典用的，平常街边人行道上多是咖啡座，挤满了游人，有点像巴黎的香榭丽舍大道，除了这条大道之外，所有街道不是斜就是弯，尤其是密布的小街小巷，把一座城割裂成一座迷宫。

到处是令人惊艳的古建筑，经过时总想拍它下来，但在小巷中，有时取景不易，必找宽敞一点的地方，但等你找到较宽敞的地方可照了，前面又展开了另一套更值得拍的风景，像这样，你只得跑东跑西，忙着帮新旧的景点各照几张。旧的相机是要换底片（又称胶卷）的，通常一卷可照三十六张，如不巧已照完了，得把用完的旧底片取出，把新的换上，还得费时伤神的，有些相机换底片不很方便，就更麻烦些。布拉格总是让人应接不暇。

由于街巷弯曲，建筑的方位都不相同，就算同样的房子，因朝向有异也显得错落有致，而大部分的民居都设计得不同，所以都很有可观之处的。布拉格对建筑的法规很严，居民也守法，不会乱盖，也不能乱盖，居民要稍加变动，政府会出面干涉的。我听大学的朋友说，布拉格的都市规划非常严格，譬如外墙如不是石面，都得是黄的，屋上的瓦都得是红的，黄、红的颜色也有规定，不能乱来。朋友告诉我，我到的前两年，城里开了家麦当劳快餐店，开店的人要跟世界各地一样，要把他们的商标一个大大的 M 字竖立在屋顶，被政府阻止。想不到主人是美商，是要争权益的，不惜花钱也要打起官司来。后来法庭准许他们设标志，但只能设在店内朝外的窗户上，大小不能超过窗玻璃，不准设在外面，也不可将广告高立起来破坏城市的天际线。以此看来，布拉格对建筑景观的维护，是不遗余力的。

布拉格曾有千塔之城的美誉，千塔表示塔多。塔多是城堡或教堂多的附属品，城堡多用以瞭望。教堂附设的高塔，上面通常悬有各式的钟，敲钟是提醒民众该要上教堂礼拜了。钟声也有报时的作用，有的教堂在塔上还平贴着一面钟，让人知道时间，就成为钟楼了。

我在布拉格时，住家在提恩教堂旁的小巷中，由于是建筑的最高层，窗外对着提恩教堂的石制双塔。教堂是哥特式建筑，而大门口的双塔结构繁复。哥特式建筑都讲求高度，提恩教堂当然建得很高，双塔是旧城的最高建筑。双塔的最高处，塔边有尖形物，顶端又顶着金色圆球，便成了塔上有塔的景象。双塔石制，一式一样，因时间久了而变色，墙角的石头黝黑，墙面深黄，与塔顶金球相映，显得非常特殊。因住在边上天天看，发现两塔其实在粗细上是不一样的，后来查史料，才知道一方曾被毁过，是后来补建的。

布拉格是最适于照相的地方，一栋建筑晴雨晨昏，因光线不同，各有姿态。当然加上人作陪衬，让不能动的景物也有“动感”了。

我不配称为一个摄影家。首先，我没有完备的专业器材，我只有一个固定焦距的 Leica M6 相机，全机械的操作方式。我使用它已十余年，因为它坚固，方便又准确。另外我还有只辅助器材，就是更为老旧的 Nikon FM2，也是手动的。我简单的器材使我在摄影的时候不太依靠快门，而是依靠我的眼睛及长期累积的视觉经验。我出门，多带着 M6，因为它小巧些，这相机配着的 35 mm 的 F-1.4 镜头，是光学上的极品——这镜头曾被日本的摄影迷称作“神之光”的。我还有一个 70 mm 的望远镜头，是专照特写用的，由于稍长，不很方便，平时出门不带它。

当然更依靠的是光线，假如光线不存在，视觉就不存在，因此寻找光源，是所有照相的人第一件要做的事。光线大多来自太阳，晚上则来自月亮、星斗，有的是灯、是烛火。光线移动，前面的景象也随着改变，火熄了，光灭了，世界也不见了。有的光很特别，照出来的景观就很不同，同样的景物，就可能产生许多歧异的解释。特殊的光造出特殊的文化，造出特殊的历史、特殊的文学和艺术，它们又影响了哲学家的玄想，形成建筑师的幻梦……

幽暗地方的光，特别值得珍惜。

有的光很特别，照出来的景观就很不同，同样的景物，就可能产生许多歧异的解释。特殊的光造出特殊的文化，造出特殊的历史、特殊的文学和艺术，它们又影响了哲学家的玄想，形成建筑师的幻梦……

碧珊　绘

跋

从现在算，这套散文集是我较晚在大陆出版的书，从写作而言，却是比较早的，在台湾曾分别出版过，是我较早出版过的文字。

但取名叫《巡礼之年》是新的，内容包括之前出版过的四本书，第一本叫《三个贝多芬》（1995），后来三本分别叫《冷热》（1997、2011）、《布拉格黄金》（2003）与《风从树林走过》（2007），除了第一本《三个贝多芬》是台湾九歌出版社出版的之外，后面三本都是台湾尔雅出版社出版的。

我写作的时间算起来并不短，在中学任教的时代就开始写作了。大约是二十世纪七十年代吧，我曾应邀在台湾的几个报纸写专栏，专栏通常是理性的，但登在副刊上的，可带点文艺气质，无须正经八百，出些怪论也无所谓。我曾热衷艺术，也写过一些不成熟的艺评，当时写作多用笔名。我对自己不善顾惜，知道自己的东西属于“敝帚”一类，没有“自珍”的理由，报纸看过就算了，事后没有收集，久了就找不到了。这习惯很好，因为那时候写的，现在要再看到，只有羞愧跳海的分。多年之后有两篇写我为主题的学位论文，作者亲访我时往往问我早年写作的经过，我搪塞说，你要是知道详情，就万万不会写我了。

我记得我最早出版的书是一本小说集，书名是《日升之城》（1987，圆神），出版时用周东野的笔名，看起来像古人一样，里面的几篇短篇小说，大约是逃避自己写博士论文的压力而陆续写成的吧，大多刊登在当时的《中外文学》月刊上。《中外文学》是当时"比较文学学会"办的学术性刊物，由台大外文系主编，有趣的是除了硬邦邦的学术论文之外，每期都会刊登一两篇小说或现代诗。我投稿时，《中外文学》的执编是才气纵横的诗人杨泽，那时他还是外文系的助教，而我在中文系读博，在学校我们应是见过面的，但我投稿总用邮寄的方式，用的又是笔名，弄到很多年后他从普林斯顿拿到博士学位回来，才知道写小说的是我，也算有趣的事。

除了《日升之城》外，之后我还出过一些时事评论集，就是《在我们的时代》（1990）、《瞬间》（1992）两书，由三民书店出版的。两书文章是我在报社任主笔时写的，文章发表时有些具名，有些不具名，具名要"文责自负"，不具名就代表报社意见，"文责”就由报社来负了。我任主笔的报纸是民办的，老板又是自由主义的信仰者，充分尊重主笔的意见，所以当时我很自由，可以选择自己想写的题目，文章也容许我发挥自己的看法。

之后出的如上面所说四本书都是散文，不是小说与评论了。我对自己的事总不善经营，包括写作。对我而言，写作虽然严肃，但我在处理的时候总不免率性，难免自以为是，有时又“幽独”了些，出了书，只想藏起来，不会主动示人，我知道这是不讨人喜的。小说家水晶（杨沂）曾批评我，说我文章写得不错，可惜在文坛没有名气，曾说文学要互相帮衬，劝我多参加点文友的活动。他说我文章不错我不敢承认，但说我没名气倒是真的。每听他这样说，我总想起有“千秋万岁名，寂寞身后事”的杜诗来，尽管杜的“千秋万岁名”指的是李白，一般人是担当不起的。但即使像李白一样有名了，身后不也一样寂寞萧条吗？那名声又有什么用呢？

这都是闲话，都可以不说，只是得知道，有时不经意的事反而更“正经”些。现在转过头来谈这一套小书。

2019 年 11 月，我应邀到江苏泰州开一个有关阳明学的会议，场地选择泰州，当然跟阳明后学的泰州学派有关。会议结束后经过上海回台，那时我一本名叫《论语讲析》的小书正好在北京出版，策划单位活字文化公司跟北京出版社因我便利，就在上海的大隐书局办了场新书活动（这活动后来在苏州与南京也各办了一场）。上海的一场邀请了复旦大学的傅杰教授与我对谈，来的读者朋友很多，对我而言，那次聚会真让我受益良多。来会的众人中，有一位比较特殊，是我好几年之前在台北认识的王睿。她也跟着人买了书要我签名，当时我非常高兴，想跟她多聊一下，但会场有客人，要照顾的事杂了些，我总觉得对不起她，冷落了她。

王睿多年前在复旦读书，曾到台北的东吴大学做过交换生，她在东吴的时候跟中文系的鹿忆鹿教授熟悉，鹿老师总带着她到处走，我一次应鹿老师邀到东吴演讲，便也认识了王睿。王睿复旦毕业后，在上海社会科学院出版社当编辑，上海社会科学院出版社是很有名的出版社，出了许多社会科学的好书。我回台湾后，王睿就跟我书信不断了。

她顾念旧情，来信说有个心愿是想由她工作的出版社帮我出本书，问我的可能性。我说，你们出版社出社会科学书籍有名，我只有做忠实读者的分，是没有资格让你们出书的。但她力图说服我，寄来他们历年出版过的图书目录，发现里面也有文学书，数量少了些，但光看作者与题目都是极好的文学书。几次通信后，我游移之心终被说服。我说我的几本“近年”出版的书，包括散文与评论，大陆都出过了，只有几本比较早的散文没出过，但这几本书规模小些，文字也短，恐怕不能以原来的模样出版。我们后来又通了不少信，终于决定把四本书依性质打散开来，分别编成三本小书，想了很久，也讨论了很久，才将三本书编成，书的总名叫作《巡礼之年》。

为什么叫作《巡礼之年》呢？有点复杂，得从李斯特说起。

我曾在此间的《文讯》杂志写过篇《巡礼之年及其他》的文章，是谈李斯特与他的钢琴曲《巡礼之年》的，全文也在北京的《读书》杂志（2020年9月号）转载过，原文如下：

> 李斯特（Franz Liszt，1811—1886）是个很特别的人物，即使他不是音乐家也是。他跟女人的关系很复杂，因为他是天才，人也长得帅。年轻时爱他的女人很多，但他对爱他的女人总是没太大兴趣，跟不该跟他有缘的，却纠缠不舍。1833年，他在巴黎认识了一个伯爵夫人名叫玛丽亚·达古（Countess Marie d’Agoult，1805—1876），相爱后便赋同居，不久迁居瑞士。这位伯爵夫人比他大六岁，而且有婚姻在身，之后帮他生了三个孩子。

后来当然分开了，李斯特过了一段自由放任的生活，在欧洲各地旅行，也到过英国与俄国。1848年，他在乌克兰基辅与俄国亲王王妃维根斯坦（Carolyne zu Sayn-Wittgenstein，1819—1887）谱出了一场恋曲。维根斯坦有波兰公主的头衔，同样是已婚，两人恋爱断断续续拖了十多年，闹得欧洲乐坛沸沸扬扬。公主信的天主教，规定不能离婚，这次恋爱最终弄得不了了之。李斯特伤心之余，便有遁入空门之想。

李斯特与伯爵夫人生的二女儿叫作柯西玛（Cosima Liszt，1837—1930），也很有名，她曾与名钢琴家与名指挥家彪罗（Hans Guido Freiherr von Bülow，1830—1894）结婚，后来又嫁给作曲家瓦格纳（Richard Wagner，1813—1883）。这事有点奇怪，彪罗本是瓦格纳的学生，哪有做老师横刀争夺学生之爱的，但彪罗似很认命，在柯西玛帮瓦格纳连生了二女一子之后，终于答应跟她离婚。柯西玛帮瓦格纳生了二女一子，大女儿叫伊索尔德，小儿子叫齐格弗里德，要知道瓦格纳有出极有名的歌剧名字就叫《特里斯坦与伊索尔德》（*Tristan und Isolde*），而1870年当柯西玛得到自由后，瓦格纳正式迎娶她，送给她一首极浪漫又静美的曲子，叫《齐格弗里德牧歌》（*Siegfried Idyll*）。作品都可见到儿女名字，也见出瓦格纳极深的情意，可见他们两人相爱并不是玩假的。

瓦格纳太有名，就无须细说了。谈起感情上的苦主彪罗，在音乐上他也顶顶有名。当年他任职慕尼黑皇家歌剧院，瓦格纳的歌剧《特里斯坦与伊索尔德》（1865年）和《纽伦堡的名歌手》（1868年）都是由他担纲首演指挥的，对瓦格纳而言，这两场首演的成功非常重要。同时彪罗也是二十世纪有名的钢琴家鲁宾斯坦、肯普夫与作曲家理查德·施特劳斯的老师，更重要的是他是至今享有大名的柏林爱乐的第一任音乐总监及指挥，任期是1887—1893年，交卸了指挥棒几个月后他就死了，所以在欧洲乐坛，彪罗也是极为有影响力的人物。

回头谈李斯特，前面说他与公主的苦恋无法修成正果，当时便想遁入空门，而他确实做了。1865年他正式发愿并通过仪式成为天主教神职人员，有人称他做神父去了，其实不是，他最初在教会做porter，lector，exorcist与acolyte，都是不高也不重要的位置，到1879年，他得到个荣誉叫做Honorary canon of Albano。Albano是地名，而canon这词不好翻译，大约是一个可经主教任命地区教会的荣誉名衔，这跟一般称作修士、司铎（神父的正式名称）、蒙席等有实际职责的人员是不同的，目前天主教似已没canon这种名衔了。李斯特虽“出家”，但还是很自由，可穿着神职人员的黑袍子到处旅行，此时的他已不宜公开演奏了，但作曲是可以的，也可指导学生。他很大方，指导学生分文不取，被他指导过的音乐家在法国有德彪西，在挪威有格里格，在俄国有鲍罗丁，这些音乐家之后都在各地发光发热。

再谈李斯特的音乐，也有点复杂，得先从他出生说起。他出生在奥匈边境奥地利一方，父亲是匈牙利人，母亲是德国人，他后来做了天主教神职人员，也常以意大利为家，年轻时在巴黎跟柏辽兹等人交好，音乐作品名称喜欢标示法文，这样说来，他是个名副其实的“南腔北调人”。提起格里格便想到挪威，提起西贝柳斯就想起芬兰，提起李斯特，你不太会想起匈牙利，所以他不是一地的音乐家，十九世纪欧洲人把欧洲当成全世界（其他叫世界外），他更算世界的音乐家。他父亲跟莫扎特的父亲一样，从小培植他演奏，他也天才，五岁便能公开演出，八岁就能作曲，九岁到维也纳，受教于乐圣贝多芬最重要的学生车尔尼（Carl Czerny，

1791—1857)，也亲见过贝多芬，据说贝多芬听了他演奏后极力称许过他。

但他太“神”了，别人的钢琴曲对他而言太简单，弹来总觉不过瘾，只好自己来写。他的钢琴曲，往往融入太多特殊的技法，像魔术表演一般，明明只用两手却往往听到四手弹出的效果，令人“耳”不暇给，要叫炫技派的大师非他莫属。他写过很多有特技表演意义的钢琴独奏曲，有组十二首钢琴曲集名叫《高级练习曲》(*Études d'exécution transcendante*) 就是例子，法文 d'exécution transcendante 就是英文 in increasing degree of difficulty 的意思，指钢琴要弹到“困难程度”之后才能弹的，一般人对这类作品还是敬谢不敏较好，否则容易出洋相。

他其他的钢琴曲，也多少有点炫技的成分，譬如《匈牙利狂想曲》(*Hungarian Rhapsody*) 与改编自帕格尼尼的小提琴随想曲与协奏曲旋律的钢琴曲 (*Études d'exécution transcendente d'après Paganini*) 都是。每次听了这些作品，都像风雨中开车走过断崖危桥，过是过了，但心中余悸，久久不能平复，这类作品我总是不那么爱听。

李斯特还有一奇处，他极喜爱文学，熟读古代与当代的文学作品，有时他把文学看得比音乐还重。他的两首交响曲都是基于文学，一首叫《浮士德》，一首叫《但丁》，还有他写了许多的交响诗（Symphonic Poems），这些作品也是从他所沉迷的文学而来，光看曲目就知道，如《普罗米修斯》《奥尔菲斯》《哈姆雷特》等。在他之前，已有“标题音乐”，他则大量使用，让标题音乐成为风潮。有个好处，结合了文学等于扩大了音乐的领域，但也有缺点，把音乐与文学做过多的牵合，对音乐也形成了一些阻碍，因为两者毕竟还是有许多不同处，很多地方，彼此是无法取代的。

他有组很重要的钢琴独奏作品集叫《巡礼之年》（*Années de pèlerinage*），这个集子大陆译作《旅游岁月》，不能说错，但没能完整达意，这三个法文字译成英文是 *Years of Pilgrimage*，后面一字中文是朝圣的意思，所以译成“巡礼”更恰当些。

《巡礼之年》包括了三大部分，每部分都由几个长短不一的小品曲组成。第一组名叫《第一年：瑞士》，第二组名叫《第二年：意大利》，第三组仅标“第三年”，没标地名。这三组钢琴独奏曲虽用同一个大标题，但其实是不同时代作的。第一组大约写在 1835—1836 年之间，当时他与伯爵夫人情奔瑞士，夫人并帮他产下一女，李斯特才二十四五岁，初次当父亲，是荡漾在幸福之下所写的，气氛是平静、幸福又优美。第二组是1838—1839年写的，1837年李斯特带着伯爵夫人与女儿到意大利，当年夫人又帮她生下第二个女儿，就是之后的瓦格纳夫人柯西玛，他在这组作品中不再像在瑞士一样到处游赏风景了，很多是写自己看了意大利的艺术与读了意大利文学作品之后的感想，所以有越往内心探索的意味。最重要的一首就是此组最后一首，名叫《但丁读后》（*Après une lecture du Dante*），这本是一首有头有尾的独立钢琴奏鸣曲，可能因为但丁是意大利作家，李斯特后来决定放在此处。这组作品原到第七首《但丁读后》就没了，后来李斯特又把1869年写成的《威尼斯与那不勒斯》（*Venezia e Napoli*）三首加了进去，成为这组的补遗，也因为所写的两地是在意大利吧。

第三组大约写在1877年左右，跟第一、二组主要的写作时间，相差有四十年之久了。这组作品写作得晚，内容也相当复杂，其中第一首《钟声响起!》（*Angelus!*）是为女儿柯西玛与彪罗生的儿子丹尼尔所作，第五首《令人流泪的事》（*Sunt Lacrimae rerum*）也是送给彪罗的，写在1872年，两年前彪罗答应柯西玛离婚，柯西玛随即下嫁瓦格纳，李斯特一定十分疼惜这个女婿，因而写了送他的吧。第三组的其他几首大多与李斯特晚年的宗教生活有关，写作这些作品时他已“出家”，此处就不细说了。

《巡礼之年》有个特色，就是写作的时期非常长，当然代表了作者很多时期的风格变化。为什么李斯特晚年，要把它们编在一块呢？说法很多，但莫衷一是，可能是把散落的作品整理在一起，为自己做个总结吧。从炽热的爱到冷冷的宗教之思，放在一起，整体上言，也有一种悬荡之姿的。

另个特色是这一组三套的作品，他舍弃了炫技的方式，前面两组有风景的流转，有观画、阅读的心情，最后一组，直探内心，有没有“入圣”不可轻言，但“超凡”是有的。可见晚年的李斯特确实有“豪华落尽见真淳”的境界，跟勃拉姆斯晚年的《钢琴小品集》（*Piano Pieces*）有相同的味道，我经常听，从不觉得乏味。

有关李斯特的事，还有很多。一年夏天我到布达佩斯，想去看看李斯特与巴尔托克的遗迹，旅馆服务人员帮我在地图上指点，有疑问又去问别人。有趣的是她跟我用英文说他们名字是Franz Liszt、Bela Bartok，而跟她同乡匈牙利人就叫他们 Liszt Franz、Bartok Bela，经询问后才知道匈牙利人跟我们中国人一样，是把姓放在名前面的，一时之间，觉得匈牙利人李斯特与我的距离更近了一些。

我大学毕业后，一度对在非洲行医的史怀哲（Albert Schweitzer，1875—1965）发生兴趣，读了一些有关他的书。史怀哲是德法边境阿尔萨斯人，生时属于德国，后来又属于法国了。我记得有本他的自传，里面谈到 1918 年他从行医的西非加蓬回欧洲家乡，正碰上第一次世界大战结束后的乱局，他竟在一艘挤满难民的驳船上遇到一位憔悴的老妇人，定神一看，竟是他早认得的瓦格纳夫人柯西玛，也就是李斯特的女儿呀。

世局转蓬，起落无常，在李斯特、瓦格纳与柯西玛身上，都看到变化的身影，其实换上别人，岂不也多如此吗？唯一不变的，恐怕是唱片里的录音吧，因为一经录好，就不能再改了。此刻我正在听《巡礼之年》的第二组里面的《但丁读后》，这曲子钢琴家弹得真好，录音也有极好的空间感，说也算巧，是李斯特匈牙利同乡钢琴家 Jenö Jandó 弹的呢。

以上是《巡礼之年及其他》的全文。读者看过后，大约知道我应王睿要求把我多年之前的作品收集在一起，重新编排成三本小书，是有一点李斯特当年的心情的。我没有李斯特的才气，感情生活也没他的“纵深”，用同样名字是三书的构成跟他的音乐编目有点相似。

除此之外，我喜欢“巡礼之年”这个名字。正如我前面说过pèlerinage这个字可译成巡礼也可译成旅行，译成巡礼只是多点宗教意含。不论巡礼或旅行，都会面对不同的风景，贯穿风景的是时间，而看风景的是人。体会了这层意思，便知道人即使在一地不动，而岁月不居，也算是在旅行的。

我大部分的生活是在台北过的，我的工作与家都在这里，书中大部分没特别点明的地方是台北。但就是写台北，也内外有别，有时写外面的风景，有时写内在的心境，有时兼有内外，只是比重有差吧。我曾在欧洲教书，在那儿生活旅行过，又因孩子曾在美国念书，也到过美国，书内一部分是写台湾以外的生活。但不论到了哪里，内在的中国因素是不变的，就是看洋人的东西，也总带着中国人的味道，这叫作“偏见”。文章断断续续地写，开始没有文学目的，生活的目的原不在文学的，不是吗？但后来写出来了，便与文学有了关联，而这份关联有时多，有时少，有时在形，有时又在意，要分也不好分。

谢谢内人周碧珊女士为我画的插图，让此书生色不少。谢谢上海社会科学院出版社愿意出版这套小书，更谢谢念旧的王睿，为此书所尽的心与力。

周志文

辛丑年（2021）春三月，写于台北永昌里旧居

◎ 编辑手记

认识周志文老师是在2010年的春夏之交，彼时我正作为两岸交流项目的学生来到台湾，享受难得的半年游学生活。太平洋的阳光微风和校园环境的温润充实，让时光仿佛流连在水彩画中。犹记得在阳明山间的林语堂故居，我们第一次见到周老师，一位说着标准普通话的鹤发童颜的老人家。

邀请周先生的，是台湾东吴大学中文系教授鹿忆鹿。虽羁旅学界，鹿老师却是不折不扣的女侠性格，与学生的交流也总是自由范儿。她称周先生为“学长”，我们也有些没大没小地跟在老师后面问东问西，所以虽是第一次见到周教授，我们的谈话在记忆中却似乎充盈着近乎同辈之间的欢乐。闲谈之余，周老师带给我们一些自己的散文集。这套书原初的四本“台版”集子——《三个贝多芬》《冷热》《布拉格黄金》《风从树林走过》，就是在那个午后不期而遇。犹记得周老师直言对这些“拙著”不要“当真”，然后认真地听我们聊环岛旅行，学着骑机车的声音告诉我们他年轻时同样热血的环岛游。我始终记得，那天午后的阳光特别明媚，随着周先生的讲述，故居墙上微笑着静默不语的林语堂先生，似乎也怡然中露出了开怀的模样。

美好的时光总是短暂而甜蜜，我们最后央求周老师为这些书题字。轮到我时，他挑出《布拉格黄金》，随手一翻便落到了《克里门提农》那篇：“俗世也是存在着的，热闹的查理街被厚墙隔着，其实就在教堂的另一扇门外”，周老师认真地写道……这原是文中再普通不过的一句话，但不知为什么，在整个下午的欢声笑语中，忽然就好像穿越时空的教堂钟声一般，击中人心。有谁曾体会热闹之后的突然寂静，热泪在心中汇成了河流，我想那大概就是我们生命中“一刻”之完足吧。周先生，他拥有这样的魅力。

回到上海，我开始时不时地拿出周老师的散文来读。那种在稀松平常中起高楼，既让人亲近又非常清远的味道，我说不出十之万一，但总能带给人拨开纷扰的静谧之气。这之后，我开始收集周先生的散文，其中既有鹿老师从台北特意带来的签名本《冬夜繁星：古典音乐与唱片札记》，也有这些年周先生曾经或陆续在大陆出版的《时光倒影》《第一次寒流》《躲藏起来的孩子》，以及“记忆三书”之《同学少年》《记忆之塔》《家族合照》。虽然不是每一篇都认真读，却每读必会叹服先生的渊博和纤敏。这些饱含深情的文字淡到极致，略有苦涩，却带着“儒者的风骨，艺术家的气质，宗教家的温柔”（高柏园 语），“在美与不美之上只是其本色遗响千古”（朱天文 语）。

再次见到周老师，已是十年后（2019 年）的秋冬之际，依然精神矍铄，依然鹤发童颜，感慨时光在他那里似乎未老去。此行周先生是为他的新书《论语讲析》做分享，耄耋之年的他，在浩如烟海的《论语》解读中愿意再书一笔，并且第一时间在大陆出版，我们并未从其一贯的淡然中得到太多解释。但可以肯定的是，周先生从中国古典文学的志业再出发（之后还会有《孟子讲析》《阳明学十讲》在大陆推出），重新诠释经典，一定有他作为知识人的责任和担当。这和从性灵出发的散文相比，似乎是不同的路径。

在主题为“人间的孔子”的分享会上，我又一次想起了《克里门提农》中那个光影折叠般神圣与世俗的隐喻。面对人生的不同境遇，置身时代的起伏变化，我们的内心可以获得怎样的滋养，来应对顺遂或无常，如何在有限的生存空间中汲取生命内在的广阔，我认为周先生的文字，是能够让我们这些“普通人”获得一些答案、少许安抚的。虽然在讲座现场，我激动得几乎说不出话，但还是在鹿老师的帮助下，终于和周先生又以邮件的方式“重逢”了。

感谢周先生的信任，在不断的沟通中，我终于从一个普通的读者，幸运地变成了书籍的编辑。像那个被领着来到周先生家门的“黄顺安”，懵懵懂懂地请求先生扎一个灯笼，却意外地收获了“默读一首济慈的诗”的宁静，见到了“吕阿菜”，和她握手笑一笑，又抬头望见提恩教堂的尖顶，仿佛听见了卡夫卡的脚步。

喜欢周先生的文字，是因为他是一个受困的人，却总能在生命的幽暗中寻找到微光；很早便认识到悲凉荒诞之于生命为本质，却依旧存赤心热胆于天地。他的幽独和审美，与其说是一种天性，毋宁说是和命运斗争中的习得。《巡礼之年》是先生大约50—60岁这段岁月中的沉淀，如果说“记忆三书”讲的是逆流而上，那“巡礼三书”便是大河涓滴入海的景象。这里有细小如公车对话的日常，也有夜晚停电突接宽慰的省思，有三月阳光下争吵的孩子和曝日的老人，也有羊蹄甲花燃烧般簇聚而无声的荣民老兵，有疯癫，有沉默，有蝴蝶般飘散的故事，还有存在与永恒，不解与等待……

林林总总的“配角”，构成了《巡礼之年》的盛大，而让所有这些平凡能够像一个个音符般被奏响并雀跃的，我想一定是周先生的灵魂。佛说众生平等，王阳明讲人人皆可为圣，虽知这些都是宗教家的理想，但不知为何，在读周先生的散文时，这种感受确实流淌在了心间。周先生喜欢音乐，在宜兰乡下度过的崄巇少年中，他第一次听到了贝多芬的《命运》：“我像一张被风鼓满的帆，我从来没有如此‘昂扬’过。”（《遥远的音符》，收录于《同学少年》）想象一个困窘的灵魂，当交响曲开篇三短一长的旋律叩响他的心门，这是怎样一种尊严和意义的确认啊！然而可贵的是，中年之后的周先生回望自己的音乐启蒙，写下了他知道的“三个贝多芬”：一个是无人不晓的乐圣，一个是舞娘的花名，一个是落魄的小提琴手。“第一个贝多芬令我觉得庄严，第二个贝多芬令我同情，第三个贝多芬，怎么说呢？他令我觉得有一点点的悲哀，又有一点点的无奈；有庄严，有同情，又有悲哀和无奈，唉，这就是人生吧！”（《三个贝多芬》，收录于《野姜花》）

不得不叹服周先生文字熟成而丰富的内在秩序，这些跨越十二年写作时间的旧作，虽也做了部分的删减，但一经重新编目，却又有了不同的旨趣。这三本书，从《野姜花》到《井旁边大门前面》，再到《横式风景》，我以为先生是在用不断增加的艺术性赋予《巡礼之年》更多的意义，《跋》中先生讲得仔细，读者朋友应能体会。需要一提的是周先生与师母的琴瑟和鸣，虽是旧作，师母却为这套书的每本都配上了六幅插图，这些插图只有少部分是师母跟随周先生前往布拉格访学那一年的旧作，大部分则是特意为这套新书而创作的。而由于旧作存在的时间问题，在责编本书的过程中，我也曾询问老师是否需要标明原作写作的时间，抑或将时间做些修订，得到周先生的答复：“数字是改不胜改的，既是旧作，就让它保持说话时的原样吧（本来无一物，何处惹尘埃）”。

“本来无一物，何处惹尘埃”，这或许是我们能够从周先生的作品中体会到的哲学。你看“野姜花”出场前，就是再普通不过的草本花，在那个大大小小的蛇围绕着野姜花的奥秘而宁静的秩序出现之前，先生讲起的却是亨利·卢梭的画——亨利·卢梭是印象主义后期的画家，一生没有经过正规的绘画训练，唯一正式的名头应该就是“关税职员”。如果没有毕加索的发现，他也许永远是那个挤不进主流画坛的笑柄。但亨利从未放弃过自己对绘画的热爱，他的画和他的一生都有一种原始的执拗。

卢梭用不安来表现宁静，这似乎是一个更大的哲学问题，不安是人为造成的，但不安又是人摆脱枷锁的原始动力。表面的宁静只是众庶冯生的一种方式，当野姜花们得以盛开，他们也会来到井旁边的大门前面，菩提树下，想起自己的甜梦无数。就如同周先生在《我的尊严》最后所说："有人问我，你的自由在哪里？答案是：我受阻越多，自由就越多；而尊严呢？我想，我真正的尊严，总是藏在生活中最不起眼的似乎一无尊严之处。"

愿所有读者朋友们，都能在此书中收获生命中的昂扬与自尊。

王　睿

2022 年元旦　上海

图书在版编目(CIP)数据

巡礼之年. 3，横式风景 / 周志文著 .— 上海 ：上海社会科学院出版社，2023
ISBN 978 - 7 - 5520 - 4043 - 2

Ⅰ. ①巡… Ⅱ. ①周… Ⅲ. ①散文集—中国—当代 Ⅳ. ①I267

中国版本图书馆 CIP 数据核字(2023)第 000277 号

巡礼之年(之三)横式风景

著　　者：周志文
责任编辑：王　睿
封面设计：陈　昕
出版发行：上海社会科学院出版社
上海顺昌路 622 号　邮编 200025
电话总机 021 - 63315947　销售热线 021 - 53063735
http://www.sassp.cn　E-mail：sassp@sassp.cn
照　　排：南京前锦排版服务有限公司
印　　刷：上海雅昌艺术印刷有限公司
开　　本：889 毫米×1194 毫米　1/32
印　　张：7.5
字　　数：130 千
版　　次：2023 年 2 月第 1 版　　2023 年 2 月第 1 次印刷

ISBN 978 - 7 - 5520 - 4043 - 2/I·478　　定价：108.00 元(全三册)

贰

井旁边大门前面

周志文 著

目录

辑一　化石

辑二　路过

辑三　树荫

辑四　断想

辑一
化石

◎ 白驹过隙

“你要知道，人生有许多的事情，是无法由自己掌控的，大部分都是天意的安排，虽然有句话是人定胜天，但是人的力量和天比较起来，什么时候真正地胜过呢?”

我回过头看说话的男子，我原以为他是在和邻座的朋友或晚辈说话，然而错了，他其实是一个人坐在座位上，他只是一个独白的无聊汉罢了。我说他是无聊汉，其实也有些不忍，他孤独得确实有些无聊，但无聊汉是句骂人的话，他距离骂人的无聊汉当然有段距离，他的无聊顶多只算是“百无聊赖”吧。

他的年纪大约五十岁，花白的头发，理成平头的模样，说是模样，原因是他至少已经三四个月没有理发了，但由现在头发在头上分布的情形，仍然能够判断他几个月前理的是平头。他鼻梁上架着一副深度数的近视眼镜，上身穿着一件似乎浆烫过的老式白衬衫，这些“影像”，是我在转头的一瞬间看到的，我不能一直盯着他，因为这样非常不礼貌，即使我们同坐在一辆夜间行驶的公车上。

“我告诉你，人生有许多事，是没有办法由自己掌控的，”他继续说，丝毫不在乎别人在注意他。“我告诉你，一个人得意的时刻，不要太神气，你今天得意，也许明天就失意了，当部长、当校长又怎么样，笑话！”

他有点语无伦次，在他的独白中，主词是很清楚的，话中的“我”就指他自己而言，然而受词却令人不明白。在起初，受词“你”似乎指的是一个被他教诲的晚辈，但后来，这个“你”就指他有些怀恨的“得意”的人而言了。这个被他怀恨的人可能现在在做校长，或者在做部长，说他怀恨可能太重，他也许只是对一个或一些此刻正享受得意快感的人提出他洞察世情的忠告罢了，他继续说：

“笑话！我只要有你的十分之一，不，百分之一的不要脸，只要有你们百分之一的不顾廉耻，校长我早当上了！不过，当上又怎么样？人生嘛，就如同白驹过隙，一下子就过去了！当校长、当部长又怎么样？告诉你，我早就看穿了！”

他显然并没有完全看穿，他还在乎别人当校长的事，他也在乎他的才干品德，没有被他所属的社会肯定，否则他不会说“校长我早当了”的话，虽然他知道就是当上也不会怎么样，但他毕竟还是在意的。

听他的口气，他似乎在人生的历程中受到了伤害，他应该是一个有相当操守的人，至少他绝不是个圆滑的人，不然，他不会这般地自苦。我又回头看了他一眼，当时他的处境可以用狼狈两个字形容，车上的乘客不多，却都把眼光投注在他身上，几个学生装扮的年轻人，更在私语中窃笑他，而他却浑然不觉地笑着，然后又接着说：

“天意是什么？人不能了解的，可是有一点是，天意是从来不照人意，因为不照人意，所以没有什么人说的正义原则，至于为什么如此，这谁也不知道的，还好——”

他的话愈来愈急切高亢，他似乎把公车当成他的演讲场了，一个年轻人很看不惯他，拉铃下车的时候，走过他身旁，狠狠地抛下这句话：

“讲完了没有啊？神经病！”

他被这句话吓呆了，一时间显得有些手足无措的样子。这时候，我突然同情起他了。他的话，令我想起《史记》的《伯夷列传》，司马迁借着叙述伯夷叔齐的故事发抒自己心中的块垒，“天之报施善人，其何如哉?”司马迁说：“盗跖日杀不辜，肝人之肉，暴戾恣睢，聚党数千人，横行天下，竟以寿终，是遵何德哉!”

如果天意是奖善惩恶，则天地间诸多的不平，只证明了天意的不彰，或者可以说，天意根本无所谓的奖善惩恶，因为天根本无法辨别人间的善恶，那么，天意到底存不存在?如果存在，它究竟又是什么呢?我后座这位朋友，心中的怀疑，是人类历史上最伟大心灵的怀疑，抱着这种怀疑态度的人，却被一个鲁莽的年轻人骂作“神经病”，这绝对是不公正的。

我有点想去陪他坐一程，告诉他不要理会别人的话，也不要在意人生的得失，我了解他的心情，就如同我了解屈原写《离骚》时的心情。正在这时候，他完全出乎我意料地笑了起来，他似乎用冷笑来愈合他的伤口，随后，他放低了声音慢慢地说：

“又怎么样呢?人生嘛，就像是白驹过隙，一下子就过去了!”

◎ 没有发生任何事

前几天晚间，我和妻到公园散步，在曲桥附近的小水泥道边，是一堆灌木丛，一只茶褐色的狗站立在那儿，浑身发着一种刺鼻臭味。它静静地站立着，没有任何前进后退或者躺下来的意思，我们从旁边走过，它也仿佛没有看到的样子，它正专心地进行一件严肃的事，这样严肃的事在它一生中应该从来没有遭遇过，妻问我是什么呢？我说它正在一步步地走向死亡。

据说一些温血动物在临终之前，寄生在它皮毛之间的蚤虱之类的虫会先行离去，因为它们察觉到它们的寄主已经不再能供应温暖而流动的鲜血，如果不在寄主变冷之前逃离，它们就无法逃离，而成为以身相殉的牺牲者了。所以在临终动物辐射的恶臭之中，可能有相当数量赶着逃命的寄生者。

我又听说所有的温血动物，或者说智慧比较高的动物，都有处理自己死亡的本能，反而是自诩为万物之灵的人类，却丧失了这项能力。一般具有智慧的动物，它们在死亡来到之前会选择孤独，它们会寻找一个隐蔽的处所，平静地面对自己的命运。据说非洲的象类会在死亡前技巧地摆脱同类，然后找到它祖先的“坟场”，在那里它蹲坐下来，安分地等待造物者分解它的生命，将它最后一根神经腐蚀掉。造物者说，我创造万物，也毁掉万物，这和我创造世界，也会在不久之后毁灭世界是一样的。啊，哈利路亚，真理就是这样。

原始的因纽特人和印第安人也会在死亡来临前选择孤独，他们总是找一个白雪皑皑的山头，坐下来，面对星辰日月，然后让零下的气温把他们冻成一尊石像。他们没有文明，因此他们遵循动物的原则来处理生死，就像那只狗一样。

那只在公园树丛边的狗不见得是野狗，它可能是家畜。豢养久了的家犬，偶尔也会发挥一些野性，在生命将终的时刻，总有一个神秘的力量指引它离开它已习惯的世界，死亡的道路对任何动物而言都是陌生的，它只是早一些面对那个陌生而已。大部分的死亡过程，都可能有痛苦的，疾病造成的痛苦，自然不在话下，但心理的恐惧，恐怕是更大的痛苦。原本一体的器官，现在已在分崩离析，平衡的能力在逐渐消失，即使是畜生，也是会体会的。生命像烛火，随时会熄灭，最后阴影即将席卷自己；然而恐惧超过了极限便没有了恐惧，痛苦到达了顶点也没有了痛苦，便委身大化，与自然的消长融成一体吧；陶渊明说："纵浪大化中，不忧亦不惧"，指的可能就是这种经验。死亡之前，总有一段比平常更澄明时刻，有些动物利用这一段短暂的澄明，独自出走，寻找一个别人看不到的处所，那便是它命运的"归宿"。

那只狗果然死在公园的树丛间，第二天黄昏，我经过公园时特别走过那条水泥小道，狗尸已被清理掉，但地面上还留下一些汁液，空气中仍然有一股臭味；第三天，我再经过那个地方，便再也见不出地上有什么液体，而空气中也没有任何异味了。世界恢复得真快呀，这个角落，跟世界其他角落一样，时间一过，便无辜得好像从来没有发生任何事一样。

第三天，我再经过那个地方，便再也见不出地上有什么液体，而空气中也没有任何异味了。世界恢复得真快呀，这个角落，跟世界其他角落一样，时间一过，便无辜得好像从来没有发生任何事一样。

碧珊　绘

◎ 无言歌

我把车子驶向左边的路肩，找到一个安全的位子停好。我走出车子，一阵我没有预料的风从海的那面吹过来，使我几乎有点站不稳，风那么大，车子里面是一点觉察不出来的。但幸好只有这么一阵，接下来风就不那么强劲了。风很好，风让树和草觉得自己存在，风也使我觉得自己存在。

公路上几乎没有什么车子经过。公路右边不远处，拔地而起的山崖，形成一种垒然郁积的气势，而左边广阔的海洋，虽然有波涛起伏，但给人的是一种平静舒坦的感觉。任何人到这里来，都会把背对着山崖，把面对着海洋，尽管山崖的部分颇有可看，却很少人会去看它。

很多人会说海是蓝色的，这是对的，也是错的。说是对的，原因是海在大部分的时候确实是蓝色的；说是错的，原因是海根本没有颜色，海只不过是反映天的颜色罢了。晴天或光线好的时候，天是蓝的，海自然也是蓝的，天阴的时候，在黑压压的云下面，海水则是铁灰色的。太阳出来的时候，天空被旭日的红光充满，这时的海水也是红的，而且还泛着金光。海并没有颜色，海的颜色随着天的颜色转变，只是它反映的光，总比天空更深沉一些。

此刻的海水泛着一种接近深灰的蓝色，天空堆积着相当厚的云，太阳偶尔从云隙露一些出来，但那是日光，而不是太阳的本体。我在路肩找到一块突起的石块，半坐半靠地打算在上面休息一下，我并不累，刚才开车一直坐着，所以现在并不特别想坐，但坐在石头上很好，风吹来海水特有的藻腥味，和嘴唇接触，感觉有些咸的味道。

我前面的海岸是由黑褐色的大小石块组成，海波一阵阵拍击上来，在石块上击起白色的浪花，十分好看。在右手边有一条向海洋伸展出去的海岬，也是由同样质地和色泽的石块组成，上面有几个人在进行海钓。他们不停地在那些石块上转移位置，有的还跳来跳去的，而且隔一段时间就甩一次竿，似乎忙碌得不得了。但从我这边望过去，只见身影，听不到任何声音，使得他们的行动，像极了默片里的影像，滑稽而不真实。

并不是所有的声音都听不到的，风声和波浪击岸的声音是清晰而明确的，还有偶尔能听到的鸥鸟的叫声，一群灰白相间的海鸟在贴近海面处上上下下地飞着，这个世界仍然真实存在，只不过场景和主角都调换了。

风吹乱了我的头发，我不去管它。在海边适合留长长的头发，只有长长的头发才会被海风吹得飞扬起来，还有，如果是男人，也该把胡子留起来，留得长长的，可以和长长的头发一样地飞扬起来，我这样想。

一辆红色的旅行车在公路上猛然刹车，停了一下，它开向我在的地方，就在我车子的边上停了下来。开车的是一个长得粗壮的男子，脸孔和嘴唇红得像是在嚼槟榔的样子，他下车后拉开旅行车中间的车门，几个小孩就疯狂般地跳下车来，奔向我坐的地方。一个显然是他们母亲的女子在后面喝止他们，叫他们不要跑太快。

“你们看，右边有条好大的船哪！”母亲大声地喊。

小孩停下来，朝她指的方向看过去，不约而同地大叫：

“真的咧！”

我也朝他们指的方向望看过去，就在那条狭长的海岬指向的洋面，在接近水平线不远的地方，一艘有三支桅杆的轮船，船头对着南方，正无声地且缓慢地驶过；船体是乳白色的，而叠载在船体上的货柜则各种颜色都有。我奇怪我在这儿停留了有一阵子了，竟然没有发现它。几万吨的重量，几百个甚至上千个货柜，在我前面驶过，而我却根本不觉得它的存在。

但它确实是存在的，不只是它，世界上所有的事物，都确实地存在着的，并不因为我没有发觉而消失。老实说，我确实不能凭借我浅薄的视觉和听觉来否定什么，当然，我也不能依靠我脆弱的视觉与听觉来证明什么，严格说来，世界既有的秩序，并不因我的发现与否而改变。

小孩使得海边不再平静，我起身，走向我的车子。我坐进车子，透过左手的车窗玻璃看那艘轮船，轮船比刚才看到的时候走得更远了。由于紧闭车窗的关系，海风和波涛的声音也被隔绝了，车里是我熟悉的空气。我打开油门，车子微微地颤动，我刚才停车之前忘了关音响，这时喇叭里猛然传出门德尔松的那首《无言歌》，是丹尼尔·巴伦波因弹的。

◎ LP与CD

科学真的是日新月异呢。

十九世纪之初，留声机刚发明的时候，唱片不叫作唱片，而应该叫作“唱筒”，原因是当时的唱片是做成像现在罐头一般的，音槽就刻在筒的外面。把“唱筒”固定好，一摇机器，唱筒就转动了起来，这时把唱针放在音槽上，像牵牛花般的喇叭里就响起了声音。

当时的录音设备不怎么高明，而唱筒的转速也不是很均匀的，所以喇叭里传出的声音有点像坐船在大浪中航行，“颠簸”得厉害。而一个“唱筒”大约只能录七八分钟的声音，而且高频和低频都录不进去，其实就算录了进去，当时的唱机也无从“再生”，因此，所听到的声音，有点像压干拉长了的鱿鱼丝，与原来的声音相去颇远。但当时的人已觉心满意足，认为是人类历史上伟大的发明了呢。

后来有了改进，便是用唱片代替了唱筒，唱片一度是用金属做的，然而不久就改成胶制了。唱筒改成唱片有个最大的困难须克服，就是唱片在外缘的音槽比内缘的长，通常内缘音槽的长度只有外缘音槽的三分之一强的长度，要在这么短的距离清晰地录下所有的声音，一如三倍于它长度的外缘音槽，对当时的技术而言确乎是困难的。当然这个困难可以由“刻片”的方式加以补救，在放音的时候也可以唱头、唱针的角度、偏压等的设计来化解，只是当时的科学家“聪明”不及此，他们只把唱片的音槽弄短，让前后的差距不致太大。因此当时的唱片转速虽达每分钟七十八转，而唱片反而比后来的要小，一面唱片最长大约只能唱十分钟的样子。

当时的唱片如果是录流行歌曲就没有问题，因为很少有十分钟以上的歌曲呀，但拿来录古典音乐，就十分麻烦了。不要说浪漫派以后的作品，就是古典时期的作品，一个乐章超过十分钟的可说是俯拾即是的，那该怎么办呢？当时的解决方法是：如果第一面未录完，就在第二面继续录下去。为了怕音乐被“切割”得太厉害，所以第一面结束总是选一个乐句终了的地方，而在第二面新乐句展开之前，又把第一面结束时的一个乐段录进去，使人在听的时候不致突兀。但这样又造成了问题，唱片所能录音的时间已经不够长，这样三番两次地重录已录的部分，又加长了录音的时间，就这样，一段二十几分钟的音乐，在七十八转的唱片时代会唱上三十几分钟，而且要分别录在三面唱片之中。

这样一个录音法，就以富特文格勒（W. Furtwäingler）指挥的贝多芬《第九交响曲》为例，要正反两面地录上四张唱片，要反复放片又翻转，听起来可累死人了，可是当时的乐迷们却也乐此不疲呢。

等到三十三又三分之一转的唱片发明，音响界的最后革命终于成功。唱片被命名为 LP，是 Long Playing 的缩写，意即长时间放音的唱片。这种长时间放音的唱片，一面最多可录三十五分钟左右，如果调整得宜，大部分的交响曲、协奏曲都在七十分钟内，一张唱片就可以尽录，所以方便了许多。再加上录音技术日新月异，从单声道录音到多声道录音，录音已进入真正的立体的时代。唱盘的改进也不在话下，唱臂与唱头也随着日益精良。唱盘文化演进至此，可以说已到了登峰造极的境地，但依然具有一种无法克服的困窘，即是这种用唱针磨擦唱片发声的方式，对唱片与唱针而言，必定造成某种程度的破坏，换成“行话”叫作磨损，所以唱片在最初听的时候很好，愈到后来，刮损愈多，音质就愈差了。

到了CD发明，人类的音响文明就又进到了另一个境界，基本上，它已克服了所有LP的困窘。所谓CD是Compact Disc的缩写，意即紧密的唱片，它的面积只有LP的四分之一大小，而仅仅一面的录音，就可以超过LP的两面总和，它音槽的紧密可以想见。由于它的音槽中布满了给光阅读的记号，所以CD唱机没有了唱针，而是隐藏着一个可以阅读记号的光束，就因为CD是给光阅读的，所以它几乎永远不会被刮伤，也不会被磨损。

当然，CD唱片发明到现在，只不过十多年的光景，它也取代了绝大多数LP的市场，可是依然有赶不上LP的地方。譬如它录音准确明亮，然而在温柔绵厚上面，则还稍有不如LP处。听钢琴曲，CD足够，要听温柔的弦乐、浑厚的人声，恐怕还是选择LP。但CD取代LP已是必然的趋势，其缺点，假以时日，必能一一克服的。

音响的历史，不仅仅是音响的历史，而是人类的历史；器材上的困窘表面上看是技术性的问题，但看穿了，其实还是人类追求超越中许多困窘的具体而微的呈显罢了。试想，LP，一个沿用至今的多么混淆的名字呀！四十年前，三十分钟就算是长时间了，而现在呢？即使有四倍的时间，我们犹觉得短呢。大约三十年之前，那时我们的社会还在匮乏之中，有一天我和几个朋友在一个简陋的唱机前听贝多芬一首大提琴奏鸣曲，每个人凝肃的面容，到今天仍然难以忘怀。那张唱片是卡萨尔斯（Pablo Casals）一九五一年的录音，担任伴奏的竟然是当时还算年轻的鲁道夫·塞尔金（Rudolf Serkin）呢。拥有那张单声道唱片的朋友，把它当成除了他生命之外最宝贵的物品，不容任何人碰触它。而今天，CD唱片泛滥，一张唱片，不会有人像那样地珍惜的；因为无须珍惜，要想到音乐其实是一堆声音的组合罢了，也就不那么感动人了。这是为什么我说，音响的历史，不仅仅是音响的历史，而是人类的历史呀。

◎ 鼻塞

鼻塞是个不舒服的事情，通常是由感冒引起，但经常鼻塞就不见得是感冒，而是一种过敏的毛病。通常鼻中隔弯曲的人特别容易过敏，病征是打喷嚏及鼻塞。喷嚏打过就算了，有时候还是一件“痛快”的事，唯独鼻塞十分难受，它使你无法用鼻子呼吸，当然人可以张开口来呼吸，但用口呼吸总是不自然的事。而且鼻塞发生的时刻通常在晚上，有时只塞一只鼻孔，空气出入就不顺畅了，两只全塞，则令人辗转反侧，一个夜晚，就可能在失眠中度过。

鼻塞又不是什么了不起的大病，第二天精神不好，你不能把理由归之于它，你更不可能因为鼻塞而请假不上班，鼻塞和便秘一样，给人的困扰极大，痛苦不轻，但却构成不了你要做什么或者不做什么的借口。

我一位朋友，经常陷入鼻塞的痛苦之中，据他说他是在“痛苦的深渊”，正巧我也有类似的毛病，只是病况没有他的严重罢了。跟没有痛苦的人倾诉痛苦是完全不切实际的事，因为他们完全不了解，他们的同情大致是装出来的，因此我就成了这位朋友倾诉苦痛的对象了，而且几乎是唯一的。

“我又鼻塞了一个晚上。”他跟我说，他即使不说，看他浮肿的眼袋和布满血丝的眼珠我也知道。“你知道吗？已经发生了最少十次了，每次都一样呢！”

我不知道他后面那句话是指何而言，他也看出了我的疑惑，连忙解释道：“我统计了一下，每当我鼻塞睡不好觉那天，世界就会发生大事，而且发生的都是悲惨的事。”

“你是说你鼻塞和世界有关系？”

“我不敢这么说，但巧的是，或不巧的是每当我鼻塞发作的那天，世上就会发生大事，世上发生的事都登在报上，不是我能编造的。”

我看这位朋友不只得了鼻塞的毛病，可能还在发烧。他继续说：“我第一次注意这件事，是今年初，一个晚上我鼻塞，根本无法睡觉，我凌晨两点多打开电视，转到新闻台，就看到俄罗斯进军车臣的画面，两方面死伤累累，第二天报上也有长篇的报道。隔了几天，我又鼻塞不能入睡，打开电视，看到的是波斯尼亚的战况，塞尔维亚的大炮轰击萨拉热窝，死人无数。后来有一天，我不舒服，电视里面又播出加沙走廊巴勒斯坦人和以色列军人冲突的画面，有两个以色列士兵被攻击受伤，以军展开报复，结果杀死了几个极端派的巴勒斯坦民兵……”

“这些世界各地发生的事我都知道，也都是事实，问题是你怎么把它和你的鼻病想成一起?”我问。

“我起初也想是偶然，并不是必然，但后来的发展，完全在我想象之外。你知道，两件事碰在一起，可以说是偶然，但是碰在一起发生十次以上，就可能不是偶然了。以后我不太敢深夜看电视，但第二天报上的新闻还是逃不过的，包括卢旺达的种族屠杀、扎伊尔的传染病、东京地下铁毒气事件以及美国俄克拉荷马市的爆炸。台湾地区的也有，台中卫尔康大火、台北的大火，最近一次是，我鼻塞了一个晚上，第二天报上就登出两个高中女生坠楼死亡的事。”

他一口气叙述到这里，我发觉他病得确实不轻，鼻病应该彻底治疗，但更应治疗的是他的精神，他无疑得到妄想症了。我告诉他：

“这跟偶然和必然扯不在一块儿，而是你的神经过敏。任何一个神经过敏的人，都可以把一些事想成跟自己有关。假如那些事发生的时候，你都正在吃饭，你就会以为是你吃饭引起的，其实不是的，是事发的时候，你正巧在吃饭而已。”

“是吗?”他半信半疑地说，然后怏怏地走开。

我已经有好几天没有见到他，这几天我把他的“病情”做了一次反省式的思考，他的过敏病不是完全无理取闹。我仔细看报上，近乎每天都有残酷的新闻，他只要那天鼻塞，就有充沛的材料提供他的幻想，所以，责任不能尽算在他身上。其次，对陷入病痛的人而言，鼻塞确实恼人，但这种疾病却被一般人忽略，而视之为无关痛痒，他于是把他的鼻塞联想成能左右政局，形成灾祸的大事，他的妄想只是在向他旁边的人博取更多的同情而已。

我下决心多照顾他，并且劝他周围的人多照顾他，至少多跟他聊聊，这可能是治疗他唯一的方法。

◎ 陷落

我因头痛而去看医师。医生把正在看的书放在桌上，翻开一张图画给我看，那张图画是一个头痛病人，头上架着一个刑具式的木架子，架子的几个结合处都装有旋钮，可以放松，也可以锁紧。医生告诉我说是中古欧洲治疗头痛的方式，哪边痛，就旋紧哪边的钮，有点中国传统医术中的针灸或点穴的味道。

我看那个正在被“治疗”的病人，紧锁着眉头，咬紧牙，额上青筋暴现，脸上汗涔涔的样子，分明极为痛苦，但不知道那个痛苦是原来的头痛呢，还是被那个刑具折腾出来的结果。我问医师，这种治疗的方式有效吗？医师说：

“应该是没有效果的。”

“但是，”我问，“为什么要采用这种治疗方式呢？”

“这种治疗唯一的效果——如果硬要说是效果的话，就是转移。”医生翻到这本书的一页指给我看，但不待我细看就继续说，“所谓转移，是制造一个无害的更大疼痛，让病人把注意力吸引到那个疼痛上，便暂时忘记了原有的疼痛，病人就觉得他的病治好了。这就像手上长疮的人到诊所求治，但在诊所门口跌断了腿，医生和病人都被更大的痛苦吸引住了，就不管手上的疮了。”

“你是说病人的头痛并没有治好，只是被更大的痛苦所逼而忘了头痛?”

“是的，但也有另一种可能病人的头暂时不痛了。头痛的病因很多，一般的头痛可能是血管收缩引起的，也有一种是肌肉性的头痛，肌肉性的多数是因压力和紧张所造成的。旋紧架子上的转钮，皮肉上顿时的痛苦，可以刺激血管做更大的收缩，如果是肌肉性的头痛，也可以促使肌肉更为紧张。然而人能够承受的紧张和收缩是有极限的，过了极限，就会自然松弛了，血管和肌肉一松弛，头就可能不痛了。因此，这种治疗，从表面上看，也有一定的疗效。”

“对不起，你先说没有效果，现在又说有一定的疗效，我不知道其中的道理。”我说。我和医师已算是熟稔，但这样的问话，仍然有点“质问”的意思，所以我尽量用极为和缓的语气，没料到他不但不以为忤，反而说：

“你不需那么客气的，你说你不懂其中的道理，其实我也并不懂，或者不完全懂。”他停顿了一下，用一种带着沉思意味的语气说，“那样的治疗方式，是没有办法找出病因来的，所以所谓疗效，是一种表面的现象，病，并没有彻底地得到解决。”

他为我量血压，他将听筒放在我的脉搏上，我也感觉到脉搏的振动。他说我的血压这两天有点高，他说他无法“精确”判断我偶发头痛的真正原因。但由于我头痛的历史已相当久，所以不太可能是长瘤或者什么的，因为瘤会慢慢长大，长大会压迫到神经，造成视力、听力上或其他方面的问题，我现在依然耳聪目明，所以这个最可怕的顾虑可以排除。但是血管性的还是肌肉性的呢，还需要观察一段时候，在没有完全查清楚之前，他只有开一些减轻痛苦的药，给我在病发的时候服用。

我谢谢他的检查，在起身准备到药房领药的时候，发现他表情十分特殊地看着我，他出奇地将他的手按了一下我还放在桌上的右手背，说：“你能等一下吗？”我连忙收回我的手，等待他说话。但他却似乎不知该怎么说，等了约莫一分钟，他缓缓地说：

“对不起，我突然间有点佛教所谓的顿悟的感觉，我刚才还说那只是一种表面性的治疗，”他指着书上那张图画说，“我说他们没有彻底解决病痛，但，我们什么时候‘彻底’地解决过病人的病痛呢？我确实一度自信满满，可是听你一说，我却不这么想了。我想到我为你开的药，岂不只是止痛药、降血压药，以及扩张血管的药吗？我们到现在还在检查、观察，并没有找出你头痛的原因，我们总说观察一阵子，要观察多久呢？谁都不敢说的，就是观察出结果，我们真的能‘彻底’地治疗吗？我们和古人比较，就以医疗技术而言，其实只是五十步笑百步罢了……”

对一个敏锐的人而言，最大的打击莫过于摧毁了他的自信。他无疑是一个感觉敏锐的人，我有点后悔刚才对他质问的语气，但是我对这位陷入自我否定的医师能做什么呢？现在我对他可以说是无助的，就像他觉得他对我的病痛无助一样。由于我对医学的外行，无法给他任何专业领域的鼓励，其他的语言，老实说，只是废话罢了。我只有在他表示无话可说了后，起身离去。

在我关上诊疗室门的时候，我看了他一眼，他两眼望着空中，颓然地坐在椅子上。那张椅子对那时的他而言，显然是过大了，他不像是坐在上面，而更像半埋在一种皮革制造的陷阱之中，动也不能动的。

◎ 捕狗人

在城市三角小公园附近，穿着环保机关黄色背心的职业捕狗人是每天都会出现的。他们将捕狗车停留在大学操场边的路上，然后如间谍般地潜行到小公园附近，在街道上仔细搜索。他们为何将捕狗车停放在远处呢？原因是流浪狗十分敏感，它们看到捕狗车，闻到它的气味，听到车子里被捕的狗发出的哀号声，就会逃跑到很远的地方，或是到一个人看不到的角落藏起来，令捕狗人十分头痛。所以车子一定要停远一点。

捕狗人游目搜寻的时候，脸上装着若无其事的样子，一只手将铁丝圈放在身后，一只手故意摆动着表示轻松。他们逐步“欺”近没有防备的狗的身边，然后以迅雷不及掩耳的速度把铁丝圈套上狗脖子，顺势往上一提，小狗就被提到空中，大狗则被圈子勒得喘不过气，狗即使要叫，也不容易叫出声音来。捕狗人的技术确实熟练，而且小心翼翼，但，即使这般设下重重圈套，被捉到的大都是游荡在外的家犬，或者是刚刚被人“放逐”的狗，它们流浪的资历还不长，那些老资格的流浪狗，除非病了，捕狗人对它们是没有什么办法的。

一些社会爱犬人士组织了协会，还有原来就有的动物保护组织对捕狗人发出谴责，他们认为流浪狗是要捕捉的，但捕捉不等于捕杀，何况捕狗人猎捕的手段十分残忍。举例而言，为什么不用网子网狗呢？或者为什么不用麻醉枪呢？这样狗被捕的时候便不至于那么痛苦。

但这群人道主义者忘记了城市不是草原，麻醉枪如果误射到人要怎么办？网子网狗也许好，然而一方面网子不好拿，另一方面在行人稠密的街上网子确实也施展不开。更重要的是，狗是一种聪明的动物，流浪生涯，又让它增加了生存的智慧，人如不用技巧，哪能如何得了它呢？

捕狗人不见得生性残忍，但他们必须以世人认为残忍的方式来从事他们的职业，这是他们心中难以平稳的原因。另外，他们在执行任务的时候，街上的人几乎没有一个人不是把同情的眼光落在被他们捕捉的狗的身上，对他们，则往往以仇恨视之。“要死啊！你不怕来世报应？”一个老妇人对着捕狗人骂。捕狗人以铁丝拖着两只狗走向车子，一只小一点的还好，另一只大一点的黄毛狗抵死不从，捕狗人仍拉着它，“你心好，要不要在家里养它呢，拿去呀！给你，拿去呀!”捕狗人对老妇人说，老妇人只有悻悻然走开。

三角公园的一个巷口正对着大路，路边有几个公车站牌。一天我在候车的时候，看到巷口摆摊卖胡椒烧饼的小姐，在和一个穿黄色背心的人争论，穿黄色背心的人手上正提着一只挣扎的白色小狗，他无疑是捕狗人了。

“你凭什么知道它是野狗呢?”

小姐提高嗓音大叫，吸引着一群人围观。

“它身上没有挂卫生机关发的牌子，就是野狗。”捕狗人没有很动气，但说话冷冷的。

“家里养的狗也多数没挂牌子，你怎么不去抓呀!”

“对不起，在家里我们管不着，在街上，就要抓。”

“那，……”小姐急了，不知道该怎么说好，她后悔起初没说这只小白狗是自己养的，而且确实这只狗不是自己养的。但这只毛茸茸的小白狗十分可爱，现在被铁丝圈着，眼睛却一直停在小姐的身上，它也知道是谁在为自己求情呢。“那我如果说这只狗是我养的，你能不能放了它呢?”

小姐的语气转成请求，捕狗人依然坚定，他说：

“除非你能提出证明，不然是没有办法的。”他其实也有些不忍，看着小姐急得要哭出来，旁边看热闹的人也对他央求，说你看这狗全身雪白，一点都不脏，不会是野狗，还是放了吧，何况救人一命，胜造七级浮屠呢。“你说错了，”旁边一个人插口说，“应该是救狗一命，胜造七级浮屠！”

捕狗人终于被大家说动，他蹲下身子解开狗脖子的铁丝，把狗交给小姐，告诉她要把它拴好，明天带它到卫生所打预防针。小姐满口答应，在欢笑声中，这幕剧终于散场。

几天后我再经过那个巷口，在胡椒烧饼摊旁，我看见那只小白狗被一条一端绑在椅脚的黄色绳子拴着，脖子上挂着一条塑胶制的皮带圈，下面垂着一枚蓝色的牌子，分明是这只狗已被人收养了。但也许是上次的经验吧，小狗对注视它的陌生人还是怀有惧意与敌意的，它朝着我，竟然低声狺狺起来。

◎ 拥有

我一位从商的友人有两只令人欣慕的劳力士手表，一只是镶着钻石名叫“满天星”的名表，另一只则比较普通些，但也是整块黄金挖开作表壳的“蚝式”表，即使掉到两百米的海底，据说也是滴水不漏的。

这两只表都太招摇了，除非适合的场所，我友人是不太戴着出去的，平常只戴一般的石英表。我有次问他，有好表不戴，不是浪费吗？他告诉我，现在社会很乱，戴这样的表出去，容易遭人侧目，说不定被黑社会的人碰上，来个没完没了。他说他认识一个发达的生意人，买了辆奔驰车代步，但听说一些道上的混混专门勒索开名车的人，就很少把车开出去，白天还好，晚上出门，又买了部便宜的裕隆。“你知道，现在社会不比从前呀！”他说。

有次我和另一位朋友到这位友人家，又谈起那两只表的事，他也在为它们而烦恼。他说劳力士表不愧是名表，虽然几乎全是手工打造，但也精准无比呢。他拿来和石英表比较，一个月误差只有一秒左右，他的烦恼不在表是否精准的问题，而是所有的劳力士表都几乎标明了它是“自动表”，这里的“自动”只是针对以往上发条的表而言，其实并不是真正的自动。它被戴在人的手腕上，人的手前后摆动使它产生了动力，假如把它放在抽屉，它因失去动力走不了多久就停了。我友人的烦恼在于他不敢戴它，但却每天必须记得把它们从抽屉拿出来，各摇它十几二十分钟，如果有事忘了，表就停了。“一个不计时的手表，跟一个失去灵魂的人是没有什么两样的。”他说。

“你是根本不需烦恼的。”我看了看跟我一起来的朋友，然后说，“你即使有烦恼，我们也愿意帮你解决。这样吧，我们两人一人一只，我们愿意帮你戴着它，这样你就不要每天摇它了，而要声明的是，表的主权还是你的，我们戴它，只是替你分忧解劳而已。”

友人迟疑了一会，他眼神突然发亮，他似乎下了决心，“就这样吧，你们一人一只，我不想要了。”他说，“至于主权问题，这实在荒唐，手表戴在你们手上，主权属于我有什么意义呢？我现在终于知道，我根本不该花大笔的钱买这两个我根本不敢用，根本用不着的东西。”

我们当然没有接受友人的馈赠，原因其一是那个“礼物”确实过分昂贵，其二是我们即使拥有它，也只有将它放在抽屉里，不敢戴在手腕上，这样，友人的烦恼，并没有消失，只是转嫁到我们身上。

我们实在拥有，或者说希冀拥有太多自己根本用不上的东西。世上文明的发展好像是这样的，它逼迫我们不断增加自己的持有物，难怪我们觉得累，原因是我们被太多我们用不上、不敢用的东西“连累”。拥有汽车怎么样呢？根本开不出去，或者不敢开出去，汽车有什么用呢？拥有三幢房子又怎么样呢？自己只能住一幢，另外两幢只有租出去，租的钱累积起来，几年后又可以买第四幢。拥有四幢房子的“主权”后又会怎么样呢？有一天，连自己住的那一幢也要交出去的，因为在这个世界，我们只是一个“过客”呀！

同样的道理，读书人以藏书万卷、坐拥书城为乐，其实在那卷帙浩繁的书海中，平常看的、最得力的只有几本而已，其他的书排在那里，美其名曰“参考用”，老实说只是摆个样子罢了，有些书摆了一辈子，也没有翻它一页。我有个唱片收藏家朋友，他收藏的唱片要用千为计算单位，然而平常听的，也只不过那么几张，有些唱片只听过一遍，还有些唱片是一遍也没听过，买了后就原封不动地放在架上，一直到现在，连封套都还没打开呢。

支配事物是人类乐趣的来源，也是人类苦恼的来源，人生有限，能够支配的事物其实少之又少。因此，追求幸福，可能要从另一条路走起。那条路确实美丽，沿路开满了鲜花，但走这条路的人都要知道这条路的规矩，所有美景只能欣赏，是不能占有的。

◎ 挥霍

一位在大学服务四十年的老教授，在对一篇论文的讲评中，提出他对学问的看法，这个看法，应该可以当作他以整个生命写的论文的最后结论。结论是什么呢？其实很简单，我们的见识并没有比古人高多少，几千年来的学术进展，累积了几千万人的智慧成就，并没有使人的价值更为提高。据他的意见，人几乎是白活着，因为隔了两千年，我们并没有比孔子、释迦或是耶稣时代的人更为聪明。

我听他的讲评，觉得很有启发性，虽然他的论调是稍微悲观了一点。以创造力的成就而言，我们确实不比古人高明多少，甚至愈至近代，愈有倒退的迹象。古代的人，所读的书，所能应用的资料一定比我们少许多，然而却有极高的开创能力。举例而言，孔子时代能读的书很少，所谓“学富五车”，并不惊人，原因那时代的书是写在竹简上的，当时五车所装的书，加起来也不足我们今天一部丛书的分量。然而孔子却开启了整个中国人的心灵，创造了中国人至今仍然依循的生活价值。

卡莱尔（Thomas Carlyle，1795—1881）曾说，人类的历史其实只是英雄的历史，而所有的英雄，几乎都不是上有所承的。他披星戴月，独立苍茫，他也不寻求别人的继承，原因是，别人无法继承。人类发明了再多的机器，到今天也没有一部机器能够“记录”一个人的所有智慧，人类发明了许多的医术，但没有一个技术能把一个人的聪明移植到另一个人的头脑里；因此，从事任何事业和学问都必须重来，每一小步都必须重新走过，绝大部分的人在摸索中走完了他的一生。英雄永远是特殊的，所谓学问，旨在证明人类的文明是由这几个英雄式的人物在独撑着罢了。

皓首穷经，只证明了一个小小的真理，而这个真理，几乎是所有追求真理的人在年轻时已经知道的。年轻时候，不甘心结果是这么简单，搜集了好多的材料，找寻了许多的途径，以为可以建立一个庞大的知识结构，然而到了老年，那个所谓的结构，被自己拆得一根也不剩，终于又回到了原始的起点。回到起点也没有什么不好，只是令他有些忿忿的，这样数十年的苦读覃思，岂不是完全浪费了?

三十年前我听毛子水先生最后一次公开的“讲话”，那时他已八十余岁，他说他二十多岁大学毕业的时候，发觉自己还没有“开始”，他浓厚的浙江口音把开始两个字念成KISS，弄得大家一头雾水，他说既然没有KISS，就从现在KISS吧！但到了三十岁做了大学教授，依然还没有KISS，在大家弄懂他说的KISS是“开始”之前，会场所有的人几乎人仰马翻。然而最后大家都懂了他的意思，他说他已经八十多岁，可是仍然觉得自己在学问上还是一个没有开始的人，他当然在谦虚，但是在谦虚中，是蕴含着一些真理的。毛子水先生说他没有开始，对一般人而言，即使开始了又怎么呢?终其一生，只不过在兜一个除了嘲讽之外完全没有意义的大圈子而已。

多年前，我从外地归来，得知一个和我同辈的学者过世了，我和一些朋友到他家里吊祭。他已出殡，书房里放着一个空空的“灵位”，我们行礼过后，检视书房里的四壁图书，因为长期没人使用，架上和书上都已蒙上一层灰尘。在书架的一角，我看到一本熟悉的书脊，抽出来，原来是我许久之前送给他的一本个人著作呢。朋友的母亲走出来，愁着眉问我这房子书该怎么办，她说你们如果需要，就搬走吧，反正家里今后没有一个人会去看这些书了。

我们都没有动那些书，在朋友的灵位前，那些书至少应该保持原来的秩序，这是对亡者的起码尊重。但我们走之后呢？那个既有的秩序是不是会继续保持？当晚我做了一个梦，梦见我写的书和古往今来其他人物写的著作一样，一本本被窗外进来的风吹乱吹散，零落的纸片，化成白色的蝴蝶，飞向窗外的黄昏，最后像落叶一般的，在大地消失得无影无踪。

上帝老是喜欢开玩笑，然而这个玩笑，老实说，开得太挥霍了。

◎ 地球

地球从这个角度看过去，确实十分美丽。南极的冰块清晰可见，从南极扩散出去的，只一片绵延数万平方公里的白云，将印度洋和大西洋的南部罩住，一部分云也盖住了南非和东部非洲的马达加斯加岛。这片云确实大极了，又和南极冰块接合在一起，初看令人分不清到底哪是云、哪是冰，但仔细看还是分辨得出来的。原因是冰是凝重的，云是轻柔的，“质感”不同，还是看得出来的。

地球的北端，可以说是一点云彩都没有的。最醒目的是非洲东北部，红海入印度洋的那块陆地，包括整个阿拉伯半岛、非洲大陆的索马里、埃塞俄比亚、苏丹和埃及，都十分清楚，一片红黄的土地，那里确实连年干旱，大部分是沙漠，从南极展延过来的云气，从来飘不到那上面，否则也不会变成沙漠了。

在地球正十二点的位置，是地中海的东岸，远远在边界的地方，似乎略为可以看出哪里是土耳其，哪里是巴尔干的南端，这个判断有点出于“直觉”，并不是真的、明确地看到了什么，而是谙熟地理的人都会感觉那条曲线里面包含的一些东西。

在靠近两点位置的印度洋面，有一个逆时钟转向的热带风暴，似乎正朝向巴基斯坦的方向吹过去。

这是在这个角度看过去的地球，洋面泛着蓝色的光，深邃而透明，被云彩覆盖的陆地和海洋，似乎正在安眠。津巴布韦和纳米比亚很清楚地呈现在地球的正中央，深褐色和土黄色是它的森林、山脉和土壤，裸露在外的北非，看得出来那是一片荒凉的土地，可是从这个角度看过去，沙漠并不那么险恶，只是泛着一种很祥和的黄色光的地方罢了。

从这个角度看过去的地球，确实是美丽的。这是一张阿波罗十七号宇宙飞船所拍摄的地球照片，背景是纯黑的，地球在黑暗的天幕转动，泛着蓝色和白色的光辉。这是我们居住、生长的地球，这是我们争夺不已的地球，从太空中看，一点人的痕迹都没有，人所强调的历史与文明，从这里看过去，也像是从来不曾发生过的一场幻梦。

华盛顿的航空与太空博物馆将这张照片印在海报上，我们参观的时候，买了一张，回来之后，我将它挂在研究室里空着的一面墙上。这张海报上的照片，令我一个朋友醉心不已，他原来是健谈的，但自从看见这张海报之后，就变得有些沉默无语了。他好几次在海报面前不发一言地独立良久，有一次甚至借故问我问题进入我的研究室，目的只是要与这张地球的照片相对片刻罢了。我问他：

“怎么样，觉得人很渺小是吧?”

“不是渺小，”他低声地说，“而是根本等于不存在。”

“人还是存在的，”我说，“这张令人觉得自己不存在的照片是人照的呀!”

“你看那些云，人对它有什么办法呢?”他指着从南极蔓延出去的那一大块白色的云说，“好像徐志摩有首诗说：我挥一挥衣袖，不带走一片云彩……”

我等他把话讲完，他沉吟一会，才说：

“不是不带走云彩，而是带不走任何一片云彩，任何人都带不走的，……”

他既然这么说，我就不再和他交谈，让他独自与他觉得极具启示意味的地球相对。

◎ 痕迹

我们在世界上真的能够留下什么痕迹吗？

苏东坡《和子由渑池怀旧》诗中有这样句子：“老僧已死成新塔，坏壁无由见旧题。”在人生旅途上，经常会碰上这样的情景：熟识的人或景物已变，自己在旅程中留下的痕迹，也随之荡然。

老僧已死，而装盛老僧遗骸的新塔又会怎么呢？新塔不久便成了旧塔，旧塔不久就倾圮，然后化成碎砖碎瓦，散落在荒烟蔓草之间。

这当然跟塔的大小有关，也跟塔的材质有关。塔如建得极大，而且用坚固的石头作材料，那么塔就可以保存久远。但真的能久远吗？就算建得像金字塔般的坚实，也必定有倾圮的一天。金字塔确实大，然而在太空的照片中，却一点也看不到它呢。

一位朋友告诉我，他年纪已八十的母亲，身体还是十分硬朗，但记忆消退得惊人。她已经无法记住即使是半天前发生的事，更不用说是半个月或者一个月之前的事了。老太太并不是完全丧失了记忆，而是选择性的丧失。譬如她记得许多年前的细琐往事，一个她念中学时代的同学曾经向她借过一件毛毯，她从早到晚嚷着要儿子带她去索取，儿子问她："你同学住在什么地方呀!"她答以杭州南路或者一个记忆中的地址。她儿子其实知道的，她的同学早在十多年之前已去世，他还陪同母亲参加过她的丧礼的。

他告诉我他母亲已经愈来愈像是一个孩子，有些时候更像是个只会笑或无理取闹的婴儿。他被母亲逼迫，只好去买了一件蓝灰色的毛毯，说是从她同学那儿"要"回来的。老太太起初很高兴，但不久又生起气来，她说她借出去的毛毯是骆驼毛织的，这条却不是，分明是她同学掉换了它。她强迫儿子把原来借出去的驼毛毯子"换"回来，否则这世界之上还有什么"世道人心"呢!

我告诉他，母亲变成了孩子，就用孩子的方式逗着玩也好的，"问题是，她究竟是母亲，不是孩子，"我的朋友沉吟了一下说：

“看见孩子发痴，说些疯言疯语，我们不觉痛心，有时还觉得快乐，因为，孩子是会愈来愈好，会愈来愈聪明的；但是老人家就不同了，她不可能愈来愈好，只可能愈来愈坏。孩子像向上抽芽的小树，而老年人呢，像是逐渐被泥沙掩埋的木块。”

所有的记忆，都混淆了，有点像崩落的砖墙，散成没有秩序的碎块，要拼凑起来，就十分困难了。有一天，我到我朋友的家，自然见到了他的母亲。老太太见到我，便丝毫都不生分地聊起天来。她说她家里有贼，值钱的东西被偷走了不说，连不值钱的石头摆饰都有人拿。最近，她“家”里常常有人来，这个家是指她在千里之外的娘家，她说她家里一堆穷亲戚没事找上门来，向她需索生活费。这些事，她的儿子早就告诉过我了，老太太怀疑所有的人和事，她把值钱及不值钱的东西都藏了起来，她认为安全的地方，是她自己也找不到的地方。她一提起“家”，就想起了她自己的母亲，“你知道，我老娘在乡下地方，真是可怜啊，可是，她疼我，还寄人参来给我吃呢！”

“伯母，您今年高寿了？”我问她。她有点听不懂，我放大声音说：“您今年几岁了？”

“我嘛，今年应该是八十二了，对，八十二了！”

“那您的母亲几岁了？”

“那，少说也七八十岁了。”

她陷入对母亲的怀念之中，一时忘了说话，静静地坐在沙发上，像一尊观音般的。

我的朋友对我耸耸肩，无可奈何地笑了笑。对老太太而言，人间的是非善恶已经失去了界限，变成一片空前的混沌状态，生命中留下的痕迹，大部分都已消散，留下的一点点，又互相夹缠。我的朋友是个有名的孝子，但在孝顺的对象已经不能分辨孝顺的意义的时候，孝顺其实也有点枉然的。我能体会朋友当时的心情，令他忧愁的是他母亲的健康，可是更困扰他的，是生命中既存的一些价值，是不是真的存在这类的问题。

后来老太太庄严地坐在沙发上，直到我告辞都没有改变她的坐姿。这时突然有一种宗教式的灵光在我心中闪动，一切世事，确实如电光泡影般的，佛家认为成佛之前，人必须抛弃一切的我执，抛弃所有的形相，因为那些形相并不存在；在抛弃我执和形相之前，可能有个必要的步骤，那便是像老太太现在所做的，把它们打散弄杂，变成分不出真假的混乱一片。

这时候，我们还必须要担心在人间旅途上已经凌乱、已经消失的一些痕迹吗？

◎ 团圆

戏的收尾是久经波折的婚姻终于确保，离别的亲人终于再见，失意的书生终于金榜题名，小人受到惩罚，坏人得到坏报，总之，所有戏的收尾都大致如此，所以中国人常称戏的结束是“大团圆”。

团圆真是很好，每个人都盼望以大团圆作为结局。但结局是什么？人到了生命的结束，才算是遇到了真正的结局，除此以外，结局之后，还有续一章；也就是说，我们一般说的结束，并不是真正的结局，既不是真的结局，因此团圆还有变化的可能，所以也不能算是真正的大团圆。

另外，“大团圆”是唯一幸福的结局吗？假如我们不把结局的定义下得过分严格的话。中国的故事里许多“破镜重圆”的例子，想一想破碎了的镜子能够重圆得没有任何裂痕吗？或者重圆了的镜子能够保证此后不再破碎吗？《琵琶记》里赵五娘进京寻到了新娶牛氏的夫婿蔡伯喈，此戏以二女共侍一夫收尾。习惯追根究底的人会问：二女共侍一夫，是一个幸福故事的开始，还是另一个悲剧故事的开始呢？

所谓“破镜重圆”其实是指团圆之后不要再细看那些裂痕，至于以后是否再破，也暂时不要去管它。这类的事，还是不要那么“精明”的好，糊涂一点，放松一点，就一切都解决了，问题是早该糊涂的，何必等到结尾呢？小时候家住宜兰，学校大约下午四点放学，我们走到戏院，正好戏院开着门让大家进去“看戏尾”。下午场的歌仔戏演到这个时候，正好告一段落，欲知后事如何，明天提早光顾，一本戏有时要演半个月或者更长的，在这场戏结束前打开大门让向隅的或者买不起票的观众进来看看，主要在招徕顾客，当然对我们小孩而言，也有做善事的意味。奇怪的是，每个戏尾虽不是整出戏的结束，但戏团也能把它制造出一个高潮来，歌仔戏大部分是悲剧，即使是哭哭啼啼的故事，在快收工落幕的时候，总有个小丑型的人物跳出来，告诉大家不要伤心，这个戏最后是以喜剧收场的，如果好人没有好报，“就让雷公打死我好了！”小丑说完，所有演员兴高采烈地向大家谢幕，观众心满意足地带着小丑的保证离去。

后来戏院改演电影，就没有“戏尾”可看了，不过我们的童年也就过去。但年事渐大，就对所有戏的团圆结尾怀疑起来，团圆是个不耐分析的信念，它其实是个用空架子架起来的美丽而短暂的幻想罢了。

然而团圆毕竟是好的，老友重逢，亲人初见，难免载欣载奔，何况岁暮天寒，“晚来天欲雪，能饮一杯无?”虽然知道与老友、亲人相处久了，也可能有“相对无言”的窘境，但团圆毕竟是好的，热一阵冷了，总比一直是冷的好。

“过年要回来吗？你那当兵的——”

“会的，过年会回来的，你的——”

“也说是会的，已办好了假释，过年会回来的。”

两个邻居的妇人从我巷口走过。一个妇人的儿子在外岛当兵，一个妇人的丈夫则可能触犯了有关票据方面的法律被判刑，但过年都要回来与家人团聚，做母亲的与做妻子的现在满怀欣喜地到菜场买菜，准备好好地和她久别的家人过一个快乐的新年。这时候我的怀疑开始动摇了，假如在她们面前否定团圆的幸福，就会变得有罪恶感。

团圆是幸福的，只是不耐分析，或是分析起来不太容易罢了。

◎ 化石

邻近的空地，建筑商正在进行一座大楼的工程，还只是在打地基的阶段，在地桩与地桩之间的土地上，仍然有蔓生的草。那天我站在灌浆的地基前看工人施工，搅拌车把混凝土倒进一个装有马达的大漏斗中，经过相连接的几支钢管，混凝土像水龙一般地喷出来，倾注在埋着钢筋的地基上。几个嬉皮笑脸的工人在边上开着玩笑，一个工人用铁钩推着那个喷管，让水泥流向该流的地方，另一个工人用圆锹不断拨弄草丛，像是在驱赶什么。突然一只青蛙跳出草地，它惊恐地趴在地基的边缘，那个工人还不放过它，用圆锹斩着它的后方，它逼不得已，一跳跳进水泥中。

它在水泥中依然保持着跳跃的姿势，起初它也还能够跳跃得起来，但那个凹陷的地基，对它像海一样大，水泥是软的，又不好着力，它总是无法跳出那片海洋回到草地。后来，它身上粘着了一些水泥，使它费尽力气，也跳不远跳不高了，它只得举步维艰地朝我的方向爬了过来，因为我的这一方水泥比较低，它终于没有碰到这边的边缘，便被后面像海浪一样的水泥给埋没。

我当时无意去救它，其实我如果有意救它也来不及救它，我总不能为抢救一只青蛙跃进水泥地基中，这也不足成为一个理由让我喝令工人关掉机器停止工作，毕竟，那只是一只青蛙罢了。但令我觉得绝望的也就在此，我没有跳进水泥地基，也没有大声喝令工人停工，原因在于我的怯懦，我的怯懦又由于我的自私，我原本坚信生命的尊严没有任何事物可以陵替，但在一只无辜的青蛙面对生命的凌辱时，我却放弃了坚持。

我没法忘记那只青蛙最后的眼神，它的眼睛极为美丽，在死亡前的一瞬，没有任何表情，却又充满了表情。它身上的绿，即使是翡翠也没有那么鲜艳，它浑身都被一层透明油亮的薄膜所包裹，它没有任何武装，更缺乏任何一种攻击力，它的生存仿佛只在证明世界的美丽都是像薄膜一般的脆弱。

一亿年或者更长的时间之后，那时海峡已经隆起，岛屿已经和大陆连成一块，这座城市早已成了废墟。考古学者在遗迹的挖掘中，也许找到了那只青蛙，那时候，我们当然都已死亡，我们

它在水泥中依然保持着跳跃的姿势，起初它也还能够跳跃得起来，但那个凹陷的地基，对它像海一样大，水泥是软的，又不好着力，它总是无法跳出那片海洋回到草地。

碧珊　绘

的子孙也都死亡，人类也都可能在地球上消失了，只有这只青蛙的遗骸证实我们时代曾经存在过。那个时代也许也有考古学者的，他们的语言我们当然不懂，但猜也猜得到的是："看哪，多么美丽的化石！"

辑二
路过

◎ 绿树听鹍鸠

过阴历新年的时候，天气确实地冷了一阵子，上城里的人大多回乡了，街上突然之间冷清了下来。平时车水马龙的街道，只偶尔有一辆出租车走过，经过微湿的街面，发出一种“嘶——”的声音。远方巷子里，放起一阵鞭炮，在回旋的巷道造成一些余响，这些余响，没有增添什么热闹的气氛，反而使得这座城，变得更加地空寂了。

过了最冷的几天，天气就逐渐回暖了，但这次的回暖不是乍冷乍热的回暖，而是十分缓慢地上升温度，一天大约只升一两度罢了，然而毕竟是暖和了起来。放完年假，公家和私人机关都又开始上班了，只是起初上班的几天，工作的情绪不佳，到处懒洋洋的，似乎仍然在过年一般。这证明人体其实和自然是一样的，要苏醒一定是慢慢地醒来，不是一声起床号就能活蹦乱跳的。

天气回暖的第二天上午，我坐在书桌前发呆。唱机里放着一张女高音 Felicity Lott 的录音，她唱的是法国文学家雨果（Victor Hugo）的诗作，他的诗被不同的音乐家如古诺、拉罗、比才等人谱成歌曲。在 Lott 唱由福雷（Gabriel Faure）谱曲的那首题名叫“L’absent”的歌的时候，我突然听到一阵十分怪异的声音。那个声音跟着歌曲的节奏，但却不是歌曲的一部分，你如仔细听，又不太能清楚地听到。它有点像歌唱者隐藏在内的心跳，有时消失了，然而它是确实存在的。等到那首歌唱完，在换另一首歌的空档，我又听到那个隐隐的声音，那时我就确定它不是唱片的一部分了。我走到唱机边，把音乐关了，等了一会儿，我终于找到，那声音是从我家客厅大门传来的，我把客厅的玻璃门打开，那声音却从更远的屋外、巷道之外，隔着群树之外——轻轻地但却十分清楚地传来，原来那是一种极有节奏的鸟叫声。

那声音是什么样子呢？我试着学学看，“布谷——谷——谷”，节拍是两短——长——短，最后一短声十分急促，有点像古韵中的入声。我有点惊悟，这不就是布谷鸟的叫声吗？

城市中有布谷鸟，确实是匪夷所思的事，但那样的叫声是错不了的。中国以农立国，这种鸟通常在开春的时候啼叫，似乎提醒农家要趁着春来赶紧准备播种五谷，所以就把它称为布谷鸟了。西方把这种鸟叫作 cuckoo，名字直接模拟它的叫声，钟表常用它的啼声来报时，所以看到或听到它，就容易想到时间。“Cuckoo——cuckoo——时间不停留”，好像一首儿歌是这样唱的。

文学家为它取了更有诗意的名字，有时叫杜宇，有时叫杜鹃，有时叫鶗鴂。传说古蜀帝名“望帝”，死后化为鸟，其名曰杜鹃，又名杜宇。杜鹃啼血而死，啼声如曰：“不如归去”，许多文学家附会这个说法，把鸟声变成有家归不得的哀怨。李义山诗“望帝春心托杜鹃”，则将鸟的啼声隐喻为一个永远无法实现的充满悲剧意味的爱情。

辛稼轩有阕波澜壮阔的词，开头第一句就是“绿树听鶗鴂”，他以鶗鴂的悲声来象征人类历史上最壮烈最伟大的离别。他说：“绿树听鶗鴂。更那堪，鹧鸪声住，杜鹃声切。啼到春归无寻处，苦恨芳菲都歇。算未抵，人间离别。”词的主题是描写离别的悲壮，光是这几句，就有夺魂的效果，稼轩不愧是伟大的文学家呀！

虽然是好的文学，但确实是太悲绝了些，在实际生活中，这种感情能够避免还是避免为妙。我宁愿把这鸟叫作布谷，它的啼声在催促农人种田，“农人告余以春及，将有事于西畴”，这是陶渊明的句子，农家的生活也是美的，虽然平淡了些。

鸟声停止了，我打开唱机，且听 Lott 唱下面的一首歌。天气虽说转暖了，在屋里，还是有些寒意呢。不过，没有什么好担忧的，布谷都叫了，春天还会远吗？

◎ 游戏

我们四个人各躲在预先说定的位置。我现在已经忘记这个游戏是由谁最先提出的，其实另外三个人的姓名和容貌，我也都记不太清楚了。那时我们还是上初中的小孩子，大约是暑假过后刚升三年级的时候吧，在下课的时候，我们喜欢合起来玩一些具有试探的，或者可以说是有冒险意味的游戏。我们各躲在事先约定的位置，我说好是躲在一棵大树的后面，另一个同学躲在另一边的树后，两棵大树中间是一条只容两个人走的小径，还有两个同学则躲在这条小径通往福利社那头弯道的墙角。我们不在操场和大路上玩这项游戏，原因一半是在那里没有理想的遮蔽物，使我们很难躲藏，另一个原因是操场和大路上的人太多，这个游戏根本无法玩。

游戏的方式是由我们四个人之中的一人拿出五块钱或十块钱

的钞票一张，那时十元和五元都还是纸钞形式，还算是一种“昂贵”的货币呢，任何人身上有就拿出来是啦，并不会花掉，游戏一完，钱还是回到出钱人的手上，是没有什么损失的。我们把钞票放在那条很少有人走，但一定会有人走的小径旁，然后躲在各人说好的地方，观察路过的行人对这张钞票的“看法”。

一部分的人专心走路，并没有发现小径上躺着的这张钞票。有些人看到了，会捡拾起来，看看四周没人，就匆忙地把钞票塞进口袋，装着没事地跑离“现场”。有时候是几个人一起发现了钞票，必定有一个人将它捡起来，就和同伴商量，该如何对待这张不属于他们的东西。其结果不出两个，一个是联合送到训导处，训导处下午就会在公告栏里贴出一张“拾金不昧”的布告，每个人记嘉奖或优点一次；另一个则是决议“瓜分”这张钞票，立刻到福利社去消化了它。

无论拾获的人打算如何，这张钞票并不会给他真正地花掉的，原因是小径拐弯的地方躲着两个我们的人，他们会去“拦截”他，告诉他这张钞票是我们用来测验他的，他通常会很爽快地把钱丢下，然后羞愧地跑掉。如果一群人拾获的，则我们两个躲在前面的也会跑过去，他们看我们人多，即使人不见得比他们多，他们也会还钱的。因为我们试验出的一个结果是，拾取不属于自己的财物，不管打算拿来做什么，心都是有点虚的，他们通常不会义正辞严地跟你争执下去。

所以我说我们不会失去那张钞票的，直到上课钟响，我们就回教室上课，我们从来没有失去过。我们玩这个游戏现在想起来，心里是十分复杂的，每个人见到钱财，都会起贪念，都想占为己有，这是这个测验的结果。打算拾金不昧的，通常是几个人同时发现，因为不好独占，只有“不昧”了，如果能够独占，那人是会设法吞掉它的。有一次，一个孩子发现了钞票，为了不让他同伴看到，他用脚踩住它，借口说系鞋带，等同伴走到前面之后，他匆匆地把钞票捡起来，放进自己口袋，若无其事地走回同伴中间。这种人我们最为痛恨，他后来受到的惩罚也最深，因为在小径的尽头，我们的人会逼他把钱“吐”出来，他藏钱的行径，也会被他同伴看轻，很可能再也不和他说话了。我们认为给贪婪者一些处罚是对的，只是这处罚，是不是太重了，当时我们都没有想到。

这个游戏其实在证实人性中贪婪、物欲的一些本质，当时我们年纪小，并不知道如何分辨所谓天理和人欲这类的含义，也不知道择取的方法，我们的兴趣是以一种检察官或法官的态度来“面对”我们掌握了证据的罪犯。我们逼他交出他拾获的赃物，以道德训诫的口吻警告他的过恶为正义所不容，只要他承认了他的错，并且表示不再犯，我们会原谅他，让他感激不已地跑开。有些人死鸭子嘴硬，不承认他犯的错，我们就会用各种恶毒的语言羞辱他，甚至威胁他，说我们是训导处指派的人，目的在考察学生的品德操守，而训导处是受命于警察局的，总之我们的牛吹得愈来愈大，最后总要使他承认他的罪行，在他认罪之后，我们就把谴责的语气变成安慰，要他不要太过紧张，我们是经过“授权”可以原谅他的。

事实上我们是在制造一个犯罪的陷阱，让那些原本不打算犯罪的犯罪，让那些原来没有贪念的人动起贪念来。游戏的高潮在后面的警告与谴责，我们自居于执法者，来恣纵我们畸型的惩罚权力，我们并没有这项权力的，但在落入陷阱的人面前，我们所站的高处位置使我们很自然地拥有那项权力。一个和我同村的小男孩，刚入学的初一生，名字叫作春雄的，他的父亲是里长，家庭相当不错，有一次，他竟然落入我们的陷阱之中。在小径的末段，被我们拦截下来，当他看到我的时候，我永远难以忘记那个出自小男孩脸上惊恐的表情，因为他是认识我的，他除了担心学校和警察局给他的威胁，更担心我会把这消息告诉他家人，他在村里有地位的父亲，必定不会饶恕这种有辱家声的罪行的。我到今天还记得，他看到我之后不但立刻交出了钱，整个身体像瘫痪了一样地倒在地上，就是等待我们发觉不妙，告诉他整个事情其实是场骗局、是个不折不扣的玩笑之后，他仍然瘫坐在地上，用完全无助的眼神看着我。

这个游戏玩了一阵后，我们的意兴逐渐阑珊起来。原因有部分是高潮总是和预期一样，久了就没有什么意思了，另外，我们对别人的惩罚，却反过来凌辱起自己来了，这是我们在最初“设计”这项游戏的时候所万万没有想到的。有一天，我们把一张可以算是相当新的红色拾元钞票，轻放在小径的草丛边，钞票是红色的，只要一角露出来，就可以吸引别人注意。当我们将所有安排好了之后，想不到跌进我们陷阱里的不是别人，竟然是我们的导师。令我们难过的是，他完全依照常人的“模式”捡拾钞票，一点都没有什么不同，在他捡起钞票之前，他犹疑了一下，四顾无人，他迅速地将钱塞进他的裤袋里。他是我们的语文老师，平日有点道貌岸然的样子，但在面对钱财的时候，却和一般贪心的学生并没有任何相异之处。

这是我们第一次失去那张游戏用的钞票，他是老师，我们总不能在路尾拦截他，叫他吐出他的贪婪所得，然后对他施以惩罚。但这还不是这个游戏结束的最大原因，我们最后决定不再玩这个游戏的是另一个故事。跟我们同样是初三的一个女孩，她是我常年倾慕的对象，她长得相当漂亮，眼睛不大但浑身白皙，她的动静举止，总让人觉得有点不食人间烟火的味道。我从来没有机会和她接触，连一句话都没有跟她说过，她当然不知道我在暗恋着她。后来我才知道，暗恋她的不只我一个人，我们四个之中，另外两个对她也十分仰慕，因此，我们四个人中间，只有一个是和她没任何“关系”的。

千不该万不该她不该走那条小径的，我们也不该正好在之前设好了陷阱，发现是她的时候，我们都已埋伏好，已经阻止不了事件的发生了。她看见那张钞票的时候，我心里想，怎么是你啊！怎么是你啊！心里一直喊着，“千万不要拿，千万不要拿，那是一个陷阱呀！”她用脚踩住那张可能飞走的钞票，那天风很大的，她和别人一样用目光巡查了四周一次，然后慢慢弯身将脚尖的钞票拾起来，巧妙地将它放进她黑色褶裙边的暗袋里，然后快步离开，生怕有人发现了她。当时我的心几乎碎了，这次瘫痪的是我，我蹲坐在我藏身的树干之后，一直到上课钟响，我都无力站起来。我终于知道暗恋她的不只一个，那两个负责拦截的也同样瘫在他们躲藏的地点，没有对她进行任何的盘查，更没有惩罚她，让她从从容容地走出我们游戏场，惩罚并没有消失，只是像天道循环似的，对象转成了我们。那个唯一没有心事的同伴从树后跳出来，大声戾责我们为什么没有拦住她，我们后来也失去了这个朋友。

从那次之后，我们再也不玩这个游戏了。人在某个角度看来确实是丑陋的，但让这个丑陋显现出来，到底有什么意思呢？我们能够改变它吗？如果丑陋是存在的，所谓改变，也只是指用层层外衣包裹住，让你见不到丑陋罢了。丑陋其实是隐藏在更深更远的心里面。那场游戏，不知道对其他人产生了什么影响，对我而言，确实让我在十五岁左右的年纪就体会了人生最深沉阴暗的一面，但这种体悟，到底有什么好处呢？这是我直到今天仍然想不出结果的问题。

年纪大了之后，我看到日本作家三岛由纪夫的小说，发觉他许多故事和我少年时候的这个经历是相同的，我跟朋友说起这场游戏时，朋友都称这是个三岛由纪夫式的故事。

许多年来，因为所学与所事的不同，我与少年时的同伴已不再有联络。有一年，母校在庆祝三十或四十周年校庆的时候，同时举办了校友会，我凑巧有机会参加。我期望在会上见到一些初中时的同学，然而可能因为时日相隔太远，没有什么相同的记忆相联系，所以即使相见，也不怎么能相识了。倒是意外地见到了曾经被我们羞辱的那个名叫春雄的初一生，现在他的个子长得十分高，大约比我高出一个头的样子，身体十分壮硕，他见到我还认得我，因为小时候我们住在同一个村落呀。他告诉我他现在在从事进出口贸易，自己开了车来，会后如果我愿意，可以搭他的车回台北。我趁一个机会问他还记得那次我们折磨他的事情吗？我脑中挥不去他瘫坐在地上的影像，我告诉他，我们对他所施的惩罚，事后不断地“转移”到我的身上，我深深地觉得少年时候的游戏是错的。想不到他听了我的叙述之后，竟然惊讶万端地说：“有这个事吗？怎么我一点记忆都没了呢？”

没有记忆，就得不到原谅。这场少年时游戏所造成的罪业，其他三个人我不知道，在我这边，可能要一生才能赎还。

◎ 机会主义者

善于利用机会的人，我们就称之为机会主义者。一般使用这个名词都含有贬意，我们瞧不起那些攀附机缘而使自己得到利益的人，这些利益不外乎金钱、财产和名位。

当然，我们并不排斥用正当的方式得到财产和名位，譬如一个人努力用功，通过重重考试而做公务员，后来表现良好，而被放在政府重要的位置；一个人努力经营，事业发达，终于成为富豪，他们都是用正当的方式而功成名就，我们不称之为机会主义者，而认为他们是“实至名归”。

但真的他们从不利用机会吗？即以考试而言，岂不是一个机会吗？而蒙上级拔擢，岂不也是一个机会吗？一个后来“爬”到重要位置的官员，也许不会主动制造机会，但绝不放弃落在自己前面的机会而图好好表现一番，这便是“利用”机会。一个经营事业有成的商人，更不会轻易放弃任何一个可以经营的机会，甚至竭尽智慧地制造使自己发展的机会。

三十年前，社会上流行一句标语，即“时代考验青年，青年创造时代”，把“时代”两个字换成“机会”，在含义上并没有什么太大的不同，由此可见，“机会主义者”，其实也没有那么可鄙。

小时候住在宜兰乡下，附近一条公路是“太平山林场”运木车必经的道路，林场及警察局在这里设了一个检查站，每天上午十时、下午三时左右，总有成队运原木的大卡车停在路上受检。那些从山上刚采伐下来的原木真是巨大得吓人，大到十几吨的卡车，每车只能载两根到三根而已。在检查站周围，总有十几个男孩一手拿着畚箕，另一手拿着一根铁制的可以剥裂树皮的工具等着，偶尔其中也有些妇人，一等卡车停妥，他们便蜂拥而上，用极快的速度把原木的树皮剥下来。林场人员和警察从不加以干涉，原因是树皮易腐，是没有什么经济价值的；令人惊讶的，刚被剥去树皮的原木，露出新鲜的肉色竟然与人类的裸露十分相似，看了让人绮想不已。

以现在保护儿童的观点来看，那些男孩的动作确实是十分危险的，被剥下来的零碎树皮，晒干了，只提供晚炊时的部分燃料罢了。是不是值得呢？这要看当时的状况而定了。我们小的时候，台湾还是个物力维艰的社会呀，只要有助于生存，任何些微的机会都是要利用的。想到这里，机会主义者这一名词，突然变得庄严而令人肃然了。

我居住的城市，已经有很长的一段时间陷于干旱，大概有两三个月没有下雨了吧，每家阳台上的盆栽可能因为主人吝惜用水而少加灌溉，纷纷露出颓然的表情。阳台的间隙和围墙大门上的平台，偶尔被一些风媒的植物侵占，由于上面没有泥土，它们生长得十分辛苦。它们用网状的根密密地“巴”住水泥表面的每个小隙洞，吸取冷气机的滴水或者空气中的些微水分以维持生命，在长期干旱之下，它们最后只有从委顿而全然放弃了生存，直到前天，一场连续两个小时的大雷雨，为城市带来水的喜气。第二天依然阳光逼人，但那些原本已放弃的风媒植物，突然又峥嵘地活转过来，一夜之间，它们以鲜绿换走了颓败。有一家大门上的平台，原本荒芜死寂的一丛干草竟然开满了橘红的像仙人掌的花，一片灿烂夺目，好像向人宣示，任何一点点的生存机会，都是要善自把握的，这是生命中最原始的责任呀！

◎ 存在

我们常人通常以目视有无来证明事物的存在与否，凡看得见的，便等于存在，看不见的便不存在。但对盲者而言，这个判断的方式便无效果，因为他们根本无法用视觉来证实任何事物，对他们而言，世界仍然是存在的，他们只能用听觉或者用触觉来证实。

假如看不见，听不到，又无法接触，这件事物是否还“能够”存在呢？那就不太容易解释了。在自然存有的光谱中，我们人类视觉能觉察到的其实只有一小段而已，在红橙黄绿蓝靛紫的七种色泽之外，还有许多许多光线是我们看不见的，譬如红外线、紫外线我们都看不出来，X 光射线我们也看不出来。假如我们看得见这些光线的话，人类的审美观和人生观乃至宇宙观都可能改变，我们之能够维持既存的审美观和人生观，主要是因为我们只生存在一段小小的光谱范围之内罢了。

我们的听觉也好不到哪里去，和光线一样，人类能够觉察的频率也是很窄的，超过一定范围的声音我们就听不见，低于我们耳朵所能听到的频率，我们称之为超低频，高于我们耳朵所能听到的频率，我们称之为超高频。根据物理学家的说法，在超低频与超高频之外，还有近乎无限的频率范畴。

这就是说，人如果只靠自己的感觉来证明外界事物的存在与否，基本上是危险与不实在的，原因跟我们贫弱的视觉与听觉一样，人类无法发现的真理，远比他已发现的为多。庄子说："瞽者无以与乎文章之观，聋者无以与乎钟鼓之声。岂惟形骸有聋盲哉？夫知亦有之。"庄子最知道人类智慧的局限性，因此鼓励人抛弃既有的形迹，追求更高的超越。可是，人要做到真正的超越确乎是难的，追求超越的第一个步骤，人得学习对未知的宽容，如果还做不到，至少至少，在已知未知之间，他得学习谦卑。

那天下午我乘坐的公车在西门附近被堵，在我左边的捷运工地，正在进行一套十分传统的祭祀仪式，我因高坐在公车上，可以看得清楚。在杂乱工程器材之间的一方小小的空隙间，他们放置了一张小桌，上面堆着一些酒菜，他们把香插在一只卤熟的鸡和一块连皮的猪肉上面，插不完的，便都插在桌边的地上，然后他们念念有词地烧起冥纸来，每个人都戴着工地规定要戴的黄色安全帽。他们之中，有的是工人，有的可能是工程师，表情都是虔敬与肃穆的。我前座一个学生样的年轻人指着窗外说：

“看哪！搞捷运的也这么迷信呢！”

“凡事要宁可信其有，不可信其无呀！”他的同伴回答他。这时，在他们旁边一个装扮像是老师的人用很沉思的语气对他们说：

“这不是迷信，这些做工程的，他们只是比我们更知道，世界有许多存在着的，而我们不知道的事情而已。”

◎ 鸢尾花

鸢尾花是长在水泽边上的花，和水仙有点近似。水仙的叶子是向上长的，而鸢尾花的叶子则较长，它当然也是向上长的，长到一定高度，就向下飘折，在风中抖动，十分有姿态的。鸢尾花的花是蓝白色的，那蓝有时候蓝得太深了，就近乎紫色，但这种紫色不是孔子说的那种“恶紫之夺朱”的紫色。孔子所说的紫色是近乎红色的紫色，而鸢尾花的紫色是从蓝色变成的紫色，大体上还是蓝，比一般蓝略深些罢了。

一般人把那种蓝色叫作宝蓝，平常我不很喜欢那种蓝色，原因是宝蓝色的东西，都会发出一种诡异的光，有一种俗艳的成分，而又使人不安。当然，这是个人的直觉，是不能做客观标准的。鸢尾花的宝蓝色并不令人生厌，原因是和它搭配的是十分纯粹的白色，它的花有点像小朵的兰花，通常不像兰花那样舒坦地展开。鸢尾花好像卷曲着的时候较多，花瓣是深深的蓝色，愈近蕊心，则颜色愈浅而变成白色的了。展开花瓣的鸢尾花是很美丽的，由于它的花瓣很薄，颜色鲜艳而透明，在风中，很像展翅欲飞的蓝色蝴蝶。

鸢尾花不适合作日式“插花”的材料，原因是它质性自然，不容人为扭曲。成束的鸢尾花不很经心地插在瓶子里，本身就十分好看，但需注意，插鸢尾花的瓶子最好是透明而没有什么花饰的玻璃制品，插在水中带着一些气泡的叶茎，看起来也是美的。鸢尾花的“花期”不长，怎么看出来呢？只要看玻璃瓶里的水不再清澈，换了几次水都还有些混浊，那这束花的花期就该结束了。因此，鸢尾花是一种昂贵的花呀！

还有，插在瓶子里的鸢尾花，须放在光线好的地方，最好是落地窗前，它的背景，不可有过多的色彩，当然也不宜有过多的线条。它的后背，最好是白色的墙壁，瓶子底下也应该是素色的，最好是黑色的平台钢琴，黑色和白色，可以把它茎叶的鲜绿衬托出来。

梵高有好几幅鸢尾花的油画，有一幅在美国卖了千余万美元的天价。我记得几年前在阿姆斯特丹看到他的一幅鸢尾花的画，是收藏在梵高博物馆的，当然不是在美国卖掉的那一幅，然而大小和形式都十分相像。朋友告诉我说纽约大都会博物馆也收藏了一幅，只不过那幅是横式的，色泽与花的姿态，则与这幅很相似。梵高是个穷画家，他最多的是自画像，因为他请不起模特儿，他的静物画也颇多重复，原因是生活没有余裕，无法准备许多不同的静物供他写生，他只有不断重复地画同样的东西。

梵高博物馆的那幅《鸢尾花》被安排的位置有些奇特，它是被单独地挂在一个不宽的墙上，这面白色的墙正好面对一条长长的通道，通道的底端，则放了一把双人坐的椅子。那天接近中午的时分，我在博物馆已参观了两个多小时，脚有些酸了，就一个人坐上那张椅子休息。旅途的疲乏，使我想起人生的一些困顿和阻碍，一时之间心情有些忧伤起来。抬起头，远远墙上那幅梵高的《鸢尾花》，正散发着异样的光彩，对于我，那幅画像是一个在异地相逢的朋友，他不必说话，就给我沉淀思绪、安足精神的作用。

和梵高其他画作最大的不同是，梵高其他的画用的是炽热而强烈的色彩，线条则如神经质般的扭曲，令人感受紧张和压力。这幅《鸢尾花》却不是，色彩清冷而透明，线条虽然有他一贯的刚毅，但比较起来，则流畅而优美。显然梵高在画鸢尾花的时候，心情是轻快而明亮的，难怪博物馆将这幅画特别放在另一面墙上。一对显然是来自美国的游客经过我前面的通道，女的说：

“你看这就是那幅卖了一千两百万的《鸢尾花》呀！”

他们无疑是错了，他们不知道同样的鸢尾花，梵高画了好几幅呢。男的说：

“我们何其荣幸在这里见到它呀！”

他们奔向那幅画前面。我远看那幅《鸢尾花》，仍然静静地在那面墙上发着清冷的光彩，一点都没有打算辩解的样子。

◎ 黑暗的角落

假如你有机会站到刚才那个明星所站的舞台上，你便会发现舞台其实是一个最封闭的场所。

舞台以厚重的布幔与后台隔绝，它在设计上，原是向观众席展开的，然而在演出的时候，强烈的灯光从正前方及侧方射过来，舞台前沿的地方，又有一排滴水不漏的灯向上照射，再加上总是跟随主角出没的聚光灯，把载歌载舞的明星，映照得光耀如神人。然而你如置身在他站立的地方，你就知道他如向前看是一个人也看不到的，偶尔掀起的掌声和呼声，因为看不见“声源”，就像是从一个陌生的外太空传来，显得极其荒谬而不实在。

重重灯光封锁了整个舞台，使得舞台成为一个最光华然而极为孤寂的场所。

长期在上面讨生活的人，就会与现实生活脱节。表面上他们置身在万千观众的喝彩之中，而其实，他们被层层封锁隔绝在生活之外，或者被层层封锁包裹在一个密不透风的厚茧之中，无法与外界正常联络。这是从事“演艺事业”的人自杀率偏高的原因之一。

而观众在舞台的另一端，他们以为明星的眼睛是看着自己的，如诗般的歌声和语言也是对着自己发的，因而陶醉起来，他并不知道明星在舞台上的所有动作都是表演而已。明星看不见任何一个前面的人，陪伴而来的是遥远太空传来的某些呐喊和一些荒谬的掌声罢了。他被“训练”成对他前面的空无展现热情，有时还需把双手做成拥抱的姿态，随即从不知名的远方又传来一阵惊呼，随着那阵惊呼，他依照习惯，把手掌贴着嘴唇，向远方轮流抛出飞吻……

当演出结束，循例会把观众这边的灯光也打开，这时观众看舞台就不是那么清楚了，而舞台上的人就可以看见那些声音的真正的来源，他们的惊呼和近乎“暴乱”的举止却令他不适应，虽然这一些都在预先的安排之中，而为他所熟知。他原来急切盼望从强光的封锁下解脱出来，然而一旦解脱了，外面真实的空气反而令他感到不真实，就像潜水员浮出水面，压力顿失反而使他昏厥茫然。他只有匆匆答完礼，快步跑向有些零乱，但至少熟悉的后台，回到他专属的化妆室，只有这个有人把守而四周封闭的空间使他觉得安全。

因此，所有这类的艺术活动其实是在误会之下进行的。演出者并不怎么看得见欣赏者，而欣赏者以为演出者都对自己情有独钟。人生的戏其实只有一个，假如在一部分戏中过分积极地扮演，也就是过分“入戏”的话，在另一部分戏中就不太能进入，而显得彷徨踟蹰起来。因此，所有高明的舞台演出者，都有点不太能适应生活，他们在真实生活中反而变得比较无能，甚至难与人沟通。

这一点在欣赏者这边就比较不那么严重了。因为艺术欣赏对一般人而言，是生活的一部分而非生活的全部，他即使在欣赏过程中过分投入，也不太影响他真实的生活起居的。所以如果是误会，也仅仅是个诗中所谓的“美丽的误会”，就像溪流中一颗石子激起的小浪花、小涟漪，并不会阻止溪流向既定的方向流去的。

而对演出的人而言，演出是他的职业，有些人更浪漫地说演出是他的生命。当他将整个生命投入这个被灯光包裹封锁的事业之中的时候，他即使退出，也会有些时空及价值颠倒的感觉。一个终生以之的表演艺术家，则必须终生抗拒这种颠倒，终生调整自己以适应两种完全不同的生活秩序。

并不是那么容易的。因此我认识的一些杰出的表演者，都有一种近乎孤僻、忧郁的气质。有时候人会将他这种不幸的气质当作是他艺术的一部分，“艺术家本来就这样嘛!”但据我了解，这是调适困难的缘故，表演者与孤僻之间并没有等号。

要解决这个困难，其实是有办法的。表演者有时候应该跳离他四周的光环，走出重重光的帷幕，他应该选择离舞台极远的一个黑暗的角落，在那里假扮成一个卑微的观众，一个黑暗中的欣赏者。这时台上顾盼自如的表演者就可能给他很大的启悟，原来那里进行着的，是一个被误会覆盖的人生戏剧，表面上也许充满了喜悦，而背后却布满了一些令人悲哀的因子。

我突然了解南宋理学家朱熹为什么把自己的字取作“晦庵”了，这当然和韩愈字退之一样，有一种平衡的作用。熹是极度的光明，晦是极度的黑暗，朱熹要求自己在置身光明的时候，也能随时走入绝对的黑暗，或许朱熹的了解是：只有在黑暗之中，才能体会光明的意义呀！至于光明的意义到底是什么呢？这恐怕一下子是说不清的。

然而置身在光耀之中，都多多少少包含了一些被隔离的悲哀，一些被包裹的压迫。这样的情况，即使是智者也都无法逃离的吧。

◎ 在无人的美术馆中

美术馆今天展览的主题是中国台湾画家的油画，因为不是假日，又是午餐前的时分，参观的人不多，整个美术馆显得宽阔而明亮。

由于美术馆是在飞行的航道下，朝西的大片落地窗上常有降落的飞机低空掠过，和看到闪电再听到雷声的经验差不多的，总是先看见一个巨大的影子掩压过来，然后一声轰然的巨响。有人埋怨这个设计，为什么不避开航道呢？但我对美术馆的处境是很同情的，拥挤的都市，哪里还能找到像这样大片没有遮挡的土地，偶尔的巨响，对欣赏艺术是没有什么太大的妨碍的，有时候，它可以将人从色彩、形象的纯粹思考中“拉”出来，使得艺术不那么地脱离现实。另外，干扰有点像阴影，假如放置合适的话，艺术将因阴影的关系而增加了“厚度”，成为一个立体的、更接近真实的存在。

不过，这么合适的阴影、这么恰当的干扰是不容易找到的，所以，干扰还是愈少愈好。人少时候的美术馆确实是好的，因为少了不当的人为的干扰，艺术品与欣赏者可以建立一个比较紧密的关系，这种关系不见得是现实的，可以说更具有一点“超现实”的成分，在有一些似催眠的气氛下，空气依然在流动，人依然在呼吸，现实是存在的，但显得不是那么重要。

我走进一个阒寂的展览室，里面一个人都没有，挂在墙上的画作因为没有观赏者，似乎一个个放弃了伪装和造作，而都七情六欲地活转了过来。进门口一幅静物，蓝色瓷瓶上的几朵白花，正自以为是地盛开着，在它旁边的一幅两百号油画，画的是几个正在休憩的矿工，由他们四周一片黝黑以及头上的照明灯依然亮着看来，他们无疑仍置身在地底的矿坑中。中间两个面孔相对，手里都拿着杯子，一个浅笑着，另一个则在喝着杯中的茶水，脸上也挂着一丝笑容，似乎在听他同伴说的一个不怎么好笑的笑话。另外一个在画面左边的矿工，手中也拿着杯子，却不在听他们谈话，他的眼睛直直地盯在这幅画对面的墙上，面上一副吃惊的表情，我随他的眼光寻找过去，在对面的墙上，也就是这位矿工视线所到之处，发现了一个纯粹裸体女性的坐姿。

这幅裸女其实画得不怎么好，她的比例是正确的，画家素描的功夫无须怀疑，笔触和色彩也都细致，但整体而言，这幅画缺乏意义，画家为了画一幅裸女而画它，好像没有想到或者根本想不到其他画它的理由。我有些为这位宽衣解带的女子抱屈，这一点，画中的裸女似乎也意识到了，在她矫饰的笑容中透露着无奈，她空洞的眼神好像在空中找寻，试图找寻出一个令她心安的解释，但她一直遍寻不着。跟她右边的另一幅比较，同样题名是《裸女》的画则展现了旺足的自信和生命力。这幅《裸女》是以背姿出现，像常玉一般的笔法十分简洁，她的头向左边侧弯，右手向上曲伸，绕过头部，左手也是向上曲伸，然而伸得不够高，手掌只到和头部相等的高度，她的躯体略微弯曲，但整体而言依然算是直的，因为是以背部呈现，所以不太具有女性的特征，腰不特别细，臀部也不宽，她的右腿平贴在地面，和躯体维持小于九十度的角度，小腿则略与躯体平行，大腿小腿的转弯处，形成一个阿拉伯数字 7 的样子，而她的左腿，则几乎和画的下缘垂直。

这样的一个女体，我们要猜想她置身的环境，因为画家没有做任何背景的交代，我们只有用猜的。我们很自然“猜”到她是反躺在床上，或者是“趴”在地上，然而有趣的是作者在这个裸女的右侧，画了一个中国式的高几，上面还放着一花钵，钵上白色的晚香玉正恣意地开着。我们如从一般物理学垂直与平行的观念来思考，这幅画是不合逻辑的，原因是如果女子是反躺在床上，或是趴在地面上，这张高几和花钵也得侧放在地上才对，如果高几和花钵是直立的，那这位裸女就得像壁虎般地“平贴”在陡直的墙壁上了，无论哪一个是“真的”，都必然造成另一个是“假的”，在现实世界，断无实现的可能。

物理的客观原则是否也是艺术的最高原则？在客观世界存在的东西，无一能够摆脱地心引力的，问题是我们在价值世界中，也须遵循、臣服于那么大的引力，不思作任何的突破吗？这里呈现了艺术的本质与意义的问题，在无所不在的万有引力之下来去自如，不受羁绊的，艺术似乎是唯一的可能了。在艺术中，经验与非经验同时存在，相互重叠，空间乘以时间，时间又乘以空间，反复的乘积，使得有限的世界变成无限。

我在无人的展览室作漫无边际的空想，一阵掩压而过的巨响，使我重新跌入现存的有限世界，原来一架波音 737 客机，正低空掠过这座美术馆的上空。

◎ 看与听

有一天我突发奇想，看与听，假使必须让我选择一项，也就是我如选择视觉，就要损失听觉，而我选择听觉，就必须不能看见任何东西；假设硬性规定我只能选择一项，那我要如何选择呢?

这确实是一件十分困难的事呀！我此刻正在听吉利尔斯弹的贝多芬奏鸣曲，吉利尔斯准确而沉雄的触键，将贝多芬的作品带入一种阳刚的深沉之中，这一点，老一辈的钢琴家如肯普夫、阿劳乃至霍洛维兹都不见得能达到，比他稍晚的如阿什肯纳吉、布伦德尔、波里尼等人不是显得花拳绣腿，就显得过于卖弄音色，只有巴克豪斯的演奏，气象森严之中流露出机智。但巴克豪斯的录音，比起吉利尔斯的平均早了二十年，当时录音的“动态范围”和现在比较，当然是逊色了些，因此精彩就略显不足了。这么庄严、沉雄而优美的音乐，假使我选择了视觉，我将无法欣赏，我无法借着音乐来激起我胸中的波涛，我无法体会站在生命的山谷，聆听心中最细微的呐喊从群山之间如回声般地阵阵传来……

我之欣赏吉利尔斯的演奏是近五年的事，在此之前，我对他不只不喜欢，还有些厌恶。他弹奏贝多芬似乎欠缺学院派的文雅，乐评家 Klaus Bennert 说吉利尔斯一九五五年第一次到美国演奏时，美国人称他是“俄国打手”（Russian Muscle-man）。吉利尔斯的长相和演奏方式，初次见到的确实会误以为打手，但听久了之后，会慢慢察觉到这位肌腱发达的演奏家也有脑子，也有细致的柔情，阴阳相补、刚柔互济，甚至，所谓柔情就应该如此寄托，这般表现才对。贝多芬的作品当然是文雅的，然而贝多芬也有狂野的一面，有时候，一种文雅，需要透过狂野才能诠释得透辟，这是我听吉利尔斯演奏时候的感想。

然而当我选择视觉的话，我必须放弃聆听音乐的机会，那是多么可惜啊！除了唱机里的音乐之外，我再也听不到风刮过梧桐的声音，还有鸟的叫声，屋后面水泽边有一种叫起来像击鼓的鸟，本地人叫它作“田鸫”的。“咚咚——咚咚咚——”，每到春天，它就报时似的，用鼓声告诉你时光易老，是一种幽默和凄怆的提醒，当我丧失了听觉，这一切我再也听不到，也觉察不出了。更悲哀的是我再也听不到我亲爱的人们的言谈，其中包括我的妻儿、亲戚、朋友、同事、学生，他们的声音原来充满在我们四周，有时候，我还会觉得烦厌，但当我再也听不到的时候，它们却都像无法割舍的珍宝。

命运已经决定，我如选择听觉，让音乐、虫鸣鸟语、妻炒菜时发出的声音继续存在于我生命，我只有丧失我的视觉；这会是怎么样的状况呢？首先我不能看书了，我几十年养成的生活习惯将彻底改变，我堆满房间的书，我一度认为那是我在世间唯一可以左右的财产，立刻变得毫无意义。一首诗当然可以用听的来感受，但失去了视觉，则诗里的景象就不可能存在，要如何“诗中有画”呢？吴镇、范宽、徐渭、石涛乃至梵高、塞尚、毕加索也成了不存在的神话，另外我也看不见婴儿白里透红的肌肤，当然也看不见镜里自己逐渐老去的容貌，年轻和衰老如果看不见，只能听人说，则我们该如何去感受生命的丰厚和深沉呢？

色彩和光影都消失了，蔚蓝的晴空，愤怒的海洋，如波涛奔腾而来的山峰，还有在天幕上舒展自如的白云，这一切的一切，都因为我看不见而彻底地消失了。当然我不是一生下来就目盲，我在失明之后仍有残存的视觉，我依然记得我亲爱的人的脸，我也记得那看过的每一幅好画、好字，还有屋宇、丛树、山岚、溪流，草的绿，天的蓝，海洋深邃处的黑，然而我失去复习印证的机会；假如不能反复印证，一切记忆都会慢慢地消失，终至黑暗的一片，一无所有。

当然在我失去视觉的时候，我依然拥有听觉，而这个仅存的听觉，可能因为我不能看而更加敏锐，这是盲者的音乐感强过一般人的原因；当我失去听觉的时候，我仍然拥有视觉，同样因为我不能听而“逼迫”自己看得更细微，我可能因为丧失了一方面，而在另一方面展开更精进、更宏阔的前程也说不定。然而这些都是“推论”，而结果还是个“说不定”，因为无论失去听觉或视觉，都是一种残缺，都是一种不完整，可能的弥补，抵消不得必然的损失。

我似乎从噩梦中醒来，我依然以既有的方式生存在这个世界，幸好这只是一个“奇想”，在可预测的时空之下，我似乎并无失明或失聪之虞。透过这个奇想，我发现我虽然拥有极大、极自由的视听能力，却没有真正驰骋我的天赋，严格说来，我跟盲人和聋人并没有太大的不同，顶多我只比他们多看到一点光线，多听到一点声响罢了。那些光线和声响是粗糙的、不耐分析的……我知道自己是幸福的，我的困窘在于我没有将我的幸福展开。

可能的失坠，常令人珍惜他现在的处境。

◎ 入戏

一个演员的优秀与否，常常是以他“入戏”的深浅作为判断的标准。所谓入戏，是指他进入戏中的情境，将自己完全融入戏的角色之中，在演戏的时候，他绝对不是他自己，而是被指定的剧中的那个人。那个人可能是聪明的，也可能是愚蠢的，可能是健康的，也可能是残疾之士，也许他面目姣好、风度翩翩，也许他面目丑陋、举止乖张。总之，人有千百种，戏中的人生和真实相差不远，形形色色样样都有，唯一不同的是，在实际人生中，你只能“扮演”自己，而在戏中，你可能扮演各种不同的人。

把戏内戏外分个清楚，表面上看容易，而其实是相当困难的，这对优秀的演员而言，更是个极为严酷的考验。一个人“入戏”久了之后，很少能够不受戏中人举止性格的影响，从而改变了他的现实生活。京剧名伶梅兰芳，因为长期扮演旦角，以致他在戏外的一举手一投足都充满了女性的味道；英国影星彼得·奥图在演电影之前是莎士比亚舞台剧的杰出演员，明眼人看他的电影，无论演阿拉伯的劳伦斯，或者吉姆老爷，或者《将军之夜》那个看到梵高画就会疯狂的德国将军，都有十分明显的哈姆雷特和麦克白的影子；入戏并不容易，但真正进入之后，再想要出来，那可比什么都要更难了。

能够像梅兰芳、彼得·奥图这样入戏的演员并没什么不好，因为他们扮演的是伟大剧目中的正派的角色，举止庄重而口吐珠玑，在实际生活中，偶尔显得不太搭调，但他们毕竟是“腹有诗书气自华”呀！假如演的是卑微细琐的角色，把戏中的言行搬到实际生活上来，就是灾难而非幸福了。我以前有个朋友，在一部电视连续剧中扮演一个患口吃的人，戏演了多久，他就口吃了多久，结果他很自然地把这习惯带进了他的实际生活。他后来告诉我，说那段日子他有生不如死的感觉，因为周遭的人取笑他、嫌弃他，到末了，他自己都嫌弃自己了，而又无能为力，他用了将近一年半的时间才改正了那个恶习，仿佛从噩梦中醒来一般。

“入戏”不是演员的专利，戏是要演给人看的，因此一部戏的好坏，有一半是操纵在观看者的手上的。剧本写得好极了，演员个个卖力演出，表演得无懈可击，但观看的人如果不能入戏，那么前面的所有“作业”就显得浪费而无意义。京戏在开场之前，先来段密集的锣鼓，提醒观赏的人坐好位子，安好精神，好专心地欣赏下面一段故事；西方的歌剧上演之前，先由管弦乐团演奏“序曲”，序曲其实是培养观赏者欣赏情绪用的，等到大家的情绪都稳定下来，表演才可真正地展开。一直到台上台下，演员观众，都随着剧情的忧喜而忧喜，同样的心跳，同样的呼吸，大家都进入了故事里，这样的演出，才算达到了淋漓尽致的地步。

扮戏的时候最不能容忍的是旁边有局外人存在，看戏的时候亦然，为什么呢？

因为他妨碍你“入戏”呀！假使不入戏，无论演出和欣赏都难以进行了。所有的戏都是假的，但是在扮演及欣赏的时候却要把它“当成”真的，这种虚拟是所有戏剧进行下去的动力。然而局外人却破坏了它，他用语言或眼神告诉你现在的处境是假的，是不该认真的，让你觉得自己的入戏是那样地可笑。“当局者迷，旁观者清”，局外人的判断当然是清醒又正确的，不过人如真正清醒，大部分的故事都没办法发展，也没办法进行下去了。

我有一个朋友深深为他的“破坏力”而烦恼，面对戏剧，他经常“扮演”局外人的角色，每当妻女围坐在电视机前，为电视剧中主角的遭遇而涕泗纵横的时候，他都会说：“哭个什么劲呀！根本是假的嘛！”引起全家的不满。他后告诫自己不可影响别人，但他从来不会为剧情而感动，他不发一语冷冷地坐在一边，他家人也认为是一个妨碍。原来在沉醉众人面前做一个清醒的人也是一项罪行，他深以为苦。有一天他对我说，他之不能“入戏”，在于他读大学的时候，住家附近有家制片厂，他有空就到片场看人拍摄电影，才知道所有的电影、电视乃至舞台剧，都是导演、演员、化妆师、灯光师联合作假的结果。他之不为电影里面的剧情而恐惧，而激动，是因为他完全知道演员的鲜血其实是番茄酱，汽车掉入山谷其实是道具，就连拍激情的男女缠绵镜头，旁边有导演，有灯光师，有摄影师，还有场记，有剧务，一个动作，总要拍个十几遍，他才知道演员必须是个冷静不动情绪的人，至少在演戏的时候。

生命的个性不同，有些人偏向理智，有些人偏向热情，我这位朋友对演员的评价，有点像柏拉图对诗人的看法，语虽偏激却不能说是毫无见地。但虚构的故事也不妨有真情和真理存在，这是亚里士多德式的见解了，我的朋友在这方面可能不太能够体会。我劝他不妨以佛陀的智慧来看待世人自陷的悲痛，因为“入戏”其实是一种严重的自陷呀！我不劝他去练习看戏剧，当一个人对人生万物，已有一种如“梦幻泡影”的体悟，其实已不须观赏任何戏剧了。

人有千百种，戏中的人生和真实相差不远，形形色色样样都有，唯一不同的是，在实际人生中，你只能“扮演”自己，而在戏中，你可能扮演各种不同的人。

碧珊　绘

◎ 谁杀死了老画家?

这几天，我连续参观了两位老画家的画展，一位是我熟识的，一位我并不熟识，却是“久仰”的。很不幸的是，我发觉他们绘画的生命已经全然死了，虽然他们还徒具形体地活着，而且在开幕酒会中频频与参观者热情地打招呼。

一个画家画的生命死了，便等于已经死了；他的画的生命活着，他即使死了，也等于还活着。这是很容易懂的道理，画家应该以他的画作为他自己的生命，就好像文学家应该以他的文学作为生命，音乐家应该以音乐作为他的生命一样。这么容易懂的道理，可惜在这个岛上，一般人却不怎么懂它。这里的文学家忙着作秀，接受访问，畅谈他的创作理念，却不真正花力气在他的作品上（其实他也没什么真正的“力气”）。音乐家忙着网罗学生，每小时收一次昂贵的钟点费，他不作曲也不演奏。而画家呢？原本是有点小小的创作本钱，借着媒体把自己炒热，然后眼巴巴地等候画商与收藏家的青睐。我说他原本有点小小的创作本钱，因为如没有这点本钱，他不可能被媒体发现，更不可能被炒热，他的这一点创作本钱，如果真正放在创作上，不断毁弃自己的劣质作品，剩下十分之一或者百分之一，也许尚有可观者，不幸他用大量的油彩，冲淡了、稀释了他原本已嫌少的本钱；再加上画商与收藏者也许“精”于此道，但他们所精的在于画的金钱价值，很少人晓得艺术品宝物里面，还有一个十分严肃、完全无法以金钱权衡的艺术生命。

这并没有什么值得可惜的，台湾的一般艺术家，大部分是比世俗人更世俗的人物，寄望他们产生伟大的、有生命力的作品，便纯然是一种妄想。但老画家便不同了，他们虽然迄今犹存，可是使他们成长的年代不是这个时代，基本上，他们仍然保留了上一个时代的生命情调与创作精神，也许比时下的人反应迟缓，比现代人不知变通，经历过的灾难与贫困，使他们在创作时比时下人具有较多的理想，较深的坚持。他们的殒落，是时代的损失，而他们如徒具形体地活着，放弃了理想与坚持，则是我们整个社会的悲哀。

一位早年以绘制人体出名的老画家已不再写生，因为那太费力气，他改画瓶花，因为这比较易成。我并不认为静物比人体缺乏艺术价值，而是指老画家的选择瓶花静物，其实是一种投机罢了，何况画展中出现相当多画家早年并不成熟的静物写生，有几幅甚至还没有完成，画商说这几幅早期作品，价值不在于艺术性，而在于历史性。另外一位老画家不属于早慧型的，他五十多岁之后才展开真正的创作，但他早年的困顿与隐晦，累积而成为他一种相当特殊的创作资产，他的作品在繁复的色块下透露出不安的气息，这种不安不是令人焦躁的那种，而是一种体会出宿命的意义之后的感觉。又由于他很少与别人沟通，以致使他的作品处处透露出一种与别人不同的语言，与别人不同的诠释体系，将近二十年前他的画作第一次在台北展出，在艺坛上确实造成了相当的轰动，“在台湾也有这样的人吗?”很多看画的人这样说。

他的画被市场逐渐炒热，他作品的价格被画商哄抬，他画展的频率密了起来，但他并没有那么多那么好的作品。近几年展览的画作，有明显“灌水”的现象，有些是较早时期不甚成熟之作，最悲哀的是他近十年来，在不断重复他“卖相”好的画，有人说那是旧作，但确实不是，六十岁的费雯丽，如果还作“乱世佳人”的装扮，只有令人作呕。

在画展上，我们目睹我们社会如何把一个老画家折磨得体无完肤，折磨到死。一号油画的价格是六万元起，一幅不算大的二十号油画，索价高达一百二十万。表面上这么高昂的创作代价，是社会对艺术家的尊重，他只要画一幅画，就超过一个资深教授一年的所得。今天的画家，已经不是衣食无着的“寒士”，他如果善于经营，他可以富厚比拟巨商大贾；但问题是，画家并不是巨商大贾，何况我们社会多几个巨商大贾并没有什么意义。画家的贡献在于他创造高明的艺术品，这是他的“社会价值”之所在，也是他自己生命意义之所在。

石涛说：“人为物蔽则与尘交，人为物使则心受劳；劳心于刻画而自毁，蔽尘于笔墨而自拘。”我们社会以物欲引诱，遮蔽了艺术家的创作心灵，而艺术家也甘心顺服地交出他们的心灵，致使真心的艺术在我们的世界消失无踪。

◎ 道德

“道德对人所造成的禁锢与戕害，有时候比暴君还厉害呢!”我的一位学人类学的朋友有次告诉我。起初我不明白他所指，因此无法判断他话的对错，我要求他说详细些，他才把道理说出来。他说：

“散文家余秋雨在他一本书里写了一个故事，说他家乡一个送信的人被人怀疑他不老实，侵占了他替人带送的一点东西，送信的人觉得自己的信用被人怀疑，已违背了他职业的最高道德条件，于是他就不再做送信的事，而一个人躲到坟山去隐居了。送信人的最高道德条件是什么呢？就是信呀！他不被人‘相信’，因此他就不能再帮人‘送信’了，因为他是一个有自我期许及社会期许的‘信者’，他虽没有自杀，但自隐坟山跟自杀没什么两样。你看，他不是被道德所戕害吗?”

“照你说的，就把他自隐看成是自杀的话，也不是道德杀他，而是他觉得有亏道德而自杀，这是两回事吧?”

“这是所谓道德的凶残处，道德不杀人，却逼得人为它自杀，其实跟它杀人没有什么两样，所以我说它有时候比暴君要厉害。暴君即使杀人盈野，也是有个数的，但道德杀人就没有数量了，因为暴君是以看得见的武器杀人，而道德是以看不见的观念杀人。而糟糕的是，那个观念根本是个错误的观念，人如果知道那个错误，就会发觉自己死得多么不值得，但绝大多数的人并不觉得，因而一个接一个地从容赴死，慷慨就义了。”

“你说那是个错误的观念，这话怎么说?”

“就以余秋雨的这篇文章为例吧，那个送信的人决定放弃他的职业是因为他已不被人相信，在‘信’这个道德上他有了亏欠。假如他以开车子为业，他一次不被人相信，他可能无须放弃他的职业，但送信的人就不同了，因为他是个‘信者’呀！‘信者’自然不能有亏于这个‘信’的道德。但是我问你为什么一个送信的人必定要达到被人人相信的条件呢?他只是一个信差，帮别人传递讯息罢了，他有点像电话公司里的自动转换器，他的工作，只负责把你电话接通就可以了。当然，讲起守信，是人人都该有的。教师、公务员、商人、公交车驾驶，每个人都要守信，否则这个社会就乱了。但即使该守信，也无须为一次别人的怀疑而自绝于社会呀!”

“你刚才说是错误的观念，你并没有回答我的问题。”我说。

“对不起，我以为我回答了，我的话也许说得不够准确。我的意思是那个送信人误会了，信用并不是送信人的最高道德条件，他无须惩罚自己的。他的观念是错的，而整个社会的观念也是错的，因而形成了一个个的悲剧。如果他的职业用英文来说，他只不过是个 postman 或 mailman 而已，他就不须这样自处了。”

“他把他的职业和一个道德联属在一起，在逻辑上说确实是错了，但这个现象，在中国是很普遍的。”我说。

“这就是我说道德制造的禁锢是很大的原因了。何况，我们对那些道德的诠释，基本上是建立在一种迷信上面，如果不是迷信，至少是建立在一种糊涂的、混乱的迷雾上面。举例来说，你知道使那个送信的人自毁的那个字，它的原始意义到底是什么吗？我是说‘信’这个字。”

“人言为信呀。”我说。

“人言为信是什么意思?”

“就是说人说的话就该有信用呀。”

“人言为信是没有错，但如果说人讲话要守信用就不是这个字最原始的意义。据我一个研究古文字的朋友告诉我，人言为信，其实就是指人口中说的，把它当作是话也可以，当作消息也可以，在其中是没有什么价值成分的，这是古文的真正意义。”

他的话令我有所感发，我想起唐诗中有这么一句：“马上相逢无纸笔，凭君传语报平安。”凭君传语即是指由人口头带话，也就是带口信的意思，信最早就是指口信而言。我把这个证据告诉他，他十分高兴地说：

“感谢你的举证补充，所以说守信是一般人的通则，mailman是不要因为没取信于人而‘殉职’的。另外，千百年来，多少人是为了‘成仁取义’而献出生命了。”

我的朋友说的一部分有理，一部分并不合理。他说那个信差不该为别人怀疑而自毁自弃是对的，社会的某些道德期许有些时候确实太苛刻而害人不浅。但他对道德用字的过分唯物诠释，则明显是犯了错误。所以我又举了“成仁取义”的例子，在文字学上，“仁”的原意是指一切果实的核仁，但当仁具有道德含意的时候，它就不再是核仁，而是一个发自人内心的价值自觉了。因此为仁牺牲并不可笑，因为他不是为一个字而牺牲，而是为一个崇高的信念而赴汤蹈火呀！

我想把这个意思好好跟他谈谈的，但这需要时间，我看他似乎急于要离开的样子，就按捺住心中的话，跟他说再见了。

◎ 地平线

“你知道古人为什么说仁者乐山、智者乐水这样的话吗?”我和朋友见面还来不及寒暄，他就提出这样的问题。

我不知道他提这个问题的用意，他跟我同是学校里的教师，虽然科系不同，但对这样的问题，在语意上应该是和我有相同的认识的。因此，诸如山是沉稳的、是永恒的，与仁者淳厚的本质相似，而水是流动的、是变化的，与智者灵动的本质相近，说这类的话就显得多余。要跟他谈这类问题，首先应该了解他提问题的原因，否则就都可能成了废话。他看我沉吟不语，继续说道：

“我提这个问题，你不要误会，绝不是时下流行的脑筋急转弯，而是一个真正的困惑。你如果说仁者或智者本质的话，我自然知道，但这个传统的说法牵涉一个基本的认识，那就是永恒定义的问题。仁者可能更关心世界上一些有关永恒的问题，而智者，则显然比较能解决当下的、立即发生的事件。我们因仁者关心永恒的问题，便说他喜欢山，在一般思考习惯上，我们当然了解这样说的原因。但，山是永恒的吗?”

“所谓永恒与否，不是绝对的，而是相对的。”我说，“山比水，至少在感觉上要显得永恒。”

“这就是我问题之所在。在什么样的感觉上，你会认为山是永恒的呢？或者比水要永恒呢?”

他的语气显得有些咄咄逼人，当然我们之间的熟稔，已纾解了他一部分语言的压力。我放缓语气，跟他解释道：

“这其实是个文学用语，里面使用的是象征。象征物所产生的象征作用，并不是每个人都必然认同的。譬如我们用鸽子象征和平，这个象征被西方强势文明推广，变成世界的共同的标志。但据我所知，鸽子并不见得那么爱好和平的，在争取食物和交配权的时候，鸽子的好斗与残暴并不亚于其他禽类……”我得承认我的话有点焦点不集中，也有点形式上的混乱。但他不等我说完，就接着说：

“你说得很有道理，我们对山是永恒的看法，照你说的如果是一项象征，其实也是一项错误的象征。”他说到这里，我突然体悟到一个不同学术范畴的学者在面对文学象征问题时候的困惑了。我这位朋友，研究与授课的内容是地理学，而他专擅的是有关地球结构之类学问的。他说：

“依我们地球科学的角度来看，山，恐怕不是永恒的，就是和水比较的话，它也不是‘比较’永恒的。”他停了一下，清理一下他的思绪，“我是想该如何说得有条理一些。”

“每个登山者都应该有这样的经验吧，”他接着说，“在登山的过程中，不论是手和脚都会触碰到或践踏到脆弱的石壁和土壤，这时石块、泥粉就会纷纷向山底崩落。我们以为只有我们碰到或踏到它们，它们才会向下崩落，其实，我们即使不碰不踏它，千万年来，它们也在自然崩落的，原因是，有地心引力呀！地球上所有的东西，都逃离不了那个像网一样的、巨细靡遗的磁场。但是山并没有，啊，我该说是有些山并没有减低它的高度，像喜马拉雅山和台湾的玉山，都没有降低，反而每年都在增高呢，只是每年增高只有几毫米，我们感觉不出来罢了。这是因为喜马拉雅山被印度的次大陆板块向北推挤，而玉山呢，则是受太平洋板块向西推挤的缘故，都在不断地增高。”

“这样说来，以山来象征永恒便没有什么不对了。”我说。

“山不能维持原来的高度，不论是升高或者降低，都不能算是永恒。何况板块的活动会形成地壳的变动。许多的高山，其实是从海底升起的，也有山因此而沉入海底，你们文学家不是有‘沧海桑田’这句话吗？假如板块停止了活动，则山上的石头和泥块不断向下崩落，过了一段时候，就成了平原了。”

照我这位朋友的看法，永恒其实是个空洞的观念，永恒只是相对于短暂这个观念的反义词，就像是无限相对于有限一样。苏东坡说过：“盖将自其变者观之，则天地曾不能以一瞬；自其不变者观之，则物与我皆无尽也。”这几句话，颇能道出观念因相对而存在的事实。但假使有一天，整个世界从我们现在的角度看过去，成了他所说的一个平原，则世界是否还有美的存在？是否还适合人类的生存？我这位穷研地球科学的朋友却不作解答，他只会用充满学究味的语言告诉我们说，地球的所有活动，都朝向一个目标在进行，即是：所有的高山都会朝下崩落，所有的海洋都会向上升起，最后，当这个运动停止的时候，我们存在的这个世界不论从远从近看，都只剩下一条没有任何起伏的地平线而已。

科学家的判断是不太会失误的，但假如真是如此的话，我们何苦为仁者与智者之所乐而喋喋不休呢？我想。

◎ 祭品

神明享受信仰者的祭品是天公地道的。我国古代在重大祭祀时会采用“太牢”。所谓太牢是指具备牛、羊、猪三牲的祭品供神明享用，礼仪繁复而肃穆，令人油然生敬，但从另一个角度看来，也不免有些血淋淋的味道。那些牲口并没有什么罪过，却要为了人类讨好神明而受死。

所以《论语》有段记载说，子贡“欲去告朔之饩羊”，所谓“欲去告朔之饩羊”即是指子贡主张把初一祭祀祖先必须宰羊的习惯废除了，但孔子却不以为然，他认为维持一个礼的形式是必要的，否则礼的精神价值便无所依附，因此孔子说：“赐也，尔爱其羊，我爱其礼。”意思是说：赐（子贡的名）啊，你珍惜一条羊，我却更珍惜那个礼呀！

《旧约》记载亚伯拉罕祭祀上帝曾经以儿子为牺牲，足见在侍奉神明时，不论东方西方都有些残酷的成分的。去年夏天，我到印尼巴厘岛旅行，看到印度教的祭祀仪式，典礼也是相当繁复隆重的，但祭品比其他宗教则“清淡”许多。印度教平均一日五次祭拜，里巷有庙，妇人盥手濯足，恭敬地以祭品置神祈前，顶礼默拜而去。细看那些供品，仅是以树叶包一团米饭，上插一花而已。那团米饭，随即被鸡或飞鸟啄食，花和树叶，则被吹到地上，不久变作泥土，与大地相合。对印度教，我所知不多，但从祭品上看，这个宗教无疑是个极具道德与智慧的宗教。

我居住的都市，已迈入国际化都市之林，这里的一切时尚，与世界的先进同步，唯一不同的，是在某些祭祀的仪节上，依旧保持着地方既有的传统。春节前半个月左右，各商家均请其员工团聚围炉，并致送年终奖金，俗称“尾牙”。这个习俗，即使是境外商社也同样遵守。过完春节，初五开张，每家店铺都要燃放炮竹，并准备牲品祭拜，以求此年商务鼎盛，百事亨通。这个习惯，不论中外，也是一体遵行。

本地习惯，每月初二、十六每家都要举行一个小型的祭祀（为何在初二、十六呢，是因为阴历初一、十五通常有重要的祭祀），至于要祭拜的是何方神圣，祭拜的人并不是人人都知道的，只是跟随着别人亦步亦趋罢了。这类事，一般人是宁可信其有，不可信其无的呀！就是阴历这个月的十六日吧，我和朋友约好在路口的一家西式快餐厅门口见面，我到的时候，正好是上午十点钟，而朋友还未到，那家以炸鸡闻名的快餐店，正在准备一天营业的开始。几个穿着制服的小姐在奋力地擦着门窗玻璃，明亮而清洁的厨房已开始运作，随时可以接受客人的点餐。这时，一个年纪略大的男子和一个小姐，合力搬出一张排有祭品的方桌，将它放在玻璃门的外边骑楼下，他们正准备举行祭祀呢。

那个男子点燃手上的香，向天拜了三拜，然后放在额前，嘴里默默祝祷了一阵，祝祷完毕，将香插在他的祭品上。他的祭品是一整只煮熟的鸡、一块白煮的带皮猪肉，其他则是一些果物及罐头类，包括两罐啤酒。这时候，和他合力搬桌子的小姐，则在桌边的一个镂空的色拉油铁桶内烧起纸钱来，一时间火光熊熊。主持祭祀的男子发觉我在边上被烟熏着，有点不好意思地对我说：

“等朋友呀？进去坐着等，不妨事的。”

“没关系，朋友一会就来了。”我说。我觉得他十分友善，所以又说：“你们也拜拜呀？”

“不能不拜的，入境随俗呀。”

“你拜的是什么神呢？”我问。

“有人说是拜天公，又有人说是拜土地，这个我不是十分清楚。我们做生意，和气生财嘛，随着大家拜，不致出错的。”

“你们店卖的是炸鸡和汉堡，为什么不用来拜拜呢?”我问。

“这个……”男子有点词穷的样子。“这个嘛，”正在燃烧纸钱的小姐接口说，“神明都是古早的人，他们是吃不惯西式的炸鸡的。”

她说得十分有自信，她不得不这样自信，因为这恐怕是唯一的理由了。只是那两罐啤酒，古早的神明不知道喝不喝得惯?这个问题，我就不再为难他们了，因为，我看见我的朋友，正从远处奔跑而来。

◎ 四月桐花

台湾北部山区低海拔的地方是很容易看得到梧桐的。习见的台湾梧桐和大陆的梧桐在树相上并没有什么不同，但专家说台湾梧桐的“材质”不佳，恐怕是不能拿来做琴的。相传中国古琴是用上好的桐木制造，而梧桐在中国人的观念上是一种极为高尚的树，凤凰非梧桐不栖，非竹实不食，高山流水，清音不断。

台湾梧桐虽然材质较松，不能做比较精细的木制品，但在外观上，和我们在古画中看到的桐树其实是一样的。一般称台湾梧桐叫水梧桐，或者叫油桐。梧桐是落叶乔木，在亚热带台湾，真正属于落叶的乔木不太多，秋冬之际，走在梧桐林间，万木萧森，颇有北国寒天的味道。落叶的树木有一个好处，即是令人体会出四季的更迭，因而觉察时光飞逝，生命不易，但它又提供希望，令人重燃生命的火。

春天到了，落光树叶的秃枝上，会纷纷冒出像绿豆大小的绿芽来，然后在一个黎明，那些绿芽会爆裂成数不清的嫩叶子。我说“爆裂”，原因是太突然而猛烈了。梧桐的嫩叶是鲜红的，有点像嫩肉的颜色，然而这种颜色一下子就消褪了，等到叶子已能迎风摇曳，就都变成极细致的绿颜色。叶子慢慢长大，大概半个月之后，整个拔地而起的梧桐就布满了像成人巴掌大的五角绿叶了。

梧桐叶跟枫叶一般有五个角，但不似枫叶那样“尖锐”，它像是有福态的枫叶。梧桐因叶大而密，所以在夏天，是最好的庇荫树木。暑日午后，搬把有靠背的椅子，在梧桐树下小坐是极清惬舒适的事。微风轻拂，蝉声远扬，难怪我的老师郑因百先生为自己的书房取名叫“桐荫清昼堂”。在其间，他写了许多好诗。

梧桐在树叶逐渐“成熟”的时刻，也就是每年阳历四月底前后，就开始开花，它的“花季”大约有一个月长短。梧桐的花其实是十分美丽的，但因为梧桐树都长在郊外，再加上它是高大的乔木，花都开在树梢，很少有人能够看到，所以它的美丽便没什么人注意到了。梧桐花五瓣，和它的叶子相比较，就显得小多了，但如不和叶子比较，它就不算小，花的大小和一般喝茶的小杯子杯口相似。花是洁白的，只有在花蕊的地方，泛着绛红的颜色，这种绛红色，愈接近蕊心愈深，愈远则愈浅。还有一种桐花，在花瓣白色与红色之间夹杂着一种浅浅的黄色，有黄色的桐花令人觉得花繁重了些，不像白色的只在花心泛着红色的那样轻盈。

桐花在树上大约只开三个星期，便就落下了。桐花凋落是一种很美丽而动人的景象。由于桐花开在很高的树梢，与地面有段距离，因此它落下时便自然具有“姿态”。它有点像雪花在天空飘下，但由于桐花的“结构”紧密，即使落花依然保持完整。一朵朵花从高空飘下，是不断地翻转的，那些翻转的动作，会形成不断闪耀的光影，像是蝴蝶展翅，令看的人跌入似真似幻的玄想。

梧桐花大约到五月下旬就落光了，这时候桐荫已浓。梧桐花落了之后，它的花蒂部分就慢慢地膨胀，然后形成一个包着桐子的囊状物，这个囊状物一直在原本开花的树梢，从发育、成熟而被晒干，要经过三个月的时间，当秋天风起，它就纷纷落下，落入土中，完成它传宗接代的工作。当桐子纷纷落下不久，树叶也开始慢慢变黄变焦，到冬天，就也都落光了。院子里种桐树是好的，因为夏天的时候特别清凉，而冬天呢，它叶子落光了之后，会把冬天阴霾的天气，变得天朗气清似的，宇宙一下子显得开阔起来了。

阳历四月底，是北台湾桐花盛开的时候，当桐花落尽，春天大致就已过去了。我们走出城市，到有山的郊外去看看梧桐吧。花开花落，四时转毂，这里面不仅仅是花的消息，也有一切生命的消息蕴藏在内呢。

辑

三

树

荫

◎ 百喻经

一月底我到美国来的时候，正是白宫爆发另一桩性丑闻的时候，好像克林顿总统又跟一个年轻的“实习生”乱来，被人家录下了音。那几天，打开电视几乎完全是总统与那个名叫莱温斯基女孩的新闻，伊拉克危机、教宗访问古巴都反而成了次要或者根本无关紧要的消息了。

美国是个十分奇怪的国家，这可以由他们的新闻采访看出来。总统在接见外宾的时候，总会留些时间给新闻单位拍些照片，想不到这些新闻记者在克林顿与外宾寒暄的时候不断打断他的话，问一些极为猥亵不堪的问题，克林顿想生气又无法生气，而外宾则十分尴尬。那几天的克林顿确实不好受，但他似乎也受了过来。

隔了约莫十天，民意测验显示人民对克林顿的支持率并没有掉下来，反而有上升的趋势。克林顿在当州长时候的性丑闻还没有摆平，起诉他的检察官也在搜集这次丑闻的证据，打算并案办理，一看民意测验的结果，就打算把这个案子的重点不放在性方面，而将它放在总统是否教唆别人作伪证这件事上面了。

看来克林顿这家伙的运气颇好，老是化险为夷，然而总统做成这个样子，也确实不堪极了。至少有半个月的时间，电视每当克林顿的镜头出现，不论是他主持国家安全会议，或是在国会发表国情咨文，还是接见外国元首，看的人心里都在想他在白宫的小房间里曾经做过什么事。这样的总统，真是不做也罢。

正在克林顿的性丑闻在台上演的时候，另一件有关总统的消息也出现了，就是美国首府华盛顿城里的一座机场（原来名叫国家机场的），现在要更名为罗纳德·里根机场了，原因是为了要纪念布什之前的美国总统里根。这件事在美国国会讨论的时候，也还是引起了一些争议的。美国似乎有一项传统，就是不把活着的人肖像放在邮票上，也不为活人立铜像，原因是避免阿谀，依此例，也避免用活着人的名字来为公共建筑命名，但这个传统，近年来已逐渐被打破了。休斯敦的国际机场就改名作乔治·布什机场了，里根做总统的时候，布什才做副总统，连他的副总统都可以拿来命名，里根为什么不可以呢？另一项争议是里根在任内，曾经为了平衡预算，大肆裁削机场塔台的聘雇人员，引起抗议。这样对航空事业有伤的人，怎么好拿来命名首都机场呢？

这些争议并不顶大，国会参、众两院又控制在共和党手里，所以终于还是通过了这项改名议案。改名当天，里根夫人南希女士发表谢辞，我们想在电视上看看久未谋面的里根，但失望得很，没有见着。新闻主播说里根现在有老年痴呆的毛病，病况十分严重，据说以前的故旧亲信已大多不认识了，以他的名字命名一座机场，对里根本人而言，已确实没有任何意义。

我突然想起佛教《百喻经》里面的一则小故事。从前有个因放羊致富的人，性格却十分吝啬。一个狡诈的人打算骗他的钱，知道他很想娶妻，就跑去跟他说："我认识一个十分美丽的女子，可以做媒给你做妻子。"富人十分高兴，给了他很多钱，第二年，坏人又来骗他说："你妻子为你生了一个儿子。"富人更是高兴，给了他更多钱。不久坏人来跟富人说："不幸得很，你的妻子和儿子都死了。"富人十分悲伤，为之大哭起来。

在佛教而言，一切有为法，一切色相其实都是空的。当然，这个故事似乎不太真实，哪有娶妻的人见不着妻、生子的人见不着儿子会欢喜的呢？然而这些并不重要，故事中的富人就是见到了他的妻与子，也改变不了故事的结局。在佛教教义中，我们越是认为确实存在的东西，越发是不存在的，所见到的是幻象，所听到的是幻闻，而世人却为之欣喜悲伤不已。

当里根本人已忘了他做过总统，里根做过总统这一客观事实依然存在的，它虽不存在于里根本人的意识里，世上仍然有许多人记得；但假如所有的人都忘了里根做过总统这一事实，甚至人类在宇宙消失了，人类的历史都烟消云灭了，之后，那里根还做过总统了吗？

在电视前面，我跌入一种真的假的、存在的或不存在的很难分辨的错综的思维之中，还好我遇见一位朋友，他虽没有解决我的难题，但却令我从困顿的思考中超拔出来，他说：

“美国宪法应该规定，只有六十五岁以上的老人才可以出来竞选总统。”

我问他为什么，他说：

“年纪大的人，才不会犯色戒呀！”

他跟许多人一样，依然把关注放在年轻的克林顿总统身上。

◎ 深蓝

计算机“深蓝”以二胜三和一败的成绩胜过了世界西洋棋冠军卡斯帕罗夫，在人和计算机的历史上，这无疑是个里程碑式的事件。因为计算机在棋局上面，已不再担任一种纯粹平面思考的角色。换言之，它不仅仅是一个“计算者”而已，虽然还在人为的操控之下，但它已充分发挥了判断与决定的能力，与以往的计算机已有显然的不同。

当然在一定的时间之内，要以计算机“全面”取代人脑似乎还是不可能的事，以深蓝和卡斯帕罗夫来比较，深蓝总重四吨有余，而卡斯帕罗夫则顶多只有八十公斤。四公吨的深蓝，只能做一项工作，就是下西洋棋而已，但体重远不如它的卡斯帕罗夫所能做的，却不仅是下棋一项，他会吃饭、睡觉，他会因胜棋而兴奋，因输棋而气恼，人类的七情六欲，他一个都不缺少，这一切，深蓝都没有。深蓝的四吨体重中，每一斤、每一两都是为下棋而设计的，它不会兴奋得高叫，也不哭不闹，下完棋，不管输了赢了，把电源切掉，它就如废铁般地站立在墙角。

但如果以这种方式判断计算机不如人是不公平的，也是不正确的，因为计算胜败，不能以个人的体重为单位呀！何况计算机的体重正在不断地减少缩小之中，十几年前，像深蓝这般具有三十二个处理器的计算机重量必须在四十吨以上，体积庞大得堆满一间大仓库，现在的深蓝，已苗条得可以，而且可能继续苗条下去，十年之后，像深蓝这种功能的计算机，可能变成只有像人一样的体重，或者跟我们现在使用的桌上型计算机一般大小。

到时候，人是不是一定给比下去了呢？那又不见得。只要计算机不具有人性，那么它永远是人设计出来的计算工具，具有一点点决定和判断力还不能算是具有人性。具有完整的人性，是指它完全像人一般地思考，它有人所有的一切情绪，包括喜、怒、哀、乐及其他，这些情绪会激励它的“生命力”，但有时候，也会摧毁了它。它会判断是非、分辨善恶，而非仅判断程序上的对错，它会做选择，这个选择不是基础于它的逻辑训练，而是基础于它对事物的好恶，计算机如发展到这个地步，那就了不得了。

有没有可能呢？现在有两派意见，一派认为断无可能，因为计算机毕竟是机器，它既无血肉，又无心肝，哪里可能具有人性？另一派则认为所谓“人性”不完全受制于血肉，和有无心肝也无关系，换了机器心脏的人仍然具有人性，因此并不妨碍计算机可以具有人性，问题是“人性”到底是什么？计算的能力不是人性，即使一秒钟能算两亿个棋步，也只和算盘一样不算具有什么人性，但随着计算而来的判断就很难说了。逻辑上的对错与价值上的好坏，表面看是两件事，然而分别并不是那么的截然，假如一部计算机依据程序将所有逻辑上对的都判断成好的，把逻辑上错的都判断成坏的，从而开启它身上奖赏与惩罚的按钮，那就危险了。

从另一个角度来看，这有点杞人忧天，因为计算机是人开发出来的，计算机进步也表示人脑在进步，计算机的能力再大，也不会逸出人脑组成的思考网络。再说人脑也可以加装“零件”来改进质量，就如计算机在加装零件之下升级一样。譬如人脑的记忆和计算能力不如计算机，只需在人脑中植入一种主记忆与计算的芯片就可以了，人脑质量不断提升，就不须害怕计算机胜过人脑，因而在未来，计算机和人已结合成一个休戚与共的整体了。

这是乐观主义者的看法，悲观论者对未来却不是这样看的，原因是当人脑植入芯片之后，人脑的主体性格就宣告丧失，人脑须借芯片来提升记忆和计算能力，事实上就是将人脑沦为芯片的工具，人的意志行为受植入物的宰制，在意义上，人已彻底的“物化”，人不再有心灵，或是只有很少的心灵，那时的世界，就如同张系国科幻小说里的世界了。

是幸运呢，还是不幸？该高兴呢，还是悲哀？我记得三十年前看的一部名叫 *Space Odyssey* 的电影，地球沦亡后的一个太空舱内，人依靠计算机而航向不可知的未来世界，但是有人性的超级计算机也学会了人类的爱恋和憎厌，它“爱上”了它的控制员，随之而来的是它把它“爱人”之外的人当成了情敌。它的能力和它日益增加的嫉妒，使它对它“敌人”的杀戮变得轻而易举，太空舱上的人对它完全无可奈何，最后，超级计算机的爱人，也就是这部计算机的控制员利用计算机的“人性弱点”，进入它的核心，他一个个地拔掉它的电源，让它“死亡”。在计算机逐渐“断气”的时候，它不断地对它爱人说：“不要杀我，我爱你，我——爱——你——”……从来没有一个爱情故事的结局是这般令人惊恐的。

太空舱上的人除掉了杀人的计算机，似乎得救了，但其实又陷入了另一个绝境，因为在遥远的外太空，如果没有计算机是万万走不出这个以光年为计算单位的迷宫的，人创造了文明，而文明却像一块墓碑一样，人类逃离了毁灭的地球走向外太空，其实只是航行到那块墓碑不断增加的阴影中罢了。拍这部电影的人对未来确实太悲观了，但当我看到深蓝战胜了棋王，看到机器战胜了人脑的消息，我突然陷入一种十分复杂的思考之中，情绪也随着起伏起来，即使过了很久，似乎还没有平复。

◎ 卡拉OK

如要举出二十世纪最具毁灭性的两项发明，一个是原子弹，另一个则该是卡拉 OK 了。

这两项发明不幸都与日本有关。原子弹投在日本广岛和长崎，它结束了第二次世界大战，也杀死了许多无辜的日本人民。卡拉 OK 是日本人发明的，而它的战场却普及全世界，它沸腾了无知者原本潜藏在内心的狂妄，以声音作武器，朝向音波所及的空间作无尽的扫射，结果是，所有具有辨音能力的人都愿捐出他的耳朵，宁愿作一个彻底的聋人。

“卡拉”在日本话里是个人的意思，而 OK 则是一个“外来语”，它是 Orchestra 这个字的简写，当然这个简写方式也是日本人发明的。卡拉 OK 这句话在日本话的原意是指个人的交响乐团，个人拥有一个交响乐团来为自己伴奏，那么自己的地位便像是帕瓦罗蒂、多明戈或者卡雷拉斯了。

不过其实不然，拥有帕瓦罗蒂那样歌喉的人通常不唱卡拉OK，而唱卡拉OK又通常多是五音不全的人，这是那台机器的杀伤力之所在。节拍和音高不准的人原来有这么多，这可能是世界动乱、至少是世界不平静的真正原因。但唱卡拉OK的人却从来没有这种自觉，他们引吭高歌，把机器的音量开到最大，力拔山兮气盖世，让所有在场的人闻声偃仆，望风披靡。一曲刚完，在场朋友礼貌性地击掌数响，灾难并未结束，因为这位兄台马上接着说：谢谢大家鼓励，我再唱一首《鸳鸯蝴蝶梦》！

有一种卡拉OK机据说能够调整音高，所谓音高也就是这个行道所说的Key，可是Key不准的人并不在于他把C调唱成E调，而是他在唱歌的过程中，随时变调，任机器由电脑控制，也无法随机应变来配合他，他和机器所发出的声音，真可说是“一人一把号，各吹各的调”，南辕北辙，荒腔走板，由冲突、矛盾、对立而统一，又由统一变成对立、矛盾而冲突，如斯天地玄黄，宇宙洪荒了起来。又有一种机器据说有美化歌唱者声音的效果，它能把直音变成浪状颤音，而且具有回音的作用，回音应该是很美的，《水经注》中说：“山谷传响，泠泠不绝”，指的就是回音，然而对于音高不准又抓不到节拍的人，他的回音就像一把有锯齿

卡拉 OK 唯一的“优点”，在激发出歌唱者原来隐藏的信心，但老实说，大部分的“信心”还是隐藏一点比较好。

碧珊　绘

的利刃，所造成的伤口不是单一的，而是一个接一个的。

看不见颜色是一个瞎子，看得见颜色却无法分辨颜色，这和看不见颜色一样，也算是个瞎子；听不见声音固然是个聋子，听得到所有声音，但无法分辨声音的价值、声音的意义，其实也跟聋子一样。卡拉 OK 唯一的“优点”，在激发出歌唱者原来隐藏的信心，但老实说，大部分的“信心”还是隐藏一点比较好。“恶郑声之乱雅乐，恶紫之夺朱”，诲淫的郑国曲调把雅正的音乐毁了，孔子为之叹息不已。卡拉 OK 毁的不是正统音乐，而是把不该发出的声音扩张到极大，嘈杂的、错乱的把人类原本具有的辨音能力完全“颠覆”了，使人成为听得到众音的聋子，这是它最大的摧毁力。

◎ 配角

配角的相反词是主角。主角是什么呢？主角是一个故事中的主要角色，而配角是陪衬主角的。配角不是这个故事的主要角色，他是次要的、再次要的，有时候是微不足道的次要的，最后是可有可无的，甚至根本是多余的一个故事中的角色。

说他“主要”与否，是依据他在故事中担当的“戏分”而言。配角其实是重要的，没有他，主角的地位便无从确定，故事的伸展便发生了问题。但在故事中，配角必须严守他的本分，不可逾越。他即使重要也重要在他衬托一个故事的进行，他一定要了解，他不是这个故事的主轴，他需要收敛他的演技，并且避免舞台的聚光灯长时间照在他身上，在适当的时候和适当的地点，他要“淡出”这个故事，让主角去继续。这些事不操纵在配角手上，也不劳自己去费心，灯光师与导演早安排好了的。

一场戏中的主角配角规定得很严，配角偶尔可以混充一下主角，但那永远是偶尔的事，然而走出舞台，在一般的社会生活中，主角配角就不是那么分明了。在别的故事中，这场戏的主角就可能成了配角，而原本演配角的，却成了他生命戏剧里的唯一主角，即使他生活得多么惨淡、他的意志多么萧索也一样。

有这个想法在心中，看戏的时候就不太能“入戏”，这是个很大的缺点。舞台上一个为诗人捧砚脱靴的小丑，也许正在为他即将临盆的妻子担忧，今晚回去，他就可能做爸爸了。在另出戏中，丫头站在美丽的小姐身旁，忍受她严厉眼神的责备，但是她心中却洋溢着幸福，散场后，她的男友会来接她，他会陪她走长长的夜路回家，路上有说不完的话……每个人都是他故事的主角，不管他在别的故事中是多么卑微。

看电视综艺节目时，我很少为歌星的演唱感动，再光晔的明星，言谈起来其实也贫乏得很，主持人的油腔滑调更令人无法忍受，那还有什么可看的呢？我常常注视歌星身后随乐起舞的伴舞人。他们的服装十分怪异，女的即使穿燕尾礼服也露出大腿，男的则常常光着上身，伴舞的人有时拿着一顶伞，或者戴着一顶极大的插着各式羽毛的帽子，他们的穿着不但不适合日常生活，甚至不能走下舞台，由此证明他们其实是舞台布景的一部分罢了，顶多他们算是一组活动的布景。镜头偶尔扫到他们，他们也只会浮现着一式的笑容，就像张手伸腿，完全依照一定的规矩一样。很少有人会注意他们，我之将注意投注在他们身上是源自我的一个奇想，有一天我想，我即将初中毕业的小女儿如果考不上高中，也考不上高职和五专，她要“进军”演艺事业的话，也许得从那群伴舞者做起。

我女儿对我的奇想很不以为然，她觉得我在侮辱她。我说其实没有的，每个人的命运不同，谁能确定自己未来一定做什么，一定不做什么呢？何况所有的配角，在他自己的故事中都是独一无二的主角，那些伴舞者其实也出身在一般的家庭，他们的父母这时正坐在电视机前看综艺节目，只是他们眼光不停在主持人和演员歌星身上，眼睛巴望着荧幕，“啊，我们小媛出来了！”被灯光偶然扫到的孩子出现了，哪怕只有短短的一秒钟，也令他们觉得无比地幸福和安慰。我举出陶渊明要他儿子善待仆人的故事，陶渊明说：“彼亦人之子也。”那些伴舞人，也都是他们父母的孩子……所以做配角，并不是什么可耻的事。

小女儿表示知道我的意思，她并不是以做配角可耻，“只是，我可不可以不做伴舞的人？”她说为了勇于做配角，她可以做打灯光的、搬布景的杂役，但不要伴舞，她指被她叫作萝卜的小腿给我看，她说这样去伴舞是一项天大的笑话。

我的小女儿后来侥幸地考上了高中，既没去做伴舞人，也没有做打灯光、搬布景的杂役，但从此之后，我每看综艺节目，总会把眼光放在阴暗处伴舞者的身上。

我愈来愈注意在主轴之外的可能发生的故事，在其间，原本是配角的人常常扮演主角的角色。

◎ 火车

在德州卢伯克（Lubbock）的友人家做客，夜深了，竟然辗转反侧地失眠了起来。妻在旁边，鼻息均匀，我怕翻身太大惊醒了她，就不怎么动，直等到再也无法忍耐，才动一下，就这样一点点的，身子翻转了十几次，依然无法入眠。

忽然，我听到一阵火车的鸣声悠远地传来，这火车的鸣声不是蒸汽车头所发的汽笛声，而是柴油车头或者电气车头所发的鸣声，有点像一般汽车喇叭发出叭—叭的声响，只是声音大得多，又长得很，所以能够穿过夜阑的冷空气，传达到遥远的这边来。为什么这么说呢？白天的声音多而复杂，火车的鸣声虽大，但到了这儿已成强弩之末，早被周遭的众声所掩盖，我断定铁路一定距离这里很远，因为我听到火车的鸣声不是一长声到底，而是中间有一些波折的，声音时大时小，那是声音在行进的时候，遇到风或者阻碍物造成“折射”的缘故。

火车的声音令我想起一些往事。小时候在宜兰乡下，小学是由几幢废弃的锯木厂的厂房改建的，邻近还有一两家没有歇业的锯木厂，依然在断断续续地锯着木头，锯子在锯过木头的时候会发出极大的响声，这个响声还可忍耐，最无法忍受的是磨锯子的声音。锯木厂的链锯用了一段时候就要磨，磨锯子的是像砂轮一般的磨刀，用机器操纵，当快转的磨刀和锯齿接触时，会发出极为尖锐又刮耳的声音。学校的左侧是铁路，那时的铁路还没有通到花莲，只通到苏澳。我们学校的地势十分低矮，平房的屋顶还高不过铁路的路基，所以每次火车来的时候，声音就似排山倒海地从天而降。

我们上课很不能专心，因为干扰我们的声音实在太多了。锯木厂在磨锯子的时候，我们的正课就改成自习，所谓自习其实也无法“习”些什么，而是像“放牛吃草”似的使大家自由罢了。学校很小，又逃不出去，自由是有限的，火车来了，所有进行中的事也暂告停顿，一直等到火车驰过，才再恢复了既有的秩序。

日子久了，我们都能由火车的声音来判断行进火车的类别，是客车、是货车当然分辨得出，是哪一种车头也可以听得出来。当时的火车头都还是蒸汽式的，蒸汽车头的吨位有大有小，它辗过铁轨的声音就有所不同，它排气和鸣笛的方式也是有区别的；还有，控制火车进站的号志就在学校旁边，那时候还是“扬铁杆”式的（现在的铁路号志都改成灯号了），只要“夸—塔啦”一声，号志柱上的扬铁杆放了下来，我们就知道不久就会有一辆火车进站。

艰苦的日子，平凡的岁月，学生生活可供回忆的并不多。这所小学在我上初中之后不久就停办了，因此在这所学校上过学的学生，现在都是中年以上的人了。十年前的一个晚上，一个自称是我小学时代的“学妹”打电话给我，说要为一位老师庆生，她问我这一届的同学还记得多少，告诉她，她好寄发通知。我努力搜寻记忆，我们那班的学生不多，所以要找出来并不困难，然而距离童年实在已经遥远，再加上以后所学所事不同，彼此没有联系，要尽数联络到，可能也不是容易的事。我们在电话中“核对”我们记忆中的名字，我知道一定会遗漏了谁，她对我们这届并不陌生，原因是我们的学校其实是所“迷你”小学呀！

我突然记起了锯木厂的声音，还有火车在半空飞驰的声音；上午第二节下课的时候，几乎全校的学生都跑到操场上来。这操场现在看起来一定十分狭小，但在那时候，却是学校唯一比较空旷的地方，低年级的学生在上面追逐嬉戏，我们高年级学生常靠着一边的围墙谈天，这时总有一列货车驰进站来。我有一位同班的同学，个子瘦小，脸上总带着病容的，他老喜欢数火车的车厢，他用手推推我，用他有一点口吃的话说：

“你——你看，这——这班货车，一共共——有四十——五节车厢哩!”

我终于想起这位同学来，他是我刚才遗漏了的，他姓伍，我大概上了高中就没有跟他见过，靠着火车的联想，我完成了童年记忆的拼图。我把我记忆中的名字告诉电话那端的学妹，我想她会跟我一样兴奋的，想不到她的声音十分冷峻：

“你怎么搞的呀！是装傻吗?”

我忙问她原因，她在那头说：“你真的不知道啊，早死了呀！算起来已经有二十几年了。”

十年前我学妹说他已死了二十几年了，十年后的今天，当然更久了，时间飞逝，还有什么可说呢？本来记得的事忘记了，忘记的事经过提醒就记得了，然而不久之后，又忘了，最后，一切发生的事情，都好像从没发生一样……我又困又乏，终于在火车的长鸣声中睡去。

第二天清晨早餐的时候，我提起晚上火车长鸣的事情，我的朋友说，他在卢伯克住了二十年了，从来没有听到火车叫过。朋友的夫人说，这里是有火车，但铁道距离他们家十分遥远，即使火车叫也不可能听到。他们给我的判断是“幻觉”，是因为我睡不着觉在想象中听到的声音。

我绝不可能听错，但我确实不能证明什么。是真的，是幻的，其实都不怎么重要，这些记忆二十年之后，也可能全都忘了，偶尔记起，也都会觉得像幻梦一般。

◎ 命运

从面相学者的眼中，人的相貌是他命运的最大决定者。国字脸当居国政，同字脸善与人同，鼻正脸长，天生命长；而尖嘴猴腮呢，则是天生的鼠辈小人长相，与这类人物相交，得十分小心才是，俗语说害人之心不可有，防人之心不可无呀！

但以面相人也有失去准头的地方。本省有一位工业巨子，其长相确实不怎么样，尤其那对招风耳，以及布满纵纹的脸孔，在面相学上是属于终岁劳碌的人，但他不仅富甲一方，而且影响到台湾地区的财经甚至政治，由此证明命相之为物，是不可一概而论的。《史记》记高祖刘邦，说他“隆准而龙颜，美须髯，左股有七十二黑子”。所谓隆准是一指面颊高，一指鼻高；至于龙颜，因为谁也没见过龙，所以就没有标准可言了；须髯是指胡须，这是一般男人都有的。以这个长相，刘邦其实与一般人没有太大的差别，刘邦与一般人的差别，可能就在他左边屁股上有七十二颗黑痣。这七十二颗黑痣如不脱去衣裤，是不容易让人看见的，因此就有“贵人不露相”的说法。

韩信在克齐之后，一度与项羽、刘邦成鼎足之势，有一个名叫蒯通的劝他把握时机以图进取，说：“相君之面，不过封侯，相君之背，贵乃不可言。”可见背也有相，所能发挥的作用还超过面相。不过韩信没有好好依仗他贵不可言的背，最后落到兔死狗烹的悲惨命运。

我一位许久不见的朋友，现在正沉迷于命相之学。他的命相学不是看人面相，也不是看人手相或骨相之类的，而是以紫微斗数排列命盘，以此算人的流年，据他说是百不爽一的。他对一般的面相之学是有点瞧不起的，然而排命盘，其实也是一种算命的方式，有一次我问他，他说：

“面相学可以算命，但牵涉的事太多太杂，正如你说的还有‘背相’‘骨相’之类的，所以无法绝对准确。但排命盘就不同了，只要八字正确，算出来的流年运势，可以说很少不准的。”

“如何准呢？”

“紫微斗数可以算出哪年哪月有灾厄，有些时候，灾厄的性质也可以算出来，我对照我的经历，几乎完全照命盘上的，没有什么太大的差异，叫你不得不信。”

“算准了怎么样？”我说，“假如一切是命定的，知道与不知道都不能改变事实，知道又有什么意义呢？”

“你问的不是命相学的功用，而是意义，这一点，我恐怕不能给你满意的答复。世界上的东西，你如果抱着否定的态度去看，任何一种都是没有意义的。钱多了有什么意义呢？有名了、发达了有什么意义呢？对一个看破了尘世的人而言，任何有意义的东西都可能没有意义呀！”

“我的意义并不是指这个，”我说，“我的意义是说，命运如果是早已确定了，那知道与不知道其实是没有差别的。譬如知道有灾厄，采取方法去躲避，能不能算是命定的呢？何况是不是能够躲避，又是一个问题。”

“知道了灾厄，当然可以用方法去趋吉避凶。”他说。

“趋吉避凶，算不算是命运的一部分呢？”我问。

“有些算，有些不算。大部分的灾厄，是我们人不能逃避的，这即是所谓的‘无所逃于天地之间’，但知道了这种灾厄也是好的，可以事先做好安排，躲不过，只好安心地接受，安心其实也是一种趋吉呀！”

“灾祸如果必定要来，人又躲它不过，不知道反而好。”

我说。

“这是你个人的看法，不是所有的人都用你的看法来看的。譬如我自己命盘中写明了我十五岁的时候会失去父亲，这一点是不错的，我父亲真的在我十五岁那年去世，那时候我还不知道有紫微斗数，当然更不知道要如何避此天伦之痛。知道了，事情又没有补救的机会了，这是做一个人的困窘之处。与世界比较，人确实渺小，人的困窘很多，又无法突破，了解命运，倒不是真为了趋吉避凶，真正的吉凶，往往不是人能够争取和躲避的，了解命运，在领会这个真谛之后，对人生不会作太多的强求，这样，就达到了我所谓安心的地步了。”

我们没有继续谈下去，我朋友对命理的了解，已经从功能性提升到哲学的地步。他把他一部分的认识传递给了我，我原先以为，“安时处顺”是没有命相知识的人处理事物的方式，现在终于知道，对于参透了命运、体悟了生命最深刻本质的人，“安时处顺”依然是他们处世的圭臬呢。

◎ 心中的灵光

台风前后，我家遭遇几次停电的“打击”，有两次是在晚上，一次则在白天。有一次停电约莫在晚上十点钟左右，只停了两个小时。一次台风来袭，从晚间八点便停了电，这次停得比较久，到了第二天早上十点才来电，而台风并不是很大的，应该不致于把电线刮断才对。但究竟是停了，令我们不平的是隔了一个巷道的街上，我们可以分明地看见他们灯火通明。

第三次是在道格台风来袭的次日，几乎没有什么理由地从上午八点左右一直停到傍晚时分，同样令我们气愤的是街上的店铺仍然是有电的，他们不但亮着电灯，而且还开着冷气呢。天快要转暗而仍未有通电的迹象可寻，这时我打电话到电力公司的服务处，告诉他们我们停电的状况，询问何时可以修好。

接电话的是一个女性的声音，她仔细地问我的地址及电话号码，告诉我电力公司已在各地抢修，应该在“不久”之后可以修好。她声音十分温柔，语气则委婉有礼貌，使我不能“质问”她太多。但一天的不便以及蓄积在心中的不平，仍使我在她面前抱怨起来，虽然我的语气并不强烈，我说：

“每次我们停电，不远的地方都不停电，是不是电力公司对我们情有独钟呀！”我应该说是对他们情有独钟的。

“不是的，”她一点都没有动气，不疾不徐地说：

“很多人都会这么想。停电会令人心烦，看到别人不停电会更烦，可是当自己有电可用时是很难知道别人家在停电的，因为他自己在吹冷气、看电视呀！”

我很难形容她说话的声音，她的普通话不是十分标准，但她试图一个字一个字地说得清楚，有点像乡下的小学教师，亲切之中带有警策的意味。她的话提供我一些新的思维方向，至少在当时，我想我确实太自私了。

停电带给我的烦恼不仅仅是停电这件事的本身，而是别人为何不停电，别人的“待遇”为何总比我好这类事。这种烦恼其实是很荒诞的，我如果把别人一起拉下水，和我一块儿停电，对我有什么好处呢？另外，当我有电可用的时候，我确实很少（可以说没有）去关心别人无电可用的困窘，这点除了证明我的自私之外，更证明我缺少，甚至丧失了客观判断事务的能力。我不自主地藏身在一个智慧的死角，而使自己成为一个不折不扣既自私又愚蠢的人。

幸亏她的话点醒了我。世间的不平，有许多是由自己的“心障”所造成，庄子说“至人无己”，意思是指最伟大的人物是没有自己的。这个“无己”不仅仅是指道德中的“舍己为人”，而是指思想上的排除我执，祛除“心障”，才能达到判断真伪、纵横大道的境界。

这个道理，也许很容易明白，然而做起来，却是非常非常的困难。当然，也就因为困难，庄子才把能做到的人称为“至人”哪！

当思想澄明之后，心中便涌出一股清泉般的顿生凉意。停电没什么不好，别人有电可用而自己无电可用也没什么不好。正在这样“觉悟”的阶段，电突然来了，当自己还没有完全适应四周崭新的光线的时候，我家电话铃响了，又是那位小姐的声音：“请问，您府上的电来了吗?”我连声向她致谢，倒不完全是因为电力公司修好了我们附近的电线，而是她的话一度引起我的反省，激起我心中的灵光，而这一切的一切，我想，她是不会知道的。

◎ 羽毛

电影《阿甘正传》开始的时候，是一片白色羽毛的特写。这片羽毛时高时低，一会儿落在汽车车顶上，一会儿又飞起来，在空中优雅地翻滚着。因为它轻，除非它被湿的东西粘住，否则只要一阵风、一点点的空气流动，就可以将它吹起来。它飞过乡村的树丛、飞进城里，它轻轻地撞了一下电线杆，又缓缓地落在公车站的护栏上，又被汽车走过的风带起，飞到高高的空中，然后逐渐落下，终于落在一个名叫阿甘的人的脚下，它似乎被他脚旁边带水分的泥土沾湿了，便停住了再也飞不起来。阿甘看见了它，将它轻轻拾起来，端详了一会儿，把它夹到一本贴有照片的本子里。

看到这个镜头，便想起杜甫《咏怀古迹》诗中的句子：“三分割据纡筹策，万古云霄一羽毛”。羽毛确实是极好的象征物，只是杜甫用它象征诸葛亮的智慧和洒脱，而阿甘呢，羽毛象征的，恐怕是像他这种智力的人在社会上微不足道的处境吧。

阿甘是个智商只有七十五的人，他在年少的时候，如果不是他母亲向校长施以手腕，恐怕还不能进普通小学就读呢。他在小学的时候，因为要逃避其他学生的欺负，竟然成了神奇的跑步选手，他跑得太快了，这项本钱使他进入中学和大学，他成了让人望风披靡的足球选手。球只要落到他手上，不论多远都能够被他“达阵”成功。大学毕业后，他进入陆军，参加越战，因为智力太差，完全不知死亡可怕，结果立了战功，成了战斗英雄。回国后被总统召见，约翰逊总统授勋时问他受伤部位，他竟然在大庭广众之前脱下裤子，展示他臀部的伤势。

越战结束后阿甘在军中无事可做，只有勤练乒乓球，变成超级选手，正好碰上中国和美国搞“乒乓外交”，阿甘又成了国家级的英雄。阿甘退伍之后，买了只船从事钓虾事业，他完全无钓虾的经验，又不会经营，然而一阵飓风，把其他停泊在港内的钓虾船都吹上了岸，阿甘的船因为航行海上，反而无事，后来他就成了钓虾大王，赚了极多的钱。他因为恋爱失败，便无目的地跑步，结果他两年之内，跑遍了美国，从太平洋跑到大西洋，如斯跑了三遍，他的痴情，竟也成了美国社会家喻户晓的人物。

这个近乎“神话”的故事当然是虚构的，但这部片子在美国上映以来，几乎万人空巷，成了当年卖座冠军，票房直逼《侏罗纪公园》，恐怕将成为一段时间以来最轰动的电影。

“这是因为美国社会已经厌恶政坛上的、商场上的尔虞我诈，他们渴望他们社会重新拥有诚实的品质。”我的一位研究社会学的朋友说。

“我的看法不是如此。”另一位朋友说，“当然我不否认你说的美国社会的本质的话，我是从另一个角度切入这个问题。你说美国渴望阿甘这种诚实的品质，但你是否注意到，阿甘的所谓成功，并不是因为他的诚实，而是因为神奇。越战中别人都被打死了，他没有；别的钓虾船都给大风吹坏了，只有他的没有；别人做生意失败，唯独他赚了大钱。他诚实没有错，但是他的成功并不是因为诚实，而是因为巧合，因为偶然。因此美国社会渴望的恐怕不是诚实，而是每个人都盼望奇迹，说穿了，还是一个盼望幸得的社会罢了！”

“不是幸得，这句话要不得。”我那位学社会学的朋友说，“阿甘的成功可说是奇迹，然而在美国，奇迹不是偶然，不是巧合，说偶然是唯物主义者的说法，基督教绝不这么说的。所谓奇迹，照基督教的说法，是上帝的特殊恩宠。上帝为什么要施恩宠在阿甘身上呢？就是因为阿甘智力虽低，但却最诚实呀！《圣经》的《约伯记》里说得很清楚的。”

我不太有兴趣继续听他们争辩。基本上，学者谈电影，都会从他熟悉的学术角度“切入”，他的观点也许有坚实的理论基础，但其实是很窄的，并且往往脱离现实。现实是什么呢？电影其实是大众娱乐的一种，制作电影的人恐怕没有那么精细的学术居心，它许多时候，只是借着作品博人一粲而已。

我们期望智障的人没有太大生活上的障碍，他们也许不见得要像阿甘那样的成绩斐然，赢得万人共钦，但他们生活的尊严应该和你我一样的，不该有什么差别。然而实践这个理想，恐怕并不那么简单，不论美国或中国，智障者都是被社会忽视、漠视的一群，都有点像在天空飘零的羽毛。如果不靠那位学者朋友说的奇迹，它很难落到一个显著的地方，它很难被一个细心的人捡拾起来，珍惜地将它夹到他心爱的书里。绝大多数的羽毛，随风飘散，最后落在泥地上、水沟里或者垃圾堆中，和其他肮脏的杂物一块儿腐烂、消失。

◎ 将军

好几次想到将军，就直接想起《史记·李将军列传》里悲壮的描写，大将军李广每战身先士卒，纵横疆场，无敌不克，无战不胜，但在政治舞台上，却始终郁郁，最后自杀身亡。李广率军极得军心，其为人悛悛如鄙人，口不能道辞，然及死之日，天下知与不知，皆为尽哀，太史公称赞他说："其身正，不令而行；其身不正，虽令不从。"又说："桃李不言，下自成蹊。"可谓推崇备至矣。

当然这历史与文学的联想，不尽合于现实。将军是军中的高阶军官，他们固然也有忧喜，但绝对与悲壮无关。据说现代的将军，跟公司经理之类的很相像，一个管理公司、一个管理军队而已，管理的对象虽然不同，所做的事则大致相仿。我现在的工作与这两种"管理"的事无甚关系，其中幽微的分际，我无法体察出来，但心中觉得，把将军看成经理，总有几分不伦不类的。

记得大约四五年前的某一日，黄昏时分，我在家附近的植物园散步，那天天气有些阴冷，园内游人很少。我突然见到一个个子相当高、腰板挺得很直的老年人，推开靠和平西路的铁制旋转门，似乎什么也不看地朝前面走去。他后面跟着一个个子比他矮，但比他壮硕的男人，那个男人年龄比他轻约莫十岁，可是也显出老态了，由于那个高瘦的老人走得快而不犹疑，后面跟的男子就显得有些蹒跚了。他们走过我前面的时候，我突然看出来，那个高瘦个子的老人，不是高魁元将军吗？我在陆军当预官的时候，他是我们的总司令呢，我已经退伍二十年，军中的生活仪节已经完全忘了，但当看出是高将军的时候，我的潜意识是想向他行举手礼的，尽管那时我是穿着汗衫、短裤，服装不整的样子。

此后两三年之中，我在同样地方遇见他好几次，总是黄昏的时候。他后面的男子无疑是他的贴身侍卫，手上总是拿着一柄卷着的长伞，亦步亦趋地紧跟着他的主人。将军冷而孤独的面容令我有些心痛，我有几次想走到他面前，跟他说话，说什么呢？就是问声长官好也好吧，但这个念头一直放在心中，没有实现的机会。原因是他即使从人前面走过，也从来没看过人的。他和他的侍从脸无表情地在林荫道上匆匆走过，仿佛走这一趟就是他们的目的，他们既不看花，也不看树，对路过的行人游客也没有兴趣，这是一生军旅生活所形成的习惯吧。将军似乎在凝肃的气氛下检阅他的陆军子弟兵，只是那森严的行伍与齐一的口令，现在换成了成排的椰子树和在当时已经有些寥落的蝉鸣而已。

这两年，我就不再见到他，我愿意从好的一方面想，这是我很少到植物园散步的缘故，将军仍然定时到植物园的，只是我们没有遇上；或者将军改变了散步的习惯，其中包括调整了时间、换了地方，这些都是可能的。但也有一种可能，那就是将军已经更老了，腰板挺得不够直，再也无法健步如飞，所以他放弃了散步。这有可能，而且是更有可能的。我不愿这样想，然而却无法阻止不往这个方向想。

有一天妻和我到荣总探一个亲戚的病，亲戚的病并不严重，只是因为手术必须住院罢了。在门厅的地方，一些拿了药、看完门诊的病人聚集着闲聊，一个护士推着一个轮椅从我身边走过，我并没有注意，直到我身边的一堆人说："你看，那不是总司令吗?"我才惊觉，护士已经将那位病人推到电梯口，我抛下妻跑了过去。坐在轮椅上的病人还吊着点滴，穿着天蓝色的医院制服，我细看，还好，他根本不是我心中所想的将军，因为他的身体又矮又小，站起来恐怕不会超过一百六十厘米吧，何况这个电梯所到的病房，是一般人住的，如果真是总司令的话，是绝不可能住在这幢楼的。我心中的一块石头终于放了下来，我想是我身边的那堆人认错了。

我回到妻的旁边，告诉她我心里想的。想不到她说："他们不见得认错了，原因是总司令不是只有一个人做过呀！还有一个可能，就是那个病人原本是他们熟识的一个朋友，绰号叫作'总司令'的。"

回家的路上，我仔细想妻说的话。妻说总司令不是只有一个人做过，这话是对的，但那个人绝对不可能做过总司令的，原因是他住的病房，还有他表现出来的气质，完全没有将军的模样。至于他的同伴戏称他做总司令，那倒是有可能的，只是这样的结论有点滑稽。

但是从另一个角度来想，人俯仰世间，免不了生老病死，在与疾病和年老奋斗的时候，所有的外衣都得褪去，每个人都回到人生最原始的本色。在这个时刻，一生是不是真的做过将军、做过总司令，恐怕已不具有什么重要的意义了吧。

◎ 名字

年假期间在一个偶然的场合和她相遇。她的前夫是我的同学，因此我很早就认识她，而且有一段时期，我们的往来还十分稠密。后来她与我同学离婚，我们便不太容易见着了，不久听说她又结婚的消息，我的同学也随后结婚了。他们之间曾为孩子抚养监护的问题而争执，有时会来找我，但男女的事拖久了也就不了了之地解决了，或者没有解决只是不提了，他们便不再来找我，我与他们也就很难见一次面了。

她见到我的第一句话就说她已经改名，要我以后以新的名字叫她，她仔细地告诉我她新取的名字，并且教我写法，要我千万不要弄错。我十分不解地问她，大约三年之前她就改了名字，目前那个名字我还没有叫惯，怎么现在又要改呢？

“算命先生说，那个名字只能用到我四十岁。”她叹了口气说，“每次说到这里，我就泄了底，女人的年纪可是最大的秘密呢。好吧，既然摊开了，就跟你说清楚吧。我今年四十一了，算命先生说，我要有一个新的名字，才能够避灾厄、起运势。”

她的“灾厄”到底是什么，这一点我并不清楚，第二次的婚姻对她而言，恐怕也并不幸福。我记得她第一次改名字，是在和我同学闹翻的时候，这一次改名，是不是显示她的生活又陷入一个低潮呢，这是有可能的，但我却找不出佐证，因为我和她的新生活几乎毫无关联呀。

为了掩饰我的怀疑，我故意问她其他的问题，我问她改名字的手续，据说到户籍机关去改名字是很麻烦的。“你是真傻呢，还是装的?”她大声地说，“改名哪需要到区公所改呀！没有一个人会照着你身份证喊你的名字的。改名是改一般社会上用的，只要我用新的名字，朋友用新的名字叫我，那我就走新的运势了。”

“你取的新名字是根据笔画数呢，或是照五行来配合的?”我问。我对命理的事一向外行，但平常看书看报，总还有片段的“知识”的。

“既算笔画，又算五行。你知道数目都跟五行有密切关系的，”她十分笃信地告诉我，“我们的名字，基本上有天格、地格、人格，这三格在宗教上称作三才，三格各有五行的属性，彼此融合，结成一体，这跟基督教所说‘三位一体’是相互呼应的。而宇宙整体可以说是一个气，这个气是由五行组成，但五行是在变的，有时火旺，有时木盛，所以这个气也在变，我们说它是‘气数’，或者是‘气运’。你不要笑我，这不是亲身经历，是不能体会其中奥妙的。我的这一点经验，一部分是经年累月生活的磨练，可以说是付出了生命的学费学来的，另外一部分，则是命相师告诉我的。”

她一口气说到这里，我不知道她竟然成了精通命理的“哲学家”了。她可能发觉我有点轻蔑的表情，她知道我是不信这一套的。“我知道你不相信，但我既然说了，还是将它说完吧。”她接着说，“为了配合宇宙的‘气数’，所以隔一个时候，人的名字是要改的。人的名字为什么要改呢？因为名就是命呀，好像孔子说的吧？这一点，就要请教你们教书的了。”

名和命这两个字在古时候确实是相通的，这在训诂学上找得出证据。只是名和命字相通的时候，命的意义是名，所指不是命运，也就是命在某些时候可以解释为名，但名是不能解释为命的，这一点显然是那些“哲学家”弄错，或者故意曲解了。而且，如果照他们的说法，人的命运为了要和宇宙的气数相配，每隔一段时间就要改一个名字，那这个社会岂不是成了名义不清、价值错乱的社会了吗？

“不需要的，一般人不需要随时改名的。”她似乎看穿了我心里的疑问，“一般人生活幸福，诸事顺遂，是不需要改名的，这证明他的命好，他的名字也好，他的名字可以应付天地的变化，所以不要改。还有一种人也不需改，因为改了没有用，就像现在住在车臣、南斯拉夫或者索马里的人，一个人改了名字有什么用呢？俗语说大气候决定小气候呀！只有像我这样的人，生活是坏透了，但总还有点希望，还不能完全放弃，所以改个名字来试试。你一定会问我，现在的生活是怎么一个坏法，其实也没有坏到真正过不去，只是……”她沉吟了一下，然后说，“我刚才不是说过了吗？我的这一点认识，是我付了生命的学费学来的呢。”

隐藏在内心的芥蒂，虽然是极小的，依然使我与她的对话进行得不太“顺畅”，至少在我这一方是这样的。我与她已很久不见，我其实是关切她现在的生活的，但一方面是我与她前夫的关系，一方面我又与她现在的丈夫完全素昧，在这种有些尴尬的处境下，使得我对她的关怀，无法适切地表达出来。我应该问她是否常探视她的孩子，或者孩子是否常来探视她，但当时我都说不出口，相对她的侃侃而谈，我的词穷使我十分气恼。

她一下子就体会出我的困窘，她有相信命理的人一贯拥有的敏感，她打算用离开来帮我脱困，这一点，我也感觉到了，我为我的感觉高兴。“我走了，不再烦你。”她说，“下次见到我，不要忘记叫我新的名字。”

我向她保证。

◎ 荷风

每年这个时候，走进植物园，你还没有经过荷塘，远远地就可以闻到一阵清爽的荷叶香，而绽放的荷花也是有一种清冽的香味的，只是据周濂溪说，这种香是“香远益清”，在近处反而闻不太到。我的嗅觉一直不好，当然无从分辨。而妻的嗅觉是属于“杰出”一型的，她能闻出大多数人从来闻不到的杜鹃花的香味，荷叶、荷花的味道自然不同，即使从菜场买了一段藕来，她都会连声赞叹说：“这藕真香呀！”而我也能闻得出藕的味道，但通常是把它煮熟了之后。我之走进植物园，还没有靠近荷塘便闻到荷香，可能不是我真正地“闻”到，而是我体会到，一阵清凉的晚风，会带来田田的荷叶和灿烂的荷花，我的鼻子便“移情”似的闻到了香味。

我终于有了证明的机会。前天晚上，当我从植物园和平西路的门走进的时候，便闻到荷叶的香味了。黄昏一阵骤雨，把植物园里的水泥路洗得十分干净，雨水打下的落叶还没有被清扫掉，但这样很好，凌乱的落叶使得人行步道具有一种难得的“野趣”。深林里传来断续的蝉声，使得初入夜幕的世界增添了一些神秘的气息。但当我走近荷塘，我被一片水所反映的天光吓住了，这里原来布满了茂密的荷丛的呀，现在竟然成了一泓静止的水池了，四周已空无一物，我的“十里荷香”原来是一个荒唐的幻觉。

在池塘的转折之处，还留着一些荷叶的，只是这几茎荷叶因为没有其他荷叶的支撑，孤零零的，显得缺乏生气，偶尔也有一两朵合瓣的荷花，但与以往比较，却瘦弱得可怜。是谁出的主意，把那些盛夏里最昌繁的生命尽数地刈除了呢？我记得在以往荷花盛开的时候，总有许多喙尖腿长的水鸟寄生此处。它们在菱叶之间觅食，还有一些像鸭子的禽类在荷荫之中游泳嬉水。一只色彩极美的鸟，站在浮出水面的荷叶上，荷叶支持不住它的体重，向水中下沉，而这只鸟总会在荷叶下沉之前，技巧地跳到另一片荷叶上……我总是记得这些有趣的画面，因为有一年夏天，我曾用了好几天的时间，为这塘荷花照下数以百计的特写照片呀！

我和妻走到历史博物馆后面，这里原是赏荷最好的地方。现在这片开阔的水面，此刻正反映着矗立在火车站附近一幢四十多层大楼的倒影，夜晚高楼顶端的聚光灯，把大楼弄成一枝待放的花苞模样。池水泛出的倒影，光彩绚丽，使得附近洋溢着一种奇特的节庆的味道，只是我和妻，此刻都陷入对悠远历史的回味之中，无心驻足观赏。

第二天下午，我到历史博物馆参观徐悲鸿画展，对徐悲鸿的画，我一直不太欣赏，这次展览品虽然多，但水准并不是很好。于是，面对植物园的那扇大窗，便成了我注视的焦点了。张大千特别为这个景观题了一个“荷风阁”的匾额，只是此刻的荷塘，已经没有茂密的荷丛。当然，那些寄生的水鸟，便也都不知去向了。透过玻璃，我注意到池塘中间一块突出的“小岛”上，累累攀附着的是一只只黑色的乌龟，它们伸头朝一个方向，一动也不动地在享受日光呢。一位老者回头对我说：

“看哪！龟鳖成群，这世界已变成什么样子了！”

◎ 三月阳光

料峭春寒的三月间，太阳偶尔露脸，庙埕上有两个老人在曝日，他们静静地坐在张开的椅子上，一动都不动的，似乎害怕一动就会把阳光抖落了。在他们旁边，就在阴影和阳光接界的地方，有几个女孩子在玩“跳房子”，偶起争执，就大声叫嚷起来。

一个老人看着她们跳房子，但似乎又什么都没有看到的样子，另一个老人，则像是已沉沉地入睡。人逐渐老去，像枯萎的花，在枝头失去了水分和光彩，只等一阵风，把它们吹落。至于吹到哪里，任何精确的数学都无法计算出来，诗里面有“化作春泥更护花”的句子，那有点一厢情愿的浪漫。落花可能落进水沟，被下水道的水带进河里，然后流进海里，只是还没有到遥远的海的时候，就被“分解”得一点痕迹都看不出来了。还有可能被风吹到一块滚烫的石头上或水泥块上，只要一下工夫，它就被蒸发得失去了色彩，失去原来的形貌，这时与其他物体相碰击，就成为不见形体的尘埃。一朵花是很容易消失的，在这个世界。

花是脆弱的，也因脆弱而美丽，大致而言，人生有美丽的部分，因此在这一部分的人生就充满了脆弱而危险的陷阱。人只要有一根中枢神经出了问题，就会丧失了所有的判断能力、审美能力，所有的价值对他而言就失去了意义。人只要是有一点荷尔蒙分泌失调，就可能会像盛开的花在短时间枯萎而谢落。人有点像一朵刚刚被吹筒吹起来的玻璃花，对脑神经科医师而言，人确实像那朵透明的花，在吹它之前，沾一点化学药剂，花瓣就可变成想变的颜色，但这个颜色和形状是十分轻而脆的，只要一碰，就整个碎了，碎了就完了，不能重整，不能修补，只有重新来过。

人生有点像绕圆圈，从零度开始，最后绕了三百六十度又回到原来的位置，因为三百六十度就是零度呀。假如人的开始是老年，而结束是童年，则有什么差别呢?

假如人的结束是童年，灵魂洁白如纸，那么人生就可能在最美的时候停止，即使不能重整、不能修补也没有关系，一朵玻璃花在最美丽的时候碎了，留给人的印象是一朵盛开的花的模样，而不是枯萎的花。我的一位医生朋友有次告诉我，姑不论在医学上是否可能的问题，而是这样的“变化”究竟有什么意义呢？在他看来，老人和童年几乎都同样地洁白如纸呀。“和小孩不同的是这张白纸，”他说，“在孩子这边只会每天增加一点色彩，而逐渐变得色彩缤纷，而在老人这边，原来缤纷的色彩在不断地消褪，终于有一天变成没有什么痕迹的纯白。不过还是不要用纯白来形容比较好，那是被搅和了的白，有一点像分色盘上原来有各种颜色，一经转动，颜色就看不怎么见，最后成了日光一样的白，老人家的白，就像这样的。”

他说的真好。由童年成长为成人是在增添，小时候，“一暝大一寸”，到再大些，能够运用知识观察这个世界的时候，“道理、闻见”逐渐填满、占据了他的心灵，一直到再放不进什么东西。由成人变成老年是在减少，身体在逐渐萎缩，深藏在脑中的记忆，有一天竟然消失得大部分不存在了，仅留的极少部分，又似是而非。记忆有点像漫漶的石碑，上面龙飞凤舞的字迹都慢慢地不见了，到后来，石碑的模样也整个变了，只成了一块普通的石头，横放在地上，让人家当垫脚用。

“你不可以，你不可以！”跳房子的女孩子发生了争执，一个在旁边的女孩指着一个正在跳的女孩说：“你踩到我们的房子了！你死了！你死了！”

“不算，不能算！”那个被指死了的女孩大声抗辩道，“你根本没有画清楚记号，我不管！”

其他的女孩也纷纷加入争吵，声音聒噪得厉害。两个老人家依旧在三月的阳光下曝日，一个早已睡着，一个睁眼望着她们，但仿佛什么也没有看到，什么也没有听到呢。

一个老人看着她们跳房子，但似乎又什么都没有看到的样子，另一个老人，则像是已沉沉地入睡。

碧珊　绘

◎ 水鸟

每年这个时候，大约总在元旦前后吧，河面上便突然热闹起来了。来自西伯利亚的雁鸭总会在这里停留三周左右，然后再向更暖的南方飞去，据说它们飞到吕宋岛之后便不再南飞，摄氏三十度左右对它们而言已是酷热。它们每年飞向南方，一方面逃过冰封的寒冷，一方面到南方补足一年的营养，因为结冰的河面令它们无食可觅，但它们并不喜欢也不习惯超过摄氏二十五度的气温，当它们补足了营养，养肥了身子，正好西伯利亚的严冬已尽，它们便一口气，不须多作停留地飞回北国，到它们的家园去繁殖后代。

两座与外县为界的桥梁之间，长度约莫是三公里或者更长一点，这里河面宽广，水流低缓，是雁鸭最喜欢栖息的地方。每年这个时段，河的护堤上便架起了无数的高倍望远镜，爱鸟的人士守候在后面，观察它们的一举一动。假期中，河边赏鸟的人数，有时比雁鸭的数目还多呢。上班的日子，赏鸟的人便少了，而当雁鸭飞走了之后，河边就少有人驻足。其实雁鸭走了，河面还有许多小水鸭，还有琵嘴鸭及尖尾鸭、绿头鸭，它们也都是由西伯利亚飞来的，只不过它们的体积比较小，在这段河面停留的时间比较长，不容易引起人的注意罢了。

雁鸭飞走后的一个星期，天气依然晴朗，但河畔已经不再热闹。我站在城市这边的河堤上，太阳略略西斜，即使是中午，河面部分已是金光粼粼，小水鸭一堆堆地在河中心载浮载沉地嬉戏，远处望去，像蝌蚪一般。琵嘴鸭比较喜欢飞翔，停下来的时候，多数聚集在高压电塔下面的沙渚边。一个骑摩托车的青年，将车子停在我的左方，他用右手指着河中的水鸟，对他后座的女友说：

“报纸上说，它们是从西伯利亚飞过来的。”

他一边说一边解开头上的安全帽，露出显然过长的头发。女的随着他手指的方向看去，她似乎无意脱下她的帽子，她说：

“你老远把我带到这里，就是为了看这几只水鸟啊！”语气中有一点疲倦，也有一点愤懑。但男的似乎不太在意，他回答她的时候眼睛望着远方，声音像是从云端传来：

“比起那些鸟，我们算是远吗?”

◎ 影子

吃过晚饭不久之后的晚上，大概还可以称作是傍晚时分吧，我走进一个私人办的画廊，画廊里面正在展览英格玛·伯格曼的电影剧照。一对貌似情侣的年轻男女，驻足在一组题名叫《第七封印》的剧照前，一直到我把所有展览看完了，他们仍然站立在原处。我走到他们后面，仔细看看我究竟遗漏了什么，刚才由于他们站在那儿，我只有轻轻地跳过这组作品，但当我搜寻画面的时候，那个男的突然对女的说："唉，一个人只不过是另一个人的影子罢了！"

说完，便废然地朝向出口走去，女的有些慌了，急忙去挽着他，和他一块离开了画廊。

我不知道为什么这组作品会使这位青年发出如此的喟叹。不过，"一个人只不过是另一个人的影子罢了"这句话，在某种条件之下是成立的。人常常放弃了他人格上的自主性，只顾着跟着别人跑，就成了另一人的影子；或者说人根本就没有什么自主的能力，只有甘心的随世浮沉，成为世俗的影子。

伯格曼在另一组名叫《冬之光》的剧照中，把广场中的一个长相平凡的男子 Zoom 成头部的特写，藏在杂乱胡渣里面的嘴强抿着，像是在抵御着什么，而眼神却是空洞的，焦距涣散。耳朵和脸颊之间的一条纵向褶皱，透露出命运长期以来的戏弄与嘲讽，鼻子是稍大了一些，而其实是没有意义的，岂止是鼻子，其他的脸部器官，都是既存的样貌，也都没什么意义。这个陌生人在这个陌生的世界，他充其量扮演的只是他命运的影子罢了，除了“与时推移”，一个只有影子属性的他究竟能做些什么呢？

只有在童话故事里，影子也曾具有过自主的意识，但却没有能力维持，这是他无可奈何的地方。“小飞侠”的影子有次挣脱了他的主人，试图独立自主，可是不久就被小飞侠捉住，叫温蒂帮他缝在脚上。从此之后，影子就只得跟着活动或固定的物体，过着随体诘屈、因物象形的日子。

如果以“自主”这个观念切入，人生确实大部分都在扮演别人影子的角色，即使神气活现的“伟人”，也很少有机会能够真正为自己而活着。伯格曼的电影可能并无此意，但他的剧照，却容易让人感觉人生某些无可奈何的处境。

夏日夜晚，一颗流星划破黑暗的天空。假如那颗陨落的石块是我们地球的话，则我们便被无助地带入死亡，这是谁也无法自主的时刻。那个看照片的青年男子，当时想到的，便可能是这类含有悲剧意味的事吧！

辑四 断想

◎ 科莫多龙

印尼科莫多岛及附近岛屿，生长一种巨大的蜥蜴，俗名科莫多龙。这种身体庞大极像鳄鱼的爬虫，比鳄鱼具有更畅旺的生命力，它可以水行，也可以陆行，整个科莫多岛都是它横行的范围。不像鳄鱼大部分只能生长在水泽，最多只能在水边的沼泽区，超过这个空间，就不能够生存了。科莫多龙平时趴在草地上，一动也不动的，跟在岸上晒太阳的鳄鱼没什么两样，使人误会它跟陆上的鳄鱼一样，举动迟缓，只要不太靠近它，是没有什么危险的。

这纯粹是被外型所欺，科莫多龙陆行之快是惊人的，它在科莫多岛上的主要食物是一种野生的鹿，它必须追逐及扑杀一头善于跳跃及奔走的鹿，可见它的运动能力是如何强了。生物学家说科莫多龙有异于鳄鱼的是它支撑足部的最下一截骨头，在必要时可以像哺乳类动物般地“直立”起来。不像一般爬虫类的只能平趴在地上，它能够以四只脚支撑身体远离地面，地面即使不平，也不会形成它行走的阻碍，它可以“走”得飞快，不像其他爬虫类是用“爬”的。

就算它能走得飞快，和轻盈的鹿比较起来究竟是慢了些，而且四肢“直立”对爬虫而言是极不自然的事，当然得耗费它极大的体力，这是它不能快走太久的缘故。要猎杀像野生鹿这类敏捷的动物，它需要其他的本事。

本事是伪装及耐心的跟踪。科莫多龙和其他的爬虫如鳄鱼、蜥蜴、变色龙等极相似的地方在于它善于伪装，它可以“躲”树丛里、土堆中几个小时，甚至一整天一动也不动的。再敏感的对手都有放松的时候，它趁野鹿到树丛啃食嫩叶的时候，狠狠地咬住野鹿不放，那只野鹿就成了它的大餐。万一野鹿挣脱了它也没有关系，凡被它咬过的鹿势必受了伤，它就耐心地跟踪这只受了伤的鹿。

受了伤的鹿自然行动迟缓，肉体的痛苦使它无法进食，它一分一秒地孱弱下来，而潜行在后的科莫多龙却虎视眈眈地等待最后的机会，可以说是十拿九稳的，这个猎物不可能得不到。最重要的不在鹿被科莫多龙扑食，草食动物是肉食动物的粮食，这是自然的律则，重要的是其间所展现的生存的残酷。

我很难忘记那次在Discovery频道上看到的经过，一般肉食动物在扑杀猎物时当然免不了有凶残的镜头，但再凶残也没有科莫多龙的凶残。原因是科莫多龙在扑杀野鹿的时候，从来不把鹿先弄死，它如咬上了鹿的后腿，就开始从后腿“进食”，它如咬上了鹿的肚皮，就从鹿的肚皮、肚肠开始进食。这时的鹿还是完全活的，鹿的嘴在痉挛，眼睛流着泪水，它绝望的号叫令人心碎，但这时候即使是上帝也救不了它。

科莫多龙为什么不像狮子、老虎在扑杀猎物时先咬断猎物的气管，令它立即气绝呢？垂死动物的挣扎，往往会伤了自己，这一点证明科莫多龙的智慧甚低，它跟鹿比较起来，还算是低等的生物呢，当然跟狮、虎更不能同日而语。它凭借的是它与生俱来的求生本能罢了，在它而言，生命就是在猎食或者被猎食之间做一选择。在科莫多岛上，它的对手比它嫩多了，它可以在此称王，用最原始而残酷的方式维持它的生命，而不需担忧自己受到伤害。科莫多龙是完全不需要智慧的。

智慧其实是一种文明，它最大的来源是竞争，老子所谓的“绝圣弃智”，是主张将人孤绝于社会之外，不与别人发生关系，因此智慧就不需要了。孟子说：“兽相食，人且恶也，况人乎？”

我们看到“兽相食”很不舒服，这基源于我们的道德心，而道德心也是一种文明；假如我们要抛弃文明，那么所有的智慧和道德心也都要抛弃，还有审美的意识，也要随之完全消失。“绝圣弃智”的结果，是“恢复”我们最原始的生的动机，这个动机只有进食、交配，剩下一点点的精力也许花在嬉戏上面。当我们抛弃了所有的智慧之后，这世界就不会有任何“文明建设”，人不会写字，不会记录，不会用电脑，更不会希望飞上外太空；当人抛弃了道德之后，人就没有善恶的观念，没有因这个观念而产生的法律以及行为上的繁文缛节。当然人也丧失了审美能力，人不再会写诗，不再会歌咏，也不再会试图捕捉一个形象或意象来创造一个艺术品。当人厌弃了文明之后，他应该心甘情愿地回到他生命最原始的纯粹的本质。

文明是不能或者说很难分割的，就像智慧是不能或很难分割的一样。什么是好的智慧，什么是坏的智慧呢？山川日月，这大自然的一切，包含着庄严、美丽，也同时包含着险恶和丑陋，我们不能只选择美丽的，留下丑陋的，原因是根本做不到，美丽和丑陋是我们自己的解释，在大自然本身美丑是一个整体，是完全无法分割的。

并不是我爱唱反调，而是每当我听到或看到人们对自然礼赞的时候，“自然美得像一首诗”“自然美得像一幅画”……每当我听到或看到这类似的句子的时候，我的眼前就浮出科莫多龙的影像，任我如何努力，短时之间是很难消失得掉的。

◎ 超现实

我和妻参观超现实画家夏加尔（Marc Chagall）画展的时候，正好遇上一队幼儿园的学童，他们在老师的带领下，有些聒噪，有些心不在焉地从我与画的距离间通过。

夏加尔老是喜欢把他的“想象”画进他写实的绘画中，譬如在一幅以瓶花为主的作品里，瓶花的边上是一对相拥的男女，问题是那瓶花太大了，两个男女加起来的体积也不如那瓶子，而你也没有足够的条件来解释，说那是距离的缘故，瓶子近，男女远，因此才显得大小悬殊。事实上可能是夏加尔在画瓶子的时候，想到瓶子旁边如果有一对相拥的男女就更好了，便“直接”画了进去，他是在写实，他的“写实”是写他想象的实，而非客观事物的实。

因为素材的缘故，夏加尔的画虽然时空倒置，但并不令人亢奋，更不会令人紧张，相拥的恋人，鸡、山羊、乐手、谷仓以及教堂，看起来是杂乱的组合，然而却有一种和谐的秩序，因此，夏加尔的画是温暖的。至于相拥而卧的恋人，为什么女的大多是裸露着身体，而男的却是穿着衣服呢？这一点确实很难解释。我被一个幼儿园男童的分析吸引住了，他对他的同伴说：

“那是因为女的死了，”他很有自信地继续说，“女的死了，男的很难过抱着她嘛。”

这个男孩直接的体认牵引我反省我对超现实绘画的知识。想起艺术史上的超现实主义（Surrealism）自然使人想起布勒东（Andre Breton）在1924年发表的《超现实主义宣言》，但这些宣言、这些理论拿来和孩子的解释比较，便立刻显得烦琐而贫血。超现实的主题超越现实的理论架构，而鼓励创作者与欣赏者直接的、勇敢的与自己的感觉相对，叠床架屋的知识和理论，抛弃得愈多、愈彻底愈好，这一点，儿童绘画其实是最标准的超现实艺术了。李卓吾说：“苟童心常存，则道理不行，闻见不立。”道理闻见与感觉比较，前者是官能的，后者是超官能的，庄子称之为“神”，最高的境界，庄子认为是“官知止而神欲行”，所以欣赏超现实艺术，最好的方式，是跟着孩子走。

欣赏后面所有的夏加尔作品，我都尾随那队幼儿园孩童，直到出口，那个爱发表意见的男童突然大声地说：

“老师，我们哪时候可以吃点心？”

◎ 关于赫斯特·扬森的三篇断想

一、自画像

我们常常以已知的来鉴别、判断，甚至组织我们面对的未知，在艺评上尤其如此。譬如说“这字的结构像极了石门颂”“竹子像极了吴梅菴”“这是马蒂斯的线条”“人物忧郁的表情很像蓝色时期的毕加索”……我们在已知的权威中找材料是有原因的，探索源流往往是接触知识的第一个步骤。西方学者也是同样的，他们喜欢以家族树（family tree）的方式来考证学术乃至艺术创作的主干与旁枝，如此脉络判然、层次分明。已知是推测未知的唯一门径。朱子在《大学〈格物补传〉》中说：“是以大学始教，必使学者即凡天下之物，莫不因其已知之理而益穷之，以求至乎其极。”可见“即凡天下之物”所得的已知，是探寻更高更深未知的最原始基础。

但这种方法是有困窘的，家族树所显示的脉络和层次，看似分明其实模糊，超乎经验的知识无法用经验来完全涵盖，这一点，朱子也明白，所以他继续说：“至于用力之久，而一旦豁然贯通焉，则众物之表里精细无不到，吾心之全体大用无不明矣。”“一旦豁然贯通”是不能用一般循序渐进的知识论来解释的，“用力之久”是什么意思呢？到底要“用力”到什么程度才能豁然贯通呢？另一方面，真的用力了，而且也够久了，是否必然会豁然贯通呢？如果不必然，则朱子所说的豁然贯通必须还祈助于另一种神秘经验，那便是很像禅宗所指的——顿悟。

这个问题扯得太远了，就此打住。我的意思是用已知来诠释未知，只是部分行得通，而非全部行得通，这是我在看赫斯特·扬森（Horst Janssen，1929—1995）画展时的第一个感触。扬森是一个十分“奇特”的画家，他自外于流行，甚至可以说是自外于世界，以他近乎偏执的态度作画。由于他的眼力极差（1990 年之后，右眼完全失明，左眼仅能有 30 厘米的可视度），他的作品偏向小幅的素描及蚀版画，他在画上往往注记上许多文字，视线内的焦距不能容下的画的意念，借着文字来补足完成。所以整体而言，文字不是独立于画之外另一项表现方式，而是结合了整个绘画，形成一种有异于传统“面”的观念的作品。这一点像极了中国文人画上的题诗，诗使得原本平面的画增加了另外一个空间的想象，画因此而“立体”了起来。

用已知的经验来看扬森的画，甚至分析扬森的画是不足的，看他的画有的要排除已知，而应该以面对一个崭新经验的态度来面对。这一点可能有人不赞同，因为扬森自己也承认他曾“临摹”过许多大师的作品，如加瓦尼（Paul Gavarni），日本版画家葛饰北斋，甚至在技法上深受克利（Paul Klee）的影响。但影响是一回事，临摹是一回事，就如一个人的情绪很难不受气候影响，而他的作品不见得与天气有什么必然关系；中国的书法家很少不临摹魏碑和二王的法帖，但都以个人的风格卓然有成。

扬森隐居在汉堡的一幢与外界完全隔绝的公寓中，他拒绝与外面的世界作任何交通，他所面对的，是他自己诡异离奇的自我，所以他做了许多重复又重复的自画像。酗酒的画家，发觉血液中的酒精浓度与自我存在密切关系，但自我存在的意义到底何在？他用尽了伦勃朗（Rembrandt）、梵高，甚至前面所说的保罗·加瓦尼（他们都是喜欢画自画像的画家）的方法，但都不能把握得恰如其分。自我存在的意义是无所不在变化的，他很难，甚至根本不能用固定的线条来表现，他画了一张又一张的自画像，但都失败了。有一次，他将画好的自画像撕了，再用胶水任意粘贴起来，并贴的自画像上布满了裂痕，五官的位置也因而不合逻辑了，但他当下直觉，这才是正确而真实的自我，存在意义，有时不是逻辑的。他很满意自己的发现，然而维持不了多久，他又重新堕入沮丧之中，原因是他血液中的酒精浓度又起了变化。

二、青蛙

扬森在他一幅题名叫《海滩上的风景》蚀刻画上，作了这样的题记："一九七二年九月一日，我开凯思的沃尔沃车压死了一只青蛙；这件可说成不幸或恐怖的事故，对我造成很大的震撼，因为我本来是无权使用这部沃尔沃车的。我例行地踩住刹车，小心地将车子倒退并且细看了一下现场，想想该怎么办：这位因被诅咒而遭受青蛙命运的王子已一命呜呼；灵魂自其腰部的伤口飞出去——这大概是一项具启发性的观察。即使惨死轮下，还可以在平静的长眠中看出他是美丽的，而且在其灵魂出窍的伤口处，其琥珀黄与紫色的内脏还在抽搐着。似乎在某种程度上可以说，我轮下的牺牲者，倘若他在穿越道路之前有位公主献上一吻，王子可以及时跳到一旁而避过劫数。”

许多错置的想象，并没有妨碍一个职业画家的客观观察能力。已死的青蛙，“琥珀黄与紫色的内脏还在抽搐着”，生命的美丽，有时很残忍的是要以死亡来呈现，但这种美丽是瞬息而逝的，古人常用“灵光一闪”来形容瞬间的感悟，这时的感悟是极短的，也许不到百分之一秒或者更短吧，但却是极彻底的，孔子的“朝闻道，夕死可矣”可能就是指的这种经验。扬森为死去的青蛙作了许多素描，他在那段记事的后头继续写着：“假使其他所有做法没有任何意义，就像这次情况，只有将罪过化为画作。我将他自路上拾起，放在一片大黄叶子上带回家，为其作了许多画像；刚开始充满敬意的，好像一篇警察的记录报告，将案情画下来，然后依照人性的自然发展，渐渐的不再那么悲伤，接着无所拘束演变至任意而为，最后当作一种娱乐。如此的青蛙，又归于尘土，成为风景的一部分了，就像各位看官一样。”

人不能长期保持紧张或亢奋的状态，“渐渐的不再那么悲伤”，最后在纸上绘一只死去的青蛙，在画家而言，只是风景的一部分，而众人呢，在画家而言也只不过是风景的一部分。美是瞬息即逝的。如果说美是永恒的，那瞬间即是永恒。

三、台北

台北，一个遥不可及的城市，他右眼全盲，左眼只有 30 厘米的视力，以这种视力，如何“观察”这个从未谋面，当然也不能惠然莅临的城市呢？听说台北人以多金自诩，他们擅长买有名的画但不会看画，他们喜欢“包场”但不会听音乐，他们有最好的汽车却有最坏的道路，他们有最好的食物却有最坏的吃相，与台北相近的一个城市，据说有六十分之一的居民是靠色情过生活……这些都并不重要，对一个眼睛极差的画家而言，他可能更关心的是这里艺术的空间如何？艺术家的生活如何？艺术家们心灵如何？可怜的是在这里的艺术家似乎已经很早就放弃艺术的创作了，几幅老画家的比较像样的画作，被市场“炒作”得上了天价，比较年轻的画家，如果没有演员与推销员的能力，台北对他而言，是几乎没有生存的空间的。这里的艺术家，大部分已把自己的创作灵魂卖给了商人，就如浮士德把灵魂卖给了魔鬼一般。这一点，扬森便明白了，因为所有的德国人都知道浮士德出卖灵魂的故事。扬森为台北的画展画了一张招贴，画的下方是一只人形的猴子，穿着红色上衣、蓝色长裤，半坐半躺地靠在墙角；画的上方是蓝色天空中的一轮白日，在白日和猴子之间两大片的空白处，扬森画了一个扭曲的书写体的大L字，细看这个大字是由许多比较小的大写L所组成，再细看这个L的收笔之处，竟然是一条蛇的头部，吐出的红色蛇信，正好触碰到这只猴子翘起的嘴，而隐藏在猴子红色上衣之内的一颗炽热的心，也攀缘而出一双红色的触须，向上扬起，打算和蛇信相触。扭曲的书写体L字母，在金融市场通常用来代表英镑，英镑化成一条巨蛇，暗示它可能吞噬这只自以为是的猴子，而猴子却没有意识到，完全不以为忧——这种伊索寓言式的猜测也许与实情尚有段距离，作者只是信笔乱涂，并非有意在讥讽什么，但令人不解的是，作者在猴子的底下明明白白地写下台北的德文拼音：TAIPEH。

◎ 落木

习惯说宝岛四季如春，而忽略了台湾地区四季的变化。其实大自然和人是一样的，有心跳、有呼吸、有兴奋、有倦怠。台湾的季节变化，也许不如温带地区明显，而生命的周期是一直在进行的，其中有起伏、有强弱，注意的话，大自然的吐纳和脉搏依然是有迹可寻。

就以我居住的城市而言，一进入了所谓冬季，天气就开始进入长期的阴霾，天空和地面，灰蒙蒙的一片。其实天并不冷，在气温表上，不容易让人体会这是冬天，但远近如一的沉灰色调，还是令人感觉出与以前的季节不同。这种天气因为不太容易找出光源，所以比较不适宜摄影，然而这种色调往往将过分强烈的东西变成柔和，将过分软弱的东西变得比较低沉而显得不是那么软弱，它其实是在作齐一万物特性的作用，大有庄子《齐物论》一篇的味道。

假如你以为大自然只在那里做扰乱秩序、混同界限的工作，那就大错特错了。大自然在真伪不清的混淆之中，仍然在积极地进行它时序移转的大工程。首先是草坪上的草不知为什么都变黄了，温度并不太低，水分也如往常地充沛，但是它还是黄了。也有一部分的草坚持着平时的绿，只是这绿非常保守的、非常约制的，不敢向外蔓延。冬天的草是不需要剪的，原因是它根本停止了生长。

城市中有一条街上的行道树是樟树与青枫。青枫是落叶乔木，每到冬天，叶子就落得空空的，使得城市风景呈现难得见到的寥落景象。而樟树虽号称常绿，其实到了年尾，树上的树叶也落了大半，剩下的，也显得有气无力的。

我喜欢这样的街景，落木让原来隐藏的东西曝现出来，城市因而增加了景观。在某些转角路口，萧散的行人，只剩下枯枝的路树，以及弯曲的街道，使这座城市竟然有点像法国画家郁特里罗（Maurice Utrillo）所画的风景了。

夏天里浓浓的绿荫，加上蝉嘶鸟鸣，对此“佳景”，总有点像喝了酒的味道，只要一合眼，就想沉沉地睡去。看树叶落光的树，听风吹过树梢的声音，比较像是喝茶，而且是喝一种带有苦涩味道的茶，令人清醒而冷静。落叶也可以造成一种极为壮观的气势的，杜甫诗“无边落木萧萧下，不尽长江滚滚来”可证，只是这种景象在台湾地区难以见到。虽然如此，台湾的冬天依然在尽它的职责，它把所有闪耀的、宣泄的生命力按捺下来，让它们朝地底下蕴积，向更深的地方发展。

古人常用“木枯崖落”来形容真理的呈现，因为这时候，所有繁盛的表象都消失了，真理在比较没有错觉的环境下，以它最原始的样貌显露出来。

那天下午，我经过一个庙口，虽然今年冬天不冷，在牌楼边仍有两个老年人在晒太阳，他们可能是延续每年的习惯吧。正在我准备过街的时候，一队丧家的车队走过，我被迫站在两个老人旁边。车队不是很长，最前面车上挂着的一张彩色遗照，竟然是一个风姿翩翩的美少年呢。一个老人指着那照片对另个老人说：

“怎么这么无福气呢？才这个年纪！”

另个老人气定神闲地说：

“要知道，棺材不是装老人，而是装死人的！”

车队很快地通过。我快步过街，在街的这边看那两个老人，他们还在交谈，然而谈些什么，我就听不到了。一些智慧是天生的，但是还是有一些智慧，是要通过许多寒来暑往，是要经历一些木枯崖落的生命的历程，才能真正体会得到。

◎ 不解

这世界上有许多事是我们根本无法了解的。据一个穷研病理学的友人告诉我，当今人类的病痛，有一半以上，我们无法知晓——即使是发病的原因，更遑论治愈了。在医学上所谓治愈，是指经过治疗后五年内没有复发，尤其是指癌症病患，治疗之后能够维持五年的寿命，便算痊愈了。五年后旧疾复发，或者五年后患者不治死亡呢？对医生而言，那是另外一个 case，在“病史”上他们愿讨论，然而不能够据此推翻以前治愈的结论。所有的医生都十分谦虚地谨守他职业上的矩矱，原因是他们知道自己的限制在哪儿，他们比其他人更能体会这世界上有许多事是我们根本无法了解的。

五十多年前有部电影片名叫 2001：*A Space Odyssey*，中文译作《二〇〇一：太空漫游》，描绘的是人类进入太空的故事。其中有一段极令人难忘的镜头是，当人类凭借着科学，越过了历史的极限之后，在另一个世界，人又堕入一块巨大石碑的阴影中，终究无法超越。那块石碑，象征人类智慧的原始困窘，人的智慧有限，不只是有限，与宇宙比较起来确实渺小得不成比例。两千年前庄子就说过："吾生也有涯，而知也无涯，以有涯随无涯，殆已。"

人类在智慧上的困窘，不见得一定要放在极伟大的科学前面才显露无遗，其实，在"人伦日用"上面，我们依然有许多没有解决的问题。有些问题我们不觉得是问题，我们不去寻求解决之道，然而假使真觉得是问题进而去寻求解决之道也是枉然，因为我们并没有解决的能力。大多数的人是被习惯牵着鼻子走，习惯使他安于目前的生活，安于目前的思考方式，他觉得自信满满，既存的一切秩序，都是不容怀疑的当然。

那天我在253号公车上，听到后座一对母子的对话，儿子是刚上幼儿园大小，为了不打扰他们说话，一直到下车，我都没有回头看他们一眼。小孩先说：

"假如我还有一个爸爸——"

"不可以这样假如……"母亲说。

"那假如我还有一条狗狗可以吗？"

"可以。"

"我现在只有一条狗狗呀!"

"那是假如啊!"

"那我就可以说我还有一个爸爸啰。"

"不可以的，就是假如也不可以的。"母亲斩钉截铁地说。

"为什么我可以假如还有一条狗，可是不可以假如还有一个爸爸呢?"

母亲沉吟了许久，直到我下车都没有听见她的答案，其实她可能永远无法解释这个疑难。比较起来，大人比小孩似乎是更加虚弱的，大人对这个世界的所知，比小孩并不见得多多少，只是，他们会用比较世故的方式来处理自己的困窘。"这个问题呀，等你长大就知道了!"长大了就一定知道吗?我们能解答的问题其实是很少的，不过，很少人承认这点。

◎ 月台

比较属于重要的列车都不在这里设站停车，许多急驰的快车，发出辗压铁轨时尖锐刺耳的响声绝尘而去，肆意地激起一阵风暴，久久才能平复。一些纸片和塑胶袋总被高高扬在空中，飘呀飘呀，仿佛要等那班列车到达另一个车站那么久，才会再落到轨道间的碎石子上面。忙碌匆促的车流因为多是过客，反而使得这个车站显得空疏寂寞，甚至有一点颓废的意味。

我赴邻县朋友的晚餐约会，临时决定在这儿搭火车。我已经有约莫十年没再搭乘这段火车了，我并不确实知道在这个时刻是不是还有这个车班，这个车班名叫“普通车”，是每一站都停的，而且因为它总要让它后面比较高级的列车超越它，所以它有时在一个小站会停留完全无法预测的长久。搭普通车的旅客，应该把他的手表调慢，或者把他的时间观念调慢，最好调到五十年代或者更早的一个比较悠远舒缓的时代，那个时代的时间节奏，在音乐术语上叫作“Adagio”。

我买了票，看时间表，大约十分钟后有车。我剪了票从地下道走到南下的月台。十年前连接月台之间的是天桥，那座天桥可能是日据时代留下的规模，还是木头造的，在存在主义流行的时代，人走在上面，可以借着脚步声证明“自己”的存在，当然也证明了生命中的一些荒诞与虚无。走出地下道，面前空无一人，西斜的阳光，把空寂的月台照射成一种梦幻的空间。西南面靠车站后方出口的附近铁轨上，“放流”的一辆货车皮，与前面成列的车厢哐啷一声连接起来，把地上啄食的麻雀惊起，其中也有几只雪白的鸽子，它们纷纷飞起来，一只竟然优雅地停在高压电线上。

“你知道鸽子怎么不会被电死?”

“傻瓜，它只踩在一根电线上，当然不会被电死，它如踩在正负两极电线上，早就化成灰了!”

我回头看谈话的人，是两个穿着制服的高中学生，原来月台上已陆续有人了。一个微胖的妇人背着一个极大的布包，左手右手又各拉着一个孩子，她把布包放在给旅客坐的塑胶制椅子上，从提袋中找出手帕替一个孩子擦脸。这是一个大约四岁的男孩，一脸汗地吵着要喝养乐多，而男孩的妹妹，却一直嚷着要小便。妇人对着我苦笑了一下，我叫她带女孩子去小便吧，男孩我帮她照顾。她从提袋中拿出一瓶养乐多，叫男孩跟着我，然后带女孩到地下道出口的拐角，就在那里女孩蹲了下来。我把目光收回到这个男孩和那特大的布包上，男孩已喝光了养乐多，在陌生人前面不敢吵闹。布包里面，装满了各式女人的服装，都是带有商标的新货。这个车站附近，集合了许多服装业的批发场，显然这位妇人是在乡下经营服装生意的，她的生意不会很大，否则不会自己带货，她的卖场不在大都市，否则她不会乘这班普通车，其余的，便不可能也不必去猜测了。

当妇人带着女孩再回到我前面时，我们要搭的这班火车便缓缓地进站，普通车完全没有快车那种飞扬跋扈的气概，像一个已养成忍气吞声习惯的老人。我帮着妇人把她的货拖上车厢，她才得以搀住两个小孩；车厢里空荡荡的，我不想立刻找位子坐下。当车门自动关上，火车便启动了，我抓住门旁的扶手，车子向左弯的时候有些倾斜，我有将近十秒的时间可以透过车窗看到我刚才候车月台的全貌。这座月台，我曾经在上面站了整整十分钟，这座月台，曾经还有一些旅客，有男孩的哭闹，有女孩的小便，有学生的对话，但在我最后的一瞥之中，竟然像是完全不曾存在过似的。整个月台，陷入黄昏怪异的气氛里，原本的蓝天变成了暗紫色，原来被漆成白色的电灯杆，竟泛着粉红色的光。我突然觉得，刚才的我，已溶入细琐的历史之中，不详加分辨的话再也找不回来了，我好像坐在一艘我不知道轨道，也不知道行程的宇宙飞船之中，目的地在哪里，何时才能到达，我完全茫然……该死，谁要我搭乘这班令人昏昏欲睡的“普通车”呢！

◎ 等待

有一次和一个文艺团体结伴到屏东南仁湖旅行，由于南仁湖是生态保护区，不让车辆进入，所以从停车场进入检查哨之后全靠步行，全程大约四五公里，走路一个小时左右，就可以见到幽静中寓有大片生机的南仁湖了。

通路并不狭小，但有几处十分陡峭，只有四轮传动的登山吉普车或可通行，一般车辆是无法走的。沿路的植物并不特殊，也可以说并不美丽，都是台湾一般山区最容易见到的植物，包括相思树、野生杜鹃，还有叫不出名字的杂草蔓藤。既然是生态保护区，当然是保护这块土地上面原有的植物，让它们在没有人为破坏之下各凭生机地生长繁衍下去。所谓“美丽”其实是一个十分复杂而诡异的观念，美丽应该是从一般的素材中抽取成分，然后经过繁复而略带神秘的分析而形成的。但是我们平常说的美丽，其实包含着相当炫奇的成分，国色天香不是人间容易见到，我们才觉得美丽，使得美丽成了一种惊艳，一种得不到的希冀。

南仁湖沿途所见是朴实而寻常的，所以对居住在同一块土地上的我们而言，就不觉得美丽了，至少这种美丽是不含惊艳的成分。这使我想起一次旅行，在弗吉尼亚州的一个风景区，我遇见一对老夫妇，他们十分殷勤地向我们问好，问我们从哪儿来，我答以台湾。他们流露不解的表情，我告诉他们台湾在太平洋的西岸，老先生问：

“那么远来，看这些，值得吗?”

“这里风景很美呀!”我说。

他顿了一下，像是回答我疑问似的说：

“普通得很。”

“你觉得哪里更值得看?”我问。

老先生怔忡地陷入思考，他旁边的老夫人用缓缓的语调，轻声地说：

“我们梦想在我们有生之年，能够到神秘的东方亚洲一游。”她说完，深情地看她老伴一眼。

他们梦寐以求的地方，竟然是我们平常住的地方。远处的风景，不解的事物，因距离而产生了美感；台湾野地的相思树、丛生的芦苇芒草，还有水泽边的月桃、野姜花，对他们可能具有无与伦比的吸引力吧，那代表着丛林的幻想、热带的诱惑，但对我们而言，却普通得没有任何意义。

快到南仁湖的时候，路边突然开阔起来，山路不再陡峭，四周形成了一种平原的地形，阳光因为没有遮拦，变得和煦明亮了，空气中有一种令人振奋的味道，可能是花香，或者根本就是流畅的风的气味。我看见一个人在一块由道路延伸出去的平地上架着脚架，那块“平地”有点像海岬，平地的尽头是一片极细极绿的细草，仔细一看，那细草是浮在浅浅的水面上的，原来南仁湖已经在这里展开，只是因为细草的缘故，令人分辨不出。

那人架好了脚架，从箱子里取出了他的相机，妥善地将它固定住，然后又选择了一只望远镜头。我看他对准的，是大约二十米之外的一棵树，朋友在催促，我只有跟上队，向南仁湖的中心点那边走去。

我们在湖边的高地停留了一个小时左右，天光水色没有什么太大的不同，有别于一般风景区的是湖的四周没有建筑，没有摊贩，宁静之中带着一种严肃的气氛，这种严肃的气氛有助于沉淀思绪，令人思考人与自然、人应如何安顿自己之类的问题。因为极为安静，所以可以听到许多平常听不到或者忽略掉的声音，包括风吹过丛林，细细的虫鸣，还有委婉而细琐的鸟语，鸟翅击打空气的轻响；风里传来女孩的轻笑，似乎就在身边，待你寻找，原来是隔着“小山”传过来的，两个女孩还在笑着，从拐弯的小路上现身，距离我站的位置，大约有一百米之远。

回程我们经过那位摄影者的时候，他依然在原处调整他的镜头，镜头对准的，依然是那棵树。他认出了我，对我笑笑，我问他照了几张了，他耸耸肩说一张都还没照。我走到他身边，看清楚了他的相机是一个老式的 NIKON F，架在上面的是一只两百毫米的望远镜头。

“一个多钟头，一张都没照呀?”我说。

“这棵树太漂亮了，我早就想照它，”他说，“但几次都失败了，原因是光线没有把握得恰好。”

他让我透过他相机的观景窗看那棵树，在望远镜头中，那棵树果然挺拔而优雅。望远镜头的景深浅，可以把焦距之外前后景物弄得不清楚，而使得焦距中物更为凸显，这在术语中叫作“特写”。

“你看到天上的那块乌云没有?”他问我，我点点头，他继续说：

“我在等待那块乌云移走，你看云的左边有一个空隙，假如正好的话，太阳就会从那个空隙露出来，因为那个空隙不大，所以太阳光会像一条光柱般的，当太阳光柱照到这棵树的时候，树叶上会闪耀一种十分特殊的光，而四周是黑暗的，只有这棵树是亮的。我在等待这样的机会，才要按下快门。”

“这样的机会是多大呢?”

“也许是百分之一或者千分之一吧，总是有机会的，但如果不等的话，那就没有机会了。”他说。

为了一张美丽的照片，他等待千分之一的机会，他的等待值得尊敬。直到我离开，他仍然没有按下快门。

◎ 回忆录

除非是真正的重要人物，他要为历史留下珍贵的“见证”，否则写回忆录的人，多数有一种自恋的倾向。

“自恋”这个词在心理学上称作 narcissism，是从希腊神话中水仙花神纳西索斯（Narcissus）的名字转化而来。水仙花临水自照、孤芳自赏，在他心目中，他自己才是世界的焦点，其他的意义都不具意义。

写回忆录的人不见得像水仙花那般的因欣赏自己而否定其他，但他确实觉得自己是重要的，这个世界如果缺少了他，虽然不致没有意义，然而绝对是不够精彩。

我们对自恋者，往往抱着鄙夷的态度，其实是不必要的。自恋者虽然过分注意自己，有时候会比较自私，但大致而言，他们都还是洁身自爱的人。他们对世界不满意，因而把要求集中在自己身上，只是他们对客观世界的判断偶尔会失去准头，他们的错误在于他们以为别人也跟他们一样，有事无事都会把注意力放在他身上。想写回忆录的人，即使他在独处的时刻，也会习惯地摆出姿态来。

昨天晚上我乘计程车到朋友家，遇见一位客气的司机，年纪大约六十余岁，在一个红绿灯口，他告诉我他打算不再开计程车了。一个素昧平生的人竟然告诉我这么重大的决定，使我不得不礼貌地问他理由是什么。

“是交通太乱了吗?”我问。

“不完全是。我开计程车已开了二十多年了。十年前，我维持每天开车八个小时的习惯，四年前我要花钱，所以每天开十个小时，但这四年以来我每天开十二小时……”

我趁他在逗点的时候插话进去问：“路况不好，钱愈来愈难赚了是不?”

“也不完全是。”绿灯亮了，他一边开一边说，“我觉得，我要把时间空下来，做更重要的事。我不能对不起我的时代。”我不太跟得上这位先生的语言节奏，但隐隐中他透露出的不凡器宇，却令人惊讶。我想起朱晦庵评陶渊明的时候说：“隐者多是带性负气之人”，这位司机在说他不能对不起时代这句话的时候，无疑是“带性负气”的；他有一种舍我其谁的气概，这一点，他更像尼采所写的查拉图斯特拉，决心随着日出，走出山谷，步向人类社会。

但是他后面的话就令人不解了，他说：

“我打算写一部回忆录。”

直到目前为止，我的朋友之中还没有一个有需要或者有能力写回忆录的，这能力不完全指文笔好坏，而是指是否有丰富而有价值的材料而言。我因思考而沉默，使他误会我怀疑他写作的能力，他的声音变得更激昂。

“你不要以为我不会写，我的文笔很好的。我写过文章，以前还登在‘中央日报’上面哪！在那篇文章里，就考证出《三国演义》里的《空城计》根本是假的，历史上从来没有这个故事，你知道《三国演义》这本书吗?”

我说：“到了，我就在这儿下车。”这确实是我要到的地方。他很气恼他的话还没有说完，尤其是我对他的伟大计划并没有批评，也没有赞叹。我下车后关上了后座的车门，他猛踩油门，车子便绝尘而去。在这个繁杂琐碎的世界，终究还是有些操守不凡的人呀！这位司机是个有定见，而且是个对自己信任有加的人。他当然有些自恋的倾向，但放眼天下，伟大的人哪个不是自恋者呢？我站在路边，一半惊愕、一半肃然地注视着这位伟人驾驶的车子冲向大街的车流，直到车后的红灯与其他车子的后灯融成一条长长的红线为止。

◎ 诱鸭

我和朋友到河边看水鸟。

每年十月中旬，这座城市与外县市为界的河面就有从外地飞来的水鸟栖息，到十一月、十二月两个月份，水鸟的数量就会达到顶峰。一般这群水鸟从北方飞来，它把这里当成往南飞行的暂栖地，也有一小部分就在这儿过冬，不再往南飞。但这两年由于城市这边的建设不断，而外县市把河滨多处当成垃圾堆积场，严重破坏了河的景观，当然也波及河水的质量，因此依据赏鸟学会及一些生态学者的统计，这两年台湾的水鸟有逐渐减少的趋势，不仅是我居住的城市，就连屏东那边统计灰面鹫的数量也是一样的，都在逐年下降。我的朋友告诉我，这显示两个意义，其一是这几种水鸟的本身数量，正在逐年减少，它们可能逃不过被消灭的命运，另外则是它们数量并没有减少，而是台湾这个地方变得再也不适于它们生存，它们只好直接朝南方飞去。

“所有与时间竞赛的，似乎从来没有赢过。”我的朋友说。

“你是什么意思？”我不解地问他。

“我最近出席了一个维护古迹的会议，大家在会中讨论应该如何维修、保护台湾所剩不多的古迹，当时我没说一句话，心里想，古迹是能维护的吗？没有古迹是能维护的，没有古迹是能真正长久保存的，就像人不能保持长久青春一样。”

他回头，带我走出河边的冷风，走进这座城市西边纵横如迷宫的巷道，我闻到一阵咖啡香，推门进去，果然是一间咖啡厅。这间咖啡厅距离河口很近，由于地利之便吧，每年秋冬之际，便成了附近赏鸟人最常聚会与休憩的场所，这是我的朋友告诉我的。咖啡厅的主人无疑也是喜爱鸟类的人，因为四壁都挂着写有学名绘工细致的水鸟图像，即使喇叭里放着的音乐，也是法国作曲家梅西安（Olivier Messiaen）的一组名叫《鸟类图志》（*Catalogue D'oiseaux*）的钢琴曲呢。

我的朋友在一个靠窗的座位坐下来，我想听听他对古迹和鸟类命运等相关问题的看法，刚才他没有说清楚。他在除去外套、脱下帽子的时候显得有些急躁，他可能为鸟类、古迹甚至是人的现实处境在忧心。

“你知道吗？侏罗纪、白垩纪的生物，现在已消失殆尽了，代之而起的是新的生物。而这些生物也不是永存的，遭遇时空变化，现存的生物，包括人类也会完全消失，到时候又有别的生物占领这个空出的舞台，作为下一场戏剧的主角。”

“你刚才说古迹，现在又说生物，这是两回事呀！”

“不是两回事，其实是一回。我的意思是，所有消失了的东西就不能回复，正在消失的东西，我们也无法阻止，这点你懂吗？美国大都会博物馆把苏州的网师园的部分园林搬进他们馆内，你认为他们保存了什么？非洲的大象和犀牛在这个世界上已逐渐失去生存的能力，我们为它们建立一个保护区，让它们在没有天敌、食物不虞匮乏的状况下继续生存，老实说，失去自然的象和犀牛其实跟死了没有两样，顶多它们只是人类刻意保存下来的活动标本吧！”

他说话的时候有些悲愤，有点无法控制情绪的样子，他从外套口袋里掏出香烟，抽出一根，点燃之后重重地吸了一口。这时，吧台上方的几只木雕的禽类吸引了我的注意。两只颈上有白环的应该是雁鸭，一只全身羽毛泛着鸳鸯的光彩，但形状却不是鸳鸯的鸟，我不知道它们的名字，还有一只则像普通的家鸭，白色的羽毛上杂着咖啡色的碎斑点。它们的眼睛都是同一色的黝黑

人做了很多惟妙惟肖的木头鸟，身上漆着和它们一样的颜色，放在池塘上面载浮载沉，上面的鸟看到下面有它们的同类，便以为是安全的地方，它们一个个飞下来。猎人躲在深草中间，只要一发霰弹枪，就能射杀十几只，连续射几发，池中的鸟就都逃不了了。

碧珊　绘

发亮，如果不是放在架子上，我们会误以为是活的水鸟呢。我推了一下朋友，叫他看一看，我对他说：

“以后看鸟，也许只能看这些漂亮的模型了。”

“那不是给人看的模型!”他大声地说，有点不顾礼貌的，继续吸了一大口烟，然后压低声量缓缓地说：

“那个叫作诱鸭，是诱杀水鸟时用的。在天上飞了一整天的鸟，到黄昏时要找一个栖息的地方；所有鸟类都是多疑的，它们很敏感，也可以说很聪明，它们即使很累，也要找一处安全的地方才敢下来的。谁晓得人比它们更聪明，人做了很多惟妙惟肖的木头鸟，身上漆着和它们一样的颜色，放在池塘上面载浮载沉，上面的鸟看到下面有它们的同类，便以为是安全的地方，它们一个个飞下来。猎人躲在深草中间，只要一发霰弹枪，就能射杀十几只，连续射几发，池中的鸟就都逃不了了。下了水的鸟，不是说飞就飞得起来的。”

他又吸了口烟，吐出了后看着我说：“用鸟的立场看，你还以为那是漂亮的模型吗?”

我答不上来，我对我朋友的处境是完全了解的。他的话有点焦点不集中，语气有责备我的意思，但我不以为忤，原因是我知道他正陷入一个任何智慧都不能宽解的悲哀之中。

◎ 鲁迅看杀头

公车突然停止前进，这条道路虽然因在地底修捷运而路况不佳，但平常在这个时刻，应该不至于聚集这么多进退无门的车辆的。公车停在路中间，四周被一大群大小车辆包围，完全动弹不得，而且最要命的是，谁都不知道发生了什么。司机打开他左手的车窗，向与他相邻的另一辆公车司机探询，得到的答案是耸肩摊手。

在不断的要求下，司机打开车门，让一部分心急的乘客下车，我因距离我的目的地不远，便也随着他们走下车来。每辆车子的引擎仍然转动着，冷气也开着，他们把废气和高热，排泄到停滞的马路上，使得此刻的马路，成为燃烧的炼狱。

我走到路口，才发现是一个机车骑士被一辆计程车撞倒了，已有警察在处理此案，受伤的骑士已从血泊中坐起，警察试图扶起他，打算送他到医院，肇事的计程车也停在路边。照理说，这场车祸不致引起整条道路交通瘫痪的。唯一的原因是围观的民众，他们把车祸现场团团围住，有些人甚至把车子停在路口跑下来看热闹。看热闹的人虽然多，但情绪是冷漠的，没有人在乎交通，也没有人真正关心那个受伤的人，他们只想看看：一个肝脑涂地的真正惨状，或者看肇事者和警察争辩，最好能大打出手。他们绝大多数都宁愿自己保持一种纯粹旁观者的角度，不把自己牵涉进去，所以，每当警察在征求现场的目击证人的时候，大多一哄而散，谁都不愿意蹚入这个浑水之中。

1906年，日本仙台医学专校有一个名叫周树人的留学生，他就是中国后来重要的文学家鲁迅。有一天他在学校看幻灯片，他被一张画面给震慑住了，一群中国人正兴致勃勃地围观一桩杀头盛事，行刑的是日本人，行刑的地点是中国东北，而被砍头的却是中国同胞；犯人的罪名是日俄战争期间替俄国人作间谍。这张幻灯片深刻震撼了鲁迅。据他自己说，他从此决心放弃医学而从事文学，他试图用文学来揭露中国人人性中的劣根性，并且试图去改变它。当然，这个劣根性并不是指那被砍头的中国罪犯，而是那群眼看自己同胞被处决却完全无动于衷的冷漠中国人。

所有看热闹的人，不仅缺乏正义感，而且多数有一点幸灾乐祸的心情，这证明中国人社会道德的败坏。鲁迅写了不少讥讽这种性格的文章，却似乎不能改变什么。前几年，铁路纵贯线大车祸，成千围观的人把山坡地的现场围住，阻碍了抢救。不仅如此，每逢火灾，四周蜂拥而出的观众总把现场弄得水泄不通。火灾现场，常有失去财物甚至亲人的灾民在呼天抢地，但群众没有任何人挺身而出去保护他们、拯救他们的，群众的眼光被那壮烈的燃烧吸引住了，多么神奇的火呀！可以把一切既存的事物化为灰烬！等到消防队把大火熄灭之后，群众便试图散去，然而要散去也不是那么方便的，因为他们发现他们也被另一团人物所包围，那团人物是摊贩，其中有卖猪血糕的、蚵仔面线的，也有卖烤玉米及香肠的……

百年来，中国朝向文明迈进了一大步，但潜藏在内心的人性，尽管过得够久了，却似乎没有什么根本的改变呢。

◎ 卡蜜儿

罗丹的学生，又一度是罗丹的情人的雕塑家卡蜜儿，她的作品最擅于把握人的心灵的最初呐喊。她的几件作品，虽然从表面看起来，也许表情木然，然而透过那些空洞且无助的眼神，你可以体会人的心灵其实脆弱得如同危险而陡立的山壁，只要有几声轻微的声响，就可以引起一整片岩石的崩陷。这就是表面平静，而其实是充满危机的，如果将此解释成艺术品所呈显的"张力"，恐怕也不为过吧。

卡蜜儿后来和罗丹闹翻了，她认为罗丹集乡愿之大成，他忙于社交而吝于艺术创作，而罗丹的创作能力其实是贫弱的，至少和卡蜜儿比较起来是如此。在卡蜜儿这方面看，罗丹虽然启发了自己的创作潜能和创作欲望，但当自己的潜能真正发挥出来了之后，罗丹却又想尽办法地将它压制下去。原来这个能力过分的庞大，庞大到罗丹自觉完全无法驾驭，更无法企及，罗丹与这位学生之间，是存有强烈争胜的心理的。

当然这是卡蜜儿一方面的看法，在罗丹这方面的看法却不是如此。卡蜜儿无疑是自己最优秀的学生，而且他们之间还有一分男女的情爱，但卡蜜儿太自以为是，当然她有充分自以为是的理由。她的作品精细而生命力完足，她的石雕和铜塑，不是只用大理石和黄铜制造出来的，大理石和铜其实只是凝聚卡蜜儿磅礴艺术生命力的一个“据点”。从这个据点出发，在人的眼力所及的范围之内，她的艺术焕发出一种神秘的力量，在四周形成一种绵密而迫人的磁场。这一点罗丹并非不知道。只是卡蜜儿过分任性，要求过分强烈，当她的要求不能满足的话，那么她尖锐而强劲的生命力就成了伤己伤人的利器。罗丹后来避开和她见面，也是有相当的理由的。

卡蜜儿在不断的创作之后，继之的是追求完全的毁灭。她断绝了与世界的所有交通，自己锁在房中，她将所有能见到的创作，都推翻砸碎。在进一步毁弃自己生命的前一刻，她在寡母及小弟的注视之下，被送进巴黎附近的一所疯人院。

疯人院用较“文明”的叫法就是精神病院，病人送来表面上是为了医疗，而其实精神病院和监狱并没有什么不一样，这可从卡蜜儿给她弟弟保罗的信中看出来。院中生活条件极差，而管制极严，根本没有什么治疗，卡蜜儿要保罗把自己“救”出去，她说在里面她一天也活不下去，但她竟然在里面“待”了二十年，一直到第二次世界大战巴黎沦陷，她才被放出来。其实她的灵魂早已出走，放出来的，只是一个完全没有知觉乃至没有感觉的躯壳罢了。

精神病患的世界到底是怎样一种世界呢？这是我们“凡人”很难体验到的。画家梵高死的前一年是在精神病院中度过的，高更后来迁居大溪地，据说他也有强烈反社会的倾向，有人说他如继续住在巴黎也会疯掉。在中国，明末的艺术家徐渭，因精神错乱而疑妻杀妻，最后被关进大牢等候处决，幸好有同乡友好的大力协助，出狱之后，据史书记载，他在家乡“佯狂”了一辈子。所谓佯狂是说他的疯狂是假装出来的，而其实，没有一个人能够以半生的时间去假装一件事。徐渭的疯狂，已和他的艺术与生活连结成一个整体。疯狂的人并不承认自己的疯狂，他们只认为自己所了解的世界秩序和其他人所了解的有一点点的不同而已。

在这座城市靠近西区的地域，原本有几所分别属于公家或私人经营的精神科病院。靠近北门的一所，大约在十年前便因附近的交通过分繁密而不得不“裁撤”了。在西园的一所，因前面的公路不断扩充，后面的铁路地下化在施工，也不得不将主要的疗养病院迁移到郊区，这里只留下几间房子作为门诊之用。有一天黄昏，我经过这所主体建筑已被废弃了的精神病院。好奇心促使我踩过一片瓦砾，走进一个门上犹挂着寝室牌子的病人居室，门口到甬道的两层钢制栅栏已被拆除，房间的门也拆了，每间房间狭小而破烂，但却十分坚固，无疑这里是囚禁有攻击性的病患的地方了。吸引我注意的是每间房间大约在一个半人高的墙上开了一个朝天的小窗，窗子只有一张六百字稿纸的大小，患者就是跳起来也够不上，就是够上了也无法攀爬出去的。由于四周污秽而黑暗，所以那格窗子所透漏的天光，就格外的明亮而发人深思了。我静静地靠在那个门已被拆掉的墙上，感觉自己的心跳，在砖墙之间形成无尽的回声。窗外朝东南方的天空，堆积着镶着金边的云，正是黄昏的时刻，一只鸽子在远处飞翔，但一下子的工夫，天就暗了下来。那时我突然想起被囚禁在疯人院中的卡蜜儿来，不是绝对的自由，就是绝对的毁灭，我觉得我体会出她心中的孤绝和无助了。我试着用卡蜜儿的心情，写信给她弟弟，信的部分是这样的：

“亲爱的保罗：我已经慢慢习惯了这里的生活。我整天面对的，是一格小小的窗子，窗子极小，但夏秋之际的夜晚，总可以看到一些星星的。在这狭隘发臭的屋子里，我已待了十年，我此刻，也没有什么可抱怨的了。透过那一格的星光，想到许多光年之外的地方，也许是个极大的宇宙吧，那里真是个穷毕生之力也走不完的广大空间呀！亲爱的保罗，在今晚合眼安睡之前，我还打算好好地走它一程。你说会累吗？当然是累的，但亲爱的保罗，我不能在一个地方停留太久，我的路还远得很哪！……”

◎ 井旁边大门前面

想到舒伯特的连篇歌曲集《冬之旅》(*Winterreise*),就很自然想到迪特里希·费舍尔-迪斯考(Dietrich Fischer-Dieskau)。有人说费氏的声音是为舒伯特的歌曲而准备的,也有人说十九世纪舒伯特的歌曲是为二十世纪的费舍尔-迪斯考写的。这当然是不合史实的溢美之辞,但费氏确实把舒伯特的歌曲表现得尽善尽美。唱"艺术歌曲"由于不夸张音域,不求华丽的音色,在表现上,更重视情感的英华内敛,所以要把这类歌曲唱好,需要对音乐、对艺术具备更高贵的涵养。

除了马勒与理查德·施特劳斯,独唱歌曲很少用编制大的交响乐团伴奏,大部分采用钢琴作为伴奏的乐器。这当然是钢琴这乐器已发展完备之后才有的,在巴赫的时代或更早,为人声伴奏的通常是大键琴或鲁特琴(Lute,一种类似吉他的拨弦乐器),这里称钢琴为“伴奏”是依照一般的习惯，其实钢琴在整个的演唱中，它与人声（vocal）更像在进行“对话”，有时候，人声反而像是钢琴的回声呢。因为，钢琴伴奏在艺术歌曲中的地位极为重要，一个好的演唱家，必须有一个与他配合得天衣无缝的伴奏家作“搭档”，彼此长期培养出来的默契，是没有什么可以取代的，费舍尔-迪斯考和他的钢琴伴奏杰拉德·莫尔（Gerald Moore）是最好的例子。

费氏对舒伯特、舒曼等歌曲的诠释确是无懈可击，但他其实是有一些缺点的，至少在我个人觉得，他的声音太“亮”了一些（尤其在高音部分）。因为亮的关系，有些时候会泛出甜的味道，这个甜的味道，对某些哀伤深沉的歌曲反而造成了伤害。但整体而言，费氏依然是舒伯特艺术歌曲的最佳诠释者。

另外一位演唱舒伯特歌曲的著名男中音赫尔曼·普莱（Hermann Prey），他的音色比费舍尔-迪斯考宽厚一些，当然，在高音部分便不如费氏的明亮，但这不是缺点，反而是好处，他表现的舒伯特不高亢急躁，显得特别地沉静安宁。我个人比较喜欢他的演唱，听他的歌，仿佛被微风轻拂着，又像夏日午后，在柳荫中看一条条斑纹灿然的鳟鱼在清澈的溪流中游泳，令人神清气爽。只是在音乐界，普莱的名气始终不敌费氏。

那天我在唱片店，买了一张男高音彼得·皮尔斯（Peter Pears）唱的《冬之旅》，担任钢琴伴奏的是英国当代最重要的作曲家本杰明·布里顿（Benjamin Britten）。布氏已于1976年去世，这张唱片是1963年灌录的，距离现在，已经是三十一年前的老录音了。那时正是布里顿最为意气风发的时候，而皮尔斯，也正处在演唱巅峰的末期，两人过往甚密，谣传有同性的恋情。

我回到家，随即将这张唱片听了一遍，这确实是一张极具深度的演唱录音。我原有一张皮尔斯晚年双眼几乎已全盲了时的演唱录音，唱的是舒曼的艺术歌曲，伴奏是年轻的钢琴家默里·佩拉西亚（Murray Perahia）。那张舒曼歌曲，皮尔斯唱得十分吃力，他的高音似乎一直在准与不准之间游转，最后毕竟是准的，然而总令人捏一把冷汗，人到底老了。而他在唱《冬之旅》的时候，老态更露，但苍劲激越，“老”字竟然成了另一套诠释舒伯特作品的方式，确实是特殊的。舒伯特在世上只活了三十一岁，他的作品不论从哪一个方向切入，都没有“老”的成分，但由皮尔斯唱起来，却有独立苍茫、天地悠悠的味道。

《冬之旅》中间有一条像童谣的歌曲名叫《菩提树》，这是很多读过小学的人都耳熟能详的，起首的几句是：

井旁边大门前面，

有一棵菩提树。

我曾在树荫底下，

做过甜梦无数……

皮尔斯唱起来，偶尔低沉，偶尔激昂，完全融入对过往时日的回忆之中，令人回肠荡气。回忆童年的美丽，不仅是少年的权利，对一个迈入老年的人，命运带他走入阴影的边缘，童年的追想，给他的不仅是甜蜜，而是生命中最深沉的依恋。年轻的人，前程是那样的远大，回忆在他生活中只是小小的局部，但对老人而言，回忆却可能是他大部分的生活，有的也许是他生活的全部。因此，当你在静静的夜里听皮尔斯唱这首歌的时候，你会觉得这首充满回忆的歌曲，原来更应该是为年纪老大的人写的。舒伯特，你说是吗？

图书在版编目(CIP)数据

巡礼之年. 2，井旁边大门前面 / 周志文著 .— 上海 ：上海社会科学院出版社，2023
ISBN 978-7-5520-4043-2

Ⅰ. ①巡… Ⅱ. ①周… Ⅲ. ①散文集—中国—当代 Ⅳ. ①I267

中国版本图书馆CIP数据核字(2023)第000278号

巡礼之年(之二)井旁边大门前面

著　　者：周志文
责任编辑：王　睿
封面设计：陈　昕
出版发行：上海社会科学院出版社
上海顺昌路622号　邮编200025
电话总机021-63315947　销售热线021-53063735
http://www.sassp.cn　E-mail：sassp@sassp.cn
照　　排：南京前锦排版服务有限公司
印　　刷：上海雅昌艺术印刷有限公司
开　　本：889毫米×1194毫米　1/32
印　　张：7.5
字　　数：130千
版　　次：2023年2月第1版　　2023年2月第1次印刷

ISBN 978-7-5520-4043-2/I·478　　定价：108.00元(全三册)